흐
서

허색

발행일   2018년 10월 12일

지은이   이 상 우
펴낸이   손 형 국
펴낸곳   (주)북랩
편집인   선일영   편집   오경진, 권혁신, 최예은, 최승헌, 김경무
디자인   이현수, 김민하, 한수희, 김윤주, 허지혜   제작   박기성, 황동현, 구성우, 정성배
마케팅   김회란, 박진관, 조하라
출판등록   2004. 12. 1(제2012-000051호)
주소   서울시 금천구 가산디지털 1로 168, 우림라이온스밸리 B동 B113, 114호
홈페이지   www.book.co.kr
전화번호   (02)2026-5777   팩스   (02)2026-5747

ISBN   979-11-6299-356-9 03810 (종이책)   979-11-6299-357-6 05810 (전자책)

이 도서의 국립중앙도서관 출판예정도서목록(CIP)은 서지정보유통지원시스템 홈페이지(http://seoji.nl.go.kr)와
국가자료공동목록시스템(http://www.nl.go.kr/kolisnet)에서 이용하실 수 있습니다.
(CIP제어번호 : CIP2018031283)

(주)북랩 성공출판의 파트너

북랩 홈페이지와 패밀리 사이트에서 다양한 출판 솔루션을 만나 보세요!

홈페이지 book.co.kr • **블로그** blog.naver.com/essaybook • **원고모집** book@book.co.kr

이 상 우
장편소설

기존의 개념을 넘어서는 색에 대한 발견
상상조차 하지 못했던 색에 대한
이야기가 당신을 덮친다

북랩 book Lab

차례

#1
프롤로그

빨간색: 100%

한 줄기의 빛…

초록색: 100%

어떤 빛깔 하나…

파란색: 100%

처음에는 그저 하얀빛이 보인다….

그저 하얗기만 한 빛….

조금 지나고 나서야, 사물의 윤곽이 잡히기 시작한다.

로버트 몰리슨의 정신이 들어오기 시작한 것이다.

모든 것이 선명하게 보이기 시작한다. 몇 초 동안 눈을 깜빡인다.

그의 눈에 실루엣이 하나 들어온다.

그는, 자신을 둘러싼 상황을 눈치 채고 공황상태에 빠진다.

"자… 자네가 어떻게 나에게 이럴 수가 있나! 이런 식으로 내 뒤통수를 칠 수 있는 겐가? 그 모든 것들을 창조해낸 사람이 바로 나 아닌가!"

앞에는 검은 망토를 뒤집어쓴 자가 칼을 들고 서 있고, 로버트는 돌로 만들어진 커다란 판에 눕혀져 있는 것이다!

그는 왼손을 바라본다. 왼손에는 수갑이 석판과 연결되어 채워져 있다. 고개를 오른쪽으로 돌리지만, 오른손도 마찬가지다. 무언가를 보호하려는 듯이 주먹을 꽉 쥐고 필 생각을 하지 않고 있다는 점이 다르긴 하지만 똑같이 수갑은 채워져 있다.

"저도 당신에게 최대한의 선처를 드리고 싶군요. 하지만 아무리 그래도 비밀을 누설하는 것은 용납할 수 없습니다. 비밀… 그것은 설령 당신이 이 모든 것을 만들어 냈다고 하더라도 누설해서는 안 되는 것입니다. 예외는 없습니다."

검은 망토를 뒤집어쓴 자가 말한다.

"이건 절대적 규칙이고, 당신이 그걸 어긴 겁니다. 결정을 내리는 위치에 있는 저로서는 매우 유감스럽군요. 그렇다고 저에게서 자비를 바라는 의미 없는 짓은 하지 마십시오."

검은 망토를 뒤집어쓴 자는 뒤돌아서, 미리 준비되어 있던 칼갈이가 있는 쪽으로 걸어간다.

로버트 몰리슨은 그 틈을 타 쥐고 있었던 오른손을 편다. 저 검은 망토가 쳐들어오던 순간에 그는 철사 하나를 손에 놓고 주먹을 꽉 쥐었었다. 설령 의식을 잃더라도 주먹이 펴지지 않을 정도로. 쥐는 과정에서 철사가 그의 손에 박혀 피가 났지만, 그는 그 고통을 힘으로 승화시키려는 듯이 더더욱 세게 주먹을 쥐었다. 덕분에 저 망토에게 철사를 들키는 일은 없었다.

그가 편 손은 완전히 빨갛게 물들었다.

그는 손가락으로 그의 손에 박힌 철사를 빼낸다. 그리고 오직 손가락만으로 그것을 수갑의 열쇠구멍에다가 쑤셔 넣는다. 검은 망토가 칼의 날에만 시선을 고정한 채, 혼잣말하듯이 말한다.

"규칙을 어긴 자를 처단하자는 건…."

로버트는 목소리가 들려오자 잠시 움찔하지만, 곧 이은 질문의 의미를 파악하고는 원래의 표정으로 돌아온다.

"애당초 당신도 계속 동의해 오던 것 아닙니까?"

그는 대답하지 않는다.

검은 망토는 여전히 칼에만 시선을 고정하고 있다. 칼을 갈고 있는 동안 그 표정은 점점 음흉하게 변해간다. 칼날이 갈리는 소리마저 점점 거슬려진다.

이만하면 되겠지.

어느 순간 칼갈이가 멈춘다.

검은 망토는 손에 칼을 들고 로버트가 있는 쪽으로 뒤돈다. 그러자 직면한 것은,

"이런 정신병자 같으니라고! 넌 그저 미친 살인마일 뿐이야!"

로버트는 수갑이 풀린 오른손으로 주먹을 쥐어 망토의 얼굴을 정통으로 내려친다. 상대는 정신을 못 차리고 쓰러진다. 그 틈을 타 그는 다른 쪽 수갑도 풀어버리고 도망치기 시작한다.

바깥은 어두컴컴한 골목길이다.

주위에는 아무도 살지 않는 모양인지 불빛이 하나도 보이지 않는다. 희미한 달빛만이 그를 비추고 있다. 흡사 유령도시를 보는 기분이다. 로버트는 자신이 어디로 달려가고 있는지도 모른 채 길이 있는 쪽으로 무작정 달려간다. 한 치 앞도 보이지 않는 상황에서 옳은 길을 찾을 수가 없는 것이다.

그러다 그는 어떤 자동차의 불빛을 보게 된다.

자동차는 도로를 주행하다가 잠깐 정차한 것처럼 보인다. 그는 그 불빛을 향해 소리치면서 달려간다.

"살려주세요! 여기 좀 도와줘요!"

그러나 그가 너무 흥분한 상태여서 발음이 엉망진창인데다, 자동차와의 거리가 너무 멀며, 또한 어두워서 아무것도 안 보이는 탓인지, 운전자에게 정체불명의 그 포효는 공포심만을 자극한다. 달빛만이 비치고 있는 상황 속에서 포효소리를 들은 운전자는 불안감이 급습해 옴을 느낀다.

이런 데는 어떤 종류의 미친놈이 돌아다니고 있을 지 몰라. 아니, 애당초 저 소리가 사람의 소리가 아니라면?

운전자는 페달을 밟아 그곳을 빠져나가기 시작한다. 자동차의 불빛은 점점 멀어져 작아지다가 나중에는 한 치 앞도 안 보이는 어둠 속으로 사그라진다.

불빛이 사라짐과 동시에 그의 공포도 다시 엄습한다.

그리고 그와 함께 뒤쪽에서 들리는 음흉한 발자국소리도 그의 귀를 친다. 로버트는 뒤를 돌아본다. 아무것도 보이지 않았지만, 칼에 비친 희미한 달빛만은 알아볼 수 있다. 손에 쥐고 있던 철사를 망토의 머리가 있을 것이라고 추정되는 지점을 향해 던진다.

철사는 망토를 스쳐지나간다. 망토는 멈추고 주위를 둘러보기 시작한다. 칠흑 같은 어둠만이 존재할 뿐이다.

두리번거리던 망토에게 별안간 뒤쪽에서 기습이 날아온다.

로버트가 빈틈을 타 덮쳐온 것이다.

그 둘은 길바닥에 쓰러져 뒹굴기 시작한다. 칼이 바닥에 떨어진다. 로버트는 칼에 비친 달빛을 통해 칼을 집는다. 또한 상대는 넘어진 채로 손을 휘저어대다가 로버트가 던진 철사를 집게 된다. 재빨리 일어서서, 자신의 칼을 들고 있는 로버트와 얼굴을 마주하고 대치한다. 어둠 속이라 잘 보이지는 않았지만, 상대의 숨결만은 강하게 느낄 수 있다.

칼을 든 로버트의 선공.

그러나 상대는 민첩한 몸놀림으로 그의 공격을 피한다. 서로 찌르고 피하는 접전이 시작한다.

검은 망토는 철사 하나만으로도 칼을 든 로버트와 대적하기에 충분했다.

과연 시간이 지날수록 로버트는 점점 지치기 시작한다. 그러다가 상대에게 팔을 찔리게 되고, 그로 인해 들고 있던 칼을 놓치게 된다. 주인 되는 자가 떨어지는 자신의 칼을 잡으려 하자, 필사적이었던 그는 자신의 몸으로 그 자를 덮친다.

망토는 넘어지고, 들고 있던 철사는 나가떨어진다. 그는 이 틈을 타 온 힘을 다해 상대의 얼굴에 주먹을 날리기 시작한다. 쉴 틈 없이 세 방 정도를 날리고, 곧이어 네 번째 주먹이 날아갔지만, 이번엔 검은 망토가 자신을 향해 날아오는 그의 주먹을 움켜잡는다. 가공할 힘으로 그를 내팽개치고는, 그의 복부와 명치를 연타한다. 로버트는 헉 소리를 내며 주저앉는다. 그가 안간힘을 쓰며 일어나려 하자 망토는 주먹으로 그의 얼굴을 강타한다.

로버트는 더 이상 싸울 힘이 없다.

반면 상대는 바닥에 떨어진 칼을 줍고 다른 쪽 팔로 로버트의 목을 뒤에서 감아 그를 일으킨다. 그리고는 무릎으로 로버트의 척추를 가격한다. 목을 감았던 팔이 풀리자 그는 다시 한 번 바닥에 쓰러진다. 검은 망토는 그 앞에 무릎을 바닥에 대며 털썩 주저앉는다.

손으로 칼날을 쓰다듬으며, 별안간 소름끼치게 여린 목소리로 시의 한 구절을 읊조리듯 말을 한다.

"그대의 상상력은 우리에게 많은 산물을 주었으니… 여왕의 붉게 빛나는 손이 재앙을 가져올 때 그대의 업적만은 화를 입지 않으리라."

빠른 속도로 올라갔다 내려오는 반사된 달빛.

하늘을 찢는 웃음소리와 비명소리가 달빛마저도 지평선 너머로 숨어들어가게 만든다….

#2
평범했던 이들

"이 작품에서도 볼 수 있듯이, 늑대의 울음소리가 달빛마저도 놀라게 하여 도망가게 만들었습니다."

하루 일과 중 마지막 수업시간.

모두가 집에 가고 싶어 하는 시간.

미술 교사 레이첼 윤 씨는 바로 그 시간에 수업을 진행하고 있다. 그녀는 어젯밤의 과로로 인해 상태가 말이 아니다. 눈은 퀭한 상태고, 다크서클은 광대까지 내려와 있으며, 머리는 막 빗은 티가 난다. 그녀는 너무 피곤해서 이 시간이 끝나면 당장 집으로 달려가 침대에 누워 잠들고 싶은 생각뿐이다.

그런 그녀의 눈에 자고 있는 학생들이 눈에 띈다.

그녀가 수업하고 있는 교실은 가장자리로 갈수록 한 층씩 바닥이 높아지는 부채꼴 모양의 교실이다. 그녀 자신과, 그녀가 수업에 사용하는 스크린과, 또 다른 여러 가지 수업도구들이 있는 원 모양의 교단이 가장 낮은 곳에 위치하여 있고, 그 교단으로부터 둥그런 가장자리 방향으로, 학생들이 사용하는 기다란 호 모양의 책상들이 마치 와이파이 표시처럼 교실의 모양을 따라 부채꼴 형태로 뻗어나간다. 호 모양의 책상들은 뒤에 있는 책상일수록 더 길고, 또 더 높은 곳에 위치하여 어느 책상에 앉아도 교단이 잘 보이게끔 배치되어 있다.

덕분에 교단에서도 학생들이 어디에 앉던 간에 모든 학생들을 볼 수 있다.

아무리 극심한 피로 때문에 집중력이 저하된 상태인 레이첼이라도 얼마나 많은 학생들이 자고 있는 지 한 눈에 들어올 수 있는 이유다.

"수지야. 어서 일어나렴. 나도 이렇게 수업을 하고 있잖니."

그녀는 그녀와 가장 가까운 위치에 있는 한 여학생의 등을 두드리면서 다정한 목소리로 여학생을 깨운다. 그러나 자고 있는 것은 그 여학생뿐만이 아니다. 그녀는 힘이 쭉 빠진다.

"애들아. 이제 그만들 좀 자고 일어나자. 이번 한 시간만 버티면 집에 가잖니."

하지만 자고 있는 학생들의 귀에 그녀의 목소리가 들릴 리가 없다.

"재미있는 이야기 해주세요. 그럼 안 잘게요."

그녀가 방금 깨운 수지가 말한다. 결국 또다시 그놈의 재미있는 이야기 타령이다.

그녀는 한숨을 내쉰다.

"그렇게 재미있는 이야기만 찾다가는, 정작 배우게 되는 건 아무것도 없어요. 자, 우리 피곤하더라도 조금만 참자. 다음 작품은 꽤 재미있을 거야. 자, 그러니까 "

그녀의 실수로 인해 스크린에 그녀가 원하지 않았던 이미지가 뜬다.

알록달록한 역 원뿔 모양의 케이크이다.

"어? 색 공간 모형이다!" 수지가 소리친다.

레이첼은 당황하여 사진을 내리려 했지만 이미 수지는 먹이를 물었다.

"선생님, 저 케이크에 대해 뭔가 해주실 이야기가 있지 않나요?"

그녀는 킥킥대기 시작한다.

"이, 이거, 말이야?" 레이첼은 당황해 말을 더듬는다. 웃음으로 당황한 기색을 감추고 어떻게든 상황을 무마하려 한다. "아, 이건, 그러니까, HSV 색 공간 모형이라고, 색상과 채도와 명도를 이용해서 각각의 색을 좌표로 나타낼 수 있게 만든 거야. 이 색 공간 안에 모든 색이 들어있어. 모형 공간의 부피를 이용해 각각의 색들을 배열하고 위치시키는 거야. 모형에서의 한 위치가 하나의 색이 되는 거지. 하지만 그리 중요한 건 아냐. 그냥 색 공간 모형일 뿐이라고. 하하."

"색 공간 모형 그 자체가 아니잖아요. 그 색 공간 모형을 본떠 만든 '케이크'라는 점이 중요하죠, 선생님." 레이첼의 횡설수설은 가차 없이 그녀에 의해 제지당한다.

하지만 레이첼은 아직 물러서지 않는다. 웃는 얼굴로 여전히 말을 이어나간다.

"아참, 그것만 있는 게 아냐. 혹시 아니? 빨간색, 파란색과 초록색만 있으면 모든 색을 나타낼 수 있다? 3원색이라고 다들 들어보았지? 그 세 가지 색을 바로 가산혼합(加算混合)의 3원색이라고 하는 거야."

"케이크 얘기 해주세요, 선생님!" 이번엔 또 다른 학생이 흥미진진한 얼굴로 소리친다.

레이첼은 스크린에 떠 있는 케이크의 사진을 다른 화면으로 바꾼다.

"그 세 가지 색을 합치면 흰색이 되고, 그 세 가지 색 중 어느 색도 없다면 검은색이 되고, 그 세 가지 색을 제외한 색을 아무리 이리저

리 조합해봐도 그 세 가지 색은 나오지 않으면서 정작 그 세 가지 색
으로는 모든 색을 만들어낼 수 있고, 뭐, 그런 거지. 바로 그렇기 때
문에 3원색이란 말씀! 이게 HSV 색 공간보다 훨씬 중요한 거란다.
선생님이 진짜로 이야기하고 싶은 것은 바로 이거야. 그러니 이 얘기
를-."

"선생니임."

또 다른 학생이 끝을 길게 끌며 말한다. 심지어 아까까지만 해도
자고 있었던 학생이다.

"그게 중요한 게 아닐 텐데요."

"하아…." 그녀는 한숨을 내쉰다. "너희들은 왜 이런 얘기에만 정
신을 집중하는 거니…?"

"벌써 소문이 다 퍼졌어요!" 수지가 말한다. "역시 그 케이크는…
그 선생님한테서 온 선물이죠?"

교실이 왁자지껄 소란스러워진다.

"선생님, 제가 들었는데 그 선생님이 또 다른 케이크를 준비하고
있대요. 이번에는 다른 색 공간 모형을 본뜬다는데요." 구석에 있던
한 학생이 말한다.

"아, 정말이니?" 레이첼은 살짝 놀라워하는 눈치다.

"그러니까 그 선생님 얘기 해주세요! 그분에 대해 어떻게 생각하
세요?"

"하하, 뭐, 좋은 사람이지. 당연한 얘기겠지만 말이야. 나에 대해
신경도 많이 써주고, 내가 하는 일에도 관심이 많으신 분이야. 그 선
생님도 그림을 그리시더라고. 나한테 손수 그린 그림을 선물한 적도
있었지. 무지개의 7가지 색을 묻힌 팔레트를 그린 그림이었어. 걸작
수준의 잘 그린 그림은 아니었지만, 나한테는 엄청난 의미가 있는 그

림이지. 그도 그렇게, 그 그림은 그 선생님이 내 어린 시절에 대한 얘기를 듣고 그린 그림이니까. 내가 아주 어렸을 때, 팔레트가 어디에 쓰이는 지도 몰랐던 때에는 막 팔레트에다가 7가지 색의 물감을 짜 놓으면서 놀곤 했거든. 내 장난 때문에 거덜 난 물감이 한두 개가 아니었어. 그 얘기를 하였더니 나한테 그런 선물을 해 주신 건데…."

그녀는 잠깐 말을 멈춘다. 그러고는 무엇인가를 생각하며 뜸을 들인다. 잠시 후, 그녀가 조금 다른 주제로 말을 이어가기 시작했을 때, 수지는 그녀의 눈빛이 살짝 달라졌다는 것을 느낀다. 눈빛에 담겨 있던 피곤한 기운이 약간 덜어진 듯한 느낌이었다.

"음… 사실 나는 지금도 가끔 내 팔레트에다가 여러 가지 물감들을 묻혀놓고 그것들을 바라보면서 생각에 빠질 때가 있어. 물론 어렸을 때처럼 물감을 거덜 내진 않지. 그저 최대한 많은 색의 물감들을 조금씩만 묻혀놓고 감상에 빠지는 거야. 그럴 때 나에게 가장 많이 떠오르는 생각이 있는데 말이야…."

그녀는 다시 한 번 말을 멈춘다.

"언젠가 내가 '로버트 몰리슨'이라는 사람을 만난 적이 있었어. 그 사람 영국에서 활동하는 미술가인데, 너희들은 잘 모르겠지만 우리 미술계에서는 꽤나 알려진 사람이지. 그 사람 꽤나 오래 전부터 종적을 감추고 빛에 대한 연구를 하고 있다고 하더군. 그러던 중 우연히 종적을 감춘 그를 만날 기회가 생겼어. 런던에서 열리는 미술가들의 모임에 그가 참여했거든.

그때 나는 그와 몇 마디 얘기할 기회가 있었지. 우린 처음에는 그냥 좋아하는 미술가들에 관한 얘기만 하다가, 시간이 흐를수록 좀 더 근본적인 얘기로 넘어갔어. "왜 빛은 저마다의 고유 파장을 가지고 있는가?", "왜 색을 섞으면 다른 색이 나오는가?", "3원색은 왜 존재하는가?", "왜 하필 3원색은 '초록색-빨간색-파란색'이거나 '노란색-옥색-자홍색'인 것인가?" 여러 가지 심오한 질문들이 오고갔어. 대부분의 질문은 그 사람이 던진 거였지. 사실 나는 그런 생각들을 별로 해본 적이 없거든. 그저 그냥 그런가 보다 하고 넘어갔을 뿐이었지.

당연히 대화는 그 사람이 리드하게 되었어. 나는 거의 듣고만 있었지. 그런데 그 중에서 유난히 기억에 남는 얘기가 있었어. 그 사람이 나에게 말해준건데, 그게 뭐냐하면…"

그녀가 다음 말을 하려고 하는 순간, 수업이 끝났음을 알리는 종이 울린다.

종이 울리자 그때까지 자고 있던 학생들마저 모두 일어나 교실 문쪽으로 우르르 몰려간다. 교실이 텅 비기까지는 1분도 채 걸리지 않았다. 1분도 채 안 되었는데 학생들이 자고 있던 책상 주위에는 먼지만이 날아다니고 있을 뿐이다. 그녀도 이제 교실을 나설 준비를 한다. 그때 누군가가 다가와 그녀에게 묻는다.

"그래서, 그 얘기가 무슨 얘기였나요?"

말을 한 사람은 수지다. 그녀는 여전히 교실을 나서지 않고 있었다.

"오, 수지야. 아직 거기 있었니? 그건 다음 시간에 말해줄게. 일단 집에 가자꾸나. 선생님도 너무 피곤해서 빨리 집에 가고 싶다."

레이첼은 수지를 보낸 후 교실의 불을 모두 끈다. 그리고는 그녀의 가방을 챙겨 교실을 나선다.

같은 시간, 조금 거리가 먼 곳에 위치한 교사. 건물 속 한 교실에서는 데이빗 시스티나 씨의 수업이 한창이었다.

수학전용 교실이다.

타원형모양인 교실의 벽면에는 유명한 수학자들의 초상화와 함께 수학자의 업적에 관한 설명들이 적혀있고, 교탁 주위에는 평소에 그가 아끼던 지구본과 컴퍼스, 그가 매 수업마다 항상 손이 닿는 거리에 놓아두는 분필통, 그리고 그 외에 여러 가지 측정 도구들이 놓여있다. 학생들이 앉아있는 의자나 책상에는 낙서는 없고, 낙서를 지운 흔적들만 남아있을 뿐이다. 낙서를 하다가 데이빗에게 걸리면 어떻게 되는지 학생들이 너무나 잘 알고 있기 때문이다.

"고대로부터 방정식의 해법에 대한 연구와 더불어 그 해를 찾는 과정에서 음수와 허수가 불가피하게 등장했어." 그가 말한다.

"그러나 음수나 허수가 등장해봤자 그 당시에는 찬밥 신세였지. 수학자들은 양의 근 이외의 근은 모두 무시하였거든. 그 덕에 그것들은 하나의 수로 인정되기까지 긴 시간과 많은 수학자들의 두뇌를 거치게 되었어. 허수를 처음으로 기록한 사람은 이탈리아의 카르다노야. 3차 방정식을 위한 근의 공식을 다루던 사람이었는데, 그러려면 '음수의 제곱근'이란 개념이 필요했거든. 그때 그는 음수의 제곱근을 '가공의 양'이라고 불렀는데, 그렇게 부르고는 별 쓸모가 없는 것으로 생각한 거지.

그렇지만 이후에 음수의 제곱근은 가상의 수, 즉 실제로 존재하지 않는 수와 같은 불리게 되었어. 뭐, 한 발짝 나아갔다고 할 수 있겠지. '허수'라는 표현을 처음 쓴 사람은 누굴까? 17세기 사람이야. 태어난 건 16세기지만. 바로 데카르트지. 그에 의해 처음으로 이 가상의 수가 '허수'라고 불리게 되었어. 하지만 '허수'라는 말 자체가 이미 '가상의 수'라는 표현의 그림자를 벗어나지 못한 말이지. 그는 실수를 실제로 존재하는 수로 보면서, 그와 대비되게 허수를 실제로 존재하지 않는 '가상의' 수라고 정의내리기만 했을 뿐….”

그는 곁눈질로 학생들 쪽을 바라보면서 그의 목표물을 찾는다. 교탁 바로 앞에 앉아있는 학생들 중 하나가 졸고 있었다. 그는 그 학생을 목표물로 삼는다.

분필이 날아가고, 그것은 그의 목표물의 이마 정중앙에 딱 소리를 내며 명중한다.

“별다른 의미를 부여하진 않았지.”

그는 말을 이어나간다.

“그러다가 19세기, 가우스가 등장하지. 그 사람이 드디어 복소수를 좌표평면 위에 나타내기 시작한 거야. 그러면서 허수도 하나의 수로 인정받게 된 거고. 좌표평면의 가로축을 '실수'축, 세로축을 '허수'축이라고 하고, 복소수 a+bi를 (a, b) 형태의 좌표로 나타내는 거야.”

그는 분필통 안에서 또 다른 분필을 꺼낸다. 그는 그 분필을 집고 칠판에 왼쪽에서 오른쪽으로 뻗어나가는 화살표를 그린다. 그리고 그 화살표의 오른쪽 끝 아랫부분에 '실수 a'라고 적는다. 그 후에 그는 그 화살표의 중간을 지나는, 아래로부터 위로 올라가는 또 다른 화살표를 그린다. 그리고 화살표의 위쪽 끝부분의 바로 오른쪽에 '순허수 bi'라고 적는다.

“어떻게 보면 그건 참 혁신적인 일이었어….” 그가 말을 잇는다.

“허수가 나오기 전에는, 사람들이 생각하는 수의 세계관은 고작저 가로선 안에 머물러 있었지.”

그는 자신이 그린 '실수 a'화살표를 어루만진다.

“그러다가 세로선이 나타났지. 그때까지 직선위에 나타내던 수들을, 평면을 이용해서 나타내게 된 거야.”

그는 '순허수 bi'화살표를 어루만진다.

"수의 세계가 1차원에서 2차원으로 확장된 거야. 그것도 상상의 힘으로. 정말 놀라운 일 아니니? 고작 상상의 힘만으로 수를 만들어 쓴다는 것이? 나는 언젠가 어떤 사람이 또 다른 가상의 수를 만들 거라고 믿어. 그렇게 되면 지금처럼 평면을 이용해 수를 나타내던 체계가 또다시 바뀌는 거야. 평면에서 입체로, 그러니까 2차원에서 3차원으로 확장되는 거지. 지금 내가 그린 두 가지 화살표 외에, 공간의 높이를 나타내는 'z축'이 더해지겠지. 언제 그런 일이 일어날지는 모르겠지만, 분명 그러한 새로운 수가 필요할 때가 오면 수의 체계는 언제든지 바뀔 거야. 인간의 필요에 의해 말이야."

그는 분필을 다시 분필통 안에 집어넣고 손목시계를 힐끗 쳐다본다.

"뭐… 어쨌든 상상의 힘이란 대단한 거야. 별 것 아닌 것처럼 보여도 학문의 흐름에 새로운 길을 열어주기도 하잖아."

아까 분필에 맞았던 그 학생이 다시 졸고 있다. 그것이 그의 눈에 띈다. 그는 다시 한 번 손목시계를 바라보면서, 손가락을 입에 갖다 대어 모두에게 조용히 하라는 신호를 보낸다. 그리고는 살금살금 그 학생에게로 접근한다.

그렇게 몇 발걸음을 옮기자 그는 어느새 학생의 코고는 소리조차도 명확히 들을 수 있을 정도로 가까운 거리까지 와 있었다.

몇몇 학생들이 웃음을 참지 못하고 낄낄거린다. 그러자 그는 다시 손가락을 입에 갖다 댄다.

그는 마지막으로 손목시계를 바라본다. 그 뒤에 그는 마음속으로 초를 세기 시작한다.

"5초… 4초… 3초… 2초… 1초… 땡!"

그는 손으로 책상을 있는 힘껏 내리친다. 쿵 하는 굉음과 함께 졸고 있던 학생은 화들짝 놀라 잠에서 깬다. 그와 동시에 수업이 끝났음을 알리는 종이 울린다. 다른 모든 학생들은 박장대소하면서 교실을 나선다. 졸고 있던 그 학생은 무슨 일이 일어났는지 영문도 모른 채 어리둥절해하고 있을 뿐이다.

모든 학생들이 교실을 나선 후, 데이빗은 혼자 교실에 남아 창문 밖을 바라보고 있다.

"정말이지… 어린애가 따로 없다니까요."

뒤쪽에서 들려오는 익숙한 목소리에 그는 돌아본다. 레이첼이 교실 문틀에 기대어 서 있다.

"아…" 데이빗은 머쓱해져서 그저 웃음을 짓는다.

"보고 있었던 거예요?"

"분필 던질 때부터 보고 있었죠."

레이첼이 실소를 머금으며 말한다. 그녀는 그에게로 걸어와 팔을 그의 목에 두르고는 안긴다.

"전 이제 퇴근하는데, 아직 할 일이 남았나 봐요?"

"보충수업 할 게 좀 남긴 했죠. 내일은 일찍 퇴근할지도 모르겠어요."

레이첼은 웃으며 데이빗의 이마에 가볍게 입맞춤한다. 둘 다 다음으로 뭐라 해야 할지 몰라 생기는 잠깐의 어색한 순간이 지나고, 이윽고 그녀가 다시 웃어 보이며 말한다.

"그럼, 먼저 가볼게요."

데이빗은 환하게 웃으며 손을 흔드는 것으로 답한다.

그녀가 교실을 나선 후 그는 다시 창문 밖으로 시선을 옮긴다. 창문 밖에는 학교 주차장이 펼쳐져 있다. 수많던 차량들은 하나둘씩 빠져나가 거의 없고, 지나는 사람 한 명 없는 주차장은 텅 빈 느낌만을 들게 한다. 그렇지만 얼마 지나지 않아 레이첼이 나타나며 주차장의 공허함은 어느 정도 메꿔진다. 온화한 미소가 그의 입가에 떠오른다.

그런데 갑자기, 주차장을 가로질러 가던 레이첼의 앞에 웬 장님이 떡하니 나타난다.

그 장님은 레이첼이 자리를 피하려고 해도 그녀의 발걸음 소리로 알아채고는 계속 따라다니며 말을 건다. 데이빗의 표정이 어두워진다.

"젠장. 또 저놈이야…"

황급히 교실을 나온 데이빗은 주차장을 향해 달려가기 시작한다.

#3
형사

"젠장! 또 야간근무야!"

조수경관이 형사의 귀에 들리지 않을 정도의 목소리로 투덜거렸다.

"이곳이 실종자의 저택인가?" 다음 순간 형사의 갑작스런 목소리에 놀라 허둥지둥 답하는 조수경관이었다. "예, 예, 맞습니다."

"음, 집 한번 크고 호화스럽게 생겼군. 저런 거 하나 장만하려면 돈이 얼마나 들어가려나?"

그의 속도 모르는 형사는 그저 그들 앞에 펼쳐져 있는, 가옥의 크기는 말할 것도 없이 정원마저 엄청나게 광대하고 마치 성의 모습을 연상시키는 삐쭉삐쭉한 지붕 위에 달린 금장식들이 아래로부터의 스포트라이트에 화려하게 빛나는 저택에만 눈을 고정한 채 말했다.

"잠깐, 근데 실종자의 이름이 뭐라고 했더라?"

"제이슨 모리… 입니다, 형사님."

그의 말에 조수경관이 대답했다.

"좋아, 한번 둘러보자고. 실종 사건에 도움이 되는 증거들 말고도 뭔가 더 찾을만한 것들이 있을 것 같단 말이야."

"예? 무슨 말씀이십니까?"

조수경관이 물었다.

"일단 수색을 시작하고 나서 말해주지. 저택이 크긴 하지만 다 둘러볼 수는 있을 거야. 실종자가 실종된 곳이 저택 내부라서 수색 도중 발견되는 일이 없다면 말이지. 하기야 이정도 크기면 그것도 가능하겠군."

그는 푹 눌러쓴 모자 밑으로 담배를 가져다가 입에 물었다. 그는 용의자를 체포할 때나 잠잘 때를 제외하면 5분 이상 담배를 입에서 떼는 일이 없었다. 살갗이 전혀 보이지 않는 길고 두툼한 외투를 입고 있었는데, 만약 그 외투의 주머니들을 뒤진다면 담뱃갑이 적어도 다섯 개는 넘게 나오리라. 담배와 함께 그가 달고 사는 것은 바로 모자였다. 푹 눌러쓴 모자 덕분에 그의 얼굴은 잘 보이지 않았다. 그래서 그는 주위 사람들에게 종종 '미스터리한 형사'라는 말을 듣곤 했다.

그리고 실제로도 그는 미스터리한 형사였다.

형사로서 10년을 근무했는데도, 경관들은 모두 그를 형사님이라고만 불렀다. 이 때문에 신입 경관들은 그의 이름을 모르고 지내는 경우가 종종 있었다. 또한 그는 집에 혼자 살고, 집의 창문에는 모두 커튼이 드리워져 있어서 이웃들은 그가 집에서 대체 무얼 하는지 도무지 알 턱이 없었다.

"문 좀 열어 주겠나? 안에서 누가 튀어나와 우릴 공격할지도 모르는 일이니까 말이야." 그는 총집에서 총을 꺼내어 문을 겨누면서 말했다.

조수경관은 마스터키로 문을 열었고, 형사의 눈앞엔 저택 안의 모습이 펼쳐졌다.

호화스러움. 자신의 집의 모습과의 오버랩. 찰나의 열등감과 의외의 우월감.

문을 열어젖힌 조수경관도 집안의 모습을 보고는 약간 풀이 죽은 듯 했다.

그들 앞에 크고 기다란 복도가 나타났다.

복도에는 빨간 카펫이 깔려 있었고, 바닥의 양쪽 가장자리에는 일정한 간격으로 배열된 LED등이 벽과 천장을 파란빛으로 물들이고 있었다. 그들은 계속 걸어갔다. 중간 중간에 고급 도자기나 호화스러운 보석장식들이 진열대에 진열되어 있는 모습이 눈에 띄었다. 형사는 복도를 따라 걸어가면서, 그것들을 만져보기도 하고, 한참동안 서서 바라보기도 하였다. 그때마다 조수경관은 아무 말 없이 그를 기다려야 했다.

그러던 그의 앞에 커다란 홀이 나타났다.

홀은 천장이 지붕까지 탁 트여 있어서, 형사는 위층의 모습들을 볼 수 있었다. 덕분에 그는 이곳에 와서야 이 건물이 총 6층이라는 사실을 알아차릴 수 있었다. 그동안 건물의 층수에 대해서는 관심을 두지 않았던 것이다. 그가 조수경관에게 물었다.

"실종자의 방이 어디라고 했지?"

형사는 조수경관이 이끄는 대로 3층에 있는 서재로 들어갔다. 고급스러워 보이는 카펫과 가구들, 예술작품들이 그를 맞이했다. 형사는 제이슨 모리의 책상 위에 놓여 있는 일기장을 발견했다. 그것을 증거물로 챙겨두었다. 그러고는 책상에 달려있는 서랍들을 열어 서류더미들을 뒤지기 시작했다.

"서류는 왜 뒤지십니까?"

"혹시 뭐가 있을지도 모르니 말이야. 난 이 사람이 뭔가 수상스러워. 동네 교회 목사라는 사람이 이렇게 큰 집을 장만했다는 것도 이상하고, 또 요새 들어서 교회에도 나오지 않는다 하고…. 하여튼 뭔가 있는 것 같아. 집 전체를 샅샅이 뒤져보면 뭔가가 나오겠지. 집이 너무 커서 다 뒤지려면 시간이 꽤나 걸릴 거야. 그래도 충분히 할 수 있겠지, 조수경관?"

형사는 뭔가 어려운 일을 시킬 때에만 '조수경관'이라는 호칭을 붙인다. 조수경관은 속으로 망연자실했지만, 그의 명령에 따를 수밖에 없었다. 그러나 그들은 모르고 있었다. 그들이 생각하는 것보다 훨씬 더 굉장한 것이, 그들이 생각하는 것보다 훨씬 가까이에 있다는 것을.

모든 것은 이 방안에 있었다.

#4
전주

　레이첼은 주차장을 가로질러간다. 그녀의 머릿속에는 빨리 차를 타고 집에 가서 편히 쉬어야겠다는 생각뿐이다. 다크서클이 더 내려오도록 놔둘 수는 없다. 저기 그녀의 차가 보인다.

　"무리해서 일하는 게 아니었어. 빨리 집이나 가야겠다." 그녀는 걸음을 재촉한다.

　그러나 그녀의 시야에 또 다른 것이 들어온다.

　한 장님이 그녀의 앞에 나타난 것이다.

　그의 모습은 그녀에게 경각심을 일으키기에 충분하다. 그가 장님이라서가 아니라, 그의 용태가 너무 요상하기 때문이다. 한 손으로는 지팡이를 짚고 다른 한 손으로는 그녀의 차 위에 손을 얹고 있는 모습도 그렇지만, 가장 이상한 것은 그의 목이다. 그의 목은 정상적인 사람의 그것보다 약간 오른쪽으로 휘어있다. 그러니 그의 얼굴도 오른쪽으로 기울어져 보인다. 게다가 그의 몸은 언제나 부들부들 떨고 있다. 무슨 이유에선지 몸을 가누기가 여간 어려운 것으로 보이지 않는다. 레이첼의 몸에 소름이 돋는다.

　"젊은 아가씨… 내 말 좀 들어보라고…"

　"벌써 그 얘기만 몇 번째예요? 이제 그만 나타나세요. 아저씨가 얘기하는 거, 그런 건 이 세상에 없어요."

레이첼은 장님을 피해 자신의 차로 가려고 했으나, 장님이 계속 그녀를 따라다니며 말을 거는 바람에 그럴 수가 없다.

"이보게 아가씨, 내가 직접 봤다니까?"

　레이첼은 한숨을 내쉬고는, 짜증나는 듯이 빈정거린다.

"눈도 안 보이는데 보긴 뭘 봐요?"

　장님은 자신의 주머니를 손으로 찾아 그 내부를 뒤적거린다.

"그래. 보진 못했지만 그래도 알 수는 있어. 이번엔 내가 직접 가지고 왔어. 여기, 보여줄게."

　그는 무언가를 꺼내 그녀에게 보여준다. 그냥 평범한 돌이다. 레이첼은 그 돌을 잠시 응시하다가, 다시 장님을 바라보며 말한다.

"아저씨가 착각하는 거예요. 이건 그냥 평범한 돌이잖아요."

"나도 알아. 하지만 이게 밤이 되면…."

"이봐요!"

　소리 나는 쪽으로 돌아보니, 그곳엔 데이빗이 서 있다. 묵직한 발걸음으로 그들을 향해 천천히, 또박또박 걸어온 그는, 장님의 앞에 턱 멈춰 서고는 조곤조곤한 목소리로 경고한다.

"만약 또 이곳에 찾아와서 지금 같은 일을 또 일으키시면… 그땐 경찰에 신고할 겁니다. 이제 그만 이곳에서 나가주세요."

　장님은 잠깐 머뭇거리더니 우물쭈물 말을 잇기 시작한다.

"또 자넨가…? 그렇지만 이것 좀 본 후에… 본 후에 가도…."

"또 나타나시면 경찰에 신고합니다. 이제 그만 나가주세요."

　데이빗은 장님의 말을 끊고 단호한 어조로 말한다. 장님은 어쩔 수 없이 손을 이리저리 짚으며 주차장에서 나갈 수밖에 없었다. 그가 나간 후, 둘은 서로를 바라본다.

"고마워요. 그래도 너무 심하게 밀어붙인 거 아녜요?"

레이첼이 말한다.

"이봐, 거기! 내가 눈이 안보여도 귀는 좋아. 아가씨도 나한테 빈정거려놓고서 마음 약한 척 마시지!"

장님이 주차장 울타리 너머에서 소리친다. 그리고는 후환이 두려웠는지 빠른 걸음으로 시야에서 사라진다. 데이빗은 장님이 완전히 시야에서 사라질 때까지 노려보다가 그가 사라지고 나서야 다시 고개를 돌려 레이첼을 바라본다.

"고맙긴요. 집에 도착하면 연락 남겨요."

"왜, 불안하세요?" 레이첼은 실소를 터트린다. 그리고는 갑자기 정색한다. "제가 제 집도 무사히 못 들어갈 정도로 연약할까봐요?"

"아니, 뭐 그냥⋯"

그가 말을 흐리자 그녀는 표정을 풀고 농담이라며 다시 한 번 그의 이마에 가볍게 입맞춤을 한다. 데이빗은 기분 좋은 표정을 지어보이며 말한다.

"전화 한번 하는 게 뭐가 어렵다고요. 그럼, 잘 가요."

그는 그 말을 하고나서 저만치 걸어간다. 레이첼도 기분 좋은 표정을 지어보이며 차에 오른다. 차에 시동이 걸리는 소리는 부드럽고, 그녀의 기분을 차도 알고 있는 건지 잘만 미끄러져간다. 차창을 통해 들어오는 시원한 바람에 머리카락은 선선히 흩날리고, 이제 하나둘씩 켜지기 시작하는 도시의 네온사인 빛에 차의 광택은 도드라진다. 이런 분위기 속 도시의 공기를 맞으며 나아가는 그녀의 차는, 스피커에서 흘러나오는 음악소리를 그 음악의 선율에 맞춰 콧노래를 부르는 레이첼과 함께 감상한다.

모든 것이 제 자리에 갖춰져 있는 것 같다. 불안한 일 따위는 일어날 수 없을 것 같다는 생각이 그녀의 머릿속을 채운다.

#5
특별했던 이들

도대체 여긴 어디인가!

내가 왜 지금 이런 곳에 와 있는 거지?

나는 분명…

억!… 머리가 아파오기 시작한다.

내 이름은 콜린이다. 콜린 핸스턴. 나는 지금 일종의 감방 안에 있는 것 같다. 내가 있는 곳은 작은 방 안이고, 세면대와 변기, 그리고 지금 내가 누워있는 침대가 방 안의 전부다. 나가는 곳은 철문으로 막혀 있고, 불은 환하게 켜져 있어 내 눈을 부시게 한다. 감방도 보통 감방이 아닌 특수 감방인 것 같다. 무슨 독방 비슷한 것… 저 벽 너머에서 누군가가 감시 카메라로 나를 지켜보고 있을 것만 같다.

아, 기억났다! 내가 여기 오게 된 경위 말이다.

그러니까… 나는 서커스 공연을 마치고 분장실에 앉아 쉬고 있었다. 한적한 시골동네에서 해서 그런지 많은 사람들이 공연장에 오지는 않았다. 사람들은 내가 무대에 모습을 드러내는 순간부터 환호성을 쏟아낸다. 언제나 공연이 시작되는 순간부터 끝나는 순간까지 가장 많은 스포트라이트를 받는 사람은 나다. 단장은 이런 나를 알아보고는 단숨에 나를 자신의 서커스단으로 들여왔지.

일자리를 구하지 못해 사채업자들한테 모든 걸 빼앗기고 집도 없이 길바닥에서 노숙 생활을 시작한 나에게 그의 제안은 생명수 같은 것이었다. 비록 가장 많은 이득을 본 사람은 바로 단장이긴 하겠지만 말이다.

어쨌든 내가 분장실에서 쉬고 있을 때, 밖에서 단장의 목소리가 들려왔다. 그의 목소리에서 뭔가 흥분한 기색을 들을 수 있었다. 궁금한 마음에 밖으로 나왔다.

그때 내가 본 것은, 단장이 검은 양복을 입고 검은 모자를 쓴 어떤 남자에게 가방을 건네받고 있는 모습이었다. 이제 와서 생각해보니 그 가방에는 돈이 들어있었지 않았을까 싶다. 단장이 날 팔아먹은 것이었다. 검은 양복의 사내는 내가 나오는 것을 보더니 방망이를 들고 내 쪽으로 다가오기 시작했다. 단장은 그 모습을 보고는 검은 양복의 사내에게 '그럼, 수고하십시오!'라고 하고는 그 자리를 빠져나갔다.

그 뒤로는 기억이 나지 않는다. 아마 검은 양복의 사내가 나를 방망이로 기절시킨 후, 이곳으로 끌고 오지 않았나 싶다.

으… 다시 머리에 통증이 느껴지기 시작한다. 이곳에서 빠져나갈 방법이 없을까?

잠깐! 문이 열리기 시작한다. 철문이 옆으로 미끄러진다.

이런… 밖에는 얼굴까지 가리는 두터운 망토를 뒤집어쓴 사람들이 떼로 기다리고 있었다. 그들이 뒤집어쓴 망토의 색은 두 종류다. 빨간색과 하늘색. 제일 앞에 있는 빨간 망토 하나와 하늘색 망토 하나가 나를 잡으려고 성큼성큼 내 쪽으로 다가온다! 굉장히 덩치가 크다. 내 심장박동이 빨라지기 시작한다. 몸속에서 아드레날린이 솟구치는 것이 느껴진다.

나는 나의 모든 순발력을 발휘한다. 나를 잡으러 온 두 놈들이 잠깐 방심한 사이에 전광석화 같은 속도로 그 둘의 몸 사이를 젖히고 달려나간 것이다.

그러나 밖에 있는 놈들과 대면했을 때, 나는 잠깐이지만 멈칫하지 않을 수가 없었다.

그들의 수는 너무 많다. 하지만 이렇게 잡힐 수는 없다. 나는 그들에게 마구잡이로 주먹을 날리면서 그들을 뚫고 나가려 한다. 그러자 사방에서 놈들이 달려든다. 주먹과 발길질도 날아온다.

한바탕 난장판이 벌어진다.

그 난장판 한가운데서 무의식적으로 팔다리를 휘두르던 나는 그러다가 엉겁결에 한 사내의 빨간색 망토를 집게 된다. 나는 그의 망토를 잡고 늘어진다. 필사적으로. 그들의 발길질이 나를 망토로부터 떼어내려 하지만 나는 그럴수록 망토를 더욱 세게 잡아당긴다.

그러던 어느 순간, 사내의 망토가 벗겨진다. 그의 망토는 어느새 나의 손에 있다.

나는 그 망토를 방패삼아 뒤집어 쓴 후, 그들을 엄청난 힘으로 밀치고 망토들이 모여 있는 그 숲을 빠져나온다. 워낙 정신없는 상황이라 그런 것인지, 그들 중 몇몇은 내가 망토를 갈취했다는 사실을 모르는 것 같다. 그들은 빨간색망토를 뒤집어쓴 나를 쫓아가는 대신, 그 망토의 원래 주인을 공격한다.

나는 계속 달린다. 저들에게 다시 잡혔다간 끝장날 것 같다. 나는 모든 힘을 다하여 달린다.

그러나 그것도 잠시뿐이다. 나는 갑자기 뒤에부터 울려 퍼지는 굉음의 총소리를 듣게 된다. 나는 그 총소리에 놀라 멈칫한다. 누군가가 뒤에서 소리친다.

"당장 그 자리에 멈추고 손들어!"

망토를 쓰고 있는 사람들 중 한 명이 나에게 권총을 겨누고 있다. 나는 그의 명령대로 할 수밖에 없다. 나는 그 자리에 멈추고 두 손을 머리 위로 올린다. 그리고 그들이 날 잡아가기를 기다린다.

이런, 그들이 무슨 하얀 가죽보따리 같은 것을 내 머리에 씌워 얼굴을 덮어버린다. 그러자 호흡이 가빠오기 시작한다. 나는 그 상태로 그들에게 끌려가기 시작한다.

가죽보따리가 벗겨진다. 그러자 곧바로 하얀 빛이 들어와 내 눈을 부시게 한다. 다시 방안으로 끌려들어온 건가? 그건 아닌 것 같다.

내 눈에는 여전히 하얀 빛만 들어오고 있다. 처음에는 눈이 부셔서 그런 줄 알았는데 그게 아니다.

이 방은 모든 면이 하얀색이던 것이다!

말 그대로 '하얀 방'이다. 벽면, 바닥과 천장까지 모두 하얀색이다. 그것이 나로 하여금 이 방이 얼마나 큰지, 또 높이는 얼마나 되는지 짐작하기 어렵게 만든다. 천장에 전등이라도 달려 있었으면 높이는 짐작할 수 있을 텐데….

잠깐, 천장에 전등이 없다고?

분명 이 방에는 창문도 없고 문도 닫혀 있다. 한마디로 빛이 외부에서 들어올 수 없다는 것이다. 그렇다면 내 눈에 들어오는 이 하얀 빛은 도대체 어디에서 나오는 거지?

나는 몸을 굽히고 앉아 바닥을 살펴본다. 그리고 바닥에다 손도 대본다. 손을 바닥에 대자 희미한 열기가 내 손을 감싼다. 뜨거운 열은 아니었지만 보통의 차가운 바닥과는 확실히 다르다. 분명 이 바닥에서는 열기가 나오고 있다.

거기서 나는 한 가지 확신을 갖게 된다.

이 바닥은… 자체적으로 발광하는 바닥인 것이다!

바닥뿐만이 아니다. 천장과 벽들도 모두 발광하고 있다. 지금 내 눈에 들어오는 이 하얀 빛은 모두 그런 곳들에서 나온 것이다.

#6
발단

 그 다음 날, 그러니까 오늘은, 학생들이 그렇게도 기다려왔던 금요일이다.

 레이첼은 어제와 같은 일 없이 하루의 일정을 무사히 소화하고 주차장을 가로질러 자신의 차로 가는 중이다. 어젯밤 충분한 숙면을 취해서인지 오늘이 금요일이어서인지는 모르겠지만, 그녀는 상태가 훨씬 좋아 보인다.

 그러나 그가 또 나타난다. 그 장님 말이다.

 그가 다가오는 것을 보자마자 레이첼은 기겁하며 뒤로 물러선다. 그리고는 적대적인 어조로 말한다.

 "한번만 더 이곳에서 어슬렁거리면 경찰에 신고할 거라고 경고했는데, 결국 그 경고를 무시하고야 말았군요. 좋아요, 같이 경찰서로 갑시다."

 그녀는 조그마한 핸드백에서 휴대전화를 꺼내들어 다이얼을 누르기 시작한다.

 "잠깐! 내말 좀 들어봐."

 장님은 그렇게 외치면서 다이얼 누르는 소리가 나는 곳을 붙잡는다. 자신이 잡은 것이 무엇인지 직감한 그는 재빠른 손놀림으로 휴대전화를 그녀의 손에서 빼간다. 그리고는 약삭빠르게 뒤로 물러나 몇 걸음 떨어진 곳으로 이동해 경계 자세를 취한다. 눈이 보이지 않는 것은 전혀 문제가 되지 않았다.

그녀의 얼굴에 당황한 기색이 역력하다. 그녀는 소리를 지르기 시작한다.

"도와주세요! 여기 소매치기가 있어요!"

그러자 장님은 그녀를 진정시키려 한다.

"잠깐, 잠깐만 소리 지르지 말고 내 얘기 좀 들어봐! 이 휴대전화는 돌려줄 거야. 돌려줄 거라고! 그 전에 제발 내 얘기 좀 들어줘. 아니, 굳이 들어주지 않아도 돼. 이 돌만 가져가. 돌 하나쯤 가져간다고 손해 보진 않잖아. 제발, 부탁이야. 나에겐 정말 중요한 거라고."

"제 휴대폰이나 내놔요!"

"알았어, 알았어. 자, 여기."

장님은 그녀를 향해 휴대전화를 들고 있는 손을 내민다. 그녀가 다가와 그의 손에서 휴대전화를 낚아챘다.

그러자 그는 다른 한 손으로 주머니에서 돌을 꺼내 레이첼의 손에 쥐어 준다. 그리고 그 손을 잡은 채로 그녀의 옷을 이리저리 쑤셔대다가 주머니를 찾아 돌을 쥔 그녀의 손을 주머니에 찔러 넣는다. 그녀가 기겁을 하여 소리를 지르며 그를 밀쳐낸 서슬에 그는 넘어지면서 땅바닥에 주저앉는다.

"그거 꼭 가지고 있어야 해! 버리면 안 돼, 부탁이야."

넘어진 상태에서도 그는 외친다. 본디 여기 온 목적은 어느 정도 달성했고, 또 여기에 계속 있다가는 무슨 일을 당할지 두려워진 그는 허겁지겁 일어나 그 자리를 벗어나기 시작한다.

마침 멀리서부터 익숙한 고함소리가 들려와 그의 도망을 재촉한다. 그는 도망가면서 이리저리 걸려 넘어지지만, 고함의 근원과 맞닥뜨리기 전에 주차장을 벗어나 사라진다.

"레이첼, 괜찮은 거예요?"

그녀의 애인이 허겁지겁 달려와 숨을 헉헉거리며 묻는다. 그녀는 당황한 기색 없이 차분한 목소리로 얘기한다.

"전 괜찮아요. 그렇지만 이번에는 본때를 똑똑히 보여줘야겠어요."

그녀는 휴대전화기로 경찰서의 전화번호를 누른 후, 통화버튼을 누른다. 휴대전화의 작은 스피커에서 통화 연결음이 흘러나오기 시작한다.

"아까 보니까 당신이 막 소리 지르면서 그 놈을 밀쳐내고 있던데, 설마 그 놈이 당신 몸에 손댄 건 아니죠?"

"그런 적 없어요. 그냥 제가 조금 오버했을 뿐이에요."

그녀는 자신의 애인에게 괜히 이상한 말을 해서 불필요한 말썽을 일으킬 필요는 없다고 느끼며 답한다. 물론 데이빗이 파고들었지만, 그녀는 대답하지 않는다. 별안간 끊어질 연결음이 그의 질문공세마저 끊을 것임을 알고 있기 때문이다.

친절한 목소리가 흘러나온다.

"경찰서입니다. 무슨 일이시죠?"

"안녕하세요, 트레이시 경사와 통화할 수 있을까요? 레이첼 윤이라는 사람이 찾는다고 전해주세요."

"아, 레이첼 씨군요. 잠깐만 기다리세요. 곧 바꿔드리겠습니다."

스피커에 침묵이 잦아든다. 잠시 후 그녀에게 익숙한 목소리가 스피커 너머에서 들려오기 시작한다.

"레이첼, 무슨 일이야?"

"트레이시, 내가 웬만해선 전화하진 않으려 했는데 말이야… 그 사람이 또 찾아왔어."

"그 사람? 아, 이상한 거동을 보인다던 그 장님 말이야? 그 사람이 또?"

"내 휴대폰까지 가져가려 했어. 어떻게 적절한 조치 좀 취해주면 안될까?"

"음… 어떤 조치가 가능한지 손닿는 대로 알아볼게. 일단 그 사람을 다시 보게 되면 즉시 경찰에 신고해줘. 집 없이 떠도는 사람이라면 보호시설 같은 곳에 보낼 수도 있을 거야."

"고마워. 되도록이면 빨리 이 문제를 해결해줬으면 좋겠어."

"알았어. 그럼 이만 끊을게. 이 직업이 사적인 통화를 길게 할 여유를 허락하지 않는다는 점은 너도 잘 알잖아. 물론 이건 엄밀히 말하면 정식 신고라 업무에 포함되긴 하지만, 나에겐 이미 처리해야 할 다른 업무들이 산더미라고. 그래도 네 일에 대해선 최선을 다해서 빨리 해결해줄게."

레이첼은 전화를 끊고 전화기를 조그마한 핸드백에 집어넣는다. 데이빗과 눈이 마주치자, 그녀는 어색한 미소를 지어 보인다. 데이빗이 약간 놀란 표정으로 묻는다.

"휴대전화를 가져가려 했다고요?"

"아, 별일 아니었어요. 눈도 안 보이는데 가지고 있어 봐야 얼마나 가지고 있었겠어요? 당연히 내가 폼 나게 다시 가져왔죠."

그녀는 짐짓 과장된 표정과 몸짓을 섞어 가면서 정말 아무 일도 아니라며 데이빗을 안심시킨다.

데이빗은 기분이 매우 껄끄러웠지만 더 이상 묻지 않기로 한다.

"어쨌든, 조심히 들어가고 집에 도착하면 연락 남겨요. 아, 이따가

자기 전에도 전화 한번 하는 게 어떨까요?" 그가 말한다.

레이첼은, 그 말속에 담긴 둘만의 암묵적 의미에 살짝 멍해져 있다가, 잠시 뒤 약간 어색한 웃음소리로 화답한다.

"하하… 그래요. 그럼, 그때 전화할게요. 그 전에 먼저 곯아떨어지지 말고요."

"절대 안 그래요. 당신이야말로 선잠자다가 전화하는 거나 잊지 말아요."

"어, 전 누구와는 달라서 잠을 자도 시간에 맞춰서 깨어나는 초능력이 있거든요? 걱정은 자신에게만!"

레이첼은 그의 어깨를 탁탁 두드리고는 웃어 보이면서 차에 올라탄다.

적막한 차 내부, 그녀는 주머니를 뒤적여 아까 장님이 쑤셔 넣었던 돌을 찾아 노려본다. 확 창문 밖에 버리고 갈까 생각도 했지만 그저 한숨 한 번으로 대신하며, 그녀는 돌을 조수석에 던져두고는 차에 시동을 건다.

차는 곧이어 주차장을 빠져나간다. 데이빗은 멈춰 선 채로 그녀의 차가 멀어지는 모습을 바라보며 차가 남기고 간 배기가스를 들이킨다.

그는 손목시계를 바라본다. 그리고는 그 역시 퇴근하기 위해 그의 차를 주차시켜 놓은 곳으로 발걸음을 옮긴다.

그로부터 몇 시간 뒤, 레이첼에게 아주 희한한 일이 일어난다.

#7
와인 병

형사는 손목시계를 바라보았다.

수색을 시작한지 한 시간 가량 지났다. 그의 눈앞에서 시야를 차단하고 있는 하얀 종이묶음을 아래로 내리자 그가 조금 전에 재떨이에 비벼 끈 담배에서 뿜어져 나오는 지독한 연기를 견디며 서랍을 뒤지고 있는 조수경관의 모습이 눈에 띄었다. 그는 그가 발견한 사실을 조수경관에게 말하기로 마음먹었다.

"보아하니, 이 사람의 진짜 이름은 '제이슨 모리'가 아닌 듯하네."

열심히 서랍들을 뒤지고 있는 조수경관의 어깨 너머로, 형사는 방에 있는 안락의자에 앉아 일기장을 뒤져보고 있었다.

"그게 무슨 말씀이십니까?"

"이 사람 이름은 '로버트 몰리슨'이야. 여기 일기장에 그렇게 나와 있네."

갑작스런 정적. 희미한 손의 떨림.

"'로버트 몰리슨'이라고요? 십 수 년 전에 종적을 감춰버린 그 미술가 말입니까?"

"그래. 그렇게 종적을 감추고 이런 한적한 동네에서 살고 있었던 거야. 도대체 이곳에서 무슨 일을 했는지 궁금하군."

"잠깐, 만약 지금 우리가 조사하고 있는 사람이 로버트 몰리슨이라면…."

"그럼 뭐?"

조수경관은 구석에 쌓여 있는 서류더미들 중 몇 개를 골라 그에게 건네주었다.

"제목에 로버트 몰리슨의 이름이 들어간 자료집을 여러 개 발견했어요. 여기 〈로버트 몰리슨의 광학연구 결과〉라든지, 또 여기 〈로버트 몰리슨의 위대한 발견/발명〉이라든지…."

형사는 겉표지에 큰 글씨로 〈로버트 몰리슨의 위대한 발견/발명〉이라고 쓰여 있는 자료집을 펼쳐 읽기 시작했다.

"〈풍선을 통해 알아보는 시각적 충격〉… 〈R, G, B와 명도의 수치들로 알아보는 시각적 충격〉… 도대체 뭔 소린지 모르겠네. 이 사람 그림 안 그리고 한다는 것이 이런 것들이었어?"

형사는 자료집의 초반 부분만 대충 훑어보고는, 더 이상 무슨 내용이 있는지도 신경 쓰지 않은 채 자료집을 내팽개쳤다.

"다른 거 줘 보게. 다른 거."

조수경관이 그에게 〈로버트 몰리슨의 광학연구 결과〉자료집을 건네주려 하자, 그는 갑자기 마음을 바꾸었다.

"아니다. 그건 자네가 나중에 보든지 말든지 마음대로 하게. 어차피 봐야 똑같은 이야기일 텐데 말이야. 난 그냥 그 지긋지긋한 서류더미들 말고 다른 데에서 수색을 하도록 하지."

형사는 안락의자에 머리를 기대었다. 그리고는 방 안의 모습을 찬찬히 둘러보았다.

형사가 앉아있는 안락의자는 네모난 모양의 방 한구석 꼭짓점 부분에 위치하고 있었다. 형사는 제이슨 모리, 그러니까 로버트의 책

상을 바라보았다. 책상은 그가 있는 안락의자에서 바라보았을 때 앞
뒤로 길게 뻗은 모양이었다. 책상의 앞뒤 가장자리에는 책상에 달려
있는 서랍과는 별개로 기다랗고 다리가 없는 서랍장 두 개가 꼭 책
상에 바리게이트를 치듯이 좌우로 뻗어있었는데, 그 모습이 마치 로
버트의 서재에 들어와 마음대로 물건을 뒤지고 있는 형사에게 책상
은 건드리지 말라고 너무 늦어버린 경고를 보내는 것 같았다. 책상
뒤편에는 유리창이 있었다. 커다란 유리창 네 개가 방 안으로 달빛
을 들여보내고 있었다.

　형사는 바닥에 깔려있는 카펫을 바라보았다. 커다란 카펫이 방 한
가운데에 넓게 깔려 있었고, 카펫의 한가운데에는 커다란 나침반이
그려져 있었다. 로버트의 책상과 서랍장들은 나침반이 동쪽이라 가
리킨 방향에 있었고, 뒤쪽에 있는 유리창들도 마찬가지였다. 나침반
이 남쪽이라 가리킨 방향의 벽면에는 책꽂이에 무수히 많은 책들이
꽂혀 있었고, 책꽂이로 가득 찬 그 벽면이 동쪽 벽면과 만나는 그곳
에는 그가 앉아 있는 안락의자가 위치하고 있었다.

　나침반이 북쪽이라 가리킨 벽면에는 그림 몇 점이 걸려 있었다. 그
림들은 일정한 간격으로 진열되어 있었는데, 다만 가장 오른쪽에 있
는 그림만은 로버트가 아끼는 작품인지 다른 그림들과는 멀찍이 떨
어져서 금장식 액자에 보관된 채로 조명을 받고 있었다. 그의 시선
은 오른쪽에 있는 그림으로부터 왼쪽으로 옮겨갔다. 그림들은 모두
인상파 또는 후기인상파 화가들의 작품인 것 같았다. 그의 시선이
벽면의 가장 왼쪽에 있는 조각상에 머물렀다. 하얀 석고 사각기둥
위에 로댕의 〈생각하는 사람〉의 축소판 조각상이 놓여 있었다.

　형사는 자리에서 일어났다. 그리고는 로버트의 책상과 유리창 사
이를 가로질러 금장식 액자 쪽으로 발걸음을 옮겼다. 그림 속에는

빨간 타일 위에 네 발로 서 있는 허름하고 노란 나무의자가 있었다. 의자 뒤로는 나무상자가 하나 있었는데, 그림의 가장자리에 위치하고 있는 탓에 나무상자는 일부분 밖에 보이지 않았다. 나무상자에는 진한 글씨로 빈센트(Vincent)라고 쓰여 있었다.

빈센트 반 고흐의 〈고흐의 의자〉로군, 형사는 속으로 생각했다.

형사는 벽을 따라 왼쪽으로 천천히 걸으며 벽에 걸려있는 그림들을 하나하나 훑어보았다. 모네의 〈인상: 해돋이〉나 고갱의 〈자화상〉, 르누아르의 〈라 그레누이〉 등이 미묘하게 빛나, 그의 눈에 띄었다.

"원본하고 색채가 다른 그림들이 보이는군. 디테일한 요소들 중 그냥 흐릿하게 처리된 것들도 있어. 애초에 이런 유명한 그림들이 이런 한적한 동네에 보관되어있을 리는 없을 테고⋯. 이것들은 전부 다 이 집 주인의 머릿속에서 다시 구현되어 어설프게 그려진 모조품들이겠지?" 그는 중얼거렸다.

"글쎄요⋯. 전부 다 그런 것은 아닐 수도 있을 것 같은데요?" 그의 중얼거림을 들은 조수경관이 〈고흐의 의자〉를 가리키며 말했다. "만약 저 그림이 모조품이라면 저렇게 화려한 액자에 넣어 보관했을까요?"

형사는 그를 탐탁지 않은 얼굴로 쏘아보았다. 잠시 눈길을 주고는, 한심하다는 듯 그저 방금 전까지 자신이 훑어보고 있었던 그림으로 돌아가는 그였다.

"시선 끌기야, 시선 끌기."

조용히 입을 연 그는 그림들을 따라 점점 왼쪽으로 이동하면서 말을 이어갔다.

"저런 액자를 걸어놓으면 눈길이 저절로 가게 되는 점을 이용한 게지. 아마 그 작품은 그냥 평범한 캔버스에 손으로 그린 모조품일 걸 세. 별 거 없는데 꼭 거기에 뭔가 있는 듯 보이게 해서 시선을 그 한 작품이 다 빼앗아가는 거야. 그렇게 해야 혹시라도 집주인을 시기하는 잠재적인 도둑이 이 방에 들어왔을 때 그 작품 하나만 노리고 나머지는 남겨놓을 가능성이 있지 않겠나? 그러니 자네는 조용히 수색이나 계속하게."

그는 조각상 앞에 멈춰 섰다. 조각상을 손으로 만져보았다. 그것은 그것을 받치고 있는 사각기둥과 똑같이 하얀 석고로 만들어져 있었다.

"옆의 그림들은 다 인상파나 후기인상파의 그림들인데, 요놈은 근대조각의 시조인 로댕의 작품이잖아? 뭔가 이상한데…"

형사는 조각상을 손으로 집어 들었다. 그는 조각상을 이리저리 돌려보며 관찰하기 시작했다.

그러다 그는 뒷면에서 누군가가 새겨놓은 글씨를 발견하였다.

친애하는 나의 친구 로버트 몰리슨에게
로버트 몰리슨의 36번째 생일을 기념하여 이 조각을 선물로 드립니다.
— 영원한 친구 B. C.가.

"누군가에게 받은 건가? 이름 대신 이니셜을 새겨놓았군…"

형사는 조각상을 다시 석고 사각기둥 위에 올려놓았다. 그는 돌아서서 카펫에 그려져 있는 나침반 위로 발걸음을 옮겨 나침반을 밟고 다시 한 번 방을 둘러보았다.

나침반이 서쪽이라 가리킨 벽면은 와인창고 같은 느낌이 들었다. 수십 개의 와인 병이 마치 그를 향해 대포를 발사하려는 듯이 포구를 겨눈 채로 진열되어 있었다. 형사는 그 와인 병들을 바라보며, 보통의 와인 병에선 풍겨 나오지 않는 어색함을 느꼈다.

　형사의 시선은 와인 병들에서 그 앞에 있는 탁자로 옮겨갔다. 그 수많은 와인 병들 앞에 로버트가 서재 안에서 와인을 마실 때 이용했을 법한 조그마한 탁자 하나와 의자 한 개가 놓여 있었고, 탁자 위에는 와인 병 하나만이 놓여 있었다. 와인 잔 같은 것은 보이지 않았다. 와인 병은 이미 누군가가 마신 후에 탁자 위에 남겨놓은 것처럼 보였다. 병에 캡슐은 달려있지 않았고, 한번 뽑혀 나왔다가 다시 쑤셔 넣어진 코르크 마개만이 외부의 공기가 병속으로 유입되는 것을 막고 있었다.

　형사는 와인 병이 홀로 탁자 위에 서 있는 것을 보며 잔은 없고 병만 탁자 위에 있다는 점을 의아해했다. 그는 의자에 앉아, 와인 병을 집어 들어 이리저리 돌려보기 시작했다.

　와인 병의 하얀 겉표지에는 바탕은 검은색에 테두리는 금색으로 '바롤로(Barolo)'라는 글씨가 인쇄되어 있었다. 형사는 그 밖에도 여러 가지 작은 글씨들을 발견하였지만, 그가 읽을 수 없는 문자들이었다. 그는 다시 와인 병을 내려놓았다. 그리고 병에게서 조금 멀찍이 떨어져서 병을 바라보았다. 그러더니 다시 고개를 병 앞에 갖다 대고 가까이서 유심히 바라보았다.

　바로 그 순간, 형사는 자신이 처음 와인 병들을 보았을 때 느꼈던 어색함이 무엇 때문이었는지 깨달았다. 그는 탁자 위의 와인 병에서 눈을 들어 올려 뒤에 진열되어 있는 병들로 시선을 옮겼다.

　그래! 여기 있는 와인 병들… 다 마찬가지야.

　형사는 바로 그때 서재 안에 있던 와인 병들에게서 이상한 점을 찾은 것이다!

로버트의 글

당신 앞에 수백 개의 풍선이 있습니다…

아니, 수만 개라고 가정을 해봅시다. 수십만 개, 수백만 개… 상관없습니다. 더 많아도 됩니다.

그 풍선들은 모두 파란색입니다.

파란 바다 위 파란 하늘에 파란색 풍선 수만 개가 둥둥 떠다니고 있습니다.

만약 그 수만 개의 풍선들 사이에, 주황색 풍선이 하나 끼어 있다면 어떨까요?

그 순간 그림이 확연히 달라집니다. 당신의 눈은 수만 개의 풍선들이 아닌, 주황색 풍선 하나에 초점을 맞추게 되죠.

그것은 파란 바다와 파란 하늘과 파란 풍선들만 보아왔던 당신에게 이전에 보지 못했던 새로운 색상의 풍선이 나타났기 때문입니다.

파란색에 익숙해져 있는 당신의 눈에 신선한 충격이 가해지는 것이죠.

이에 주황색 풍선은 당신의 눈에 띄게 되는 것입니다.

그렇다면 이번에는 상황을 조금 바꾸어서, 한번 혼돈을 만들어 봅시다.

당신은 시커먼 우주공간에 둥둥 떠 있습니다.

그 우주공간에는 별도 없고, 행성도 없고, 우주공간을 가로질러 날아다니는 얼음 조각들, 돌 조각들이나 우주 쓰레기들도 없습니다.

당신 눈에 들어오는 유일한 빛이라고는 당신 주위에서 당신과 함께 우주공간을 둥둥 떠다니는 풍선들에게서 나오는 빛입니다.

각각의 풍선 속에는 발광체가 들어있습니다. 전원 없이도 자체적으로 발광하는 발광체입니다.

발광체가 내는 빛에는 네 가지의 색이 있습니다. 파란색, 빨간색, 주황색, 연두색, 이렇게 네 가지입니다.

그 모든 풍선들이 우주공간을 이리저리 정신없이 날아다니고 있습니다.

당신은 그 혼돈에 현기증이 납니다.

그 뒤로 몇 년이 흘렀습니다.

아니, 몇 달이라고 가정을 해봅시다. 며칠, 몇 시간… 상관없습니다. 더 짧아도 됩니다.

그동안 당신의 두 눈은 네 가지 색상들의 혼돈만을 보아 왔습니다.

그때, 풍선들의 혼돈 속에서 보라색 빛을 내는 발광체를 담고 있는 풍선이 생겨납니다.

다른 풍선들에 가려져 당신은 그 보라색 풍선을 보지 못할 수도 있습니다.

그렇지만 만약 당신이 그 풍선의 일부분만이라도 포착한다면, 그 풍선은 지루한 혼돈 속에 빠져있는 당신에게 신선한 충격을 안길 것입니다.

아무리 혼돈이 정신없을 지라도 그 보라색 풍선은 당신의 눈에 띌 수밖에 없습니다.

당신이 일찍이 본 적이 없었던 색상을 지닌 풍선이기 때문입니다.

이런 것을 저는 〈시각적 충격〉이라고 부릅니다.

— 로버트 몰리슨 〈풍선을 통해 알아보는 시각적 충격〉

#8
대면

레이첼이 잠들어 있는 방으로 무언가가 들어온다.

정말 은밀하고, 빠르게 움직이는 것이다.

입자와 파장의 성격을 같이 띤 그것은, 순식간에 레이첼의 방 전체로 퍼져나가며 곧 방 안의 모든 것들에게 도달한다.

그것은 레이첼의 피부에 있는 신경들을 건드린다. 별 눈에 띄는 반응은 없지만, 점점 그것이 신경을 건드리는 범위는 넓어져간다. 넓어져가다 못해 그것은 온몸의 신경을 건드리게 된다.

그때까지만 해도 이상한 일은 딱히 없는 듯 보였으나, 그것의 일부가 그녀의 눈꺼풀에 다다르고, 또 그중 극히 일부가 속눈썹의 틈을 넘어 안구 내부에 들어오고 나서야 그녀의 몸은 확실하게 인지한다.

뭔가 비범한 것이 몸속으로 들어왔다.

레이첼은 뭔가 이상한 느낌이 들어 잠에서 깨어난다. 그녀의 피부도 이상했다. 그녀의 눈도 이상했다. 보이는 것이 뭔가 평소랑 다른 느낌이었다.

그녀의 몸만 그런 것이 아니다. 방 전체가 이상한 느낌이다. 분명히 방은 레이첼이 침대에 쓰러져 잠에 빠졌을 때와 달라진 것이 없다. 그럼에도 무언가가 달라졌다고 그녀는 느낀다.

빛, 빛이야. 빛이 들어오고 있어. 그녀의 눈은 방 밖 거실에 있는 상자의 틈으로 새어나와 벽에 반사되고 또 반사되어 그녀의 방까지 들어온 극도로 희미한 빛을 인지하지 못한다. 더 정확히 말하면, 그녀의 망막세포는 그것을 인지했지만 빛의 양이 극도로 적어 그녀의 대뇌가 그 빛에 대한 시각정보를 시각화하는데 어려움을 겪고 있다. 그렇지만 그녀의 뇌는 그 빛의 존재를 분명 인지하고 있다.

그녀 또한 그것을 느끼고 있다. 그녀의 온몸에서 올라오는 미세한 자극들을 통해 그 빛이 방밖에서 들어오고 있다는 것을 느끼고 있다.

그녀의 직감이 그녀를 이끈다. 이윽고 거실에 있는 상자에 생각이 미친다.

행동.

그녀는 침대에서 빠져나와 방 바깥으로 나온다. 빛이 한층 더 강하게 느껴진다.

거실에는 불이 하나도 켜져 있지 않다.

그녀는 보이지도 않는 빛을 쫓아 상자에 이른다. 그녀가 온몸으로 느끼고 있는 그 빛의 근원이 이 상자라는 것을, 이 상자 안에서 무언가 강력한 것이 뿜어져 나오고 있다는 것을 그녀는 감지한다.

그 돌, 그 사람이 나에게 주었던 돌, 그녀는 나지막이 중얼거린다.

거기까지 생각이 미치니 더 이상 가만히 있을 수가 없다. 그녀는 상자의 뚜껑을 열어젖힌다.

그리고 거기에서 그녀는,

"이럴 수가! 이… 이게 뭐야…!"

"그만해요! 대체 원하는 게 뭐예요!"

장님의 주먹이 레이첼의 얼굴을 강타한다.

"제발 이러지 마세요! 저한테 왜 이러시는 거예요!"

장님이 레이첼에게 발길질을 날린다. 바로 그 순간에, 데이빗이 레이첼의 방문을 열어젖힌다. 그는 방안에서 레이첼에게 폭행을 가하는 장님의 뒤통수를 보자마자 장님에게로 달려가 뒤통수에 주먹을 날린다.

데이빗의 주먹이 그의 뒤통수에 맞기도 전에, 장님은 다리를 뒤로 날려 데이빗의 복부를 가격한다. 뒤를 돌아보지도 않은 채로.

한방 얻어맞은 데이빗은 이성을 잃고 성난 황소처럼 괴성을 지르며 장님에게 달려든다. 이번에도 장님의 발길질이 날아온다. 하지만 데이빗은 자신에게 날아오는 발을 잡더니, 장님을 바닥에다 집어던진다. 그리고는 장님의 위로 덤벼들어 미친 듯이 주먹을 날리기 시작한다.

한 대… 두 대… 세 대… 장님은 그렇게 맞고 있으면서도 끄떡없는 표정을 하고 있다. 네 대… 다섯 대… 여섯 대….

바로 그 순간, 장님이 손을 뻗어 데이빗의 배를 움켜잡는다. 데이빗은 순간 엄청난 고통에 사로잡힌다. 고통이 너무 심해 말도 제대로 나오지 않는다.

"으… 으윽…!"

장님이 그를 밀쳐낸다. 데이빗은 날아가 벽에 부딪혀 바닥에 떨어진다. 그 서슬에 근처에 있던 레이첼의 자명종 시계가 떨어져 산산

조각이 난다.

장님은 일어서서, 자신을 노려보고 있는 데이빗의 눈을 응시한다. 그의 눈이 점점 하얗게 변해간다. 데이빗은 그 광경을 보고 깜짝 놀란다. 그의 눈은 점점 하얘지더니, 급기야 눈동자가 사라지고 온통 새하얀 결막만이 남는다.

데이빗은 헐떡거리며 그를 바라본다.

갑자기 그의 눈에서 강렬한 하얀 빛이 뿜어져 나온다. 장님의 두 눈에서 나온 하얀 빛은 방 전체를 환하게 밝힌다. 방 전체가 온통 새하얗다.

데이빗은 극도의 눈부심을 느낀다. 너무나 강렬하고 하얀 빛 때문에 눈을 뜰 수가 없다. 빛은 점점 더 하얘지고 더 강렬해지는 것처럼 느껴진다. 그의 헐떡거림이 점점 격렬해지더니, 급기야 더 이상 참지 못하고 그의 입에서 비명소리가 터져 나온다.

"으아아아아!"

그는 땀에 흠뻑 젖은 채로 잠에서 깨어난다. 한참 심호흡을 하며 정신을 차린 그는 손을 뻗어 침대 옆에 놓여있는 시계를 집는다. 그리고 시계를 자신의 눈앞에 갖다 댄다.

오후 11시 20분, 그는 시계를 보며 깜짝 놀란다.

"절대로 먼저 곯아떨어지지 않겠다고 호언장담했는데… 또 이렇게 되다니… 언제 이렇게 시간이 많이 지난 거지?"

그는 다시 손을 뻗어 시계를 원래 있던 자리에 올려놓고 대신 그의 휴대전화를 들고 온다.

"분명 여러 번 전화했을 거야."

그는 자신의 휴대전화에 부재중 전화가 왔는지 확인한다. 그가 자고 있던 동안 걸려온 전화는 한 통도 없었다.

"음… 아직 안 했네?"

자신이 꾼 꿈 때문에 뒤숭숭한 느낌을 받고 있던 그는, 레이첼이 전화를 걸지 않은 것에 의아해하며 휴대전화를 귀에 갖다 댄다.

#9
더 하얀 빛

그것은 하얀 빛이다….

돌에서 나오고 있는 그것은 분명 하얀 빛이다….

레이첼은 분명히 그것을 볼 수 있다. 하얀 빛을 내는 그 돌을 볼 수 있다. 그 돌이 그녀가 느꼈던 빛의 근원이라는 것도 느낄 수 있다.

그러나 그녀는 그 하얀빛을 보면서 엄청난 충격을 받는다.

돌에서 뿜어져 나오는 하얀 빛이… 기존의 하얀 빛과는 다르다.

그것은 하얀색이 아니다—아니, 하얀색이 맞긴 맞다. 그러나 그 색깔은… 그냥 하얀색은 아니다. 그냥 하얀색이라고 하기엔 돌이 뿜어내는 빛의 색이… 너무 하얗다.

'너무 하얗다.'…. 이상한 표현이다. 그러나 레이첼은 이것이 옳은 표현이라는 것을 직감적으로 느낀다. 그녀 앞의 빛깔을 어떻게든 묘사해내기 위해 한 표현씩 한 표현씩 더 가까이 다가서는 과정에서 도저히 쓰일 일이 없을 것 같았던 어절 조합들이 계속 만들어진다. 그 생소한 어절 조합들, 도저히 믿기지가 않는 문장들이었다. 의심하고 또 의심하였지만 그럴수록 오히려 그것들이 옳음을 인정할 수밖에 없게 된다. 이젠 부정할 수가 없다. 그녀는 그동안 어렴풋이 직감하고 있었지만 이성에 의해 차마 꺼내진 못하고 깊이 감춰두기만 했던 말을 마침내야 대놓고 떠올린다. 이젠 도저히 눈앞의 것을 부정할 수가 없다. 인정해야만 한다.

돌이 내뿜고 있는 빛의 색깔은, 평소에 그녀가 봐왔던 통상적인 하얀색보다 '더' 하얗다. 기존의 하얀색보다 〈약간 더 하얀〉 색깔인 것이다!

다른 의미가 있는 것이 아니다. 레이첼은 진짜 말 그대로 '하얀색보다 더 하얀' 빛을 보고 있는 것이다. 가히 〈시각적 충격〉이라 할 만하다.

말 그대로, 하얀색보다 더 하얀 빛….

따르릉…. 그녀의 뒤쪽에서 전화벨이 울리는 소리가 들린다. 그러나 그녀는 멍하니 돌만 바라볼 뿐이다. 지금 그녀에게 전화벨 소리가 들릴 리가 없다.

"어떻게 이럴 수가… 어떻게… 어떻게 이런 것이 가능한 거지?"

"원래 이때쯤이면 그녀가 분명 나에게 전화를 해줄 시간인데, 오늘은 전화가 오기는커녕 전화를 받지도 않네?"

데이빗은 갑자기 엄청난 불안감에 사로잡힌다. 꿈에 보았던 이미지들이 그의 머리를 스쳐 지나간다. 레이첼에게 날아오는 주먹… 그리고 발길질… 그녀의 비명….

데이빗은 재빨리 침대에서 나와 밖에 나가기 위해 옷을 갈아입기 시작한다. 그의 머릿속엔 오로지 레이첼의 집에 들러 그녀가 괜찮은지 직접 확인해봐야겠다는 생각뿐이다. 그의 배를 움켜쥐고 그를 벽으로 밀친 장님의 모습과, 하얗게 변해가던 괴기스러운 눈동자의 이미지가 잠깐 동안 떠올랐지만 그는 그것들을 무시한다.

"젠장. 아무 일 없어야 할 텐데…."

데이빗은 황급히 집을 나선다. 그리고는 자신의 차를 주차시켰던 주차장을 향해 달려가기 시작한다.

레이첼은 돌에서 나온 빛에 홀려 계속 그 돌만 바라보고 있다.

데이빗이 그녀의 집으로 오는 도중에 한 번 더 전화를 걸었지만, 이번에도 그녀는 전화벨 소리에 아무런 반응을 보이지 않는다.

하얀색보다 더 하얀 그 빛은 주위의 사물들을 훨씬 어둡게 보이게 해 거의 안 보일 수준으로 만든다. 눈이 빛에 집중하느라 주위의 것들에 신경 쓸 겨를이 없는 것이다.

덕분에 레이첼의 눈에는 상자 안의 돌이 뿜어내는 빛만이 들어온다. 주위의 다른 사물들은 전부 까맣게 보인다. 마치 검은 안개가 드리운 것 같다. 그것이 레이첼로 하여금 더욱 돌에서 눈을 떼기 어렵게 만든다.

그녀는 돌을 만져본다. 돌에서 희미한 열기가 나오고 있다. 그녀는 그 열기를 느끼며 완전히 돌에 매료된다.

그렇게 또 몇 분이 흘러가고, 그녀는 돌을 검은색 비닐봉투에 집어넣는다.

돌을 주었던 장님을 찾으려고 돌을 챙기는 것이다.

그러나 커다란 비닐봉투에 넣어 여러 겹으로 감쌌음에도, 검은색 비닐봉투 하나만으로는 돌에서 뿜어져 나오는 하얀색보다 더 하얀 빛을 막기에 역부족이다. 결국 그녀는 돌을 싼 비닐봉투를 검은색 보따리에 집어넣고 입구를 끈으로 묶는다. 그렇게 하니 그나마 내부의 빛이 보이지는 않는다.

그녀는 보따리를 들고 집을 나설 채비를 한다. 그녀가 현관문을 여는 순간, 밖에서 문을 향해 달려오던 무언가가 깜짝 놀라 뒤로 나자빠진다.

뒤로 나자빠진 것이 단말의 비명을 지른다. 그녀는 그것이 누구인지 알아채고는 깜짝 놀란다.

"데이빗?!"

데이빗의 머리는 헝클어져 있고, 이마에서는 땀이 비 오듯 쏟아지고 있다. 레이첼은 그를 일으켜 세우며 묻는다.

"무슨 일인데 이리 급하게 뛰어왔어요? 미리 연락이라도 하지…"

데이빗은 숨을 거칠게 몇 번 헐떡이더니, 이윽고 말문을 연다.

"연락이야 했죠. 당신이 전화를 안 받으니까 걱정돼서 이렇게 달려온 거잖아요."

"전화했다고요?"

레이첼은 집안에 있는 전화의 통화기록을 확인한 후에야 데이빗의 번호가 찍혀있는 부재중 통화기록 2건을 발견한다.

"미안해요. 벨소리를 못 들었네요."

"전화벨 소리를 못 듣다니, 무슨 일 하고 있는 중이었어요?"

"아… 이것 때문에요…"

그녀는 검은 보따리를 들어 보인다.

"그게 뭐죠?"

"문 닫아요. 이 속에 있는 건 쉽게 밖으로 새어나가거든요."

데이빗이 현관문을 닫자, 그녀는 보따리의 입구를 묶어놓은 끈을 푼다. 그리고는 안에서 검은색 비닐봉투를 꺼낸다.

그 순간, 데이빗은 뭔가 이상한 것이 봉투 속에 있다는 것을 온몸으로 느낀다. 그는 그 안에서 흘러나오는 빛을 느끼고, 그것이 예사로운 것이 아님을 직감한다.

이윽고 레이첼이 봉투를 벌려 안에 있는 것을 그에게 보여준다.

"……!!"

#10
찰나의 빛

　형사는 서재 안에 있는 와인 병들에게서 이상한 점을 찾았다.

　보통의 와인 병들과 달리, 이곳에 있는 와인 병들은 완전히 불투명한 검은색이어서 속이 전혀 비치지 않았다. 심지어 광택조차 없었다.

　그것뿐만이 아니었다. 와인 병은 매우 가벼웠다. 형사는 병을 흔들어보았다. 안에서는 아무런 소리도 들리지 않았다.

　"속이 비어있나 보군."

　형사는 자신이 들고 있던 와인 병을 쓰다듬어 보았다.

　와인 병은 유리로 만들어진 게 아닌 것 같았다. 표면이 유리처럼 매끄럽지 않았고, 두드렸을 때 유리가 진동하며 울리는 특유의 소리가 나지 않았다.

　와인 병은 유리보다는 플라스틱으로 만들어진 것 같았다.

　또한 그가 코르크 마개라고 생각했던 것도 사실은 코르크로 만들어진 것이 아닌 것 같았다. 촉감이 코르크 마개보다 훨씬 딱딱했으며, 마개가 막고 있는 병에는 그 어떤 틈도 없는 것 같았다. 그는 한동안 와인 병의 바깥부분만 살펴보다가, 도대체 안에 무엇이 들었기에 이렇게 병을 불투명한 검은색으로 만들었을까 하며 무심코 병의 마개를 뽑았다.

병 안에는 극소량의 액체분자들이 밑바닥에 깔려있었다. 병의 안과 밖을 단절시키고 있던 마개의 갑작스러운 부재로 인해 바깥에서 다량의 새로운 공기가 들어왔고, 또 안에 있던 공기들도 많이 빠져나갔다. 그러면서 병속 공기의 기체농도가 변하기 시작했고, 그것이 병 밑바닥에 밀집되어 있던 액체분자들에게 영향을 주어 그 밀집이 깨지는 결과를 일으켰다.

그렇게 병의 밑바닥에 남아있던 극소량의 액체마저도 형사가 마개를 뽑고 난 후 기체로 증발하여 버렸다.

하지만 그는 그 액체가 증발하기 바로 직전에 아주 잠깐 동안 액체의 모습을 볼 수 있었다. 아주 잠깐 동안.

이후 얼마동안 눈을 비비며 비어있는 병 내부만 쳐다보던 형사는, 별안간 조수경관에게 다시 로버트의 자료집을 달라고 요구했다. 그리고 의자에 차분히 앉은 채로 다시 한 번 자료집을 처음부터 읽어보기 시작했다. 매우 차분히 앉아. 제대로.

11
실험 대상

갑자기 웬 와인 병인가….

별안간 내 주위를 둘러싸고 있는 벽들 중 하나가 옆으로 열리더니 하늘색 망토를 뒤집어쓴 사내 하나가 와인 병 하나를 들고 왔다. 딸랑 와인 병 하나였다. 그 외에 다른 것은 없었고, 그는 나에게 그 어떤 말도 건네지 않은 채 와인 병만 바닥에 내려놓고 다시 방을 나갔다. 그가 나가자 벽이 다시 닫혔다.

갑자기 웬 와인 병인가….

그 와인 병을 바라보던 중 나는 한 가지 사실을 깨닫는다. 이 방에는 그림자가 없다는 것이다. 사방에서 빛이 나오고 심지어는 위와 아래에서도 빛을 뿜어대니 그림자가 생길 여유가 없다.

그것은 나에게도 마찬가지다. 잠잘 때를 제외하고는 평생 동안 나를 따라다녔던 그림자도 이젠 보이지 않는다. 내 몸의 모든 표면이 환한 빛을 받고 있다. 나는 뜬금없이 배달 온 저 와인 병을 보기 전까진 그 사실을 모르고 있었다.

저 와인 병 속에는 무엇이 들었을까…. 독약? 아니면 알코올 도수 센 와인? 나를 취하게 만든 후 무언가를 하려는 걸까? 아니면 비밀리에 개발 중인 화학약품? 어쩌면 저들은 나에게 생화학 실험을 하려는 것일 수도 있다.

그때, 별안간 어딘가에 설치되어 있던 스피커에서 목소리가 흘러나온다.

((그 와인 병의 마개를 뽑아라.))

목소리는 방안에 쩌렁쩌렁 울려 퍼진다. 그것은 남자의 목소리였다. 나는 그의 목소리에서 무뚝뚝함과 엄격함을 느꼈다.

그 목소리가 덧붙인다.

((우리가 하라는 대로 하는 것이 좋을 것이다. 우린 당신을 해할 생각이 없다. 괜히 허튼수작 부리다가 불필요한 살육의 희생자가 되지 않기를 바란다.))

목소리가 나를 위협한다. 나는 선택권이 없다. 어차피 죽을 거라면 저 와인 병 속에 무엇이 들었는지는 알고 죽는 것이 조금이나마 나을 것 같다.

나는 와인 병이 바닥에 놓인 곳을 향해 천천히 다가간다. 내가 와인 병을 실제로 본 적은 거의 없어도, 그 와인 병이 내가 잡지 같은 곳에서 봐왔던 그것들과는 조금 다르다는 건 알 수 있다. 뭔가 이 와인 병은 다른 것들보다 값싼 느낌이다. 병은 불투명한 검은색이고, 유리로 되어 있는 것 같지도 않다. 보통 뚜껑이 있는 부분에 씌워져 있는 호일 같은 것도 없다. 그저 마개 하나만이 쑤셔져 있을 뿐이다.

나는 와인 병을 집어 든다. 와인 병의 겉표지에서 나는 '바롤로(Barolo)'라는 글자를 발견한다. 그게 무슨 뜻인지 내가 알 턱이 없다. 그건 별로 중요하지 않다. 지금 중요한 건 이 안에 무언가 끔찍한 것이 들어있고, 곧 내가 그것에 노출될 것이며, 그것이 나에게 뭔가, 최대한 순화해서 말하자면, '별로 좋지 않은' 일을 일으킬 것이라는 점이다.

와인 병의 마개를 뽑는다. 차라리 별 생각 없이 그 속을 들여다본다. 나는….

"…………."

아니, 아니다. 아니, 뭔가를 보았다. 내 눈이 너무 피곤해서 잠깐 헛것을 본 것일 수도 있다. 뭔가 내 눈을 픽 찌르는 것이 있었다. 헛것일 수도 있다. 하여간 뭔가 병 밑바닥에 있다가 사라졌다. 나는 눈을 비빈다. 그냥 비빈다. 내가 방금 뭘 본 거지? 그게 뭐였냐면….

그러니까 그게 뭐였냐면….

모르겠다.

진짜 모르겠다. 정말 내가 방금 뭘 봤는지 모르겠다. 이렇게밖에 표현할 말이 없다. 모르겠다. 내가 본 것에서 연상되는 것이 없다. 그게 뭐였을까? 한번 생각을 해보자. 일단 섬광은 아니었다. 물감도 아니었다. 극소의 시간동안만 유지되는 화염도 아니었다. LED불빛도 아니었다. 바깥에서 들어오는 하얀빛을 내가 착각해서 병 속에 뭔가가 있었다는 인상을 받은 것도 아니었다.

나는 다시 병속을 들여다본다. 병속에는 아무것도 없다. 그냥 빈 병인 것이다.

병속에 아무것도 없다니… 그럼 저들은 뭣 하러 나에게 이 병을 갖다 주었던 것인가?

그때 다시 그 목소리가 들려온다.

((그래, 어떤 느낌인가?))

어떤 느낌이라니 이건 또 무슨 소리인가?

"뭐라고요?"

((와인 병을 열었을 때, 어떤 느낌이었나?))

"병 안엔 아무것도 없던데요?"

((뭔가를 느끼지 않았는가?))

뭔가를 느꼈냐고? 혹시 지금 내가 아까 느꼈던 그것에 대해 얘기하는 건가?

"병 밑바닥에 뭔가 있긴 있었죠. 그러나 그것은 1초도 안돼서 사라졌습니다. 그래서 전 제가 헛것을 본 줄 알았죠. 혹시… 헛것이 아니었나요?"

목소리는 잠시 뜸을 들이더니 의미심장한 말을 내뱉는다.

((맞다고도 할 수 있고 아니라고도 할 수 있지.))

이건 또 무슨 소리인가? 나는 저 망토 쓴 인간들이 나를 납치해서 이렇게 하얀색밖에 없는 방에 넣고 얼굴도 보이지 않은 채로 날 협박하면서 와인 병을 딸 때 느낌이 어땠냐는 등 그런 질문을 하는 이 상황에 진절머리가 나있다.

((또 뭔가 느끼지 않았는가? 그때의 그 느낌을 최대한 자세하게 설명해보아라.))

"저는… 그것을 보는 순간 당황했습니다. 그것은… 확실히… 너무 이상했습니다."

((어떻게 이상했는가?))

"그냥… 글쎄요… 말로 표현하기 힘들군요. 솔직히 내가 뭘 본건지 짐작조차 가지 않습니다. 그냥… 이상했습니다. 왠진 모르겠지만 이상했습니다. 그것을 보는 순간 제 눈에서 어지러움이 느껴지더군요. 그래서 저는 제 눈이 이상한 것이라고 생각했습니다. 그것은 제 머리마저 어지럽게 만들더군요. 모르겠습니다. 잠깐 보아서 그게 뭔지는 모르겠지만… 정말 모르겠네요."

말이 꼬여서 나오기 시작한다. 그저 횡설수설하는 것 같다. 나는 내가 뭘 본 것인지 정말 모르겠다. 그것은 잠깐 눈에 스쳐 지나갔을 뿐이다.

"저는 그것을 아주 잠깐 동안만 보았을 뿐입니다. 1초의 반의반도 안 되는 시간이었죠."

((그건 별로 중요하지 않다. 우린 당신이 무엇을 느꼈는지를 알아보려 한 것이다. 그 정도면 충분한 대답이 됐다.))

"그럼 이제 절 여기서 내보내주십시오. 당신들이 원하는 것이 정확히 무엇인지는 모르겠지만, 저는 당신들이 요구한 대로 질문에 답했습니다. 제발 절 보내주십시오."

((아직 끝나지 않았다. 우리 볼일이 다 끝나면 그때 보내주지.))

당연한 일이겠지만 나는 저들의 말을 믿지 않는다. 저들은 분명 나를 보내주지 않을 것이다. 아마 나는 운이 나쁘다면 죽을 것이고, 운이 좋다 해도 평생 이곳에 갇혀 살게 될 것이다. 그 반대일 수도 있고.

"도대체 왜 저한테 이러는 겁니까?"

((······.))

"제 말은, 저는 가족도 없고 집도 없는 가난뱅이입니다. 제 괴상한 몰골 때문에 서커스단에서 단장에게 부려 먹히기만 하는 존재라고요. 이런 저를 여기에 가두어 놓고 도대체 무얼 하겠다는 겁니까? 당신들이 저한테서 원하는 게 뭐죠? 저한테 와인 병을 따라고 하고, 그 안에 들어있던 것의 느낌을 묘사해보라고 하고, 이런 것들을 통해 당신들이 얻는 게 무엇이냔 말입니다!"

그때, 별안간 주위의 벽들과 천장과 바닥이 붉은색으로 변한다. 갑자기 나의 눈에 들어오던 빛의 색이 변하자 나의 눈은 바뀌어버린 빛에 잠깐 동안 적응하지 못한다. 그래서 나는 약간의 어지러움을 느낀다.

((당신은… 우리의 실험 대상이다. 우린 당신을 상대로 실험을 하는 중이다. 당신을 해할 의도가 없다는 것을 다시 한 번 강조한다. 그러나 당신이 실험에 적극적으로 협조하지 않으면, 우린 당신을 사살하고 다른 실험 대상을 찾을 수밖에 없다. 그러니 우리가 지시하는 대로 하라.))

"당신들이 나를 해하지 않을 것이라고 어떻게 믿죠? 당신들이 실험이 끝난 후 날 보내줄 것이라고 어떻게 믿나요?"

((지금 실험에 응하지 않겠다는 말인가?))

"저도 바보는 아닙니다. 제가 실험에 응하지 않는다면 지금 이 자리에서 절 죽일 테고, 실험에 응하면 실험이 끝난 후 절 죽일 생각이겠죠. 여기가 뭐하는 곳이고 당신들이 무얼 하는 사람들인지는 잘 모르겠지만, 사람 하나 죽이고 안에 숨겨놓아도 밖에서 전혀 알 수가 없을 정도로 이곳이 크다는 것과, 당신들이 굳이 불필요하게 납치해온 인질을 풀어줘서 경찰들에게 당신들의 정체가 밝혀지는 일이 일어나게 놔둘 리가 없을 정도로 치밀하고, 조직적이고, 신중한 사람들이라는 것은 언뜻 보기에도 알 수 있을 것 같습니다."

내가 어디서 나온 용기로 이런 말을 하는지 모르겠다. 어차피 죽을 것이니 상관없긴 하다. 죽기 전에 나도 한번 내가 하고 싶은 말 다 지껄여보자, 이런 생각인 것 같다.

스피커에 잠깐 동안 정적이 흐른다.

((음… 용기가 가상하군.))

이윽고 목소리가 말을 이어나간다.

((당신의 말이 맞다. 우린 치밀하고, 조직적이고, 신중하고, 또 굉장히 크고 자본이 많은 조직이다. 우리 같은 조직 앞에서 당신은 그저

하찮은 존재다. 무슨 말이냐면, 당신이 이곳을 빠져나와서 경찰에 신고한다 해도 우린 전혀 겁먹지 않는다는 것이다. 경찰은 우릴 잡아들일 수 없다. 당신의 신고를 받고 경찰이 이곳에 들이닥쳤을 땐, 이미 이곳은 텅 비어 있을 것이다.

아까 당신이 말한 대로 이곳은 쥐도 새도 모르게 사람을 죽일 수 있을 정도로 큰 시설이다. 실제로 당신이 지금 서 있는 그 방에서도 몇 명 죽었다. 그건 인정하겠다. 우린 당신을 언제라도 죽일 수 있다. 그렇지만 반드시 죽일 이유가 없다면 굳이 죽이지는 않을 것이다. 당신 같은 하찮은 존재 하나쯤 살아서 이곳을 나간다고 문제될 건 없다. 당신이 죽든 살든 우리가 크게 신경 쓸 문제는 아니기 때문이다.

우리가 당신을 살려 보내주었다고 해서 그것이 위험을 무릅쓴 행위였다고 판단할까? 그렇지 않다. 실험이 끝나면 우린 당신이 뭘 하든 전혀 신경 쓸 필요가 없는 존재로 생각할 것이다. 그렇다면 당신이 살아서 이곳을 나간 후에, 우리가 경찰들이 닥쳐올 것에 대비해서 이곳에 있는 모든 것을 비우고 떠날 것이라고 생각하는가? 천만에. 우린 눈 하나 깜빡하지 않을 것이다. 한번 냉정하게 생각해 보아라. 당신처럼 요상하게 생긴 사람이 경찰서에 나타나서 말도 안 되는 소리를 지껄이면 그걸 경찰이 믿어줄까? 답은 당신이 더 잘 알고 있을 것이다. 우린 당신에 대해 별로 신경 쓰지 않는다. 또한 당신을 별로 중요하게 생각하지도 않는다. 그런데 당신이 우리의 실험에 협조하지 않겠다니 우리로서는 당신을 없애고 다른 사람을 구하는 것이 훨씬 간편할 것이다. 당신은 우리가 당신이 어찌하든 간에 결국 당신을 죽일 것이라고 말했는데, 그 말은 어차피 죽일 것이라면 차라리 당장 이 자리에서 죽이라는 말로 들린다. 뭐, 당신이 원하는 대로 해주겠다. 당신이 원하는 대로 지금 이 자리에서 당신을 사살하겠다.))

별안간 천장에 달려있던 자그마한 문이 옆으로 열리더니(천장에서 빛이 뿜어져 나오고 있어, 나는 문이 열리기 전까지는 그곳에 문이 달려있는지도 몰랐다.), 그 안에서 소총 한 대가 내려온다. 무선으로 조종되는 것처럼 보이는 그 소총은 순식간에 내 머리를 향해 총구를 겨눈다. 철컥, 총알이 장전되는 소리가 들린다. 이거 아무래도,

"잠깐만요!!"

저들이 진짜로 지금 날 죽이려는 것 같다!

탕!!!

총알이 공기를 찢으며 내 머리 위를 지나가는 것이 느껴진다. 다행히도 나는 총알이 발사되기 전에 몸을 숙여서 총알을 피할 수 있었다.

"알았어요. 알겠습니다. 진정하세요. 당신들이 원하는 대로 실험에 적극적으로 협조할 터이니 제발 살려주세요."

저들에게 진정하라고 말하면서 정작 나 자신이야말로 진정이 필요한 상태다.

그때, 또다시 총구가 움직여 나의 머리를 겨눈다.

"안 돼요! 제발! 제발 살려주세요! 하라는 대로 다 할게요."

그제야 그들은 총을 다시 천장위로 올린다. 나는 결국 그들에게 굴복하고야 말았다. 결국 내 인생은 이렇게 남에게 복종하다가 끝나는구나, 속으로나 한탄할 뿐이다.

내 머리 대신 총알을 맞은 곳에는 동그란 구멍 하나만이 있을 뿐이었다. 구멍과 그 주위부분 약간을 빼고는 붉은 빛은 여전히 모든 곳에서 흘러나오고 있다.

붉은 빛을 뿜어내는 벽에 나무 한 그루와 그 주위를 날아다니는 새들 몇 마리가 나타난다. 명암이 약간 더 짙을 뿐이지 그것들도 모

두 빨강 계통의 색을 띠고 있다.

벽에 있는 새들은 그렇게도 행복해 보일 수가 없다. 그들은 어떠한 구속도 받지 않고 자유롭게 하늘을 날아다니고 있다. 노을같이 보이는 빨간 하늘을 배경으로 한 빨간 나무 한 그루와 빨간 몇 마리 새들이다. 꽤나 낭만적으로 보인다.

그 낭만적으로 보이는 나무와 새들 위에 나의 현재 모습이 오버랩된다.

((무슨 느낌이 드는가?))

"나무와 새들은 뒤의 배경보다 훨씬 짙은 색을 띠고 있네요…."

짙은 한숨.

"그것은 마치 해가 지는 하늘을 뒤로 하고 있는…."

((무슨 문제라도 있나?)) 목소리가 내 말을 끊는다.

"아니요, 아닙니다."

매우 행복해 보이는 그 새들을 바라보며 잠시 정신이 멍한 상태였던 나는, 그 목소리에 정신이 바짝 든다.

"새들이 마치 해가 지는 하늘을 바라보며 저들끼리 행복하게 지저귀는 것 같습니다."

((그 외에 다른 느낌은 없는가?))

왜 저들은 자꾸 내가 무엇을 느꼈는지에 대해 질문하는 거지?

"음… 조금 우울하긴 하네요."

((누가? 당신? 아니면 저 새들?))

"저요." 나는 무심코 입에서 흘러나온 말을 저들이 듣게 될 줄 몰라서, 저들이 그것에 대해 질문했을 때 약간 움찔하며 대답한다.

"제 얘기였습니다. 자유로이 날아다니는 저 새들을 바라보니 왠지 모르게 살짝 우울한 느낌이 들었습니다."

나는 대답을 하고서 다시 새들을 멍하니 바라본다.

((좋다. 그럼 이번에는 어떤가?))

시상의 전환이 일어난다. 벽이 뿜어내던 빛의 색깔이 빨간색에서 푸른색으로 변한 것이다.

나무와 새들도 그대로다. 다만 이번에는 파랑 계통의 색을 띠고 있을 뿐이다. 아까와 비슷하게 배경색보다 조금 짙은 색을 띠고 있을 뿐이다.

그렇지만 느낌은 확연히 달라졌다. 푸르스름한 배경 빛은 약간 어두운 하늘의 색깔과 비슷하다. 나무들과 새들은 더 세련되어 보인다. 이젠 새들이 해가 지고 있는 하늘을 뒤로 한 채 날아다니는 모습이라기보다는, 오히려 동트기 직전의 하늘을 배경으로 날아다니는 것처럼 보인다.

((무슨 느낌이 드는가?))

목소리가 또다시 나에게 묻는다.

"이번엔 시원한 느낌이 드는군요. 새들이든 나무든 더 활동적으로 보입니다. 새들은 여전히 나무 주위를 자유로이 날아다니고 있지만, 아까는 따뜻한 나무둥지의 열기를 간직한 채 날아다니는 느낌이었다면 지금은 새벽녘의 시원한 공기를 들이마시며 힘차게 비행하는 느낌에 더 가깝습니다."

나는 굳이 쓰지 않아도 될 표현까지 쓰면서 벽에서 뿜어져 나오는 빛이 나에게 주는 느낌을 묘사한다. 심신이 너무 불안하다보면 자신이 직면하고 있는 일과 상관없는 곳에 정신을 집중하는 것이 사람의 본성인데, 나는 그 나무와 새들에게 정신을 집중한 것 같다. 아니면 목소리가 더 자세한 설명을 요구하는 것에 거부감이 생겨서 그것을 피하려고 일부러 오버한 것인지도 모르겠다.

어쨌든, 그 후에도 벽의 색은 계속 바뀌고, 질문은 계속 날아온다.

벽의 색이 노란색으로 바뀌었을 때, 나는 노란 하늘이 신비한 느낌을 준다고 답했다.

벽의 색이 주황색으로 바뀌었을 때, 나는 내가 앞은 막혀 있지만 그래도 훤히 보이는 밝은 안개를 보는 것 같다고 답했다.

벽의 색이 초록색으로 바뀌었을 때, 나는 하늘이 나무의 잎사귀들에게 물든 것 같다고 답했다.

벽의 색이 보라색으로 바뀌었을 때, 나는 나무와 새들이 뒤에 있는 보라색 하늘 덕분에 땅이 아닌 우주 한복판에 있는 보라색 성단들 사이를 둥둥 떠다니는 느낌을 받았다고 답했다.

벽의 색이 남색으로 바뀌었을 때, 나는 파란색일 때와 느낌이 비슷하지만 조금 더 암울해진 것 같다고 답했다.

그렇게 나는 저들이 보여주는 7가지 색들에 대한 나의 느낌을 서술했다.

바로 그때, 벽과 천장과 바닥에서 뿜어져 나오던 빛이 일제히 사라진다. 방은 순식간에 캄캄하고 칠흑 같은 어둠으로 변한다.

"이젠 또 뭡니까? 검은색입니까?"

스피커에선 아무런 목소리도 들려오지 않는다.

혹시, 이거 정전인가?

"여보세요? 거기 들려요?"

나는 저들이 내 목소리를 듣길 바라면서 벽을 두드리고 소리친다. 그 어떠한 대답도 들려오질 않는다. 정말로 정전이 일어난 것 같다. 아까 보니 문이 전자식으로 열리는 문이었던 것 같은데, 그럼 난 여기에 갇힌 것인가? 왜 갑자기 정전이 일어났지? 저들에게 무슨 일이 생긴 것인가? 그럼, 난 어떻게 되는 것인가? 그들이 날 버려두고 이곳을 떠날까? 아니면 떠나기 전에 날 처리하고 갈까? 눈에 보이는 것이 암흑밖에 없으니 별 생각들이 꼬리에 꼬리를 물고 내 머리를 스쳐간다.

그때, 다시 그 목소리가 들려온다. 칠흑 같은 암흑이었지만 여전히 목소리는 방안에 크게 울려 퍼진다. 아니, 오히려 더 크게 울려 퍼지는 것 같다.

((대개 거사 직전엔 시간을 질질 끌게 되는 경우가 생기기 마련이다. 바로 그동안에 당사자는 마음의 준비를 한다. 방금 그것을 당신에게 준 아주 잠깐의 준비시간으로 생각하라. 마음을 단단히 먹었길 바란다. 지금까지 당신이 지나온 것은 준비운동에 불과하기 때문이다. 이제부터가 진짜 시작이다.))

나는 일단 정전이 난 것이 아니라는 것에 안심하였지만, 곧이어 더 큰 불안감이 나를 덮친다.

이제부터가 진짜 시작이라니, 도대체 이 사람들은 뭐하는 사람들이지? 또 날 가지고 이렇게 실험을 하는 이유는 뭘까…?

#12
전개

　"……"

　레이첼의 집. 그녀가 설명한 자초지종을 들은 데이빗은 돌을 양손으로 받쳐 들고 홀린 듯이 그것을 바라보고 있다. 그가 그렇게 바라보기 시작한 지도 벌써 몇 분은 지났다. 이만하면 됐다는 듯 레이첼이 그의 손에서 돌을 낚아채 검은색 비닐봉투에 집어넣는다.

　거실의 불은 여전히 모두 꺼져 있다. 아무도 불을 켤 생각을 하지 않는다.

　"그렇지만… 어떻게 이럴 수가 있죠? 어떻게 이런 것이 가능한 거예요?"

　데이빗 또한 레이첼이 그랬던 것처럼 그 돌이 주는 시각적 충격 앞에서 자신의 눈을 의심한다.

　"나도 몰라요, 데이빗. 그래서 지금 그걸 알아보러 가는 거예요."

　그녀는 검은색 비닐봉투를 다시 검은색 보따리에 집어넣고 입구를 끈으로 묶는다.

　"결국 그 사람 말이 맞았군요?" 정신을 차린 데이빗이 묻는다.

　"그래요. 결국 그 사람이 옳았네요. 이럴 줄 알았으면 진작 그의 말을 듣는 것인데…"

레이첼의 얼굴에 살짝 우울한 기색이 자리 잡는다.

"레이첼, 자책하지 말아요. 누구라도 그런 얘길 들으면 말도 안 된다며 믿지 않았을 거예요. 아무도 이런 것이 가능하다고 생각하진 않을 테니까요. 당신도 마찬가지고요. 그렇죠?"

"글쎄요⋯."

"글쎄요⋯라니, 무슨 말이죠?"

레이첼은 잠시 무언가를 생각하는 듯 머뭇거린다.

"아니, 아무것도 아녜요. 일단 그 사람을 찾아야겠어요. 꼭 찾아서 이 돌에 관해 물어봐야죠. 마침 당신도 있으니 같이 가요."

데이빗은 그녀가 시원스런 대답을 해 주지 않는 것을 답답하게 느끼지만, 그는 지금 그런 것에 신경 쓰지 않는다. 그의 관심은 온통 그녀가 들고 있는 검은 보따리에만 쏠려 있다.

"그래요. 어서 찾으러 나갑시다."

잠시 후, 그들은 검은 보따리를 들고 집에서 나와 레이첼의 차에 오른다. 레이첼의 차는 그녀가 자신의 집으로 올 때보다 훨씬 급하게 움직이기 시작하고, 또 훨씬 급하게 도로를 달려 나간다.

한 파출소 앞에 자동차 한 대가 멈춰 선다. 차문이 열리고 운전석에서 여자 한 명과 조수석에서 남자 한 명이 내린다. 레이첼과 데이빗, 그들은 학교 근처에서 장님을 찾아보았지만 그를 찾지 못하자 레이첼이 평소에 알고 지내던 트레이시 경사가 근무하는 파출소로 찾아온 것이다.

그들은 파출소 안으로 들어선다. 들어서자마자 술 냄새가 그들의 코를 찌른다. 그들이 들어선 문 바로 오른편에는 공공휴게실에서나 볼 법한, 등받이가 없는 의자들이 벽에 고정되어 있고, 그 중 한 의자 위에 초라한 복장을 한 남자가 고개를 푹 숙인 채로 앉아 있는데, 그들의 코에 들어오는 술 냄새는 그 남자로부터 나오는 것 같다.

마침 눈앞에 있는 데스크에 트레이시 경사가 보인다. 레이첼은 술 냄새를 뿌리치려고 손을 코 근처에서 휘저으며 트레이시에게 가까이 다가간다. 바로 옆에 있는 부하직원의 업무를 감독하느라 눈을 그의 모니터에만 고정하고 있던 트레이시는 그제야 고개를 들어 파출소에 누가 찾아왔는지 확인한다. 레이첼이라는 것을 알게 되자 흠칫 놀란다.

"레이첼, 무슨 일이야? 여긴 왜 찾아왔어?"

"그 장님 때문에 그래."

"세상에, 그 사람 또 너를 찾아왔니? 전화로 경찰에 신고하지 그랬어. 그럼 내가 당장 달려갈 수도 있었을 텐데!"

"아니, 그게 아니야. 우린 지금 그 사람을 찾아야해. 오히려 그가 필요한 상황이라고."

"응? 필요한 상황?"

"그래. 넌 경찰이니까 혹시 찾을 수 있을까 해서 찾아온 거야."

그때 레이첼의 뒤쪽에서 한 남자의 목소리가 들려온다.

"당신이 찾는 그 장님은 어떤 사람들에게 끌려갔을 거요."

레이첼은 뒤돌아본다. 술 냄새를 풍기던 그 남자다. 얼굴은 술기운에 발갛게 상기되어있다.

"끌려가다니, 그게 무슨 말이죠?"

데이빗이 남자에게 묻는다.

"내 눈으로 똑똑히 봤소. 나는 그때 골목 끝에 주저앉아 근처 술

집에서 훔친 보드카나 몇 병 들이키고 있었소. 그 사람이 골목 맞은편 끝에서 걸어오고 있더군. 거동이 상당히 이상해 보이는, 집 없이 떠도는 그 장님 말이오. 당신들이 얘기하는 장님이 그 사람 맞지? 손으로 벽을 짚으며, 이따금 쓰레기통에 부딪히기도 하고, 근처의 고양이가 갑자기 뛰어올라 어깨에 올라서면 깜짝 놀라 넘어지더군. 그자가 불쌍해 보이긴 했지만, 별로 신경 쓰지 않았소. 나 역시 길바닥 신세에 누굴 동정하겠소? 어쨌든, 그 자는 그렇게 계속 내 쪽으로 오고 있었는데 갑자기 뒤쪽에서 차가 한 대 나타났소. 내가 있던 골목길은 비좁아서 보통 차는 지나갈 수 없는데, 그 차는 소형차였지. 골목길에 들어설 수 있을 정도로 작은 차량이었소. 그 차에서 두 사람이 내렸소. 망토를 두르고 망토에 달린 모자를 덮어쓴데다가 목도리까지 두르고 있어 얼굴은 쉽게 볼 수 없었소. 다만 두 명이나 그런 망토를 쓰고 있었다는 것은 너무 이상해 확실히 기억이 나는군. 그들이 그 장님을 붙잡아 끌고 가서 차 안에다 집어넣었지. 그리고 그들은 차를 타고 떠나갔소. 순식간이었지. 장님은 소리를 지를 틈조차 없었소. 그들이 차를 타고 골목길을 빠져나갈 때 나를 지나쳐 갔지만 나를 본 것 같지는 않았소. 나야 구석에 있는 벽에 기대고 있었으니까. 만약 그들이 날 봤다면 어떻게 되었을지 상상만 해도 두렵소. 그래서 그 자의 일을 모른 척 할 수만은 없었소. 그리하여 이렇게 파출소까지 찾아왔는데, 저기 저 여자는 내 말을 들은 채도 하지 않더군." 남자가 트레이시를 가리키며 말한다.

"당신은 만취한 상태잖아요. 그 사람을 끌고 간 차가 무슨 차종이었는지도 기억하지 못하고 있고요. 그런 상태에서 당신의 말만 믿고 인력을 투입할 수는 없어요."

"국민의 안전을 책임져야할 경찰이 저런 말만 하고 있으니… 나라의 미래가 보이는구먼."

남자는 투덜거리며 파출소를 나가려 한다. 그때, 레이첼이 나가려는 그를 붙잡는다.

"난 내가 아는 바는 다 말했소."

남자는 가려고 하지만 레이첼이 그를 놓아주지 않는다.

"그 차에는 번호판도 달려있지 않았소. 자동차의 몽타주를 그려달라고 하는 거라면 이미 저 여자에게 그려줬소. 하지만 아무 의미 없을 거요. 원래 자동차에 관한 지식도 없을 뿐더러 만취한 상태라서 제대로 기억하고 있지도 않소. 내 눈엔 모든 자동차가 다 그게 그걸로 보이거든. 내가 기억하는 건, 그 차에는 번호판이 없었다는 것과, 바깥이 하얀색이고 유리창은 시커맸다는 것뿐이오. 그걸 뭐라 부르나… 선팅? 선팅이 진하게 되어있었다고 하나? 어쨌든 나는 유리창 안쪽을 볼 수가 없었소."

남자는 그를 붙잡고 있는 레이첼의 손을 억지로 떼어놓는다. 레이첼은 뭐든 간에 질문을 해서 그 남자에게 무엇이든 더 알아내려 하지만 딱히 그를 잡아놓을 질문이 떠오르지 않는다. 결국 그녀는 남자가 파출소를 떠나는 것을 막지 못한다.

"근데 왜 갑자기 그 장님을 찾으려고 하는 거야? 넌 그 사람이 사라지길 원했잖아."

트레이시가 묻는다. 레이첼은 심각한 표정으로 그녀를 바라본다.

"여기선 말할 수 없어. 우리 셋만 있는 곳에서 얘기하자."

13
이해 불가능한 것

형사와 조수경관은 차에 올랐다.

형사는 조수석에 앉고, 조수경관은 운전석에 앉은 채로 안전띠를 착용하면서 형사에게 물었다.

"도대체 뭘 보신 겁니까?"

형사는 아무 대답도 하지 않았다. 그의 정신은 완전히 다른 곳에 가 있었다.

차의 트렁크에는 그가 서재에서 찾은 수많은 서류더미들과, 충격을 흡수해주는 포장이 된 몇 개의 와인 병이 들어있었다.

"도대체 서재 안에서 뭘 찾으신 겁니까?"

형사는 정신이 번쩍 들었다.

와인 병 속에서 경험한 이미지가 계속 그의 머릿속을 휘젓고 다니고 있었는데, 그 잔상의 늪에서 그는 마침내 헤엄쳐 나온 것이었다.

"형사님?"

그는 그제야 고개를 돌려, 운전대를 잡고 자신을 바라보고 있는 조수경관에게 반응을 보였다.

"어… 그래. 출발하도록 하지."

"어디로 갈까요?"

"어디긴 어디겠는가!"

"형사님…." 조수경관은 형사의 용태를 살피며 말을 이어간다. "도대체 무엇 때문에 그러십니까? 진정하실 필요가 있는 것 같습니다만…."

"무슨 소리! 난 멀쩡하다고. 어서 가기나 하세."

"차 트렁크 안에 뭔가가 있는 것이지요? 저에게도 그게 무엇인지 보여주시지 않겠습니까?"

"아니. 안 돼." 형사는 갑자기 조수경관의 오른쪽 어깨에 손을 올리더니, 날카로운 눈초리로 그를 노려보았다. "자네 상관으로서 명령하겠네. 절대 트렁크 안의 물건들 중 어느 것에도 손을 대지 말게."

형사의 매서운 눈초리에 조수경관은 더 이상 아무 말도 않고 페달을 밟았다.

차가 앞으로 나아가기 시작했다. 관성에 따라 자연스레 의자에 몸을 기대게 된 형사는, 아까 그가 빠져 있었던 늪에 다시 잠겼다.

그 늪이 포함하고 있는 이미지는 대단한 것이었다. 그가 두 눈으로 똑똑히 보았는데도, 또한 지금 그의 머릿속을 대놓고 떠다니고 있는데도 도저히 뭔지 모를 것이었다. 그가 형언할 수 없는 이미지였다. 그의 직감이 얘기해주는 것을 이성이 믿지 않으려고 해서 생기는 부조화적 인지 실패가 아니었다. 직감조차도 규정에 실패하였다.

그가 본 것은 레이첼이 가진 돌에서 나오는 빛과는 달랐다….

뭔가… 훨씬 더 이해 불가능한 것이었다.

14
취조실

트레이시는 매직미러를 통해 취조실이 훤히 보이는 맞은편의 방으로 그들을 데려간다. 마침 사람이 아무도 없는 곳이 그곳뿐이었다.

방 벽면에 달려있는 유리창으로, 비어있지만 불은 환하게 켜져 있는 취조실의 모습이 보인다. 옆으로는 모니터가 한 대 있다. 그 모니터는 비어있는 취조실을 찍고 있는 취조실 내부 카메라의 영상을 보이고 있다.

"반대편에서는 이 유리창이 까맣게 보이니?"

레이첼이 트레이시에게 묻는다.

"그럼. 네가 반대편에서 이 유리창을 바라보면, 시커먼 미궁 속에 비친 자신의 얼굴밖에 보이지 않을 거야. 물론 네가 취조실에 들어가는 일이 있을 때 얘기지만 말이야."

"여길 녹화하고 있는 카메라는 없지? 뭐 감시카메라 같은 것 말이야."

레이첼은 아무도 그들을 지켜보고 있지 않다는 사실을 확실하게 하려 한다.

"여긴 그 어떤 카메라도 없어. 이곳에선 어느 누구도 취조실이 아닌 취조실 감시용 방을 '감시'하진 않아."

트레이시가 웃으며 대답한다. 어떻게든 레이첼을 최대한 안심시키려는 차원에서, 그녀는 취조실의 모습을 보이고 있던 모니터와 카메라의 전원까지 끄고는 다시 입을 연다.

"이제 좀 말해주지 않을래? 네가 그 장님을 찾는 이유를 말이야."

레이첼은 그녀에게 보따리를 보여준다.

"이게 뭐야?"

"오늘 오후에, 그러니까 내가 막 퇴근하려 할 때, 그 사람이 또 내 앞에 나타나서 나에게 돌 하나를 주었어. 그 사람한테 그런 것을 받으니 기분이 불쾌하긴 했지만 어쨌든 난 그걸 집으로 가져와서 상자 안에 넣어놓았지. 그런데…."

"잠깐만 실례. 불쾌했다면, 왜 그 돌을 그 자리에서 땅바닥에 버리거나 그 사람을 향해 집어던지지 않았지?"

트레이시가 수사관의 말투로 레이첼의 말을 끊고 질문을 던진다.

"나는… 글쎄, 난 그 사람의 말을 믿었던 것 같아."

"그의 말을 믿었다고?"

"그건 나중에 얘기할게. 중요한 건 그게 아니라 돌이야. 그 돌이 지금 어떻게 되었는지 알아?"

"어떻게 되었는데? 혹시 그 보따리 안에 있는 것이 그 돌이야?"

레이첼은 고개를 끄덕이고는 보따리의 입구를 묶은 줄을 풀고, 안에 있는 검은색 봉투 안으로 손을 집어넣어 돌을 잡는다.

"자, 그가 내게 주었던 돌이야."

그녀는 돌을 보따리에서 꺼내든다.

"어라?!"

놀란 사람은 트레이시가 아니라 나머지 둘이었다. 돌은 더 이상 빛을 뿜어내지 않는다. 장님이 레이첼의 주머니에 그것을 쑤셔 넣었을 때처럼, 그저 평범한 돌로 돌아와 있었다.

"그냥 돌처럼 보이는데?"

트레이시가 말한다.

"아니… 이게 원래 빛이 나야 하는 건데…."

"잠깐만요. 잠깐 방에 불 좀 끕시다."

데이빗이 전등 스위치 쪽으로 다가서며 말한다. 그가 불을 끄려고 하려는 찰나, 반대편에 있는 취조실의 환한 불빛이 그의 눈에 들어온다.

"일단 저 취조실의 불부터 끕시다."

"불은 왜 꺼요?" 데이빗의 행동에 레이첼이 의아해한다.

"낮에는 그냥 평범한 돌이었는데, 밤이 되니 빛을 내기 시작했어요. 그게 무슨 의미겠어요?"

데이빗은 한마디 툭 던지고서 문을 열고 방을 나온다. 반대편 취조실로 들어가 불을 끈 후 다시 방으로 돌아온다.

"이렇게 하면 다시 돌에 빛이 들어올지도 몰라요."

그는 방문을 닫는다. 트레이시에게 돌을 들고 있으라고 한 후, 전등 스위치를 내린다.

딸깍.

"……아무 일도 없는데요?"

"잠깐만 기다려 봐요."

바로 그때, 트레이시는 깜짝 놀라 돌을 떨어뜨린다. 나머지 둘도 깜짝 놀란다.

갑자기 누군가가 밖에서 방문을 열어젖힌 것이다. 방안에 불빛이 하나도 없어 문을 연 자의 얼굴은 보이지 않는다. 그자 역시 돌이 떨어지는 소리에 덩달아 깜짝 놀란다.

하필 바로 그때, 돌이 빛을 내뿜기 시작한다. 하얀색보다 더 하얀 빛을 내뿜기 시작한다.

그 빛 덕분에 방 전체가 새하얗게 변한다.

빛은 그곳에 있던 모든 사람들을 선명하게 비춘다. 문을 연 사람은 트레이시의 얼굴을 보고 또다시 깜짝 놀란다. 트레이시도 마찬가지로 그자가 누군지 알아채고는 깜짝 놀란다.

"경사?!"

"형사님?!"

그러나 정말로 그 두 사람을 놀라게 한 것은 두 사람 사이에 있는 바닥에 떨어져 있다. 그것은 바닥에 떨어져 있는 채 방 안에 있는 모든 것들에게, 방 밖에 있는 형사와 조수경관에게, 심지어는 그 방의 모습을 볼 수 없는 취조실에게도 빛을 내뿜고 있다.

15
회상

시간은 자정쯤 된 것 같다.

엔진소리가 별로 크지 않은, 온통 검은색으로 도색된 자동차 한 대가 여타 자동차와는 조금 다른 특별한 번호판을 달고 밤길을 지나가고 있다. 밖에서 볼 딴에는 차의 도색된 표면과 색깔이 똑같아, 쉽게 구분이 가지 않는 선팅된 방탄 유리창 너머로 네 사람이 앉아 있다.

형사 바로 옆 자리 운전석에는 트레이시 경사가 앉아있다. 원래 형사는 조수경관에게 운전을 시키려고 했지만, 트레이시 경사가 하루 종일 형사에게 시달린 그에게 연민의 감정을 느껴 자발적으로 그를 구제하러 나선 것이다(물론 레이첼이 가져온 돌을 본 이상 여기에는 호기심 충족의 동기도 들어있지 않다고 할 수 없다.). 조수석의 형사는 그의 태블릿 PC를 무릎에 놓고 PC에 연결된 이어폰을 귀에 꽂은 채로 로버트 몰리슨에 관한 정보를 인터넷에서 검색하고 있다. 태블릿 PC의 화면을 뚫어져라 바라보고 있는 그는 입이 근질근질한 지 계속 이빨들을 딱딱 거린다. 그가 차 안에서 담배를 피려 하자, 뒷좌석에서 레이첼이 그를 닦달하였기 때문이다.

차 안이 담배연기로 가득 차는 불상사를 막은 장본인인 레이첼은,

표정 없는 얼굴로 유리창 바깥으로 지나가는 고속도로의 가로등과 그 먼 너머에 보이는 건물들의 네온사인만 쳐다보고 있다. 그녀의 왼쪽에 앉은 데이빗이 그녀에게 묻는다.

"뭔가 마음에 걸리는 것이라도 있나요?"

"난…." 그녀는 유리창 밖에 두었던 시선을 데이빗에게로 거둔다. "난 그 사람이 그렇게 되지 않게 막을 수 있었어요."

그녀의 목소리가 살짝 높아지면서 퍽퍽해진다. 울먹이는 목소리이다.

"레이첼, 아직 그 자에게 어떤 일이 일어났는지도 모르잖아요. 물론 그의 말이 사실이긴 했어요. 하지만, 정상적인 사람이라면, 그런 사람이 와서 이상한 얘기들을 늘어놓는데, 과연 그 말을 믿을 수 있었을까요? 당연히 믿을 리가 없죠. 우리도 그런 이야기들을 믿을 수 없었을 뿐이에요. 그런 얘기들은 전부 터무니없는 소리라고 여기며 웃어넘길 수밖에 없었던 '정상적인' 사람들이었을 뿐이라고요."

"아니요. 난 막을 수 있었어요."

"예?"

잠깐 동안 흐르는 어색한 침묵. 그 뒤에 오는 짧은 숨고르기.

"그런데도 그냥 방치한 거죠. 사실은… 그런 얘기를 전에 들은 적이 있어요."

"……그, 그 사람이 하는 말이 전에 들은 적이 있는 말이라고요?"

"예전에 말이에요…." 그녀가 회상을 시작한다.

"한동안 또 제 소식을 듣지 못할 거예요."

로버트와 레이첼과의 대화 분위기에 변화가 생겼다.

"네?"

"이제 저는… 돌아가야 합니다. 내가 정말 애지중지하는, 아주 특별한 빛을 위해서죠. 이 세상을 위한 것이기도 하고요."

"돌아가야 한다니요?"

레이첼은 그가 무슨 말을 하는 것인지 갈피를 잡지 못했다.

"혹시 이런 말을 들어보신 적이 있나요? 〈우리가 팔레트에 묻혀 사용하는 색들의 수가 우리가 우리 자신의 눈 안에 갇혀있는 정도를 결정한다. 우리의 눈이 만든 철창을 빠져나오려면 엄청나게 다양한 색들이 필요하고, 특히 한 번도 써보지 않은 색들을 반드시 팔레트에 넣어야 한다.〉"

"글쎄요… 그런 말은 한 번도…."

"그럼 이 말의 말마따나 더욱 이 말을 새겨두세요. 한 번도 들은 적이 없으니까요."

레이첼은 혼란스러워졌다.

"저기… 뭐가 뭔지 저는 잘…."

별안간 로버트가 힘찬 동작으로 손을 그녀의 어깨 위에 얹었다.

"우린 모두 미술가예요. 미술가니까, 알아야 해요. 모든 색깔이 우리가 평소에 알던 틀 안에 들어 있는 것은 아니라는 것을요. 그 틀의 범위가 0부터 100까지라면, 101이나 -1같은 숫자들도 얼마든지 가능하죠. 전 지금 너무 큰 변화들로 혼란에 빠져 있어요. 새로운 세계에 당도한 것이죠. 당신도 언젠가는 저의 말이 무슨 뜻이었는지 알게 되면 좋겠군요. 전 사실 지금 제 손에 달린 일의 십분의 일만큼이라도 당신에게 보여주고 싶어요. 그러나 그렇게는 할 수 없어서 유감이네요. 이 '새로운 세계'는, 아마 꽤나 오랫동안은… 비공개로 남게 될 것 같아요."

"저기… 도대체 당신의 그 새로운 세계라는 게…."

"지금은 이것만 알아두세요. 저는 아주 특별한 빛에 도달하였고, 그 빛은 너무나도 특별해서 그것만을 이해하기 위한 전문적 조직이 있어야 하며, 실제로 동업자들 몇 명과 함께 벌써 큰 조직을 만들었어요. 하지만 제 동업자들 중 한 명이 되도록 세간에 알려지지 않은 채로 조용히 연구하는 것을 원하는 터라 제가 조직에 돌아가게 되면 한동안 저에 대해서는 아무 소식도 듣지 못할 거예요. 이 이상은 말해줄 수가 없어요. 상황이 그리 좋지도 않으니까요. 이 정도까지 말한 것도 당신이 처음이에요. 유별나게도 당신 앞에서는 유난히 제 말이 멈추질 않더군요. 당신은… 참 훌륭한 '리스너'거든요."

로버트는 그녀를 향해 웃어 보였다.

"이제 가봐야겠어요. 언젠가 또 만날 날이 있을 거예요."

그는 자리에서 일어나, 앞에서 그들을 마주보고 있는 커다란 문을 열고 아트갤러리 안으로 들어갔다. 문이 닫히기 전에 마지막으로 그의 미묘한 얼굴이 그녀의 눈에 선명하게 들어왔다.

"그래요. 그 사람은 그때 이미 이런 것에 대해 알고 있었던 거예요."

레이첼은 보따리를 집어 양옆으로 흔들면서 말한다.

"그때는 그가 너무 추상적으로 표현해서 무슨 말인지 알아듣지 못하고 그냥 잊어버렸는데, 그 장님이 나타나면서 다시 그때 그 말에 대해 생각해 보게 되었죠. 그때 그의 말을 한번 믿어주는 거였는데…"

그녀는 그녀 자신을 책망하기 시작한다.

"전 그의 말을 일부러 무시했어요. 그렇게 요상하게 생긴 사람이 다가와서 말을 거는 것이 너무 소름 돋고 또 불쾌하게 느껴졌어요. 그 불쌍한 장님은 아마 어떤 비밀조직에 끌려갔을 거예요. 항상 이렇게 말했거든요. 사람들이 자신을 쫓고 있다고, 그 사람들에게 발견되면 끌려가서 다시는 돌아오지 못할 거라고, 이미 한번 도망친 몸이라 발견되면 정말로 끝이라고…. 로버트 몰리슨 씨도 그때 저에게 비밀조직에 대한 암시를 남겼던 거예요. 지금 생각해보니 굉장히 소름 돋네요."

데이빗은 살짝 얼이 빠진 듯 보인다.

"그럼 그 장님은 지금 저 보따리에 들은 것과 비슷한 것들을 연구하고 수호하는 사람들에게 잡혀 있고, 그 조직을 운영하는 자가 로버트 몰리슨이라는 사람이다, 이 말인가요?"

"그래요. 진작 이 얘기를 하는 거였는데… 그 장님에게든 당신에게든 간에…"

레이첼은 그녀의 얼굴을 양손에 파묻는다. 데이빗은 그저 긴 한숨을 내쉴 뿐이다. 그의 한숨 뒤로 흐르는 잠깐의 정적, 그는 그 정적을 깨고 레이첼의 등에 손을 얹으며 한마디 한다.

"다 괜찮아질 거예요. 지금 우리가 찾고 있잖아요."

아무것도 없는 어두컴컴한 길을 달리는 차의 내부, 엔진 소리만이 희미하게 울려 퍼지고 있던 차안의 적막을 깨는 것은 그들의 대화뿐이다. 트레이시는 눈을 부릅뜨고, 정화시킨 피로를 눈으로 분출하려는 것 마냥 바다 밑을 수색하는 잠수정의 기세로 도로를—마치 차에 달린 두 개의 헤드라이트 불빛이 그러듯이—쓸어가는 데에 집중한다. 그녀의 시신경에서 보내는 시각정보를 제외한 다른 감각정보들은 그녀의 관심을 끌지 못한다.

형사는 자신의 태블릿 PC의 화면에만 집중한다. 이어폰이 그의 집중력을 강화시키는데 매우 큰 역할을 하고 있다. 덕분에 그에게는 주위의 소리들이 들리지 않는 것이다. 희미한 엔진 소리도, 타이어가 가끔씩 바닥에 긁히는 소리도, 뒷좌석에서 레이첼과 데이빗이 지금 그가 태블릿 PC를 이용해서 검색하고 있는 '로버트 몰리슨'에 대해 이야기하는 소리도.

#16
집

  차가 표지판에 〈Ele Street〉라고 쓰여 있는 거리에 들어선다. 형사는 차가 거리로 들어서자마자 끼고 있던 이어폰을 빼고 주변의 집들을 둘러본다.

  "지붕 위에 빨간 앵무새… 지붕 위에 빨간 앵무새라… 아, 저기 있군. 경사, 저기 저 집에 차 세우게."

  "도대체 무얼 찾는 거예요? 그것보다, 여긴 어디죠?"

  레이첼이 묻는다.

  "불이 전부 꺼져 있군….."

  형사는 레이첼의 말을 못 들은 체하며 중얼거린다.

  "여긴 어디냐고 여쭀잖아요. 제 질문에 대답해 주시겠어요? 여기가 어디예요?"

  레이첼이 짜증난 듯이 다시 묻는다.

  "짚이는 곳이 있어 찾아와 본 겁니다." 그제야 형사는 대답한다.

  차가 형사가 지목한 집 앞에 멈춰 선다. 형사가 차에서 내리자, 나머지 사람들도 모두 따라 내린다.

  "두 사람은 여기에 계십시오. 제가 집을 둘러보겠습니다. 경사, 자네도 여기 남아 두 사람을 보호하고 있게."

"알겠습니다."

"잠깐, 우리도 보게 해줘요."

레이첼이 형사에게 요구한다.

"돌을 찾아낸 건 우리예요."

데이빗도 옆에서 거든다.

"정확히 말하면 받은 거죠. 그 사람한테서 말이죠." 다시 레이첼이 말한다. "바로 그거예요. 그 장님이 돌을 준 건 우리라고요. 현재 가지고 있는 사람도 우리고요. 지금 우리 모두가 찾고 있는 것이 '우리에게' 이 돌을 주었던 사람의 행방인 만큼, 우리 두 사람도 집안에 무엇이 있는지 알 권리가 적어도 형사님보다는 있겠죠? 그러니까 형사님? 우리 두 사람도 당신과 동행해서 집을 둘러볼 수 있게 해주시겠어요?"

"안에서 누군가가 집의 불을 꺼놓은 채로 숨죽이며 잠복하고 있을지도 모릅니다. 경찰도 아닌 두 분을 위험에 처하게 할 수는 없습니다."

단호하게 말하고는 형사는 주머니에서 권총을 꺼내든다. 권총을 양손으로 든 채로 집의 현관문 앞으로 다가가 귀를 문에 갖다 댄다. 집 안에서 나는 소리는 없다. 그는 조심스럽게, 천천히, 문의 손잡이를 돌린다.

손잡이가 조금 돌아가나 싶더니 어느 순간 멈춘다. 손잡이를 돌리던 그의 손이 미끄러진다.

당연한 얘기지만, 문이 잠겨 있는 것이다.

그는 주머니에서 가느다란 무언가를 꺼낸다. 만능열쇠다. 그는 만능열쇠를 이용하여 문을 딴 후, 다시 조심스럽게 손잡이를 돌려 문을 열고 안으로 들어간다.

그가 집 안으로 들어가자 레이첼이 투덜거린다.

"도대체 저 사람은 뭐하는 사람이야? 우린 우리 얘기를 다 해줬는데 저 사람은 여기가 어딘지도, 또 왜 온 건지도 알려주지 않고 있잖아."

갑자기 어딘가에서 잠깐의 바람이 불어온다. 집의 지붕 위에 있는 빨간 앵무새가 회전하면서 바람의 세기를 알려준다.

바람이 그치자 트레이시가 말한다.

"글쎄… 내가 보기에 형사님은 이 사건에 대해서 두 사람이 모르는 것을 알고 있는 것 같아. 이 집도 그중 하나고 말이야. 우리한테 얘기하지 않는 걸 보면 아마…."

우연인지, 아니면 귀가 간지러웠던 모양인지, 바로 그 순간을 딱 맞춰 형사가 집에서 걸어 나온다. 세 사람 모두의 시선이 그에게로 향한다. 트레이시가 묻는다.

"그래서, 안에 뭔가 있었나요, 형사님?"

"시체." 형사는 잠깐 뜸을 들이고 나서 짧게 내뱉는다. "죽은 사람의 시체가 있었지."

레이첼과 데이빗의 눈이 휘둥그레진다.

"시체라고요?!" 두 사람이 동시에 외친다.

"신원은 확인되었나요?"

"아니, 신분증은 발견하지 못했다."

"본부에 연락할까요?"

"내가 직접 연락하도록 하지. 자네는 이 두 사람을 집까지 바래다주게나. 그리고 말인데…." 형사가 손짓을 하자 트레이시가 그에게 귀를 갖다 댄다. 그가 속삭인다.

"저 두 사람이 가져온 그 물건에 대해서는 일단 다른 곳에 말하지 말라고 잘 설득해주게. 그 물건에 대한 이야기가 퍼져 나가면 세상이 너무나 시끄러워질 거야. 아직은 너무 이르고, 돌에 관한 것이 명확하게 밝혀지게 되면 당신들의 발견을 언론에다가 공식적으로 발표할 테니, 며칠만 비밀을 지키며 조용히 있어달라고 타일러주게. 자네라면 할 수 있을 거라 믿네."

"아이구야. 형사님, 지금이 어느 시대인데 뉴스를 통제하려 하십니까? 게다가 레이첼은 제 친구인데요." 트레이시는 냉소적인 웃음을 짓는다.

"자네…." 형사는 흘낏 주위를 둘러보고는 다시 속삭인다. "그런 사람들 꽤 많다던데… 퇴임할 때까지 경사로 있을 생각은 없잖아. 내가 보기엔 내가 이제 곧 이 바닥에서 발을 떼야 할 것 같아서 말이네…. 음… 내 자리가 빈다는 거지."

형사는 계속 트레이시에게 시선을 날린다.

"그러니까 말이야, 부탁 좀 하겠네."

트레이시는 헛웃음이 터진다.

"도대체 형사님 인맥은 어디까지 이어진 겁니까? 정말 오래 볼수록 놀라워지는 새로움이네요. 닳아가는 것이 아니라."

"그래서 할 거야, 안 할 거야?" 형사는 다급해진다.

"딱 며칠만이에요. 그 이상 가는 게 가능하다고도 생각하지 않고요. 그리고, 제가 타일렀는데도 레이첼이나 그 애인이 제 말을 무시하는 경우에는 어떻게 되더라도 제 책임은 없는 겁니다."

"좋아. 그리고 자네 역시 비밀을 지켜야 하네. 내 조수는 내가 잘 타일렀으니 거기까진 신경 쓰지 않아도 되고."

"알았어요."

"그래, 부탁하네."

형사는 시선을 레이첼과 데이빗에게로 돌리며 일이 커졌으니 그만 돌아가라고 한다.

"시체가 발견된 이상 여긴 일반인이 있을 곳이 못 됩니다. 이제부터는 경찰이 해야 할 일뿐입니다. 저에게 맡기십시오. 혹시라도 그 장님을 찾게 되면 경사에게 통보해 알려드리도록 하겠습니다. 괜찮으시다면 직접 연락처를 주셔도 됩니다."

"잠깐만요. 그 시체가 우리가 찾는 장님일 수도 있잖아요."

레이첼의 어조는 매우 고조된 상태다.

"그 시체가 누군지는 모르겠지만, 일단 장님은 아닙니다. 시체의 눈을 확인해 보았습니다."

"눈을 확인했다고요?"

"예. 제가 군의관으로 일한 경력이 있어서 눈만 확인해도 그 사람이 장님인지 아닌지 알 수 있어요. 자, 이제 제 대답에 만족하셨다면 그만 현장을 저에게 맡기시고 경사의 에스코트를 받아 귀가하십시오."

형사의 대답에 별로 만족하지 못 한 두 사람은 뭔가가 풀리지 않았다는 기분에 그곳에 남아서 그에게 더 자세한 이야기를 듣고 싶었지만, 트레이시가 그들을 차 안으로 떠미는 바람에 그럴 수가 없다.

"자자, 이제 그만 들어가자. 시간도 늦었고 말이야."

"그렇지만, 기껏 여기까지 왔는 걸…" 레이첼은 여전히 미련을 가지고 있다.

"형사님이 본부에 연락해 경찰들이 오면 같이 있었던 두 사람에게도 질문을 할지도 모르는데, 그런 귀찮은 상황과 대면하긴 싫잖아. 안 그래?"

결국 두 사람은 차의 뒷좌석에 오른다. 트레이시가 운전석에 오르고 페달을 밟자 차가 미끄러지듯 나아간다. 그리고 곧 형사의 시야에서 사라진다.

형사는 본부에 연락하기는커녕 곧장 집으로 들어간다.

시체는새로에, 집안에는 그 어떤 혈흔이나, 시체 썩는 냄새나, 그 냄새를 맡고 항상 꼬여드는 파리들의 흔적조차 없다.

"군의관은 개뿔…."

그는 현관문을 닫고 집안의 모습을 다시 한 번 살핀다.

내부는 사각형 모양의 공간이다. 정확한 용도를 알 수 없는 방이다. 거실이나 응접실에서 볼 수 있는 물건들도 보이고, 부엌에서 볼 수 있는 물건들도 보인다.

그는 자신이 들어온 현관문을 등지고 선다. 양쪽 가장자리의 벽면은 창문을 통해 곧장 바깥으로 이어지며, 앞쪽 벽면에는 좁은 복도가 하나 있다. 그는 천천히 고개를 이리저리 돌린다. 사소한 것 하나라도 놓치지 않으려고 한다. 양쪽 벽면뿐만 아니라 현관문의 좌우에도 창문 두 개가 더 있다. 아까 그가 집에 들어왔을 때 이미 볼만큼 본 창문이다. 그럼에도 불구하고 그는 다시 한 번 그 창문들을 관찰한다.

"채광은 좋은 집이군." 형사는 창문을 통해 자신이 걸어 들어왔던 마당을 내다보며 혼잣말한다.

복도는 현관문과 정확하게 일직선으로 마주보고 있다. 그는 앞으로 발을 내딛기만 했을 뿐인데 자연스레 복도로 들어서게 된다. 이제야 그가 아까는 둘러보지 못했던 영역에 들어선 것이다.

형사는 복도 부분의 모든 전등을 통제하는 스위치를 올린다.

전등 빛이 복도를 환하게 비춘다.

복도를 따라 걸어가면서 그는 하얀 벽에 걸려있는 액자들을 바라보기도 하고, 손으로 만져보기도 한다. 여러 가지 사진들이 그의 눈을 사로잡는다. 하늘색 행글라이더 수십 개가 모여 커다란 행글라이더 모양을 만들면서 비행하는 광경을 위에서 찍은 사진, 여러 사람들이 사진에는 완전한 검은색으로 보이는 무언가를 향해 입을 떡하니 벌리고 멍하니 서 있는 사진, 또 커다란 모니터가 여럿 달린 어떤 중앙 제어실 같은 곳에서, 몸통은 마치 애벌레가 나뭇가지에 거꾸로 매달릴 때처럼 위는 매달려 있고 아래는 구부러지며 내려오고, 머리는 마치 타이어를 반쪽으로 잘라놓은 후 잘린 단면을 몸통의 끝부분에 부착한 모양으로 생긴데다가 얼굴 부분(잘린 단면의 반대쪽 부분)에 커다란 오렌지색 눈이 하나 달려있는 하얀 거대 로봇이 초록색 안개를 뿌리고 있는 사진도 있다.

똑똑.

그렇게 여러 사진들을 살펴보고 있던 형사는 별안간 벽을 두드린다. 두드리는 소리가 별로 둔탁하지 않고 오히려 맑다. 벽 속이 비어 있는 것이다.

"하긴, 집도 꽤 커 보이는데 방이 하나밖에 없을 리가 없지."

형사는 복도의 끝으로 이동한다. 문이 하나 보이고, 복도는 그 문 앞에서 T자형으로 갈라진다. 그는 일단 눈앞에 보이는 문을 열어젖힌다. 들어가서 불을 켜보니 화장실이다. 그는 화장실에서 나와 왼쪽과 오른쪽을 번갈아 바라본다. 양쪽 갈림길은 모두 막다른 길이다. 그의 눈에 보이는 것은 벽들뿐이다.

마치 진짜 T자 모양을 보는 것 같군, 양쪽 길이 모두 막혀있다니, 그는 속으로 생각한다.

왼쪽이든 오른쪽이든 결국 같겠지?

그는 T자 모양의 왼쪽 끝으로 이동한다. 그가 온 방향을 제외한 나머지 삼면이 모두 하얀 벽으로 막혀 있다. 복도에 있던 벽들보다 더 하얗고 더 새것인 것처럼 보이는 벽들이다. 그는 고개를 현관문이 있는 방향으로 돌리고, 그 방향에 놓인 벽면을 두드리기 시작한다. 똑똑 소리가 여러 차례 집에 울려 퍼진다.

어느 순간, 이전에 들었던 벽을 두드리는 소리보다 더 맑고, 높은 음정의 두드림의 소리가 그의 귀를 때린다.

"바로 여기야."

그는 자신이 방금 두드린 곳에 손을 얹고, 힘을 세게 가한다.

와지끈! 곧이어 벽이 부서지고 내부가 드러난다.

형사가 부순 벽을 제외하고는 어느 곳에서도 불빛이 들어오지 않기 때문인지, 내부는 굉장히 어둡다.

형사는 손을 벽에 더듬어 스위치를 하나 찾아낸다. 스위치를 올린다. 내부 공간의 천장에 달린 전등 하나가 켜질 듯 말 듯 잠시 동안 깜빡깜빡 거리더니 곧이어 불이 들어온다.

내부 공간에는 먼지가 수두룩하게 쌓여있다.

먼지 때문에 기침을 하며 그는 그곳에 있는 물건들을 한번 둘러본다. 버려진 것처럼 보이는 상자가 몇 개 있고, 칼날 위에 뭔가 까만 액체가 굳은 채로 붙어있는 식칼과 안에 인화성 물질이 들어있다는 것을 알리는 겉표지를 단 스프레이 통이 그의 눈에 띈다.

그는 물건들을 모두 한쪽 구석에 놓아두고 이번엔 벽을 조사하기 시작한다. 벽면은 그의 눈길로 한 번, 손길로 또 한 번 빗질 당한다. 벽은 상당히 울퉁불퉁하다. 비비탄 총알이 벽면에 박힌다 해도 벽에 있는 수많은 울퉁불퉁한 표면들 중 하나일 뿐이라고 오해할 수 있을 정도다. 그래서 그가 벽에 있는 아주 중요한 것을 보지 못하고 그냥 넘어갈 가능성도…

"아하!"

그가 별안간 소리친다. 무언가를 발견한 것이다.

그는 자신이 발견한 것에 자신의 얼굴을 들이댄다. 검정색의 동그란 무언가가 벽에 박혀있다.

"여기 계셨군."

작은 크기의 렌즈를 장착한 몰래 카메라의 시야에 커다란 형사의 눈이 들어온다. 형사가 얼굴을 들이댐에 따라 눈은 점점 더 커진다.

별안간 카메라의 시야에서 그의 눈이 사라지고 그의 입이 잡힌다. 입이 움직인다. 무언가를 말하고 있다. 입이 움직이는 정도를 보았을 때 뭔가 공격적인 어조로 말하고 있는 것 같다.

형사가 들이댔던 얼굴을 거두자 카메라의 시야에 그의 얼굴과 상반신이 모두 들어온다. 그의 입은 또 무엇인가를 말하고 있다. 뭔가 자신의 말이 확실하게 전달되었는지 확인하려는 듯한 표정이다.

별안간 형사가 카메라의 시야에서 사라지더니, 곧이어 뜯어낸 상자 한 조각을 들고 카메라 앞에 선다. 주머니에서 검은색 유성 사인펜 하나를 꺼내더니 상자 조각을 바닥에 대고 뭔가를 쓰려는 듯 몸을 굽힌다. 그가 무엇을 쓰고 있는지는 카메라의 시야에 잡히지 않는다.

잠시 후 형사가 다시 몸을 일으킨다.

형사는 상자 조각을 카메라 바로 앞에 갖다 대어, 그가 쓴 글씨가 카메라의 시야에 선명하고 커다랗게 보이도록 한다. 까만 글자 몇 개가 카메라의 시야를 가득 채운다.

난 당신들에 대해 전부 알고 있다.

17
탐험

도대체 무엇인가?

무슨 일이 일어나는 건가?

방금 벽의 일부가 옆으로 움직이며 열렸다. 사방이 어둠인 곳에 열린 벽의 밖으로부터 빛이 들어온다.

네모난 모양의 빛이다.

스피커에서 무슨 소리가 들린다. 두 사람이 이야기하는 소리다. 뭐라고 하는지는 소리가 너무 작아서 들을 수가 없지만 그래도 아까 나에게 지시를 내렸던 자가 마이크를 끄지 않은 채로 다른 이와 얘기하고 있다는 것은 알 수 있다.

잠시 후 그 목소리가 들려온다.

((잠시 다른 방으로 이동해줘야겠다.))

다른 방으로 이동하라고?

((방금 열린 곳을 통해 이동하라. 그 다음엔 길이 있는 대로 따라가면 될 것이다.))

이동하라니… 혹시 빛을 발하는 장치가 고장난 것인가? 그럴지도 모르겠다. 어쨌든 일단은 저 목소리가 하라는 대로 따르는 것이 좋을 것 같다.

나는 안으로 들어오는 빛을 따라 밖으로 나온다.

눈이 상당히 부시다.

그때, 갑자기 어떤 굉음과 함께 땅이 잠깐 동안 진동하며 빛이 사라진다.

무슨 일인가!

빛이 사라진 자리에는 커다란 전등 하나가 놓여있을 뿐이다. 등대에 쓰이는 것 같이 생겼으면서도 뭔가 다르다. 그것이 뿜어낸 빛은 등대와는 사뭇 다른 분위기의, 완전한 백색이었다. 아마 경기장에서 쓰이는 투광 조명의 일종이지 않을까 싶다. 그나저나 지금 그게 중요한 것이 아니다.

"방금 그 소린 뭐였죠?!"

내가 들은 굉음은 마치 무게감 있는 금속 덩어리가 떨어지다가 다른 금속과 부딪혀 강한 마찰을 일으키며 긁히면서 내려가는 소리와 흡사했다. 귀에 한 번 강하게 때리는 소리. 음색의 두께는 약간 얇지만 아주 강하고 짧게 울린 소리. 땅까지 흔들려서 그 충격이 더한 것 같다.

((걱정할 필요 없다. 종종 있는 일이니. 어서 이동하라.))

목소리가 마이크에서 멀어져가며 옆에 있는 누군가하고 얘기를 시작한다. 작고 희미하지만 알아들을 정도는 될 것도 같다. 나는 귀를 기울인다.

((……또 일어났어, ……누군가 ……내부에 누군가가 있다… 방해꾼….))

………….

더 이상 아무 것도 들리지 않는다. 목소리가 흘러나올 때마다 그 바탕을 깔아주었던 잡음도 같이 끊긴 것으로 보아 마이크가 꺼진 것 같다.

그제야 나는 내 주위를 둘러보고는 깜짝 놀란다!

내 발밑으로 끝이 보이지 않는 낭떠러지가 펼쳐져 있는 것이다!

나를 떨어지지 않게 받치고 있는 것은 어떤 짙은 회색의 금속으로 된 다리이다. 다리는 만약 내가 열린 벽으로 나온 방향이 앞이라면 왼쪽과 오른쪽으로 뻗어있다. 다리에는 난간조차도 달려있지 않다. 다리라기보다는 그냥 한 기다란 금속판이 공중에 떠 있는 것 같다. 분명 어딘가에 매달려 있겠지만 나에게는 그런 부분이 보이지 않는다. 표면에는 일부러 만들어놓은 듯한 쪼그만 직사각형 구멍이 한 행에 여덟 개씩 있다. 재질은 내가 조심스레 발로 두드려보니 그렇게 강해 보이지는 않는다.

나는 내가 빠져나온 방 쪽을 바라본다. 아까까지만 해도 열려 있었던 벽은 벌써 닫혀있다. 내가 있던 방은 지금 내 주위에 마치 빌딩숲처럼 깔려있는, 높이가 매우 높은 수많은 직사각기둥들 중 하나의 안에 들어 있었다. 열렸다가 닫혔던 벽도 지금 내 앞에 있는 기둥의 표면 중 일부다.

이 직사각 기둥들은 무엇인가?

뭔가 공상과학적이면서도 신비스럽고, 어딘가 음산한 분위기를 자아낸다. 그러한 분위기의 배경 음악마저 들려오는 듯한 느낌마저 자아낸다.

내 주위에만 해도 여러 개가 보이는데, 내 주위에만 있는 것은 아닌 것 같다. 저 멀리에도 보인다. 수십 개씩이나 보인다. 어떤 것에는 문이 달려있고 어떤 것에는 표면에 노란색 페인트로 커다랗게 숫자가 매겨져 있다. 바로 그 커다랗고 수많은 직사각기둥들을 따라서 나를 받치고 있는 이 금속판은 중간 중간에 코너가 나아있기도 하고, 또 여러 갈래로 갈라지기도 한다.

별안간 주위 사각기둥들의 표면에서 투명한 하늘색의 네모난 판넬들이 튀어나와, 뒤에 장착된 로봇 팔들에 의해 이리저리 움직인다.

판넬들은 내가 올라있는 금속판의 양쪽 가장자리에 빈틈없이 밀착되기 시작한다. 순식간에 판넬들로 이루어진 '추락방지막'이 나타나, 난간의 기능을 대체하면서 나에게 갈 길을 알려준다. 나는 판넬들이 일러준 쪽으로 발걸음을 옮기기 시작한다. 중간중간에 금속판의 길이 여러 갈래로 나눠지는 부분에서는 그것들이 잘못된 길을 모두 막아준다. 판넬들이 모두 투명한 하늘색이라 금속판 바깥의 모습 또한 볼 수 있다.

내가 있는 곳은 무지하게 큰 곳인가 보다.

나는 상당히 먼 거리를 걸었다고 느낀다. 그런데도 주위의 풍경에는 변화가 없다. 여전히 금속판과 사각기둥들과 내 양옆의 판넬들뿐이다.

걸어가고, 또 걸어간다.

딱 내가 다리에 힘이 풀려 바닥에 주저앉을 때다. 판넬들이 만들어준 길의 끝이 보이고, 그 끝에는 철문과 그 왼쪽의 넓은 유리창이 하나 보인다. 그 넓은 유리창은 주름이 져 있어 안에 있는 것의 형체는 아무것도 보이지 않지만, 안쪽에서 뿜어져 나오는 백색의 형광등 불빛만은 볼 수 있다.

나는 철문을 연다.

문은 안쪽으로 열리고 안의 모습이 드러난다.

안은 무슨 오래 사용하지 않은 차고 같기도 했다(차가 있다는 말은 아니다). 방의 전체적인 모양은 가로로 누워 있는 굵고 짧은 일직선의 모양과 비슷하다. 다만 그 굵고 짧은 일직선의 오른쪽 가장자리에 약간 바깥으로 툭 튀어나온 부분이 있는데, 그 부분에 바로 내가 들어온 철문이 있어 누구든지 그 철문으로 들어온다면 그자는 곧바로 툭 튀어나온 부분과 일직선 부분이 만들어내는 코너와 맞닥뜨리게 될 것이다. 지금 내 앞에 있는, 왼쪽으로 꺾어지는 코너 말이다. 벽은 콘크리트가 표면에 드러나 있다. 콘크리트에 여러 얼룩들이 있는 것으로 보아 벽은 원래부터 콘크리트가 드러난 채로 있었던 것 같다.

그나저나 여긴 도대체 뭐하는 장소지?

사실은 철문의 위쪽 틀에 스티로폼으로 만들어진 안내판이 녹슨 금속 체인으로 매달려 있다. 나는 그것을 지금 발견한다. 안내판에는 노란색 바탕에 검은 글씨로 알파벳 열다섯 개가 적혀있다.

Observation Room

관찰실… 관찰실이라…·

나는 철문이 있는 툭 튀어나온 부분에서 빠져나와 방의 굵고 짧은 일직선 부분으로 내 몸을 옮긴다.

일직선 부분은 사실, 그렇게 길지 않은 하나의 복도다. 복도의 끝에는 또 다른 철문이 하나 있다. 주위를 둘러보면서 천천히 발걸음을 움직인다.

복도에는 여러 기계들이 놓여 있는데, 그중에서 가장 눈에 띄는 것은 나의 오른편 벽면의 가운데에 놓여 있는 커다란 모니터이다. 모니터는 검은 화면만을 보여주고 있다. 그 모니터의 검은색을 마치 카멜레온의 보호색으로 만들려는 것처럼, 모니터 뒤의 벽면은 거의 전체를 시커먼 유리창이 차지하고 있다. 내 왼편에 있는 또 다른 유리창, 그러니까 내가 여기에 들어오기 전에 보았던 주름진 유리창은 벽면의 절반정도만 차지하고 있는 반면에 말이다.

나는 시커먼 유리에 나의 눈을 갖다 댄다. 원래 유리창 너머로 무언가 관찰의 대상이 보여야 하는데 아무것도 보이지 않는다. 관찰하는 대상이 현재 없는 모양이다. 나는 모니터 앞에 놓인 여러 가지 자판들을 조사한다. 자판들 중 상당수는 내가 한 번도 본 적이 없는 문자가 위에 인쇄되어 있다.

나는 이번에는 방의 벽면들을 조사하기 시작한다. 아까 내가 있었던 '툭 튀어나온 부분'에서 포스터 같은 것을 본 것 같았다. 분명 벽면에 무언가 붙여져 있었다.

나는 다시 툭 튀어나온 부분으로 온다.

그 부분의 조명이 고장 나 주변이 어두워 잘 보이진 않았지만, 툭 튀어나온 부분에서 철문의 왼쪽 벽면에 붙어있는 포스터의 형태는 확실히 내 눈에 들어온다.

그런데 내가 어떻게 포스터였다는 것을 안 거지…? 벽에 붙어있다고 해서 모두 포스터는 아니지 않은가.

그렇군. 빛깔이 매우 화려하다. 벽에 붙어있던 그 물체는 눈에 띄는 다채로운 색들로 칠해져 있다.

나는 포스터를 근거리에서 보기 위해 포스터가 붙어있는 벽면에 가까이 간다. 웬 이상하게 생긴 커다란 마이크가 천장에 달려있고 사람들이 줄을 서 있다. 그리고 무언가가 잡다하게 쓰여 있다. 물론 이 포스터의 내용이겠지. 어디 보자… 근데 도대체 무슨 얘긴지 모르겠다.

다채로운 색의 포스터 왼쪽에 또 무엇인가가 붙어있다.

나는 그 사실을 이제야 알아차린다. 어두운데다가 다채로운 색도 없이 하얀 바탕에 검은색 글씨만 인쇄되어 있기 때문이다. 나는 뭐라고 쓰여 있는지 읽으려고 그것에 얼굴을 갖다 댄다.

그것은 가운데에 세로선 하나가 굵게 그어져 있어 왼쪽 영역과 오른쪽 영역을 나누고 있고, 양쪽 영역 모두에 각각 몇 개의 문장들이 적혀있다. 아마도 이곳에서 일하는 사람들보고 여기 쓰여 있는 대로 따르라고 붙인 것 같다.

나는 왼쪽 영역에 쓰인 문장들을 읽기 시작한다.

* 하십시오

* 〈근무인증 카메라〉의 앞에서는, 다른 수호대원의 촬영을 방해하지 않게 줄을 서고 카메라가 당신의 얼굴에 초점을 맞춘 후 플래시가 터질 때까지 대기

* 실험 대상들은 엄하게 다루고, 조금이라도 우리 수호대에 위험이 될 만한 요소들은 즉시 상부에 보고

* 기숙사나 사적인 장소가 아닌, 우리 수호대의 대원들과 마주치는 모든 장소에서는 자신의 계급에 맞는 망토를 착용

* 〈근무인증 카메라〉를 건드리거나 분해하려는 행위는 **반드시** 삼가

여담으로, 마지막 문장의 바로 아래에는, 왜인지는 모르겠으나 호박꽃 하나가 그려져 있다.

수호대…? 실험 대상…? 거기다 〈근무인증 카메라〉라는 건 또 무엇인가?

내 머릿속에 통증이 찾아온다. 뭔가 알 것도 같다. 나를 끌고 온

사람들에 대해서. 그러나 아직 더 많은 정보가 있어야 할 것 같다.

이제 나는 오른쪽 영역에 쓰인 문장들을 읽기 시작한다.

　* 마십시오

　* 〈근무인증 카메라〉가 당신의 얼굴을 촬영하는 것을 방해하거나
피하지

　* 상부의 허락 없이는 〈제 1위장기지〉에 출입하거나 근처에 접근하지
　* 〈검은 망토〉의 명령에 불복종하거나 그 신상을 조사하려 들지
　* 〈근무인증 카메라〉를 건드리거나 분해하려는 행위는 **절대로** 하지

나의 시선은 다시 옆에 있는 포스터로 향한다.

아까 내가 이상하게 생긴 마이크라고 생각했던 물체를 자세히 보
니, 그 물체의 가운데 부분에 희미하고 자그마한 플래시가 그려져
있다. 내가 보고 있는 것은 플래시가 터지고 있는 카메라의 모습을
그린 그림인 것이다. 줄의 맨 앞에 있는 사람의 시선이 그 카메라로
향해 있다. 카메라를 응시하듯이 정면으로 바라보고 있다.

그렇다. 저것이 분명 〈근무인증 카메라〉일 것이다.

줄을 선 사람들은 아까 왼쪽에서 본 것을 따르고 있는 것이다. 줄
에 있는 사람들은 맨 앞 사람의 촬영이 끝날 때까지 줄에서 가만히
서 있고, 맨 앞 사람은 카메라를 응시한 채로 서 있다가 플래시가
터지면 그 자리를 떠서 자신이 볼 일이 있는 곳으로 이동할 것이다.

포스터에 잡다하게 쓰여 있는 문장들은 대충 그러한 행위들을 하

라는 뜻의 글일 것이다. 어디 한번 보자…

〈근무인증 카메라〉의 목적은 당신을 감시하려는 것이 아닙니다! 당신이 출근하였다는 것을 신고해야 하는 부담을 줄여주기 위함이며, 보안카메라의 용도와 같이 당신의 안전을 지키기 위함입니다. 〈근무인증 카메라〉의 촬영을 피하는 행위는 당신이 근무를 하지 않은 것으로 간주됨을 의미하고, 또한 당신이 우리 수호대의 보호가 필요 없을 정도로 당신의 안전에 자신이 있다는 것을 의미하며, 그것은 수호대가 당신의 근무 중 일어난 그 어떤 상해사고나 실종사건에도 책임을 지거나 당신을 위해 수색을 벌이지 않을 것임을 의미합니다. 〈근무인증 카메라〉를 분해하는 행위는 당신뿐만 아니라 모든 수호대원들의 근무인증이 불가능하게 됨을 의미합니다. 또한 그것은 수호대의 보안에 아주 커다란 구멍이 뚫림을 의미합니다. 〈근무인증 카메라〉를 분해하거나 분해하려드는 자는 그때부터 수호대의 적으로 간주되며, 규정에 따라 엄벌에 처하거나 외부에서 들어온 첩자라는 것이 밝혀질 경우 그에 맞게 처리될 것입니다.

다채로운 색깔의 포스터. 사무적인 느낌이 드는 지시문.

그 내용이 유별나다는 것만 빼면 정말로 어떤 기업이나 국가기관의 연구소 중 한 곳에 들어온 기분이다. 사무적이고 무뚝뚝한 분위기가 있다. 그러면서 뭔가 위협적인 분위기도 있다. 그러면서 여기엔 다채로운 색을 가진 포스터도 있다.

그렇군. 내가 있는 이 '수호대'라는 곳은 일종의 연구소이다. 나는 얼떨결에 이곳에 끌려와서 실험 대상자가 되어 버린 것이다.

그렇지만 '수호대'이다.

분명 포스터와 지시문에도 그렇게 적혀 있다. '수호대'라고. 그럼 대체 무엇을 수호한단 말인가?

갑자기 무슨 소리가 들린다.

철문이 열리는 소리다.

즉시 고개를 돌려 내가 들어온 철문을 바라보았지만 그 문은 아니다. 아까 복도 끝에 있던 철문인 것 같다.

나는 포스터가 붙어있는 벽에 바짝 붙어 몸을 숨긴다.

발소리가 들린다. 발소리의 근원이 점점 가까워지고 있다.

나는 숨을 죽인 채 고개를 거의 안 움직이다시피 할 정도로 천천히 움직인다. 왼쪽으로 꺾어지는 코너의 맞은편 길을 따라 코너 쪽으로 걸어오고 있는, 그리고 그 후엔 이 툭 튀어나온 부분을 향해 고개를 돌릴 그 무언가를 보기 위해 고개를 오른쪽으로 민다.

경주용 자동차가 레이싱 중 코너를 돌 때 코너의 안쪽으로 붙어서 도는 것처럼, 내 얼굴을 툭 튀어나온 부분의 왼쪽 벽면에 바짝 붙인 채로 내 머리는 조금씩, 조금씩 이동하고 있다.

내 머리의 일부가 툭 튀어나온 부분의 영역을 벗어나 일직선 복도의 영역에 들어오기 시작한다. 곧이어 내 오른쪽 눈도 일직선 복도의 영역에 들어온다.

복도가 보인다.

그러나 아주 잠깐이다. 내 머리는 곧바로 다시 툭 튀어나온 부분의 영역으로 완전히 들어올 수밖에 없었다.

있다! 누군가가 오고 있다! 누군가가 지금 내가 있는 툭 튀어나온 부분으로 오고 있다.

정말로 누군가가 오고 있다! 이제 어떻게 해야 하나?

갑자기 발걸음 소리가 끊긴다.

나는 다시 한 번 고개를 거의 안 움직이다시피 할 정도로 천천히 밀기 시작한다.

심장 소리가 너무 크다. 지금 이 장소는 너무 고요하다.

나의 손은 너무 떨린다.

내 눈에 들어오는 영상에는 천천히 왼쪽으로 움직이는 벽만 보인다. 곧이어 새로운 시각정보가 들어온다. 나의 오른쪽 눈에 들어오는 영상의 오른쪽 가장자리에 밝은 빛이 보이는 영역이 생겨나 점점 왼쪽으로 영역을 확장한다.

그래. 복도의 모습이 내 눈에 들어오기 시작한다. 아직 그 모습은 흐릿하다. 내가 고개를 오른쪽으로 이동함에 따라 복도의 모습은 벽이라는 커튼을 왼쪽 끝으로 몰아내며 내 시야를 점점 채우고 있다.

복도의 모습이 선명하게 보인다.

그제야 나는 아까 내 쪽으로 걸어오고 있던 자가 보이지 않는다는 것을 깨닫는다.

!!!

뭐… 뭐야?! 어떻게….

그때서야 나는 내 머리 위쪽에서부터 내려오는 소름 끼치는 기운을 느낀다.

젠장! 앞만 신경 쓰다 옆을 보지 못했다!

나의 입이 커다란 손바닥으로 틀어 막힌다.

어느새 나의 바로 옆으로 와 내가 몰래 고개를 내밀던 모습을 가소롭다는 듯이 지켜보고 있던 그 남자는 하늘색 망토를 뒤집어쓰고 있다.

"위에서 오라면 빨리 올 것이지 뭘 꾸물거리고 있나? 하도 안 와서 나보고 끌고 오라고 시킨 것 아냐!"

그 남자는 나의 멱살을 잡아 날 일으킨다. 그는 그가 들어왔던 철문을 열고 관찰실 밖으로 나를 잡아끈다.

밖은 또 다른 복도다.

오른편에 문이 하나 있다.

남자는 그 문을 연다. 그러자 계단이 나타난다. 그는 나를 데리고 계단을 내려간다. 계단이 있는 공간은 꽤나 어둡다. 그렇지만 얼마 내려가지도 않았는데 화염의 빛깔과 흡사한 색의 빛을 발하는 전등들이 벽과 천장을 벌겋게 물들이고 있는 공간이 나타난다.

나를 이 공간으로 끌고 온 남자는 천장을 향해 소리친다.

"문 열어. 놈을 데리고 왔다."

그러자 그 공간에 있던 벽들 중 하나가 움직이기 시작하더니 뒤로 열린다. 아무래도 이곳은 벽에다가 오토도어 기능을 심는 것을 좋아하나 보다.

그 남자는 나를 열린 벽 너머로 던진다. 벽은 곧 다시 닫힌다.

사방이 깜깜해서 주위가 잘 보이진 않지만, 지금 내가 있는 곳은 매우 큰 공간인 것 같다. 한쪽 벽에 바닥에서부터의 높이가 약 5㎜는 되는 위치에 커다란 직사각형의 창이 있어 창문 너머로부터 내가 있는 이곳으로 백색의 형광등 불빛을 통과시키고 있다. 덕분에 그나마 방의 크기를 짐작할 수 있다. 창 너머를 보아하니 저곳이 바로 내가 아까까지 있었던 관찰실인 것 같다. 그렇다면 지금 내가 있는 곳은 저쪽에서 내가 시커먼 유리 너머로 본, 관찰대상이 없는 것처럼 보였던 공간일 터이고 아마 내가 곧 그 관찰대상이 될 것 같다.

갑자기 사방에서 하얀 빛이 뿜어져 나온다.

눈이 엄청나게 부시다.

바닥, 천장, 사방의 모든 벽들이 모두 하얀색을 띠고 있다. 이곳도 이전에 내가 끌려왔던 그 방처럼 방 내부의 모든 표면이 빛을 낼 수 있게 만들어진 것이다.

빛이 너무 밝아 눈을 제대로 뜰 수가 없다. 눈을 계속 감은 채로 있다 보니 눈이 부신 것이 점점 사그라진다. 동공이 수축한다. 눈이 나에게로 쏟아져 오는 하얀 빛에 익숙해진다.

갑자기, 웬 목소리다.

((뜸을 많이 들이긴 했지만 이제부터가 진짜다. 벽에서 나오는 하얀 빛을 계속 바라보아라. 그 빛 속으로 빨려 들어갈 것이다.))

다시 그 목소리가 찾아왔다.

이미 나는 하얀빛에 둘러싸여 있다. 빛이 너무 강해 눈을 감아도 빛이 내 눈에 들어오는 것을 막을 수가 없다.

하얀빛…. 계속 하얀빛이다. 끝도 없는 하얀색…. 지루한 하얀 색…. 보는 사람의 눈을 질리게 만드는 하얀색….

모든 것이 하얀색이다. 하얀색이 아닌 것은 없다. 보이는 모든 것이 하얀색이다. 내 눈은 벌써 질리도록 들어오는 하얀색의 시각정보를 거부하려 하는 듯하다. 아무것도 없는 하얀색. 마치 아무것도 없는 공허를 보는 듯하다. 공허. 갑자기 검은색이 떠오른다. 하얀색과 검은색, 그 두 색깔이 내 눈에 아지랑이처럼 펼쳐진다. 모든 게 하얗게 보이다가, 갑자기 모든 게 검게 보인다. 그리고 다시 모든 게 하얗게 보인다. 이곳에서 더 이상 색깔의 구분은 없다. 이곳은 아무것도 없는 곳이다. 하얀색도 없다. 검은색도 없다. 그 어떤 색깔도 없다.

아니다! 있다! 하얀색이 있다. 분명히 하얀색이다. 하얀색과 구별되는 하얀색이다. 하얀색의 공허만 있던 자리에 하얀색이 나타난다. 아까까지 내 눈에 질리도록 들어오던 하얀빛을 바탕으로 깔며 새롭고 신선한 느낌의 하얀색이 나타난다.

분명히 하얗다. 의심할 여지없이 하얗다. 왜 이렇게 하얀 거지? 아까의 하얀색은 하얀색이 아니었다. 그것은 가짜 하얀색이었다. 지금 내 눈에 들어오는 이 빛이 진짜 하얀빛이다. 분명히 이것이 진짜 하얀빛이다.

진짜 하얗다…. 진정한 하얀빛이란 이런 것인가…. 왜 이것이 진정한 하얀빛이란 느낌이 드는지 모르겠다. 아까의 하얀빛과는 분명 다르다.

이건… 차원이 다른 하얀빛이다.

내가 지금까지 봐왔던 하얀빛과는 차원이 다른 하얀빛이다. 왜 이 하얀빛이 아까의 것과 다른 느낌이 드는지는 모르겠다. 지금 이것이 뭔가… 아까 그것보다 뭔가… 더… 뭔가 더…

뭔가 더?!

그래! 더 하얗다! 정말 그렇다. 믿을 수 없을 정도의 느낌이다. 더 하얀 하얀색이라니! 말 그대로 하얀색보다 더 하얀 하얀색이다!

하얀색을 뛰어넘는 하얀색.

그 앞에서 나는 어안이 벙벙해졌다.

내 모든 근육과 감각기관이 마비된 것 같다.

내 눈에 들어오는 시각정보의 파장은 엄청나다. 내 머릿속을 완전히 휘젓고 다니고 있다. 나는 지금 나의 내부에서도, 또 외부에서도 무슨 일이 돌아가고 있는지 모르겠다. 너무 정신이 혼미해서 아무것에도 신경 쓸 겨를이 없다. 그저 내 앞의 하얀색만 바라본다. 지금 내 머리에 들어오는 유일한 것인 그 하얀색만 바라본다.

무슨 소리가 들리는 것 같지만 그런 것에 신경 쓸 때가 아니다.

다시 무슨 소리가 들린다. 이번엔 확실하다. 내 고막이 진동하는 것이 느껴진다. 고막이 진동하든 말든 나는 그저 내 앞의 하얀색….

하얀색….

하얀색을 뛰어넘는 하얀색….

모든 감각을 마비시키고 오직 그것만을 바라보게 만드는 하얀색….

그 하얀색…

그 하얀색…

그…

……이봐!

정신이 확 깬다.

((이봐! 응답해!))

목소리가 방안에 쩌렁쩌렁 울려 퍼진다. 나는 화들짝 놀라 본능적으로 주위를 둘러본다. 주위에는 나를 빠져들게 만드는 하얀색뿐이다. 나에게 소리친 자가 여기서 보일 리 없다.

나는 다시 나를 사방에서 둘러싸고 있는 빛에 홀린다.

((이봐! 응답하라고! 젠장, 매번 실험 대상들이 시작부터 저렇게 귀머거리가 되니 이거 할 때마다 불을 껐다 켜는 짓을 반복해야 하잖아.))

그 말이 끝남과 동시에 사방이 암흑으로 변한다.

하얀색보다 더 하얀 하얀색을 보고 있다가 갑자기 완전한 어둠과 맞닥뜨리니 눈이 어질어질하다.

((이봐! 들리나?))

나는 마침내 그 목소리에 응답하기 위해 입을 연다. 그 목소리가 뭐라고 말했는지는 내 알 바가 아니다. 내 머릿속엔 한 가지 생각밖에 없다.

"방금 그건 뭐였죠?!"

그러나 목소리는 내 질문을 완전히 무시하고 다른 질문 하나를 나에게 던진다. 이젠 질려버린 질문이다. 내가 대답을 거부하자 그는 몇 번이고 계속 같은 질문을 던진다. 나에게서 대답을 들을 때까지. 반복적으로.

((그래, 어떤 느낌인가?))

18
발각

　자신의 사무실에서, 형사는 몇 분 전부터 자신의 자리에 앉아 한 곳만을 바라보고 있었다. 문서들을 집어넣는 소형 금속제 캐비닛이었다.

　그는 사무실을 비울 때, 항상 짧은 길이의 투명한 테이프를 한가운데에 약간의 칼집을 낸 후 캐비닛의 문과 문틀에 걸쳐서 붙이는 버릇이 있었다. 혹시라도 누군가가, 잠금장치라고는 열쇠구멍 하나밖에 없는 그 오래된 캐비닛의 문을 따서 열어본다면, 문이 열릴 때에 그 테이프가 슬며시 두 동강이 난 후에 그가 적어도 문이 열렸는지 안 열렸는지 여부는 알 수 있게 말이다.

　그러나 지금까지 테이프가 두 동강이 난 적은 없었다. 애당초 귀중품이나 중요한 서류들은 전부 그의 집에 있었고, (물론 사생활 보호라는 명목으로 감시카메라가 설치되지 않았기는 했지만) 감히 형사의 전용 사무실에 침입해 그의 캐비닛을 딸 베짱이 있는 사람도 없었기 때문이다.

　그렇지만 버릇은 버릇이었다. 그는 오늘도 자신의 사무실을 비울 때마다 그 의미 없는 행위를 반복하고 나왔다.

　그리고 지금 그는, 반쪽은 문에 붙어있고, 반쪽은 문틀에 붙어있는, 두 동강난 테이프를 싸늘한 눈초리로 노려보고 있다.

그는 별안간 캐비닛의 문을 열어젖힌다. 마지막으로 그가 확인했을 때와 달라진 것은 없다.

내부에는 엄청난 분량의 문서들이 쌓여 있을 뿐이다. 그의 집안에 갖다놓았어야 했지만, 그가 너무나 바빠 차마 그러지 못하고 이곳에 갖다놓은 문서들, 원래는 그의 차 트렁크에 실려 있었지만 그가 경사 한 명과 아주 고집불통인 민간인 두 명을 데리고 떠나기 전에 트렁크에서 빼내어 이곳에 갖다놓은 문서들이었다.

이런 짓을 할 자는… 그놈밖에 없어…

19
일기

네 주위를 맴돌고 있어
다가서지도 못하고 멀어지지도 못하고, 오,

곧장 달려가 안기지 못하고
그렇다고 뒤돌아 잊지도 못하고

수지의 맑고 청아한 목소리가 방안에 울려 퍼진다.

아, 그저 빙빙 돌 뿐이야
내 마음만 애탈 뿐야
한번 손을 뻗어 너의 환상을 잡으려다 놓치고
다음번엔 꼭 닿기만을 바라는 나.

헤드폰에서 나오는 반주는 4마디의 짧은 간주로 넘어간다. 간주가
끝나기 한 박자 전에 그녀는 숨을 짧게 들이쉬고 입을 뗀다.

하지만 고마워 너의 뜨거운 손이 있어 줘서

내가 오늘도 살아가잖아.

축복받은 열기에, 부끄러운 흉터에

나의 눈은 항상…

별안간 그녀는 노래를 멈춘다. 등 뒤의 무언가를 느끼고는 그녀의 귀를 감싸고 있는 헤드폰을 벗어 손에 든다. 그리고 시선을 뒤로 돌린다.

하나의, 아니 두 개의 눈초리.

"저기… 콘테스트 나가려고 열심히 연습중인 건 알겠는데… 나 조금 잘 수 있게 다른 곳에 가서 연습하면 안 될까?"

그녀의 룸메이트가 침대 위에 앉아 그녀를 쳐다보고 있는 것이다. 그녀는 헤드폰을 책상 위에 올려놓는다. 그녀의 룸메이트가 이곳에 들어온 이후 그녀에게 말을 건 것은 처음이다. 그래서 그런지 그녀는 룸메이트를 놀란 눈으로 바라본다. 살짝 당황한 듯, 말을 약간 더 듬으며 대답한다.

"미, 미안. 난 네가 자고 있는 줄 알았어…. 방해가 되었다면 미안해. 딴 데 가서 연습할게."

"기분 나쁘게 들렸다면 사과할게. 내가 어제 한숨도 못 자서 말이야. 내가 3박 4일로 스키캠프 가는데, 오늘 저녁에 출발이거든. 거기 가면 또 잠을 별로 못잘 것 같아서 지금 잠을 많이 자둬야 할 것 같아. 그렇지만 너, 노래 잘하더라. 정말 아름다운 목소리를 가지고 있는 것 같아."

룸메이트의 칭찬 한 마디에 그녀는 갑자기 기분이 좋아진다.

"고마워."

그녀는 이왕 룸메이트가 이렇게 말을 걸어왔으니, 이참에 그녀와 친해지는 것이 어떨까 생각을 해본다.

"여기 생활은 괜찮니?" 그녀가 조심스레 묻는다.

"어떨 것 같아? 난 여기 온 지 이제 사흘 되었어. 그전엔 내가 이런 곳에 오게 될 줄 상상도 못했지. 불과 일주일 전까지만 해도, 난…."

그녀의 룸메이트는 잠깐 말을 중단하고 머뭇거린다.

"난… 나는…." 그녀의 눈동자가 미묘하게 흔들린다. "아니, 이 얘기는 하지말자."

"괜한 얘길 시켰다면 미안해."

"아냐, 괜찮아. 너는 언제 여기 왔니?"

"7년 전에."

그녀의 룸메이트는 그 말에 약간 놀란 기색을 보인다.

"그럼 진짜 불행한 아이는 너구나."

"아냐. 여기 애들은 거의 다 그래. 나도 이미 지낼 만큼 지내서 이제 다 괜찮아졌어. 처음에만 힘들지, 여기도 꽤 살 만한 곳이야."

"살 만한 곳이라고?"

살짝 냉소적인 말투로 룸메이트가 묻는다.

"여긴 그래도 사람들이 모두 우리에게 잘해줘. 원장님도 좋은 분이셔. 내 꿈이 가수라는 얘기를 했을 때 아무 망설임 없이 음악학원에 등록시켜주셨어. 그것도 원장님 사비로."

룸메이트는 별안간 한숨을 내쉰다. 조금 긴 한숨이다.

잠깐의 적막이 흐른다.

그녀는 그녀가 이곳에 들어올 때 가져왔던 캐리어 가방을 열고 무언가를 찾는 듯이 속을 뒤적거리더니, 안에서 포토앨범을 한 장 꺼낸다.

"내가 힘든 건 그것 때문이 아냐."

그녀는 포토앨범을 편다. 현상제가 뿌려지고 위에 코팅이 된 폴라로이드 필름들의 묶음들이 그녀를 미소 지으면서 울상 짓게 만든다. 수지는 어느새 그녀 옆에 앉아 어깨 너머로 포토앨범의 사진들을 같이 보기 시작한다. ……놀이동산에서 그녀가 곰 인형 옷을 입은 사람과 어깨동무를 하고 찍은 사진이 있었다. 수지는 슬며시 그녀의 어깨 위에 손을 얹는다. ……여러 나라에서 온 외국인 친구들과 바비큐 파티를 하며 찍은 사진도 있었다. 그들은 모두 모국의 국기가 그려진 셔츠를 입고 있었다. 가족들과 친척들과 함께 단체로 낚시터에 가서 찍은 사진도 있었다. 족히 50센티는 되어 보이는 광어가 낚싯바늘에 걸려있는 낚싯대를 들고서 환하게 웃는 그녀의 사진이 있었다. 남자친구로 보이는 한 사내와 함께 찍은 사진도 있었다…

그녀는 이젠 다 지난 일이라는 듯 무심히 포토앨범을 덮는다. 어느새 수지는 그녀의 어깨를 한 팔로 꽉 감싸 안고 있다.

"……."

수지는 무슨 말인가를 하려 하다가 말아 버린다.

"잠깐 화장실 좀 갔다 올게."

그녀의 룸메이트가 왜 갑자기 화장실에 가려 하는지, 또 왜 그렇게 빨개진 얼굴을 하고 그 자리를 도망치듯 빠져나오는지 수지는 묻지 않는다. 그저 룸메이트가 남긴 포토앨범을 들어서 무릎 위에 놓고 바라볼 뿐이다.

룸메이트의 포토앨범은 그녀를 붙잡아 과거로 보내버린다. 7년 전 어느 날 갑자기 사라져버린 그녀의 부모님에 대한 회상.

그녀는 별안간 그녀의 책상으로 가서 가방 속 일기장을 한 장 꺼낸다. 필통에서 연필을 하나 꺼내어 집고, 일기장을 책상 위에 펼쳐

놓는다. 그리고 일기를 쓰기 시작한다.

오늘 나의 룸메이트가 처음으로 먼저 나에게 말을 걸어왔다. 나는 솔직히 조금 놀랐다. 항상 무뚝뚝하고 내가 말을 걸어도 별 관심 없다는 투로 응해주던 그 애가 나에게 말을 걸다니. 알고 보니, 그 애는 아직 마음속 빈자리가 메워지지 않은 상태였다. 새로 바뀐 환경에 적응하지 못한 상태에서, 자신의 상처를 드러내지 않기 위해 모든 아이들을 그렇게 냉소적으로 대했던 것 같다. 그 애는 나에게 포토앨범을 하나 보여주었다. 그 앨범에는 그녀의 가족들도 있었고, 그녀의 친구들도 있었고, 그녀의 추억이 깃든 장소들도 있었다. 앨범 속 사진들을 바라보면서 나는 갑자기 슬퍼졌다. 왜 나는 포토앨범이 없을까? 왜 나는 가족들과 찍은 사진들을 모아서 포토앨범을 만들 생각을 하지 못했을까? 만약 그랬다면 나도 그 애처럼 힘들 때마다 사진들을 바라보면서 추억을 회상할 수 있을 텐데. 지난 7년이라는 시간이 그나마 덜 힘들 수 있었을 텐데.

엄마 아빠가 생각난다. 엄마 아빠는 지금 어디에 계신 걸까? 도대체 어디로 가버리신 걸까? 7년 전 이맘때의 어느 날, 큰엄마와 함께 셋이서 잠깐 여행 좀 다녀오겠다고, 나를 이웃집에 맡겨놓은 후 엄마 아빠는 그렇게 떠났다. 그 뒤로 나는 아무런 소식도 듣지 못하였다. 엄마에 대해서도, 아빠에 대해서도, 또 큰엄마에 대해서도…

도대체 어디 계신 걸까?

책상 위에 올려져있는 그녀의 헤드폰에서는 여전히 음악소리가 흘러나온다. 아까 그녀가 부르던 노래가 반복재생에 의해 처음으로 돌아가 다시 시작하고 있다. 낡은 음질 속에서도 선명하게 들리는 그녀의 녹음된 목소리가 이어패드를 타고 작게 울린다.

네 주위를 맴돌고 있어…

다가서지도 못하고 멀어지지도 못하고…

"그래…. 그런 일이 있었구나."

토요일, 일요일이 지나고 다시 월요일이다.

상담교실 내부. 레이첼은 의자에 앉은 채로 그녀의 맞은편에 앉은 수지의 이야기를 듣고 있다. 레이첼은 그녀가 일하는 학교에서 미술 교사만 하는 것이 아니다. 상담선생님의 일도 겸하고 있다.

"그래도 네 룸메이트가 너에게 맘을 열었다는 것은 좋은 일이 아니겠니?"

"그건 그래요. 하지만…"

수지는 자신의 공개용 일기장을 테이블 위에 올려놓고 레이첼에게로 내민다.

"그럴 때면 그리워지는걸요. 우리 엄마 아빠가. 두 분은 대체 어디에 계신 걸까요? 아니, 애당초 왜 절 떠나신 걸까요?"

레이첼은 수지의 일기장을 받아들어, 그녀가 쓴 일기를 읽어본다.

"음… 네 심정이 어떨지 조금이나마 알 수 있을 것 같아."

"그래도 이젠 괜찮아요. 저만 그렇게 힘든 것이 아니라는 걸 알았으니까요."

레이첼은 수지에게 미소를 지어 보인다. 자신의 제자를 기특해하는 미소다.

그때 갑자기 데이빗이 상담교실의 문을 열고 나타난다.

"데이빗! 지금 상담 중이잖아요!"

데이빗은 그녀의 호통에도 아랑곳하지 않으며 말한다.

"긴급히 할 얘기가 있어요. 잠깐만 나와 봐요."

그는 그녀를 교실 밖으로 이끈다. 상담교실의 문을 닫으면서 그는 교실 안에 있는 수지에게 미소를 지어 보인다.

"미안. 잠시만 기다려 주지 않겠니?"

그는 문을 닫는다. 레이첼은 그가 방금 닫은 문 바로 옆의 벽에 기대어서서 못마땅한 표정을 짓고 있다.

"그래서, 뭐가 그리 긴급한 거죠?"

"이걸 봐요."

데이빗은 그녀의 눈앞에 한 편지봉투를 갖다 대어 보인다.

편지봉투의 겉면에는 〈레이첼 윤 씨와 데이빗 시스티나 씨에게〉라고 쓰여 있다. 레이첼은 봉투를 받아들어 안의 내용물을 꺼낸다.

안에는 낡은 것처럼 보이는 종이 한 장이 들어있다. 종이에는 다음과 같이 쓰여 있다.

친애하는 레이첼 윤 씨와 데이빗 시스티나 씨,

당신들의 의지, 진실을 밝히고자 하는 의지에게 찬사를 보냅니다.

보아하니 이미 당신들은 진실 중 일부분을 찾아낸 것 같군요.

일부를 얻으면 나머지도 원하게 되는 법. 당신들에게 진실을 알려드리겠습니다. 물론 그 장님에 대해서도요.

아래에 적힌 주소로 오십시오.

그 아래에서 그녀는 어떤 집의 주소와 그곳으로 가는 길을 표시한 약도를 발견한다.

"어떻게 할 거예요?"

데이빗이 묻는다.

"그러게요. 어떻게 할 거예요?"

레이첼은 같은 말로 반문한다.

데이빗이 턱으로 상담교실의 문을 가리키며 말한다.

"끝내고 올래요? 차에서 기다리고 있을게요."

그녀가 대답하기도 전에 그는 벌써 멀어져가고 있다. 그녀는 상담교실의 문을 열고 안으로 들어온다.

그녀는 수지의 맞은편에 앉아 그녀에게 미소를 짓고 있는 여학생을 바라본다.

"보통 이런 일 없는데… 이번엔 좀 급한 일이야. 안 그래도 도움이 별로 못된 것 같은데, 정말 미안하구나."

"아니에요, 괜찮아요. 제가 하고 싶은 말을 솔직하게 이야기하니 아까보다 훨씬 기분이 나아졌어요."

"그렇다면 정말 다행이구나."

"저기… 선생님. 저 때문에 굳이 여기 계실 필요는 없어요. 급한 일이 있으시다니 가보셔야죠. 전 이제 괜찮으니까 걱정 마세요."

"고맙구나, 수지야. 날 그렇게 생각해주다니. 그럼, 오늘은 이만 실례할게."

레이첼은 상담실을 나온다. 그녀는 즉시 데이빗이 그녀를 기다리고 있는 주차장으로 달려간다. 데이빗의 차를 발견한 그녀는 바로 그의 차에 오른다. 방금 전까지의 미소 지은 얼굴은 온데간데없다.

"여기 약도에 적힌 대로 가죠. 그렇게 먼 거리는 아니네요."

데이빗이 가속페달을 밟고, 차는 엔진소리와 함께 바운스를 한번 탄 후 빠른 속도로 앞으로 나아간다.

20
수상한 비관주의자

주먹 하나가 현관문을 툭툭 두드린다.

감시카메라 하나가 두 사람의 얼굴을 향해 고개를 돌린다.

데이빗은 편지봉투를 꺼내 그 안에 있는 낡은 종이를 감시카메라 앞에 보여준다. 그러자 현관문의 잠금장치가 풀리는 소리가 난다.

"이 문은 무선 조종으로 잠그거나 열 수 있게 되어있나 보군." 데이빗이 문을 열며 말한다.

둘은 안으로 들어간다. 복도를 따라 걸어가기 시작한지 얼마 되지 않아 문이 열려 있는 방이 하나 나오고, 그 안에는 그들이 나타나기 전부터 그들 쪽으로 시선을 고정하고 있던 두 사람이 바닥에 앉아 있다.

한 사람은 그들에게 익숙한 얼굴이다. 그는 그들을 보자마자 화들짝 놀라며 조그만 탁자 하나를 가운데에 끼고 맞은편에 앉아있는 다른 한 사람에게 따진다.

"저 두 사람은 왜 부른 겁니까? 일반 시민을 이런 일에 끌어들일 수는 없습니다!"

그의 얼굴에는 심지어 약간 화난 것 같은 기색도 보인다. 그러나 다른 한 사람은 누가 어디에서 뭐라고 지껄이던 자신에겐 아무 의미도 없다는 듯 아무 표정 없이 건성으로 대답한다.

"억울하면 고소하시던가요."

그리고는 방금 찾아온 두 방문객을 보고 말한다.

"들어와요."

두 사람은 방에 들어와 형사의 옆에 앉는다. 이제 레이첼과 데이빗과 형사 세 사람이 탁자의 맞은편의 한 여자와 마주보고 있다.

"여긴 왜 찾아온 거요?" 형사가 따지듯이 묻는다.

"우린 초대받은 것뿐이에요."

"여긴 위험한 곳입니다! 당신들 둘은 안전한 곳에 계셔야죠!"

형사는 통제가 안 되는 과장된 몸짓까지 보임과 함께 말 한 마디 한 마디를 불필요하게 강조한다.

"진실을 알고 싶어서 왔어요. 물론 장님의 행방도요."

"다시 한 번 말하지만, 여긴 위험하니 이곳의 일은 모두 경찰에게 맡기고…."

"여긴 위험하니 이곳의 일은 모두 경찰에게 맡기고… 라고요? 그렇다면 말이죠, 형사님. 이 세상에 경찰에게 맡기지 않아도 되는 곳이 도대체 어디 있습니까?"

탁자 맞은편의 여자가 별안간 형사의 말을 끊음으로써 방 안에 잠시 어색한 침묵이 감돈다.

"있을 리가 없죠, 형사님. 이 세상은 하이에나들로 꽉 찬 곳이에요. 아무것도 하지 않고 조용히 있어도 어딘가에서 주먹이 날아오는, 아주 아름다운 곳이죠. 그런데 심지어 아무것도 하지 않고는 먹고 살 수도 없네요. 그러니 어쩔 수 없죠. 안 그래도 날아오는 주먹을 향해 묵묵히 걸어가며, 그 모든 것을 감당해내는 수밖에는 말입니다."

또다시 어색한 침묵이 흐른다. 아까보다 훨씬 더하다.

"하긴, 그런 것이 뭐가 중요하겠습니까. 다 부질없는 것이죠."

형사가 헛기침을 한다. 조용히 상황을 지켜보던 레이첼이 더 이상의 어색함은 도저히 견디지 못하겠는지 얼른 아무 말이나 꺼낸다.

"그나저나 우리가 뭘 하고 있었는지 어떻게 안 거죠? 또 애당초 우릴 여기에 부른 이유는 뭐고요?"

"당신들, 이 형사랑 같이 어떤 집에 찾아갔죠? 거기엔 당신들 눈에는 절대로 띄지 않는 감시카메라가 여러 대 설치되어 있었어요. 원격 도청기도 있어서 당신들이 이야기하는 내용도 다 들을 수 있었죠. 그런데 왜 당신들을 굳이 여기에 불렀나? 제가 보낸 초대장에 적혀 있을 텐데요. 진실을 알려주겠다고. 뭐, 말이 나온 김에 지금 당장 보여드리죠. 당신들이 그렇게도 알고 싶어 하는 진실을 말이에요."

"그리고 그 장님의 행방도요."

"일단 이것부터 봐요."

그녀는 탁자 위에 컴퓨터 모니터 하나와 그 컴퓨터에 전선 몇 개로 연결되어 있는 검은색 판을 하나 올려놓는다. 컴퓨터 모니터는 하얀색 바탕에 짙은 회색으로 '0'이란 숫자를 표시하고 있다.

"혹시 당신들이 소위 말하는 그 '돌'은 가져왔나요?"

돌 얘기가 나오자, 레이첼은 그녀에게 경계의 눈빛을 보낸다.

"아니요."

"아, 잘하셨어요. 이런 믿을 만한 놈 하나 없는 세상에선 함부로 귀중품을 가지고 다니면 안 되죠."

레이첼은 경계심은 그녀의 대답에서 풍기는 부정적인 말투 때문에 누그러지기는커녕 불난 집에 부채질 당하고 있다.

"그보다도, 탁자 위의 이것들은 뭡니까? 알려주시겠어요, 비관주의자님?"

데이빗은 자신도 막 나가겠다는 작정으로 질문을 던진다. 그녀는 그걸 아는지 모르는지 여전히 같은 어조로 말한다.

"아, 이거요? 이건 정말 기본적인 거예요. 모니터의 숫자는 명도를 뜻하죠. 컴퓨터에 연결된 이 시커먼 물체는 빛을 발할 수 있게 되어 있고요. 다만 지금은 명도 수치가 0이라서 시커먼 것일 뿐이죠. 난 컴퓨터를 조작해서 여기서부터 나오는 빛의 색을 마음대로 정할 수 있어요. 이건 정말 많은 색의 빛을 내보낼 수 있죠. 당신들이 찾은 그 돌에서 나온 빛의 정체가 궁금해요? 내가 이것들로 한번 그 빛을 재현해보죠."

레이첼은 형사를 향해 시선을 흘깃 준다. 형사의 얼굴은 레이첼이 그를 본 그 어느 때보다도 일그러져 있다. 탁자 건너의 여자는 그런 것에는 신경도 쓰지 않는 채로, 심지어 세 사람을 바라보고 있지도 않은 채로 말을 이어간다.

"자 그럼, 한번 숫자를 바꿔보죠."

모니터의 숫자가 올라가기 시작한다. 검은색이었던 판의 색이 변하기 시작한다. 처음엔 어두컴컴한 회색. 그리고는 같은 회색 계열의 색들이 연속적으로 점점 밝은 분위기를 띠면서 나타나고 사라진다. 숫자는 계속 올라가고 색은 점점 흰색에 가까워진다.

숫자가 100에 다다른다.

판의 색은 완전한 흰색이다.

"자, 도착했어요. 100이에요. 명도 수치 100의, 더 이상 밝아질 수 없는 흰색이죠. 내가 왜 모니터에 숫자까지 띄워가면서 이런 걸 보여주나 어리둥절했죠? 여기가 끝이란 것을 보여주려고 그런 거예요.

이 기계에선 명도 수치를 0부터 100까지의 숫자들로 나타내요. 고로, 여기가 끝이에요. 우린 꼭대기에 도달했고, 그 위는 갈 수 없는 곳이죠. 우린 흰색에 도달했고, 결국 최고로 밝은 곳에 도달한 거예요. 여기서 숫자도 색깔도 끝이죠. 더 이상 나아갈 곳은 없어요."

로버트의 글

당신 앞에 네 개의 레버가 있다고 가정해 봅시다.

각각의 레버는 수직으로 뻗어있는 홈에 손잡이가 달려 있어, 홈을 따라 손잡이를 위아래로 올렸다 내렸다 할 수 있는 형태입니다. 손잡이를 바닥까지 내리면 수치는 0이고, 꼭대기까지 올리면 수치는 100입니다.

네 개의 레버 중 세 개는 각각 가산혼합 3원색을 관장합니다. 빨간색, 초록색, 파란색의 수치를 조절하는 레버가 하나씩 있고 이 레버들은 나머지 한 개의 명도 레버와 연동됩니다.

레버들을 사용하여 당신은 원하는 색깔을 만들어 낼 수 있습니다.

파란색 레버를 올리면 파란색이 나오고, 거기서 초록색 레버를 올리면 파란색에 초록색이 섞여 옥색이 됩니다.

빨간색 레버를 올리고, 그 높이의 반만큼 초록색 레버를 올려보십시오. 주황색 내지는 갈색이 나올 것입니다.

만약 빨간색 레버를 10만큼 올렸고, 초록색 레버를 5만큼 올렸다면 검은색에 가까운 갈색이 나왔을 것입니다. 이럴 경우, 명도 레버는 10에 맞춰져 있습니다.

명도 레버를 올려 봅시다. 손잡이를 움켜쥐고 천천히 위로 밀어줍니다. 두 자리 숫자들의 세계를 훑으며 100을 향해 올라가는 명도 레버를 따라, 빨간색 레버와 초록색 레버도 덩달아 손잡이가 올라가기 시작합니다.

명도 레버가 50에 닿았다면, 빨간색 레버 역시 50에, 초록색 레버는 25에 있을 것입니다.

명도 레버가 80에 닿았다면, 빨간색 레버도 80에, 초록색 레버는 40에 있을 것입니다.

명도 레버가 100에 닿았다면, 빨간색 레버도 100에, 초록색 레버는 50에 있을 것입니다.

이제 완전한 주황색에 다다랐습니다. 더 이상의 위는 없습니다.

초록색 레버를 100까지 올리고, 내친김에 파란색 레버도 100까지 올려보도록 하죠. 색깔이 주황색에서 흰색으로 바뀌긴 하나, 여전히 명도는 100입니다.

어떻게 해도 이 이상 밝아질 수는 없습니다. 여기가 한계입니다. 이 너머의 세계를 볼 수 있는 방법은 존재하지 않습니다.

그렇지만, 만약 존재한다고 하면, 어떨까요?

한번 그런 일이 일어난다고 가정해봅시다.

명도 레버의 손잡이가 천장을 뚫고 홈의 영역에서 벗어납니다. 수치는 100을 넘어, 이제 세 자리 숫자들의 세계를 자유로이 탐험하고 있습니다.

나머지 세 레버의 손잡이도 홈을 벗어나 길이 없는 세계를 타고 올라갑니다. 그들이 존재하면 안 되는 곳, 그들이 존재하는 게 가능하도록 프로그램 되어 있지 않은 세계를 버젓이 여행하고 있는 그들은 그 세계에서 미지의 존재입니다. 반면 그들에게는 지금 그들이 밟고 있는 땅 그 자체가 미지의 세계입니다.

당신이 보고 있는 색은 더욱 밝아집니다. 흰색보다도 더 밝아집니다. 가장 밝은 색인 흰색보다도 더 밝아집니다. 흰색보다도 더 하얘집니다….

그렇습니다. 개념적 한계라는 본질적 끝을 넘어 올라갈 수 없는 곳까지 올라가면, 그렇게 해서 존재할 수 없는 곳에서도 존재하는 게 가능하게 된다면, 흰색보다 더 흰 색이라는 말도 안 되는 개념마저도 현실이 될 수 있습니다.

　이런 것을 저는 〈시각적 충격〉이라고 부릅니다.

- 로버트 몰리슨 〈R, G, B와 명도의 수치로 알아보는 시각적 충격〉

21
말도 안 되는 개념

모니터의 숫자는 100을 넘어서 있다….

"자, 여기 있어요. 최고로 밝은 곳보다 더 밝은 곳. 여기서 한계를 뛰어넘은 혁신이 일어나는 거죠."

판에서 나오는 빛은 그것이 하얀색을 향해 가며 변하고 있었을 때 밝아지던 것처럼 하얀색에서부터 더 밝아진다. 세 사람의 눈은 그들이 그런 종류의 빛을 처음 접했을 때처럼 본능적으로 동그랗게 변한다.

"당신들이 가진 돌이 내뿜는 빛은 아마…."

그녀는 모니터의 숫자를 120에 놓는다.

"이 정도로는 밝을 걸요? 그렇지 않나요?"

세 사람은 판에서 나오는 빛을 바라본다. 그리고 그 빛에 붙잡힌다.

그들과 마주앉은 여자는 그들이 빛에 매료되는 것에 매료된 듯 그들을 뚫어져라 쳐다보기 시작한다.

정적의 시간이 흐른다. 지금 이 공간을 차지하는 것은 그 어떤 소리도 아닌 하나의 충격적인 빛이다.

"아니야."

레이첼의 목소리에 방 안에 있는 모두가 정신을 차린다.

"아니야. 지금 이 빛… 우리가 본 건 이것보다 더 밝았어요. 지금 이것도 충분히 대단하지만 저희가 가진 것만큼은 아니네요."

탁자 너머의 여자의 얼굴에 지금까지 볼 수 없었던 미소가 떠오른다. 약간 음흉해 보이면서도 냉소적인 미소다.

"좋아요. 바로 그런 대답을 기다리고 있었어요. 당신들은 확실히 이 빛깔을 접해본 적이 있군요."

세 사람은 어리둥절해 한다.

"무슨 말이죠?"

"당신들이 가진 돌의 색은 이것보다 더 밝았다고요? 천만에요. 당신들이 가진 돌 역시 명도 120의 흰색을 뿜어내는, 우리의 부록상품 중 하나일 뿐이라고요."

"뭐? 우리의 부록상품? 뭐야? 당신이 이걸 만들었어?"

"지금 보고 있는 것이 덜 밝아 보이는 이유는, 당신들이 이 빛을 처음 접한 것이 아니기에 눈이 이미 어느 정도 익숙해진 상태여서 시각적 충격이 반감되었기 때문이죠."

"시각적 충격…"

"방금 당신들이 보인 반응이 당신들이 그 돌에서 뿜어져 나오는 색깔을 정말로 보았다는 것을 가장 확실히 증명해준 셈이에요."

세 사람은 황당해하며 그저 그녀만 바라보고 있다.

"그러니까 우릴 갖고 논 셈이군요." 데이빗이 말한다.

"맞아요. 하지만 기분 나빠할 필요는 없죠. 하나 더 보여줄 게 있으니까요."

모니터의 숫자는 0을 나타내고 있다.

22
또 다른 색

저 너머에 있는 인간은 나한테 이런 질문들을 하는 것에 재미 들린 것인가….

결국 나는 내가 받은 느낌을 상세하게 묘사해주어야 했다. 그랬더니 이젠 라이트가 나가버렸다. 사방이 온통 컴컴하다. 나는 완전히 검은색에 뒤덮여있다.

((이번 것은 어떤지 제대로 느껴보아라. 이번에도 같은 질문을 할 것이다.))

뭐야? 또 뭔가 있단 말인가? 도대체 여기는 뭐하는 곳인지 도통 알 수가 없다. 이번엔 또 뭐가 온단 말인가?

이렇게는 안 되겠다. 어서 날 보내달라고 하소연이라도 해야 할 것 같다. 이런 곳에 계속 있을 순 없다.

"이보세요, 그쪽이 나에게 뭘 바라면서 이런 짓을 하는지 난 도저히 이해할 수 없지."

…잠깐.

그것이 왔다. 또 다른 충격이 나에게 다가왔다.

이번에도 방금 보았던 것과 맞먹는 충격이다.

다만 이번엔 검은색이다. 이번엔 검은색이다!

23
더 검은 색

숫자가 0에서 마이너스로 떨어진다.

"팡파르라도 있었다면 참 좋았을 텐데, 자, 소개하죠. 〈음의 명도〉라는 신세계를요."

…!!

세 사람은 방금 전보다 훨씬 강렬한 충격의 늪으로 빠져들어 간다.

"검은색… 보다…."

"…검어?!"

"더 검다고…?!"

그렇다.

검은색보다 더 검은 빛깔이 판에서 뿜어져 나와 모두의 눈으로 들어가고 있다! (아니, 반대로 모두의 눈으로부터 뿜어져 나와 판으로 빨려 들어가고 있다고 해야 할 것이다.)

"이… 이게 어떻게 가능한 거죠? 아니, 어떻게 가능할 수가 있는 것이죠? 어떻게… 이런… 검정보다도 더 검은…."

레이첼은 말문이 완전히 막혀 어떻게 말을 이어가야 할 지 조차도 잊어버린다. 그저 헛웃음 소리를 냈다가 멈췄다만 반복할 뿐이다.

"……."

방금 전과 비슷한 상황이 재현된다. 세 사람은 판에서 나오는 '엄청나게 까만'빛만을 쳐다보고 있고 맞은편의 그녀는 그런 세 사람을 쳐다보고 있다.

다만 이번엔 그런 상황이 훨씬 오래간다. 세 사람이 빠져들어 있는 표정을 보니 헤어나올 길 없는 늪에 끝없이 빠져들어 가고 있는 것 같다.

정적.

길고 기다란 뜸….

검은색보다 더 검은 것이 방 안의 모든 것을 굳혀버리거나 무(無)로 만들어버린 것 같다. 방 안의 모든 흐름이 멈추었다.

쿵!

쿵 한방이 끝없이 지속될 것 같았던 늪 같은 상황을 깨뜨린다.

그 한방으로, 방 안의 굳어있던 흐름이 다시 움직인다.

그 한방으로, 돌과 다를 바 없던 세 사람의 머릿속에서도 돌이 깨지고 다시 활동적인 두뇌가 자리를 잡는다.

맞은편의 그녀가 탁자를 내리친 것이다.

"좀 깨어나시죠. 그 정도면 됐어요."

세 사람의 얼굴에는 혼란스러움 그 자체가 새겨져 있다.

"뭐가요?"

"이제 알았다는 얘기죠. 지금 이건 방금 전에 보여준 것과는 달리 당신들이 처음 접하는 것이라는 사실을요."

"맞아요. 처음 보는 것이에요."

"감시카메라 덕분에 미리 알고는 있었지만, 그래도 내 두 눈으로 확실히 보기 전에는 못 믿겠더군요. 그래서 약간의 테스트를 해보았죠. 간단한 거예요. 당신들이 얼마나 빨리 깨어나는가를 보기만 하면 되는 거죠."

"그래요, 이젠 믿겠죠? 그러니까 당신이 알려주겠다던 그 진실이나 알려줘요." 레이첼이 답답하다는 듯이 말한다. "아직 알려줄 것이 한참 남았잖아요. 그 돌에 관해서도 알려주고… 또 장님에 대한 것들도요. 당신이 가진 그 신기한 기계에 대해서도 알려주면 좋겠네요. 하지만 어쨌든 지금 가장 중요한 것은 실종된 그 사람을 찾는 일이에요. 그 사람 벌써 실종된 지 사흘이나 지났다고요."

그녀의 단도직입적인 요구에 맞은편의 여자는 살짝 움찔한 듯 보인다.

"좋아요. 다 알려드리죠. 그러려면 옆방에서 몇 가지 물건들을 챙겨 와야 해요. 곧 돌아오도록 하죠."

여자는 방을 나선다. 바깥쪽에서 방문을 닫는 듯하다가 완전히 닫지 않고 약간의 틈을 만든다. 그리고 그 틈으로 방 안에서 자기네들끼리 떠들고 있는 세 사람을 노려본다. 살기 어린 눈으로.

그녀는 잠시 그 자리를 떠났다가 다시 돌아와 문틈으로 방 안을 본다. 세 사람은 여전히 토론을 벌이고 있다. 그녀의 손에는 권총 한 자루가 들려있다.

이게 마지막 충성이다.

그녀는 화상의 흉터로 얼룩진 마른 손으로 계속 권총을 만지작거린다. 마치 권총이 사라지지 않고 여전히 자신의 손에 들려있다는 걸 느끼기 위해 여차 애를 쓰듯이.

대수롭지 않게 여기고 잊어버릴 수도 있었는데, 기꺼이 모두가 초대장을 보고 와주었다. 이것은 하늘이 내게 내리신 마지막 기회다. 마지막으로 충성을 바치고 영원히 그들을 마음속에서 지워 버리라는 하늘의 계시다. 이 마지막 일을 끝으로 다시는 그들을 위하지 말라는 계시다. 이 침입자들만 이들이 알아낸 비밀들과 함께 무덤으로 보내면… 그들의 손에 고문당하는 일도 없이 편하게 보내주면… 더 이상 그들을 위해 사람을 죽게 하지 않을 것이다.

그녀는 방문 틈으로 형사의 머리를 겨눈다.

저 형사만 죽이면 나머지는 아무것도 아니다. 쉽게 처리할 수 있다.

그녀의 검지가 방아쇠에 걸린다. 손은 심하게 떨고 있다.

"내가 수지를 위해 상담을 해주고 있었는데 당신이 끼어들어왔잖아요!"

레이첼의 카랑카랑한 목소리가 별안간 방 안에 울려 퍼진다. 또한 그것이 문틈으로 튀어나와 그녀의 귀를 때린다. 순간 그녀는 듣지 말아야 할 것을 들은 것처럼 얼어붙는다. 그녀의 동공은 아까보다 곱절로 커져있다.

그녀의 손을 포함한 팔 전체가 진동하더니 형사를 겨누고 있던 총의 총구가 바닥을 향한다. 총을 든 팔을 내린 것이다.

안쪽의 상황은 여전하다.

"우리가 뭘 믿고 여길 찾아온 거죠? 그 여자가 우리에게 뭔가를 알려줄 거란 확신은 도대체 어디에서 나온 거냔 말이에요!"

"진정해요, 레이첼. 당신도 봤잖아요. 그 여자가 기계로 우리에게 보여준 거요."

"저 여자가 우리가 찾고 있는 그 사람을 찾아주긴 할까요?"

레이첼의 회의감이 듬뿍 담긴 물음을 끝으로 그들의 대화가 끝난다. 문이 열리고 레이첼이 언급한 '저 여자'가 들어온 것이다.

그녀의 손에는 돌이 하나 들려있다.

"이거… 당신들의 돌과 똑같은 거예요."

그녀가 이전과는 다른 말투와 어조로 말한다. 갑자기 공격적인 면이 사라진 그녀의 태도 덕분에 방 안의 분위기가 급변한다.

"이건 빛이 많은 곳에서는 빛을 발하지 않죠. 빛이 별로 없는 어두운 곳에서야 빛을 발하도록 프로그래밍 되어 있는 건데…"

그녀가 말끝을 흐리자 데이빗이 끼어들어 질문을 던진다.

"그럼, 이게 기계인건가요? 겉은 돌처럼 위장하였지만 속에는 온갖 회로가 놓여있고 전기가 전선을 따라 항상 흐르는?"

"그렇다고 할 수 있죠. 이건 말이에요… 제가 일했던 조직에서 개발한 거예요."

순간 땅바닥만 쳐다보고 있던 레이첼의 고개가 위로 들리고, 그녀의 입술이 잠깐 동안 파르르 떨린다. 데이빗은 그것은 안중에도 없다는 듯 질문공세를 이어나간다.

"도대체 당신이 일했던 조직이 어떤 곳이기에 이런 섬뜩하면서도 경이로운 물건들이 나와 있는 겁니까? 거기가 하나의 기업인가요? 거기서 이런 물건들을 시중에 팔고 있는 건가요?"

"글쎄, 이런 기업이 있다면 한번 조사해볼 필요가 있겠는데요. 본사가 어디 있죠? 찾아가서 물건들 좀 구경합시다."

데이빗의 공세에 잠자코 있던 형사도 한마디 거든다.

"아, 아뇨." 자신을 제외하고는 모두가 적이라는 사실을 인지하니 아무리 그녀라도 약간은 당황한다. "판매를 위해서 개발한 것이 아니에요."

"그럼 뭐죠? 판매가 아니라면, 연구목적인가요?"

"음… 그렇다고 볼 수 있죠."

"당신이 일했다던 곳의 정체가 대체 뭡니까? 거긴 뭐하는 곳인가요? 일단 그것부터 우리에게 알려주셔야 할 것 같네요."

"거긴 아마도…" 레이첼이 정말 나지막한 목소리로 입을 떼지만 모두에 의해 무시당한다.

"알았어요. 알았다고요. 알려주면 되는 거잖아요. 그래요. 다 말할게요. 그 모든 것에 대해서요. 당신들이 그렇게도 보고 싶어 하는 장님에 대해서도. 내가 일했던 곳에 대해서도…."

그녀는 손에 들린 돌을 탁자 위에 올려놓는다. 마치 그녀를 심문하듯 질문을 퍼부은 데이빗은 그녀가 순종적으로 나오자 오히려 당황한다.

그녀가 말을 덧붙인다.

"이 돌덩어리와 여기에서 흘러나오는, 너무나 비밀스럽고 희한한 빛의 정체에 대해서도…."

방 안이 너무 적막한지라 그녀의 목소리가 너무도 또렷하게 들린다. 그런 그녀의 목소리가 그녀가 말을 끝냄에 따라 사라지고, 방 안에는 또다시 어색한 침묵만이 흐른다.

그녀의 표정은 나머지 세 사람과는 달리 오히려 미소를 짓고 있다. 약간 차가운 미소를.

에라, 모르겠다. 될 대로 되라. 어차피 죽기밖에 더하겠는가?

24
와인 병 안의 그것

빛이다… 하얀빛이다….

하얀빛이 내 눈으로 들어오고 있다.

또 그 방이다…. 내가 깨어났던 그 방이다. 내가 깨어났던 그 방에서 내가 또다시 깨어난 것이다. 아까의 충격이 분명 날 기절시킨 것이리라.

또… 와인 병이다….

와인 병 하나가 방 한가운데에 놓여 있다. 이전에 내가 땄던 것과 똑같이 생겼다. 다만 이번에는 심지어 아래에 냅킨까지 깔려있다.

이건 또 무슨 수작이란 말인가? 나는 이 상황에서 또 무얼 해야 하는 것인가?

저걸 따야 한단 말인가? 그랬다가 무슨 일이 일어날지 어찌 아는가?

그럼 가만히 놔둬야 하는 것인가? 내 머릿속에서 수십 가지 생각들이 혼란스레 돌아다닌다. 병을 따려 하니 뭔가 일이 터질 것 같고 가만히 놔두자 하니 내가 이곳에 영원히 갇혀 있게 될 것 같다.

나는 가만히 서서, 병과 약간의 거리를 두고 병의 마개 부분과 병 아래에 깔려있는 냅킨을 번갈아 응시한다.

저 냅킨… 이 사람들이 아주 날 놀리려고 작정을 했구먼.

그러나 또 이 유혹을 뿌리칠 수가 없다. 아니, 유혹이라기보다는 지금 나를 감싸고 있는 소름 끼치는 적막에 대한 공포라고 해야겠다. 이 적막이 계속되다가 어느 순간 뭔가가 엄청난 폭음을 내면서 튀어나올 것 같다. 뭔가… 하여튼 뭔가가 이 적막을 깨뜨리면서 나를 실성할 정도로 깜짝 놀라게 할 것만 같다. 그 뭔가가 이 적막을 깨뜨릴 거라면 차라리 내가 먼저 깨뜨려버리겠다.

병의 마개에 손을 올려놓고 마개를 움켜쥔다. 내 손 근육, 내 팔 근육, 내 머리, 내 심장이 모두 긴장해 뻣뻣하게 굳어있다. 이 안에서 무엇이 나온다 한들 나는 절대로 놀라지 않을 것이다. 절대로 놀라지 않아야 한다. 생각이 많아질수록 두려움은 커진다. 그냥 곧바로 실행에 옮기자.

팔 근육에 힘이 들어가고, 코르크 마개가 뽑혀 나온다.

그리고 지금 내 눈에 보이는 건… 그래… 바로 이거야…. 바로 이거였어….

내가 이전에 와인 병을 따면서 보았던 것이 바로 이거였다.

내 눈에 이상이 있거나 한 것이 아니었다.

방금 내 눈을 스쳐 지나간 게 뭔지 설명은 못하겠지만, 전에 와인 병을 따면서 똑같은 것을 보았다. 지금 이 와인 병도 전의 것과 완전히 똑같은 것이다.

분명 이 와인 병에 뭔가가 있는 것이다!

이 종류의 와인 병을 따면 방금 내가 경험한 것을 경험할 수 있는 것이다. 분명 와인병 안에 뭔가가 있었다. 분명 뭔가 들어 있었을 것이고, 그것이 마개가 열리면서 어떤 반응을 일으켜… 말로 쉽게 형용할 수 없는 이 '현상'을 일으킨 것이다.

갑자기 이 방에서 나가고 싶어진다.

여기서 나가 날 여기 가둔 자들에게 내가 방금 본 것이 무엇이냐고 묻고 싶다. 날 보내주지 않아도 좋으니까 내가 본 것이 무엇인지만 알려달라고 부탁하고 싶다.

내가 방 밖으로 나갈 수 있는 유일한 길을 막고 있는 철문에 다가간다. 문에 잠시 손을 갖다 대어, 금속의 차가움과 더불어 표면이 분필 쓰는 칠판처럼 뻑뻑하다는 것을 느낀다.

그러다가 주먹을 쥐고 문을 한 대 친다.

괜한 곳에 힘쓰지 마. 그 문은 잠겨 있지 않아.

나의 내면으로부터 들려오는 목소리다. 내면이면서도 외부에서 들려오는 목소리다.

"음, 너 깨어났구나. 그건 어떻게 알았니?"

그냥 들려… 어딘가에서 그냥 들려… 어딘지는 모르겠어….

"그래, 아마 너의 그 예민한 직감이겠지."

나는 그 목소리의 근원에게 짧게 대꾸한 다음, 문을 옆으로 밀어 열어버린다.

뭔가가 수십 개씩 진열되어있다….

아주 익숙한 형체가 이번엔 엄청나게 다량으로 놓여있다.

또 그놈의 와인 병이다! 이번에도 각각의 병 아래에 냅킨이 깔려있다.

"이게 다 뭡니까? 지금 날 놀려 먹겠다 이겁니까?!"

나는 벽 너머에서 날 지켜보고 있을 그들에게 소리치며 따진다.

((의미 없는 저항은 그만하고 앞에 놓인 병들을 하나씩 모두 개봉하라. 그리고 병 안에 들어있는 것을 면밀히 관찰해보아라.))

그들이 곧바로 대꾸한다. 나는 오히려 더 이상 따질 의향이 사라졌다. 병 안에 든 것이 뭔지 정말로 알고 싶은 것이다.

좋아. 따라는데 따야지. 나는 곧바로 나에게서 가장 가까이에 놓인 와인 병을 잡고 마개를 뽑는다. 그리고 바로 그 옆에 놓여 있는 것의 마개를 뽑는다. 그리고 또 그 옆에 놓여 있는 것의 마개를 뽑는다. 그렇게 뽑고 또 뽑는다.

뽑고 또 뽑으면서 나는 내 눈을 찌르는 그것을 느낀다. 그것을 느끼면 느낄수록 더욱 선명하게 내 머리에 박히는 것 같다.

저번에 내가 말했듯이, 이것은 섬광은 아니다. 물감도 아니다. 극소의 시간동안만 유지되는 화염도 아니다. LED불빛도 아니다. 이것은… 아직 설명하기엔 부족하다. 와인 병을 더 따면서 더욱 세심히 봐야할 것 같다.

나의 오감을 활짝 열고 안에 든 것을 더욱 진하게 느끼기 시작한다. 와인 병의 마개가 뽑히는 그 순간에 나의 신경은 너무나 곤두서 있어서 마개가 뽑히는 소리 외에 그 어떤 소리든 아주 작게 들리더라도 나는 너무나 놀라 기절할 것만 같다.

나는 본다…. 나는 느낀다…. 그리고 난 이것에 대해 적어도 한 가지는 알아냈다. 이것은 빛이다. 다만 직접 내 눈에 비추어지는 빛은 아니다. 그러니까 어떤 소량의 물질이 잠깐 동안 있다가 사라지는데, 사라지기 전 찰나의 순간에 주위의 빛들 중 일부가 물질에 반사되어 내 눈으로 들어온 것이다. 사실 이런 식으로 따지면 내가 보는 모든 것은 빛이다. 물체에 반사되어 내 눈으로 들어온 빛을 나는 물체 그 자체라고 여기게 된다. 사실은 그저 물체를 거쳐서 나에게 온 빛일 뿐이다. 또한 그 빛을 나는 물체의 색깔이라고 여기게 된다. 그래, 바로 그거다. 색깔. 내가 보고 있는 것은 어떠한 물질의 색깔이다. 도대체 어떤 물질이란 말인가? 어떤 물질이 이런 형질을 지닌단 말인가?

　마지막 남은 와인 병의 마개마저 뽑혀 나간다. 더 이상 마개가 붙어 있는 병은 이 방에 남아있지 않다.

　생각을 해보자. 그래, 내가 본 것은 어떤 물질이다.

　물질이면서 하나의 충격이다. 이것은 내가 병을 딴 후에, 자신이 사라지기 전까지의 찰나의 순간동안 나에게 충격적인 시각 자극을 주었다.

　왜 이렇게 충격적인가? 물질의 형태나 성질에 대해서는 내가 볼 시간조차 없었다. 내가 그 물질에 대해서 본 것은 하나밖에 없다. 역시 그렇다,

　색깔이 바로 충격이었다.

　그러나, 내가 기절하기 전에 저들이 보여준 두 종류의 색깔보다 더한 충격이다.

　근데 왜 아직도 모르겠지? 색깔이 내가 느낀 충격의 핵심이라는 것은 잘 알겠다. 한데 왜 아직도 이걸 묘사할 방법을 못 찾고 있는 건가?

　묘사할 수 없다는 게 이것에 대한 유일한 묘사인 듯하다.

　정말… 이제껏 본 적이 없는 것이다. 이제껏 내가 보아 온 어느 것을 갖다 써도 묘사할 수가 없다.

　나는 정말 미칠 것만 같다.

　"이게… 뭡니까…. 이런 식의 실험은 이제 그만두쇼. 정말 감질나서 거품 물고 쓰러질 지경이니까. 그냥 나에게 보여주려는 것이 뭔지 알려주면 되지 않습니까? 그냥 알려주시죠!"

　내가 천장을 향하여 소리치자, 그들은 곧바로 내가 소리 지르는 것보다 더욱 큰 소리로 담담하게 반격한다.

((좋다. 그렇게도 알고 싶다면 직접 제대로 보여주지.))

저들은 분명 나를 갖고 놀면서 내가 무슨 반응을 보이는지 보고 싶은 것이다. 나는 처음부터 완전히 저들의 꼭두각시 인형이었다. 아주 해괴망측하게 생겨먹은 인형 말이다.

((각오 단단히 하는 것이 좋을 것이다. 이전의 경우처럼 기절하는 일은 없기를 바란다.))

벽과 천장과 바닥과… 하여간 나를 둘러싼 모든 면들이 또다시 빛을 발하기 시작한다. 빛의 색이 정신없이 변한다. 하양 검정 빨강 노랑 주황 초록 보라… 정신이 하나도 없다.

그렇게 정신이 없다가 한순간 숨이 턱 막힌다.

그래, 바로 이거였어! 와인 병 안의 그것….

충격의 색이 벽과 천장과 바닥과 나를 둘러싼 모든 면에서 흘러나오고 있다….

25
작전

"좋아요."

한가운데에 위치한 탁자를 둘러싸고 네 사람이 앉아있다. 그중 세 사람의 시선은 나머지 한 사람에게만 쏠려있고, 그 나머지 한 사람은 방 안의 얼어붙은 분위기, 또 모두가 만들어내고 있는 의도적인 침묵이 자신을 향한 것이라는 걸 인지하며 뜸을 들인다.

"먼저 그 사람에 대한 얘기를 할까요? 당신들에게 돌을 건네준 그 장님 말이에요."

"우리는 지금 벌어지고 있는 일에 대한 진실을 원해요. 당신이 우릴 초대하면서 초대장에 '당신들에게 진실을 알려드리겠습니다. 물론 그 장님에 대해서도요.'라고 적었고, 그것 때문에 우리가 이곳에 찾아온 것이니까요."

"그래요. 진실을 알고자 하는 의지가 당신들을 여기로 불렀네요. 그렇지만 그 진실 때문에 당신들은 식겁을 하면서 구역질을 하고 뛰쳐나갈 수도 있어요. 저 멀리서 일어나는 일들은… 정말, 역겹거든요."

데이빗은 심각한 표정을 띠면서 그녀를 노려본다. 레이첼은 다시 입술을 파르르 떨기 시작한다. 형사는 아까부터 잠자코 나머지 세 사람의 눈치를 번갈아 가며 보고 있다.

"그 사람의 이름은 찰리예요. 나는 항상 그를 그렇게 불렀죠. 성을 몰랐거든요. 그 사람을 처음 만났던 건 내가 일하던 조직에서였죠. 그 사람은⋯ 그 조직의⋯ 실험 대상이었거든요."

"실험 대상?! 역시나!"

레이첼이 갑자기 소리를 지르며 과격한 동작으로 일어나자, 데이빗이 그녀를 진정시키려 든다.

"진정해요, 레이첼. 일단 앉으세요. 실험 대상 '이었다' 잖아요."

"이쯤 되면 그 조직에 대해서 얘기를 안 할 수가 없네요. 내가 일했던 그 조직은⋯."

"알아요! 로버트 몰리슨! 그 사람이 있는 곳! 그 사람이 그곳에서 연구를 하고 있잖아요! 맞죠?! 그렇죠?! 제 말이 맞아요, 그렇지 않은가요?!"

레이첼이 실성한 사람처럼 삿대질을 하면서 소리를 질러댄다. 로버트 몰리슨이라는 이름이 그녀의 입에서 튀어나오자, 방 안의 분위기가 급변한다. 싸늘한 기운이 지금 막 비밀을 밝히려는 여자와 잠자코 모든 상황을 지켜보고 있던 형사의 주위를 맴돈다.

"그래요! 제 말이 맞잖아요! 정말로 그곳이야! 정말로 거기라고!"

"레이첼! 제발 좀 진정해요!"

데이빗도 그녀를 따라 언성을 높인다. 데이빗이 그녀를 제지하고 다시 앉히려는 과정에서 방 안이 무척이나 소란스러워진다.

쿵!

탁자를 내리치는 소리가 다시 한 번 방안에 울려 퍼진다. 이번엔 형사였다.

"그만하시죠. 그 정도면 할 만큼 했습니다. 두 사람은 그만 집에 돌아가 쉬시는 게 심신에 좋을 것 같습니다. 일반 시민이 개입돼서는 안 되는 수준까지 이야기가 흘러왔습니다. 데이빗 시스티나 씨, 레이첼 윤 씨, 그만 돌아가 주시죠. 지금 이 여자가 이야기하려는 조직이 어떤 조직이든 간에, 그 조직을 조사하는 것은 경찰의 일입니다. 경찰 쪽에서 일하고 있는 사람으로서, 일반 시민을 위험한 상황에 처하도록 둘 수는 없습니다. 그러니 이제 두 사람은 돌아가 주십시오. 안전을 위해서 말입니다."

"아니요. 전혀요." 방 안의 소란스러운 분위기 때문에 자신의 말이 끊겨 제대로 짜증이 난 여자가 형사가 나서는 것에 곧바로 차가운 반격을 날린다. "그럴 거였으면 내가 왜 애당초 이 사람들을 초대했을까요?"

"이봐요, 당신." 그러자 형사는 자신의 상반신을 탁자 위에 놓으면서 얼굴을 탁자 맞은편으로 들이대고 위협하는 눈초리로 그녀를 노려본다. "당신은 지금 선량한 시민 두 사람을 위험으로 몰아넣고 있는 겁니다. 경찰의 일은 경찰이 하게 두는 것이 옳은 텐데요."

"자꾸 아까부터 경찰, 경찰 하시는데 이걸 알아 두셔야 하겠네요. 그 조직은 어디에든 손을 뻗치고 있다고요. 경찰 안에도 사람을 심어 놓았을 가능성이 농후하죠. 그럴 경우, 경찰 대원들을 부르면 정보가 새어나가 당신이 하려던 일이 실패할 뿐만 아니라, 당신을 포함한 경찰 전체가 조직의 목표물이 되겠죠. 당신이야말로 지금 우리나라의 선량한 경찰관 수십 명을, 아니 수백 수천 명을 위험으로 몰아넣고 있는 거예요."

형사의 인상이 심하게 찌푸려진다. 그러나 그것뿐, 그는 그녀의 말에 대해서는 아무 말도 않고 있다.

그러자 데이빗이 끼어든다.

"그 조직이 그렇게나 위험한 겁니까?"

"광기가 만들어낸 희대의 악마죠. 그 조직에 대해 얘기하자면 끝도 없을 거예요. 그러니 그런 것보다, 우선 당신들이 지금부터 해야 할 일을 알려줄게요."

여자가 탁자 위에 무언가를 올려놓는다. 평범해 보이는 상자다.

"작전이에요. 그냥 어디 한 곳에 들르는 거예요, 간단하죠? 당신들이 진실을 찾으러 왔다면, 스스로 찾으러 가는 것이 가장 옳은 게 아니겠어요? 조금 뜬금없고, 또 꽤나 위험하기도 하겠지만, 그래도 당신들은 받아들여야 할 걸요? 그 사람이 거기에 있으니까…."

26
침투

자동차의 문이 열리고, 안에서 여러 개의 다리들이 빠져나온다….

오래되어 보이는 건물 하나가 떡하니 서서 상당한 면적과 부피를 차지하고 있는 판국 앞에, 건물을 올려다보며 그 크기를 어림하고 있는 데이빗과 그의 어깨 너머로 직시하고 있는 레이첼, 그리고 마침내 입에 물게 된 담배의 연기 너머로 잠자코 노려보고 있는 형사가 있다.

"왔어요, 레이첼. 그 여자가 얘기한 곳에 말이에요."

데이빗이 등 뒤의 레이첼의 존재를 의식하고는 말을 건넨다. 그리고는 형사에게 정말로 여기가 그 장소가 맞느냐고 재차 확인한다. 형사의 무심한 대답이 돌아온다.

"맞겠죠. 그 여자가 거짓말을 하지 않았다면."

레이첼이 입이 데이빗의 귀에서 멀리 떨어지지 않은 채로 묻는다.

"데이빗, 이마에 두른 그건 뭐죠?"

"그 여자가 준 거예요. 장님을 구하려면 건물 안으로 들어가야 하잖아요. 건물 내부의 구조를 파악하기 위해, 이 헤드밴드형 카메라가 우리가 안을 돌아다니는 동안 사진을 찍고, 그 여자에게 사진을 전송하면, 그녀가 우리에게 필요한 정보를 알려주겠죠."

"정말 그 사람이 저 안에 있는 걸까요?"

"건물 안으로 끌려들어가는 모습을 그 여자가 감시카메라로 보았다고 하니, 아마 안에 있을 거예요. 있다고 믿어야죠."

"그럼 저도 들어갈래요."

레이첼이 데이빗의 등에서 떨어진다. 그녀는 나머지 두 사람을 바로 응시하며 한 글자 한 글자 말한다.

"저도 들어가서 그 사람을 구하겠어요."

데이빗이 황당해하는 표정을 짓는다.

"레이첼, 그 여자가 얘기했잖아요. 당신은 안전한 곳에 있어야 한다고요. 차 안에서 기다리고 있어요. 금방 돌아올게요. 조직 얘기만 나오면 벌벌 떨었으면서, 이제 와서 그 조직의 내부로 쳐들어가겠다고요?"

"이제 하나도 안 두려워요. 내가 버려서 그렇게 된 장님이 저 안에 있잖아요. 책임져야죠. 나만 혼자 남겨두고 갈 생각이에요?"

데이빗은 한숨을 내쉬며, 그녀를 위험 속으로 떠밀 수는 없다고 설득을 시도한다.

"내부에 어떤 자들이 있을지도 모르는데 당신이 저기 들어갔다가 붙잡히기라도 하면 어떻게 해요?"

"무시하지 말아요. 제가 안에 들어가서 잡힐 거라면, 당신 역시 못 잡힐 게 뭐가 있어요? 그 여자의 말마따나 저 안에 있는 자들이 악마와 같은 조직원들이라면, 당신이나 나나 그들 앞에서는 똑같지 않겠어요?"

그러자 형사도 비슷하지만 다른 논지를 펼쳐, 레이첼과 데이빗 모두를 차 안으로 밀어붙이려 한다.

"좋은 지적이에요, 레이첼 윤 씨. 당신들 두 사람은 똑같습니다. 똑같이 무고한 시민들이죠. 민간인을 구출해내는 경찰의 임무를 수행하는 쪽이 아니라, 경찰의 보호를 받아야 할 쪽인 겁니다! 이런 일은 저 같은 사람만이 해야 하는 것입니다. 형사로서 당신들 같은 시민을 이런 일에 말려들게 할 수는 없어요. 그 헤드밴드형 카메라도 제게 주시죠. 제가 혼자 들어가 사진도 찍고, 구출작업도 하겠습니다. 저한테 모두 맡기세요."

"뭐라고요? 경찰 부대를 부르지 않아 저랑 같이 들어가겠다는 뜻인 줄 알았는데, 이제 와서 혼자 들어가겠다는 말입니까?" 데이빗이 따지기 시작한다.

형사는 담배를 떨어뜨려 발로 밟아 비벼 끄고는 그에게로 다가선다.

"제가 경찰 부대를 부르지 않은 이유는 당신도 알지 않습니까? 경찰을 부르면 정보가 새어나가 우리가 도착하기도 전에 조직원들은 이미 물건들 다 챙기고 사라져 있을 것이라고 그 재수 없는 여자가 경고를 주었죠. 애초에 저는 당신들을 집으로 귀가시켜드려야 함을 무진장 강조해왔는데, 당신들이 무조건 따라오겠다고 억지를 부려서 이렇게 된 것 아닙니까? 데이빗 시스티나 씨, 이런 일에는 특별히 훈련받은 인력이 투입되어야지만 일을 신속히 처리할 수 있고, 또 성공할 가능성도 높아집니다. 지금은 부득이하게 저 혼자지만, 그렇다고 해서 훈련받지도 않은 시민을 들여보내면 모두에게 힘들어집니다. 그러니까 부디 차로 돌아가…"

"그 입장은 이해하지만… 이번 일은 저도 같이 부탁받은 일이니 저도 같이 들어가겠습니다." 데이빗은 전혀 물러서지 않고, 아주 확고하게 자신의 말을 박아 넣는다.

저 이해관계와 이 이해관계와 그 이해관계가 서로 충돌한다. 삼파

전이다.

"저 혼자 들어가야 합니다! 당신들은 안 됩니다."

"저도 같이 들어가겠습니다! 그 여자가 레이첼은 안전한 곳에 있고 당신과 나 둘이 들어가라 지시했습니다!"

"그 여자 말은 무시해요! 나도 같이 들어가 내 손으로 그 사람을 구하겠어!"

"그래요, 그 여자 말은 듣지 마십시오! 당신들 둘 다 차를 타고 집으로 돌아가…"

소름끼치는 울림소리. 불길한 오싹함.

소리 뒤에 찾아오는, 더 소름끼치는 고요함.

"무슨 소리죠?"

모두의 고개가 소리가 난 건물 쪽으로 향한다.

먼저 나머지 이들에게서 튀어나와 건물로 돌진하기 시작한 이는 형사다. 그 뒤를 레이첼이 이어서 달려가고, 이에 데이빗도 질세라 두 사람을 쫓아간다.

어느 순간 건물 안에는 이곳저곳을 비추며 돌아다니는 불빛 세 개가 있게 된다. 형사의 둔기 겸 플래시라이트의 불빛, 데이빗의 헤드밴드 카메라에 장착된 헤드랜턴 불빛, 레이첼의 휴대전화에 달린 LED플래시의 불빛.

그런 그들 앞에 또 하나의 빛이 나타난다. 빨간 레이저 빛이다.

그들이 지나가려는 복도의 바닥에서 조금 올라온 높이에 양쪽 벽면 모두에게로 뻗어있는 빨간 가로선이 있다.

"저 레이저 빛을 건드리지 마요. 분명 경보가 울릴 테니." 형사가 그의 뒤를 따르고 있는 두 사람에게 경고를 준다.

"발을 들어 저 레이저를 넘어가야 해요."

그 후로도 그들은 많은 레이저들과, 때로는 감시카메라들과 마주친다. 그들은 발을 높이 들거나, 림보를 하듯 고개를 뒤로 젖히거나, 때로는 점프를 하여 경보장치를 울리는 일 없이 레이저를 무사히 통과하고, 감시카메라와 마주치면 잠시 모퉁이 뒤에 숨었다가, 형사가 재빠른 몸놀림으로 감시카메라를 스턴 건으로 명중시킨 뒤에 감시카메라가 감시하던 길을 지나가는 식으로 계속 탐사를 이어나간다.

그렇게 이어진 탐사가 아주 막바지에 이르렀을 때, 그들은 어느 창고에 도달한다.

창고의 입구에는 문이 달려있지 않다. 그들은 내부를 들여다본다.

그 창고는 원래 건물 안의 다른 방들과 마찬가지로 그저 하나의 방이었는데, 그 크기가 매우 커서 창고로 쓰이게 된 것처럼 보인다. 층수를 세 개나 차지하고 있다.

그리고 그 창고 안에는… 엉망진창이 펼쳐져 있다.

"……."

세 사람은 수십 개의 드럼통이 난장판으로 나뒹굴고 있는 현장에 직면한다. 일부는 온전한 상태로 세워져 있지만, 일부는 쓰러진 상태에서 뚜껑이 열려 있거나 몸체가 파손되어 안의 내용물이 바깥으로 흘러나오고 있다. 통 안의 내용물이 창고바닥 전체에 걸쳐 흥건하게 깔려있다. 세 사람은 그 액체가 무엇인지 안다. 창고에 도달한 순간부터 액체의 냄새가 그들의 코를 찔러왔다.

"기름통을 모아둔 창고인가 보군. 잘 쌓여있던 기름통을 넘어뜨려 우리를 안으로 이끈 소리를 낸 것은 저기 있는 좀도둑일 테고 말이야."

데이빗이 가리키는 곳을 바라보니, 그곳엔 몸에 딱 붙는 검은 복장을 착용하고 얼굴을 완전히 가리는 마스크를 쓴 누군가가 드럼통

수 개의 아래에 깔려있다. 그 자가 마스크를 벗어, 자신의 성별과 얼굴을 드러냄과 동시에 도움을 청하려 소리를 지른다.

"여기에 침입했다가 기름통들 사이로 지나가던 와중 실수로 기름통을 넘어뜨렸나보군."

"그냥 평범한 좀도둑은 아닌 것 같습니다. 수많은 경보장치들을 뚫고 여기까지 온 걸 보면, 저 남자는 분명 이 건물을 오랫동안 관찰해 오다 건물에 인기척이 없다는 것을 알고는 비싼 장비를 가지고 이곳을 털 계획을 세웠을 것입니다. 이렇게 큰 소리가 건물 안에서 울렸는데도 아무도 오지 않았습니다. 분명 이 건물에는 사람은 없는 것이 분명합니다." 형사가 데이빗의 옆에서 거든다.

"이곳은 버려진 장소입니다. 그 조직이 더 이상 이곳을 쓰지 않아 실제로 버렸거나, 그 여자가 우리에게 거짓 정보를 주었거나, 아니면 둘 다겠죠. 어쨌든, 일단 저 사람부터 구출해야 할 것 같습니다."

창고의 입구는 마치 넓게 펼쳐진 회색 벽에 뚫린 사각형 모양의 입과 같다. 그 사각형 입을 통해 형사가 창고 안으로 걸음을 옮기려고 한다.

"안 돼요! 바닥을 밟으면!"

드럼통 아래에 깔린 이가 소리치지만 형사의 발은 이미 입구 부근의 바닥에 깔려 있는, 기름에 가려져서 형사에게 보이지 않는 검은색 타일들 중 하나를 밟은 상태다.

경보음이 울리기 시작한다.

"이크!" 형사가 짧은 비명을 내뿜으며 타일을 밟은 발을 창고 바깥의 바닥으로 재빨리 귀환시킨다.

"저기 보세요! 천장에서…!"

레이첼이 소리치자 모두의 시선이 천장으로 쏠린다.

과연 천장에서 무언가가 내려오고 있다. 그것은 잠깐 내려오다 멈추더니, 세 사람이 있는 쪽을 겨눈다.

기관총이다!

기관총이 영사기에 필름 돌아가듯 총알들을 연사하기 시작한다.

사각형의 입을 통해 뿜어져 나오는 수십 개의 총알들이 반대쪽 벽에 부딪힌다. 레이첼과 데이빗은 입의 바로 왼편의 벽을, 형사는 오른편의 벽을 엄폐물 삼아 입 너머의 기관총이 화염을 터트리며 폭주하는 것을 지켜보고만 있다.

총알 세례를 받고 있는 벽은 바깥부터 속으로 허물어지고 있다. 허물어지는 벽은 따가운 소리를 쉴 새 없이 조잘거린다. 그 소리가 너무도 고통스러운 레이첼은 양손으로 귀를 막고 비명을 내지른다. 그녀의 비명을 총알소리를 대신하기 위한 것으로 받아들이고 있는 데이빗은 벽 너머의 상황을 눈을 부라리며 관찰하고 있다. 그 모습을 본 형사 역시 그를 따라 눈부신 화염을 계속 터트려대는 기관총을 노려본다.

총알이 한 발 나갈 때마다 탄피 한 개가 바닥으로 떨어진다. 일 초에 수 개의 탄피가 기관총에서 튕겨져 나와 기름 바닥으로 떨어지고 있다.

탄피가 바닥의 기름에 떨어질 때마다 마치 끓는 식용유에 튀김을 넣을 때 나는 것 같은 소리가 짧게씩 들려온다.

"기름이 끓어오르겠군."

데이빗이 떨어진 탄피들을 보며 말한다. 곧바로 그의 시선은 천장으로 향한다.

기관총이 화염을 내뿜고 있다.

"여기서 나가야 해요."

창고 안에 놓인 수많은 기름통들을 보며 그가 무의식적으로 중얼거린다. 그러나 다음 순간 그의 정신이 팍 돌아온다.

"여기서 나가야 해요! 당장! 떨어진 탄피들이 유증기를 만들고 있어요. 유증기가 총의 화염에 닿아 폭발하면…!"

"이런 젠장! 뛰어요!"

형사의 단말마의 외침을 신호로, 창고 입의 왼쪽에 있던 두 사람이 왼쪽 길로 뛰기 시작한다. 그 바람에 오른편에 있던 형사는 그들을 따라가려고 총알이 쏟아져 나오는 창고 입을 지나간다. 총알 몇 개가 그의 옷깃을 스치고 지나간다.

세 사람은 미친 듯이 건물 안을 뛰어다닌다. 이미 경보 장치가 발동되었기에 더 이상 레이저 빛을 피해가지도 않는다.

"빨리! 빨리!"

바깥의 모습은 보이지 않고, 그들을 계속 다른 방향으로 뛰게 만드는 코너들만 나와 그들을 더욱 다급하게 만든다.

"출구! 출구가 어디야!"

심장이 뛰는 소리가 마치 몸 안에서 뭔가가 터지는 듯 들려온다. 숨이 끝까지 차올라 시야마저 흐려지는 것 같다. 그러나 총소리가 여전히 들려오는 것 같아 그들을 계속 뛰게 만든다.

"저길 봐요!"

드디어 복도나, 코너나, 레이저 빛이나, 감시카메라나, 일반 건물에서는 없을 법한 것들이 아닌 뭔가가 그들의 눈을 사로잡는다.

출구다.

"문이 활짝 열려 있어요! 그냥 출구만 바라보며 뛰어요!"

열려 있는 출구 사이로 바깥 모습의 빛이 들어온다. 출구 바로 바깥에 서 있는 오픈카 한 대의 헤드라이트 불빛도 들어온다.

"어서 올라타요!"

탁자 맞은편에서 보던 여인이 이제는 오픈카 운전석에서 세 사람이 출구로 빠져나오기를 기다리고 있다.

바닥의 기름이 이젠 뜨거워졌다. 기름이 서서히 끓어오르기 시작한다.

기름통에 깔린 도둑은 비명을 지르며 빠져나가려고 발버둥을 치지만 이미 늦었다.

다량의 유증기가 창고의 천장을 향해 올라간다. 그리고 유증기 중일부가 결국, 유증기를 만들어내는데 있어 일등공신인 탄피들을 계속해서 떨어뜨리고 있는 기관총의 화염에 닿아버린다.

찰나의 순간동안이다.

잠깐 동안만 번쩍거렸다 사라질 뿐이었던 화염이 무지막지하게 자라나, 자신을 낳아주었던 기관총보다 커지고 천장을 다 가릴 정도로 커지더니, 마침내는 창고를 거의 꽉 채울 정도로 자라난다.

커져버린 화염과, 바닥에 널브러져 있는 기름통과의 최초의 접촉이 일어난다.

그리고는…….

콰쾅!!
"젠장! 폭발했어!"

폭발의 반응은 금방 도달한다. 세 사람이 전력 질주하는 복도의 양쪽 벽면에, 마치 레이싱 카 두 대가 양옆으로 지나가듯 금이 쩍 간다.

천장도 막 갈라지기 시작한다. 어느 순간 천장 파편 하나가 그들 바로 앞에 떨어져 아찔한 순간을 만들어낸다.

세 사람이 오픈카 위에 올라타는 순간에, 각질이 생긴 것처럼 군데군데마다 금이 갈라져 있는 건물은 이미 주저앉기 시작한 뒤였다.

"밟아요!"

운전석의 그녀는 최대한으로 세게 페달을 밟는다. 차가 돌진하기 시작하고, 그들의 바로 뒤에서는 건물이 무너지면서 수백 개의 파편들로 나뉘기 시작한다.

"건물에서 최대한 멀리 떨어져야 해요! 안 그럼 차가 파편들에 의해 박살날 거예요!" 레이첼이 소리 지른다.

"차에 탄 우리들과 함께 말이죠."

운전자는 이 상황에서 아주 덤덤하게 한 술 더한다.

굉음과 함께 건물의 아랫부분부터 누런색의 짙은 구름이 만들어진다. 구름의 크기가 기하급수적으로 불어남과 함께 땅이 진동한다. 그리고 건물은 자신이 만들어낸 구름 속으로 주저앉아 사라지고 있다.

오픈카의 뒷좌석에 앉은 레이첼과 데이빗은 고개를 뒤로 돌려 그 광경을 지켜보고 있다. 마지막 단말마의 굉음과 함께 구름 속에서 파편 하나가 튀어 올라 그들 쪽으로 날아온다.

"조심해요!"

앞좌석에 앉은 이들이 상황을 알아차리기도 전에, 파편은 오픈카를 따라잡아 차의 앞 유리에 커다란 구멍을 내고, 보닛에 세게 부딪힌 후 팅겨나가 그들이 나아갈 길에 떨어진다.

차는 급선회하여 들이받는 일없이 파편을 돌아서 간다. 운전자를 빼고는 모두가 방금 있었던 일들 때문에 정신이 없는 상태다.

그런 그들에게 또 다른 위기가 닥친다.

온통 검은색으로 뒤덮여 있는 벤 여러 대가 그들의 뒤를 쫓아오고 있는 것이다!

"엎드려요!"

기관단총이 발사되는 소리가 들리고, 곧이어 총알들이 차 뒤편에 부딪히는 소리가 들린다.

"총이 있어요! 뭐하는 사람들이죠?"

레이첼이 상반신이 완전히 숙여진 채로 소리친다.

"경보를 듣고 조직원들이 쫓아왔나보죠." 같은 자세를 취하고 있는 데이빗이 응답해준다.

처음의 사격을 신호로 그들을 쫓아 질주하고 있는 벤들에게서 일제히 창문이 열리고 총이 바깥으로 나온다. 모두 양손으로 받쳐져 있는 채로 방아쇠만 당기면 사격을 시작할 수 있게 되어있다.

오픈카의 백미러에 그 광경이 비춰진다. 운전자는 백미러를 힐끗 보고는 말한다.

"상황을 보아하니 목숨 걸고 하는 레이스가 되겠네요. 고작 침입자 몇 명 없애겠다고 저렇게 많은 물량을 데리고 오다니, 저들도 참 부질없는 인생을 사는군요."

"이 상황에 참 태평하시네요."

"귀 막아요."

"뭐라고요?"

"귀 막으시라고요."

그녀의 말이 끝나기가 무섭게 두두두두 소리의 향연이 펼쳐진다. 뒤 범퍼가 떨어져나간다. 브레이크 램프가 박살난다. 사이드미러가 박살난다. 깨지고 부서지는 소리가 총소리와 함께 한바탕 축제를 이룬다.

그녀는 핸들을 꺾어 도처에 있는 숲속으로 돌진한다. 이젠 숲에서 추격전이 진행된다. 오픈카는 나무 사이사이로 능구렁이처럼 지나가고, 차가 지나간 자리의 나무는 곧이어 뒤쫓아 오는 이들이 계속 쏘아대는 총알을 맞아 나무껍질조각이 산산이 흩뿌려지는 효과가 연출된다.

뒷부분이 총알에 의해 완전 엉망이 되어버린 차는, 낮은 높이로 뻗어있는 나뭇가지들과 숲 도처에 깔려있는 덤불들을 들이받아 아작 내면서 질주한다. 덕분에 앞부분마저 엉망이 되기 시작하며, 또한 차에 의해 부러진 나뭇가지 중 일부는 좌석에 떨어지기도 한다. 고개를 아직도 숙이며 자연의 떨어지는 조각들을 몸으로 느끼고 있는 세 사람의 뒤에서는 여전히 총소리가 들려온다.

별안간 형사가 고개를 든다. 바로 그 순간에, 차는 밑동 굵은 나무에 들이박기 일보 직전이었고, 그녀가 있는 힘껏 핸들을 꺾어 가까스로 충돌을 면하는 아찔한 상황이 연출된다.

형사는 자신도 모르게 비명을 지르고 있었다.

"뭐하자고 이런 데를 들어온 거요! 다 같이 죽자 이거요?"

"지형을 이용하자는 거죠. 이 차는 작고 저들의 차는 크니까, 이렇게 나무들이 널린 숲에선 우리를 쫓아오지 못할 거예요. 아마 지금쯤 다 나가떨어졌을 걸요."

그녀가 브레이크를 밟아 차를 세운다. 어안이 벙벙한 레이첼이 무슨 일이냐고 물으며 데이빗과 함께 고개를 든다.

총소리는 더 이상 들리지 않고, 그들을 쫓아오는 벤의 모습도 보이지 않는다.

"따돌린 건가요?" 데이빗이 묻는다.

그러나 차량의 엔진소리가 줄어들면서 상대적으로 더 크게 들리게 된 소리가 있다. 세련되지 않은 디젤기관의 소리와, 그와 더불어 점점 가까이서 들려오는, 나무가 쓰러지는 소리다.

정면으로 보이는 나무가 쿵 하고 쓰러지는 화려한 장면과 함께, 그것이 등장한다.

불도저 한 대가 그들을 향해 달려오고 있다!

"방금 물어본 거 취소예요."

운전자의 발은 가속페달을 내리찍고, 타이어가 잠깐 먼지를 휘날리며 미끄러지더니 이내 차는 다시 질주하기 시작한다. 돌진해오는 불도저를 스치듯이 피해간다. 그러자 불도저는 곧 방향을 틀어 다시 그들을 쫓는다.

뭔가가 자동차 위의 네 사람을 머리 위로 빠르게 추월해가더니, 한 나무에 부딪혀 폭발한다.

"뭐야! 유탄발사기도 있는 거야?!"

군대에서나 볼 수 있는 무기가 나오자 형사조차도 흥분하여 고래고래 소리를 지른다.

"꽉 잡아요. 또 목숨 걸고 달려야겠네요."

나무들을 가로지르며 막힘없이 나아가는 차의 뒤로, 유탄이 뒤로 하얀 연기를 남기며 쫓아오다가 차 근처의 나무에 들이받아 폭발하는 장면이 여러 번 연출된다. 가끔 차의 바로 뒤까지 따라붙었지만 바로 그 시점에 추진력이 떨어져 땅에 고개를 박는 유탄들도 있다.

폭발은 계속 일어난다. 그리고 그들은 계속 추격당하고 있다.

"저것 속도 한번 빠르네요." 데이빗이 불도저를 가리키며 말한다.

"계속 이렇게 가다간 저들이 우릴 맞출 거예요. 저들을 따돌려야 해요!" 레이첼이 운전자를 재촉한다. "무슨 방법 없어요? 빨리 뭐라도 생각해봐요!"

"나도 최선을 다하고 있다고요. 내 옆에 계신 형사 나리께서 도와주시면 일이 수월하게 풀릴 텐데 말이죠."

형사는 무슨 소리냐며 운전석 쪽으로 고개를 돌려 노려본다.

운전사는 앞에 나타난 장애물을 피하기 위해 잠시 동안 운전에 집중하다가, 다시 약간 여유로워지자 말을 잇는다.

"설마 형사라는 사람이 혼자서 근무하면서 무기도 챙겨오지 않은 건 아니겠죠?"

형사는 잠깐 멍한 채로 있더니, 다급히 외투 주머니를 뒤진다.

"당신 이따가 나랑 얘기 좀 하지. 그걸 왜 이제야 말하는 거야!"

그의 손에는 벌써 뭔가가 들려있다. 그는 그것을 한 입 깨어 무는 듯한 동작을 취하더니, 그것을 뒤쪽으로 던져버린다.

던져진 수류탄은 따라오던 불도저와 부딪히는 순간에 터진다.

엄청난 양의 화염이 솟아오른다. 차에 탄 그들은 뒤쪽의 그 광경을 지켜본다. 폭발이 멀어지는 광경을, 폭발로 인한 연기마저 그의 시야에서 사라질 때까지 멍한 상태로 지켜보고 있었던 데이빗이 별안간 정신이 들었는지 고개를 형사 쪽으로 돌린다.

"그런 물건들도 가지고 다니는 거예요?"

"제가…." 형사는 완곡한 표현을 찾기 위해 잠깐 뜸을 들인다. "……이쪽 분야에서 힘 좀 쓰는 사람입니다."

데이빗은 형사의 대답에 아무 대꾸도 않았지만, 그의 놀란 표정은 그대로 남아있다.

"이 숲만 나가고 나면 한적한 곳에 차를 세우도록 하죠."

이 모든 상황에도 여전히 운전대만 잡고 있던 운전자가 여전한 어조로 말한다.

레이첼이 앉은 자리에서는 그녀의 오른쪽 뺨이 바로 보인다. 그녀 뺨의, 10센티가 넘는 길이의 상처가 상처 아래의 부분을 빨간 액체로 흥건하게 만들고 있다. 뭔가에 긁혀서 난 상처 같다. 언제 저런 상처가 난 거지, 아까 파편이 날아왔을 때 스친 건가? 레이첼이 속으로 생각하며 실제로도 그녀에게 말을 한다.

"저… 오른쪽 뺨을 다치신 것 같은데, 괜찮아요?"

그러나 정작 당사자는 그런 것을 의식하고 있지도 않은 상태다.

"그런가요? 충분히 다칠 만한 상황이었으니까요. 별로 신경 쓸 겨를이 없었고 지금도 딱히 신경 쓰이진 않아요."

그녀는 그렇게 한 마디 툭 던진 후, 아무 일도 없었다는 듯 다시 운전에만 집중한다. 그녀의 눈은 앞만을 보고 있다. 차가 덜컹거려도 여전하다. 그녀는 차가 덜컹거린 것에 대해 딱히 반응을 보이지도 않는다. 마치 지금 자신에겐 운전 이외의 다른 것은 전혀 자신과는 상관없는 일이라는 듯이.

레이첼 또한 차가 덜컹거리든 말든 아무런 반응을 보이지 않고 그녀만을 주시하고 있다.

27
자백

마침내 차가 숲을 빠져나오고, 탁 트인 공터가 나온다.

차는, 너무 트인 곳에 있으면 혹시라도 누군가 발견해 또 추격해 올까봐 숲의 끝자락에 있는 나무 두 그루 사이에 주차된다.

차가 멈추자마자 별안간 형사가 몸을 날려 운전자의 멱살을 잡는다.

"당신 도대체 뭐하는 작자야?! 처음부터 우릴 없애버릴 작정으로 그 건물에 보낸 거야? 덕분에 모두 죽다 살아났어!"

형사는 멱살 잡은 두 손으로 난폭하게 그녀의 뒤통수를 차문에 박아버린다.

"당신이 한 말… 그거 다 개소리지?! 다 거짓말이야! 우릴 속여서 이용해 먹은 다음 죽일 생각이었겠지!"

그녀는 형사의 위협에 아랑곳하지 않고 여전한 표정으로 이야기를 한다.

"그래요. 내가 당신들을 속였어요. 당신들을 이용하기까지 했죠. 그러나 당신들을 죽일 생각이었으면, 왜 이렇게 구하러 나타났겠어요?"

형사는 더욱 분노하여 멱살을 잡고 있는 두 손을 더욱더 차문 쪽으로 몰아간다. 이미 그녀의 목이 차문에 밀착된 상태라 그녀는 목이 졸리기 시작한다.

"좋아요… 컥! 내가… 설명을… 해주면…" 숨통이 조이는 상황 속에서도 그녀는 자신의 말을 이어간다.

"……되잖아요. 컥! 일단… 그 전에, ……좀 놔줘… 정말… 말하기 편할 텐데요…. ……놓지 않, 컥! 호흡이… 얘기를…"

그 다음부터는 그녀의 입은 계속 무언가를 말하고 있지만 그녀의 목소리는 들리지 않는다.

"그만해요. 그러다 당신이 살인자가 되어서 당신 부하들에게 체포당하겠어요."

레이첼이 나서고 나서야 형사는 멱살에서 손을 뗀다.

"괜찮아요?"

레이첼이 묻는다. 그녀는 아무 일 없었다는 듯 간결하게 답장을 날린다.

"네. 하던 얘기 계속해야지요."

그녀는 잠깐 헛기침을 몇 번 하더니 이야기를 이어나간다. 드디어 그녀를 둘러싼 세 사람에게의 본격적인 자백이 시작된다.

"그래요. 이미 알아차렸겠지만, 장님이 그곳에 있다는 얘기는 거짓말이었어요. 당신들이 들어간 그 건물은 내가 일했던 조직의 본거지 중 하나예요. 아니, 하나였죠. 당신들도 들어가서 보았겠지만, 건물 안에는 웬 침입에 능통한 남자를 빼곤 아무도 없었잖아요."

"그 건물에 들어가는데 침입에 능통할 필요가 전혀 없었을 것 같은데."

형사가 딴죽을 걸지만 그녀는 무시하고 이야기를 이어나간다.

"저도 당신들이 본 것을 모두 보았어요. 당신이 쓰고 있는 헤드밴드형 카메라가 저에게 건물 안의 상황을 모두 생중계해준 덕에 운전석에 앉아서도 안에서 뭐가 일어나고 있는지 다 볼 수 있었죠."

그녀가 데이빗이 이마에 두르고 있는 헤드밴드형 카메라를 가리킨다.

"제가 그 카메라의 용도는 사진을 찍고 저에게 전송하는 것이라고 말했지만, 사실은 실시간으로 영상과 음성을 저에게 전송하고 있었어요. 사실대로 말하면 당신들이 꺼림칙해할 것 같아서요. 하지만 덕분에 당신들이 위기에 처했을 때 미리 건물 바로 앞에서 기다리고 있을 수 있었죠."

"그 위기 속으로 우릴 몰아넣은 것이 당신이라는 점만 아니었으면 말이야."

"그래요. 내가 당신들 모두를 속여 그런 위험 속에 발을 디디게 했죠. 상황이 이렇게 된 이상, 전부 사실대로 말하는 것이 좋겠네요."

"그래요. 정말 바른대로 말하는 것이 좋을 겁니다." 잠자코 있던 데이빗도 한 술 거든다.

"전 그 본거지를 조사하고 싶었어요. 제가 일했던 조직에 관한 정보를 얻고자 당신들을 이용했죠. 결과적으로는 아무 정보도 얻지 못했지만요. 조직원들이 이미 그 장소를 버리고 떠난 거겠죠."

"왜 당신이 떠난 조직의 본거지를 건드려가면서까지 조직의 정보를 알려고 하는 거죠? 나라면 그쪽하고는 최대한 떨어져 있으려고 할 텐데요." 데이빗이 의문을 던진다.

"그냥 조직 같은 것은 원래부터 없고 이 사람이 우릴 죽이려고 이야기를 만드는 것 같지 않습니까?" 형사가 그를 쳐다보며 말한다.

"그럼 방금 전까지 우릴 쫓아온 자들은 무엇이 되는 건가요? 이야기를 만들어 내는 것이 아니에요. 조직은 분명 있습니다. 다만 꼭꼭 숨어있고, 자신들의 흔적을 없애는 데는 편집증적으로 선수인 악마들이라서 쉽게 찾을 수가 없는 것이죠. 그들이 자신들의 연구에 대한 정보가 빠져나가는 것을 어떻게든 원천차단하려고 현기증이 날 정도로 강화된 보안체계를 갖고 있는 탓에, 그들에게 가까이 다가갔다가는 전부 제거당하겠죠. 만약 그 건물이 아직도 조직의 본거지로 쓰이고 있었다면, 현장에 있었던 당신들뿐만 아니라 저도 목숨을 보장하기가 어려웠을 거예요. 현장을 생중계하고 있는 카메라의 전파를 추적해서, 제 위치까지 알아내 절 제거하려 왔겠죠. 충분히 그럴 조직이에요. 아니, 반드시 그럴 조직이죠. 그러니 아직까지 제가 당신들에게 보여준 것들이 세상에 알려지지 않았겠죠. 제가 당신들만 위기에 빠뜨린 게 아니라, 제 명줄마저도 걸고 한 거라고요."

"그러니까, 결국 우리 목숨이 당신 덕분에 도박판에 올라간 것은 맞았군요. 슈뢰딩거의 고양이 실험에서 상자 속의 고양이처럼 말이에요." 데이빗이 그녀의 자기변론을 향해 공격을 날린다. "도대체 왜죠?"

"왜냐면!" 그녀는 뭔가 말하기 힘든 것을 힘겹게 뱉어낼 때처럼 소리를 지른다. "전 막고 싶으니까요! 그 악마들을 막아야 해요! 그 조직은 사라져야 한다고요! 그러니까 정보가 필요한 거죠! 훨씬 더 많은 정보가!"

이전과는 조금 다른, 잠깐의 침묵.

"좋아요! 내가 그 악마의 실체를 지금 여기서 낱낱이 밝혀두죠. 그 조직이 반드시 사라져야 하는 이유를 납득시키겠어요."

"잠깐 저기⋯."

거의 모두의 관심이 그녀가 털어놓으려는 말에 쏠려있을 때, 갑자기 말끝을 흐리며 끼어들은 레이첼이 관심의 방향을 한 방에 자신에게로 바꿔놓는다. 모두의 시선이 그녀에게로 향한다.

"왜 그래요?"

데이빗이 묻는다. 곧이어 그녀의 입에서 나온 말은 충격적이다.

"어디 가서 뭐 좀 먹으면서 하면 안 될까요?"

레이첼을 제외한 세 사람은 순간 귀를 의심한다.

"너무 배가 고파서요. 점심때부터 아무것도 안 먹었거든요."

너무나 뜬금없는 말과, 그에 화답이라도 하듯 누군가의 배에서 들려오는 꼬르륵 소리가 팽팽했던 분위기의 김을 팍 새게 만든다. 데이빗이 긴장이 풀린 얼굴로 그녀에게 웃어 보이며 말한다.

"좋아요, 레이첼. 나도 마찬가지로 아무것도 못 먹었으니까, 일단 뭐라도 요기합시다."

그렇게 전직 수호대원의 자백은 끝난다.

28
쌍둥이 언니

칵테일 잔 위에 레몬조각 하나와 체리 한 쌍이 올려져 있는 모양새의 네온 라이트가 자극적이지 않은 빛으로 오픈카를 물들이고 있다. 핑크색으로 빛나는 식당 이름인 〈Ese Uve Doble〉가 그 칵테일 잔에서 오른쪽으로 흘려 쓰듯 뻗어있다. 건물의 낡은 외벽과 도대체 주인장의 의도가 뭔지 궁금하게 만드는 간판 덕분에 식당은 마치 사람 없는 시골의 술집 같이 보이며, 실제로도 그 근방에 있는 건물이라고는 그 식당 하나뿐이다. 1층짜리 건물의 허름한 모습을 감춰주듯, 세련된 LED 네온 라이트가 멀리까지 빛을 보내 지금이 80년대나 90년대가 아님을 보이고 있다.

그 아름다운 네온 빛을 반사시키며 자신의 광택을 자랑하고는 있지만 찌그러진 부분이 너무 많아 멋있어 보이진 않는 차의 주인은, 바로 그 식당 안의 한구석에 자리를 잡아, 동행하고 있는 세 사람의 시선을 지속적으로 받아오면서도 꿋꿋이 자신 바로 앞의 접시에 담긴 것에만 집중하고 있다. 그녀가 식사를 마친 후 얘기를 시작하겠다고 한 덕분에 나머지 사람들은 모두 그녀를 기다리고 있지만, 그녀가 너무 여유롭게 식사를 하고 있는 덕분에 아직 그녀의 접시에는 음식이 남아있는데도 레이첼과 데이빗과 형사는 이미 후

식까지 깨끗이 비우고 각각 콜라 한 잔씩을 주문해 홀짝홀짝 들이키고 있다.

마침내 그녀가 접시를 한쪽으로 밀쳐낸다.

맞은편에 앉은 데이빗과 형사는, 바로 그 순간에 입에 갖다 대려던 잔을 바로 내려놓고 그녀를 뚫어져라 응시하기 시작한다.

"알았어요. 얘기하면 되잖아요."

그녀는 들이켰던 숨을 입으로 뿜어내는 행동으로 잠깐의 뜸을 만든다.

"이 이야기엔 네 명의 등장인물이 등장하죠. 한 명은 물론 나예요. 또 다른 한 명은 그 조직을 만들자는 아이디어를 처음으로 생각해낸 인간이자, 초창기부터 지금까지도 조직의 모든 것을 손으로 쥐락펴락하고 있는, 바로 〈검은 망토〉, 즉 조직의 보스죠. 조직원 중 그 자의 정체를 아는 사람은 말할 것도 없고, 그 자와 대면한 조직원마저도 극히 소수의 선택받은 이들뿐이에요. 나머지는 그들의 보스에 대해 아무것도 알고 있지 못하죠. 그저 그 인간을 〈검은 망토〉라고 부를 뿐이에요. 자신을 그렇게 부르라는 규율을 만들었거든요. 그… 사실 인간 같지도 않은 여자가…."

"인간 같지도 않은 여자…?"

데이빗이 반문한다.

"잠깐만요, 그러면…."

"맞아요. 그 인간은 여자예요. 하려던 질문이 그거였죠?"

"아뇨. 그렇다기보다는… 보스의 정체를 아는 자는 조직 내에서 거의 없다면서요. 그런데 어떻게 그런 걸 알고 있는 거예요?"

"아, 그게 질문이었군요. 제가 어떻게 보스의 정체를 아는 '초극소수'의 사람들 안에 들어있냐 이거죠?"

"뭐, 굳이 말하자면야…"

"간단해요. 그 인간이, 제 쌍둥이 언니니까요."

"……."

이제는 그녀가 뭔가를 말할 때마다 따라오는, 침묵.

"으악!"

레이첼이 단말마의 비명을 지른다. 그녀가 컵을 넘어뜨리면서 내용물이 쏟아진 것이다. 콜라의 홍수가, 옆에 앉아서 맞은편 두 남자의 입을 다물게 하는 데에 막 성공한 전 조직원의 스웨터를 덮친다.

"정말 죄송해요! 제가 정신을 딴 데 팔고 있어서… 정말 실수였어요. 아니에요, 제가 닦아드릴게요! 정말 죄송해요. 그렇게 잔을 들고 한 눈 파는 게 아니었는데…"

당황한 것은 두 여자 모두이다. 레이첼은 허둥지둥 냅킨으로 콜라에 물들여진 그녀의 스웨터를 문지른다. 스웨터의 주인은 처음에는 경악하더니, 이내 자신의 옷을 정신없이 문질러대는 레이첼을 가만히 쩨려본다.

"이거 실오라기 하나에 얼마인지 알아요? 상상도 못할 정도로 귀한 실로 만든 거라고요!"

마침내, 마침내야 처음으로 그녀의 훈계가 한소리 날아온다. 덕분에 레이첼은 풀이 팍 죽는다.

"정말 죄송해요…."

"그렇게 귀하고 비싼 거였으면 우릴 구하러 올 때 그 옷을 입지 말았어야죠…"

테이블 위에 엎질러진 콜라를 닦아내며 데이빗이 레이첼을 대변하여 한마디 하지만, 방금 전 들은 '약간의 사실' 때문에 이미 그의 정신은 다른 곳에 가있다.

"그래서 그 보스라는 자가, 당신의 언니라고요?! 아니, 당신이, 그 위험한 조직을 이끄는 자의 동생, 그것도 쌍둥이 동생이라고요?"

"왜 내가 그런 악마의 소굴에 들어갈 수밖에 없었는지 이제 이해가 가죠?"

긴 이야기가 시작될 것임을 암시하는, 짧은 헛기침 두 번.

"말하자면 긴데, 제가 정리하고 간추려서 이야기해주죠. 아까 네 명의 등장인물에 대한 이야기를 하고 있었죠? 한 명은 제 자신, 다른 한 명은 후에 조직을 세우고 우두머리가 되는 제 쌍둥이 언니, 그리고 나머지 둘은… 제 남편하고, 로버트 몰리슨이라는 사람이에요.

레이첼 당신이 로버트를 어떻게 아는지는 제가 모르겠지만 그와 저는 꽤나 오랫동안 조직에서 동료로 일했어요. 제가 그를 알게 된 것은 언니에게 이야기를 들어서였죠. 언니와는 그 전부터 동료였었거든요, 그 사람이요.

그를 처음 만나게 된 것도 언니 덕분이에요. 10년도 더 지난 어느 날, 언니가 저보고 제 남편과 함께 당시 집 근처에 있었던 폐광에 모이라는 전화를 했죠. 곧 얘기하겠지만, 언니는 조금, 완곡하게 말하자면 '정신 나간' 사람이거든요. 그게 산책을 가장한 탐험놀이든 탐험놀이를 가장한 산책이든 둘 중의 하나일 것임을 저와 제 남편은 익숙해져 알고 있었죠. 그래서 그 자리에 나갔어요. 그랬더니 언니가 그 사람과 같이 있는 것이었어요. 그게 그와의 첫 만남이었죠. 재앙의 시작이기도 했고요."

종업원이 세 사람의 잔을 리필하기 위해 테이블로 다가온다. 덕분에 말이 끊긴 틈을 타, 그녀도 콜라 한 잔을 주문한다.

이미 내용물이 꽉 찬 채로 꼭대기에 거품을 물고 있는 콜라 세

잔에 추가로 네 번째 콜라 잔이 테이블 위에 놓이고, 종업원의 뒷모습이 멀어져가기 시작하는 바로 그 순간에, 그녀는 이야기를 재개한다.

"그렇게 폐광을 산책하다가, 이전에 왔을 때는 보지 못했던 길을 찾았죠. 우린 모두 꺼림칙해했지만 언니의 고집을 꺾을 수 있는 사람은 없었어요. 모두 언니의 주도하에 그 길을 따라 걷기 시작했고… 그게 결국은 최초의 발견으로 이어졌죠. 최초의, 비공식역사적인 발견 말이에요."

이후로 그녀의 긴 모험담이 주구장창 늘어놓아진다. 그녀의 말에 따르면, 보잘것없어 보이는 몇 개의 '광물'들 사이에, 흰색보다 더욱 밝은 흰색을 뿜어내는 돌조각이 박혀 있었다고 한다. 그녀 일행은 그 돌조각에 홀려 시간이 얼마나 지났는지도 모르게 되었다가, 그녀의 남편이 정신을 차려 나머지 일행을 깨웠다.

"우리는 후에 그 색을 〈흰색의 초월색〉, 또는 〈하이퍼W〉라 부르기로 했어요. W는 흰색. 그러니까 흰색을 초월하는 흰색이란 뜻이죠."

그 후에, 그녀의 언니가 또 뭐가 있을지 모르니 더 안쪽으로 들어가자는 제안을 했다고 한다. 그 어떤 망설임도 없이 모두 찬성했고, 더 깊숙한 곳의 뭔지도 모를 무언가에 이끌려 이제는 산책이 아닌 탐험을 이어나갔다.

그리고 그들은 얼마 가지도 않아 탐험의 결실을 맺게 되었다.

"〈하이퍼W〉가 전부가 아니었어요. 〈하이퍼B〉도 있었죠. 순수 검정을 초월하는 검은색 말이에요. 근데 그게 다가 아니에요. 빨간색이나 녹색, 또 그 외의 많은 색깔들의 초월색들도 있었어요. 눈으로 보면서도 믿기지가 않았죠. 눈앞에 펼쳐져 있는데도 그런 것들은 불가능하다고 생각했어요. 정말 불가능한 일이었죠. 그런 색깔들이 존재한다는 것이. 그래서 우리는 그런 '불가능한' 색깔들을 통틀어 〈허색〉이라고 이름 붙였어요. 허상의 세계에서나 존재하는 색이라는 것이죠. 직접 보고 있는데도 말도 안 돼, 이런 생각을 하게 만드니까요."

일행은 얼른 밖으로 나가서, 자신들이 발견한 것을 세상에 알리고 싶어 방방 뛰고 있었다. 전 세계의 모든 미디어가 그들을 주목할 것이었다. 그들의 발견이 지구에 살고 있는 모든 이들의 색채관(色彩觀)을 바꿀 것이었다.

"그런데, 제 언니가 막고 섰죠. 제 언니는, 어… 아까 언급했던 대로거든요."

그녀가 설명하기를, 그녀의 언니는 뭔가 다른 사람들이 갖고 있지 않은 것이 있으면 그것을 취해 자신의 것으로 만들고, 아무한테도 그 존재를 알리지 않은 채 영원히 비밀로 남겨놓아야 한다는 강박관념에 사로잡힌, 정신적으로(그녀가 표현한 바로는) 약간 문제가 있는 사람이었다. 그 존재가 더 많은 사람들에게 알려지면 알려질수록 전리품들의 자신만의 소유성(所有性)이 닳아 전리품들에게 있어서의 자신의 가치가 무색해진다는 것이었다.

"어렸을 때, 두 개의 입을 가진 돌연변이 조개가 제가 살던 마을 근방의 해변으로 떠내려 왔어요. 그때 마침 저는 언니랑 그곳에서 놀고 있었죠. 언니가 그 조개를 집어 올리더니 저를 위협하면서 말하더라고요. 이 조개에 대해 한마디라도 하면, 언니가 알고 있는 제 비밀을 마을 사람들에게 전부 소문낼 거라고요. 언니는 그 조개를 집에 가져가서, 껍데기만 남겨놓고 그 껍데기를 윤기가 돌 정도로 깨끗이 닦아 잘 때도 옆에 두고 자더라고요. 그러면서도 어느 누구에게도 자신의 전리품을 자랑하지 않았어요. 제가 조직에 있었을 때 잠깐 언니가 쓰고 있는 방을 둘러볼 기회가 있었는데, 그때도 그 조개껍데기는 여전히 윤기가 흐르고 있었죠…"

물론 이것은 그녀가 설명하는 언니의 내면의 동기일 뿐, 명목상의 이유가 될 수는 없었다. 언니는 허색이 공개되지 않아야 하는 명목상 이유에 대해 좋은 말이란 말은 다 갖다 붙여 자신의 입장을 변호하였고, 그러면서 한 가지 제안을 했다.

"우리가 발견한 것에는 무한한 가능성이 잠자고 있다, 이것들을 연구하다가 어쩌면 더 엄청난 것을 만들어 낼 수도 있는 일이다, 우리의 발견을 세상에 알리면, 우리가 주목을 받기는 할 테지만 허색 연구의 선두 자리는 다른 자본가들에게 빼앗길 것이다, 수많은 인간들이 이 동굴에 몰려와 동굴의 잠재성을 더럽힐 것이다, 독자적인 연구, 우리만의 비밀스런 독자적인 연구로 보다 더 엄청난 것을 만들어 세상을 찍 소리도 못하게 놀라게 해주자… 이런 악마의 속삭임으로 로버트를 설득해버렸죠."

폐광은 그들의 소유가 아니었다. 들어올 의지가 있는 자는 누구라도 들어올 수 있었다. 아직 그들이 폐광의 전부를 뒤져본 것도 아니었다. 뭔가가 더 있어, 그들이 떠난 후에 누군가가 우연히 폐광을 찾아왔다가 그들이 미처 발견하지 못한 것들을 발견하고 세상에 알릴 수도 있는 일이었다. 그렇게 되면 언니의 괴팍한 논리상으로는 두 번째 발견자가 되는 그 사람은 세상에게는 최초의 발견자가 될 것이었다. 고집이 센 언니는 자신이 발견한 것을 사람들이 아는 것을 싫어했지만, 다른 사람이 자신의 발견을 능가하는 것은 더욱 싫어했다.

그래서 언니는 고민에 빠졌다. 이 일을 어떻게 처리해야 하나, 어떻게 처리해야 내가 발견한 보물들에 다른 사람이 접근하지 못하게 하면서 보물의 존재를 영원히 비밀로 할 수가 있을까, 언니는 고심하고 또 고심했다. 그렇게 해서 나온 결론이란 것이, 발견자 네 사람 모두가 재산이 꽤 되는 사람들이었으니 모두의 자본을 모아 이 폐광을 사서, 그 자리에 비밀 연구소를 짓고 또한 은밀히 사람들을 모아 비밀 수호대를 만들어, 그들이 발견한 보물을 비밀로 지킴과 동시에 연구도 할 수 있게 하자는 것이었다. 로버트 몰리슨을 제외한 나머지 두 사람은 물론 그 얘기를 듣고 경악했다.

비밀 연구소. 비밀 수호대라니. 그들은 그것들이 모두 그 언니의 괴상한 정신세계에서 아무런 생각 없이 나온 그냥 해본 소리일 것이라고 생각했다.

그리고 며칠 뒤, 그 자리에는 커다란 건물 하나가 지어지고 있었다.

공사인부들은 그들이 평소에 일주일 주급으로서나 받을 액수의 돈을 하루치 임금으로 받았다. 대신 조건이 붙었다. 그들이 거기서 일했다는 사실과, 그들이 폐광 안에서 무얼 보게 되던 간에 본 것을 일체 어느 누구에게도 말하지 말 것. 그리고 그들이 지어줄 건물이 하나뿐이지 않게 될 수가 있으니 아예 종신직으로 일하며 고용주가 제공해준 숙소에서 혼자 살 것. 건물이 완공되면 고용주가 구입한 공사 장비 창고로 매일 집합해 그곳의 직원에게 지시받은 일을 6시까지 할 것.

그렇게 수호대의 첫 번째 본거지가 완성되었다.

물론 대놓고 비밀 연구소란 간판을 내걸 수는 없었다. 그러면 비밀 연구소가 아니기 때문이다. 건물은 어떤 세제 회사의 명의로 위조되었고, 수호대의 이들은 건물을 〈제 1위장기지〉라 부르게 되었다.

"처음엔 그 건물 하나로 시작했어요. 건물 하나에서 시작한 수호대는, 그 후로 더 많은 대원들을 들여오고, 더 많은 본거지를 만들고, 더 많은 연구를 했죠. 그리고 이젠 언니의 소유가 되어버린 폐광을 더욱 깊은 곳까지 탐사했고요. 또한 그 폐광에, 그 지하에 실험실을 건설하여 인간을 대상으로 여러 가지 허색들을 쐬이는 실험마저 했어요. 피험자들은 전부 외부에서 납치해 왔죠."

"아, 드디어 그 조직의 파렴치함이 드러나는 부분이 당도하셨군요!"

형사가 뮤지컬 배우 뺨치는 감정연기까지 시전하면서 그녀인지 조직인지를 비꼰다.

길게 말하다 보니 목이 건조해진 그녀는 그 틈에 콜라를 들이킨다. 콜라가 그녀의 목구멍으로 넘어가는 소리가 너무나 시원하게 들렸는지 나머지 사람들도 홀짝홀짝 들이킨다.

그렇게 쉬는 시간 같은 분위기가 조성되려고 했을 때, 그때서야 그녀는 다시 입을 연다. 덕분에 분위기가 순식간에 원래대로 돌아온다.

"그러다가, 그렇게 연구를 하다가, 또 다른 전혀 새로운 것을 건졌죠."

형사가 갑자기 입에 물고 있던 콜라를 뿜는다. 동시에 다른 두 사람도 성급히 잔을 내려놓고 눈을 휘둥그레 뜬 채로 고개를 그녀 쪽으로 더 가까이 한다. 그리고 안달이 나서 재잘거린다.

"뭔데요? 뭔데요? 또 다른 게 있는 거예요? 그건 또 뭐죠?"

"그것 또한 허색이었어요. 아니, 어떻게 보면 그것이 진정한 허색이라 할 수 있었죠. 앞서 얘기한 허색들과는… 음….."

"앞서 얘기한 허색들과는요? 어떤데요?" 말끝을 흐리며 뜸을 들이는 그녀를, 빨리 다음이 듣고 싶었던 레이첼은 말을 반복함으로써 재촉한다.

그리고 그녀의 다음이 이야기되어진다. 약간은 간결한 다음이다.

"조금… '종류'가 다르거든요."

29
완전히 새로운 색

……세상에.

내가 와인병 속에서 본 것이 이런 것이었다니….

아니 잠깐만! 나는 내가 지금 보고 있는 게 뭔지는 알고 있는 건가?

모르겠다. 아니, 알겠다. 근데 모르겠다.

색깔이다. 아주 선명한 빛깔의 색이다. 그런데 어떤 빛깔인가? 저게 도대체 무슨 빛깔이지?!

일단 흰색은 아니다. 흰색하고는 비슷한 면이 전혀 없다. 검은색과도 비슷한 면이 전혀 없다. 검은색도 아니다. 파란색도 아니다. 파란색이 섞여있는 색도 아니다. 고로 파랑 계통의 색은 절대 아니다. 빨간색도 아니다. 빨강 계통의 빛깔도 보이지 않는다. 그럼 녹색인가? 역시 아니다. 나는 내가 생각해 낼 수 있는 모든 색깔들을 아무렇게나 던져 내 뇌의 시각영역에 올린다. 노랑? 아니다. 보라색? 역시 아니다. 자주색? 애당초 그건 빨강 계통의 색이지 않은가? 프린터기의 잉크통을 보면 '시안'이라는 색과 '마젠타'라는 색이 있다. 각각 옥색과 자홍색이다. 그 둘 역시 지금 내 눈을 자극하는 빛깔을 설명할수가 없다. 남색? 주황색? 아니, 계속 이미 제명된 색깔들만 얘기하고 있잖아?!

이미 모든 색들을 다 비교해보았지만 그 어느 색과도 비슷한 면이 없다. 지금 내 앞의 저 색깔…. 저건… 그 어느 색깔과도… 매칭이 되지 않는다. 왜 그렇지?! 도대체 왜?! 왜 나는 저 빛깔이 어느 계열의 색깔인가조차 모르는 것인가?! 도대체 어느 계열의 색깔이지? 어떤 계열이 저런 색깔을 포함하지? 어떤 종류의 색이 저런 빛깔을 내지? 어떻게 해야 저런 빛을 내지? 어떤 색깔들을 어떻게 섞어야 저런 종류의 빛깔을 낼 수 있지? 나는… !@#%$@#%$ 아아아!! 나는… 나는!! ……모르겠다. 아니지! 어떻게 모를 수가 있지? 분명히 나는 안다. 뻔히 내 눈에 보이는데 모를 수가 없다. 저것은 분명… 분명…!

그런데 모르겠다. 아는데 뭔지 모르겠다. 분명 눈에 보이는데 어떤 계열의 빛깔인지 모르겠다.

((어떤가? 어떤 느낌이 드는가?))

그 목소리가 또다시 들려온다. 그건 중요하지 않다. 나는 그저 지금 내 앞의 것에 대해 생각할 뿐이다.

왜 설명할 수가 없지? 왜 나는 저 빛깔을 형언하여 표현할 수조차 없는 것일까? 저런 빛깔의 느낌을 표현할 단어가 떠오르지 않는다. 저런 느낌은 어떤 단어로 표현하지? 저런 느낌을 주는 색은 무슨 색이라고 불러야 하나?

((당신이 지금 어떤 상황인지 다 안다. 아마 당신은 지금 당신이 보고 있는 빛이 무슨 색인지도 모를 것이다. 그렇지 않은가?))

"전혀… 모르겠습니다."

그렇게 말하고 나니 한 가지 생각이 내 머리를 스친다. 내가 저 빛깔의 이름을 생각해내지 못하는 이유, 내가 저 빛깔이 어떤 색상계열에 있는 것인지도 모르는 이유, 그것은 혹시… 내가 멍청해서가 아니라, 저 빛깔이 진짜로 그런 빛깔이기 때문이 아닐까?

저것은 그 어느 색상계열에도 속하지 않는다… 저것은 내가 아는 그 어느 색상계열에도 속하지 않는다… 저것은 내가 아는 그 어느 색과도 일치하지 않는다… 저것은 색깔을 표현하는 단어들 중 내가 아는 그 어느 것과도 일치하지 않는다… 그래! 어쩌면 그게 저것의 본질일 수도 있겠다. 저것은 완전히 새로운 것이다. 내가 한 번도 접해보지 못한, 그래서 내가 알 턱이 없는, 완전히 새로운 색.

마침 저들이 나에게 말해준다.

((이곳의 사람들은 지금 당신이 보고 있는 그 색상을 얻어내느라 꽤나 오랜 연구를 거쳤다. 이 색상은 우리가 발견한 여러 가지 특별한 작품들을 이리저리 섞어보기도 하고, 그것들을 가지고 수많은 실험을 하던 과정에서 우리의 앞에 나타났다. 그리고 그만의 명칭을 얻었다. 우리가 이것을 뭐라고 부르는지 알고 싶은가?))

오, 물론이죠. 처음부터 그 생각뿐이었다고요, 교도관님들.

방 안의 스피커가 잠깐 숨을 고른다. 그러는 동안 약간의 잡음이 들린다. 스피커가 마침내 입을 연다.

((우리는 이것을……))

30
제 4원색

"제 4원색이라 부르죠."

각각의 손에 들려있는 콜라 한 잔들. 다시 한 곳에 몰려있는 시선들.

"우리가 초월색을 비롯한 여러 가지 색들로 시도한, 수많은 의미 없는 혼합과 분리 작업들 중 마침내 가치 있는 것을 찾아낸 처음이었죠."

"정확히 어떤 연구를 한 건지는 모르겠지만, 어쨌든 당신들의 연구가 성과를 거두었군요." 데이빗이 말한다.

"제 4원색은, 음, 한 수호대원이 온갖 실험을 하던 중 우연히 얻게 되었어요. 그는 항상 새로운 원색을 발견하는 데에 집착하여 실패로 돌아간 수없이 많은 실험을 시도하곤 했죠. 우리는 모두 그가 이루려는 일이 불가능하다고 말했지만, 그가 마침내 우리 앞에 가져온 결과물은 엄청났죠. 기존의 어떤 색과도 같지 않은, 기존의 색들을 어떤 조합으로 섞어도 절대 나오지 않는 순수한 색, 바로 또 하나의 원색이었어요. 우연히 얻게 된 거지만, 그 우연을 위해 필사적으로 실험을 자행하였으니 필연적인 우연인 거죠."

"그거, 확실한 거예요?"

"그러지 좀 마요! 지금 말하고 있잖아요. 저는 계속 듣고 싶다고요."

형사가 냉소적인 표정으로 질문을 던지자, 이야기의 흐름이 끊기는 것에 짜증이 난 레이첼이 그에게 한마디 한다.

"굳이 그럴 필요까지는 없었는데요, 레이첼." 허나 정작 도움을 받은 사람은 그것을 눙쳐버린다. 그녀는 애당초 형사가 하는 말에는 신경을 쓰고 있지도 않았던 것이다.

"엄청난 성과를 거둔 우리 수호대는, 그 후로 훨씬 더 많은 연구와 실험들을 자행했죠. 또 다른 뭔가가 발견될 것이라는 희망에서였어요. 그래서 발견했냐고요? 그래요, 수호대는 결국 또 다른 월척 하나를 건져 올렸죠. 인류가 미처 발견하지 못한 새로운 원색 하나를 발견한 지 얼마 되지도 않아, 우리는 기어코 또 다른 새로운 원색을 발견했어요. 그리고 심지어는 그 원색을 발견한지 얼마 되지도 않아 또다시, 또 다른 원색을 발견해냈죠. 그 두 원색들은 발견된 순서에 따라 각각 〈제 5원색〉과 〈제 6원색〉으로 명명되었어요. 이로써 3원색이라는 기존의 개념에, 또 다른 3개의 원색이 더해져, 총 6원색이 되었죠…."

갑자기 그녀가 말을 중단한다. 그녀는 아까부터 평소의 냉소적인 그녀답지 않게 계속 무언가에 대해 고민하는 듯 보였는데, 그 고민의 결론이 마침내 실체화되어 나타난 것이다.

"레이첼, 데이빗, 뭐 하나만 물어볼게요."

"뭔데요?"

두 사람은 별안간 그들의 이름이 불리자 약간 흠칫한다.

"정말로 이 모험을 계속하고 싶어요? 그러니까, 처음에는 그저 당신들을 이용하려고 했는데 일이 여기까지 와버렸고, 또 이런 악마

같은 조직 얘기까지 흘러나와 버렸고, 거기다 저 형사 양반은 여전히 당신들이 이런 데에 끼어있는 것을 탐탁지 않게 생각하는 것 같아서 말이에요."

"당연한 것 아니오? 어떤 정신 나간 형사가 민간인을 이런 일에서 희생당하게…"

"당연한 것 아녜요?!"

갑작스런, 색다른 톤의 따끔한 한 마디. 모두의 시선이 그 주인에게로 쏠린다. 그전에 끼어들어 말을 하고 있던 자는 그 확고함에 밀려 순간 입을 다물게 되고, 질문을 던졌던 자는 반응이 너무 빨리, 또 너무 강하게 날아와 흠칫한다.

레이첼이 형사의 끼어들기에 끼어든 것이다.

"애초에 진실을 알려주겠다고 우릴 꼬드긴 게 누구였죠? 이제 와서 돌아가라고요?"

"레이첼, 당신들에게 초대장을 보낸 건 제가 당신들을 이용하려고…"

"잔뜩 궁금하게 만들어놓고, 그 궁금증을 풀어주지는 않는 것이 얼마나 잔인한 일인지 알아요? 여기까지 왔는데, 이미 산전수전 다 겪고 중반 너머까지 온 모험인데, 결말도 못 보고 그 스토리에서 퇴장하라고요? 이미 그러기엔 늦었어요. 여기까지 등장해줬으니 적어도 출연료는 받아야죠. 이 모험의 끝장을 봐야 지금껏 한 고생의, 지금껏 한 모든 것의 보상을 받는 거예요. 그게 출연료라고요. 우린 끝까지 같이 가는 거예요."

그녀의 말이 끝나고 나서, 잠깐 동안 침묵이 찾아와 그 말의 임팩트를 배가시킨다.

"좋아요." 질문자는 알았다는 표정을 레이첼에게 보인다. 레이첼의 답변으로 인해 그녀의 마음속에도 이리저리 왔다 갔다 하던 것들이 그 답변만큼이나 확고하게 자리를 잡는다. 그러면서도 그녀는 레이첼에게 충고한다.

"그래도 레이첼 당신은 너무 위험한 곳에는 접근하지 말았으면 해요. 너무 위험한 끝장이 될 거예요. 하지만 당신은 다치면 안 돼요. 위험은 당신에게서는 멀찌감치 떨어져 있어야 해요. 당신은… 참 소중하고 고마운 사람이니까요…"

"네? 뭐, 뭐라고요?" 갑작스런 상황에 레이첼은 당황한다.

"잠깐만요, 잠깐만요, 지금 무슨 드라마 찍는 거예요?" 데이빗이 헛웃음을 터트린다. "저건 내가 할 만한 대사인데?"

역시 얼굴이 상기된 그는 농담인지 당혹감의 표현인지를 날려 분위기가 이상하게 흘러가는 것을 막으려 한다. 자신답지 못한 모습을 보였다는 것을 깨달은 그녀는, 괜히 헛기침을 하며 본론으로 넘어가려 한다. 그녀가 형사에게 묻는다.

"아까 제 말이 확실한 거냐고 물었죠?"

"확실히… 그랬던 것 같소."

"좋아요."

그녀는 유리잔에 담긴 마지막 콜라 한 모금을 혹 들이킨다. 콜라가 바닥이 난다. 나머지 세 사람은 이젠 아무것도 없는 그녀의 잔을 바라본다. 잔은 비어있다. 잔은 그녀가 더 이상 붙들고 있을 이유가 없어졌다.

"제 집으로 가서 나머지를 얘기하는 게 어떨까요? 못 믿겠다니 보여줘야죠."

"제 4원색이란 것을요?" 데이빗이 묻는다.

"그건 지금은 없어요. 수호대에서 나올 때 조직의 모든 산물을 챙

거온 것은 아니거든요. 하지만, 그 역사적인 순간만큼은 남아 있더라고요. 그러니 제 집으로 가죠."

"그래요. 저도 여기서 볼 일은 끝났으니까요."

레이첼이 입가에 미소를 건 채 말한다.

머뭇거림.

"애당초 왜 수호대에서 나온 거죠?"

데이빗의 약간 성급하게 급조한 느낌이 있는, 의구심 가득한 질문이 던져졌을 때, 질문을 받은 상대는 이미 떠날 채비를 위해 자리에서 일어선 상태였다. 그녀는 질문을 한 사람을 아래로 내려다본다. 그녀의 눈빛에서는 다시, 냉소적인 그녀가 돌아와 있었다.

"거기서 모두 설명해줄게요. 일단 가요. 당신들이 제 기억 한구석의 악몽을 무척이나 궁금해 하는 것처럼, 나도 그 비디오를 무척이나 보여주고 싶으니까."

31
비디오

"그래요, 지금 하얀 망토를 쓰고 있는 게 수호대의 수호대원이죠. 이게 그의 13283번째 실험이에요. 그리고 이 실험의 결과가, 결국은 지금 그가 뒤집어쓴 망토의 색까지도 바꾸어버리죠."

그녀의 말을 방증하듯 화면의 한구석에 Trial-13283이라는 텍스트가 떠 있다. 레이첼은 그 실험의 결과가 그의 망토의 색을 바꾸었다는 부분이 이해되지 않은 모양이었다. 아니, 사실 다른 사람들도 마찬가지였다.

"망토의 색이 무슨 의미가 있는 건가요? 그것보다 애당초 왜 망토를 뒤집어쓰고 있는 거죠?"

"아, 그 얘기를 하지 않았군요. 망토는 수호대원이라는 지위를 상징해요. 그저 돈만 받고 잡일만 하는 직원들과 수호대원들은 다르다는 것을 보이는 것이 바로 망토죠. 또한 망토의 색은 수호대원 안에서의 등급을 상징해요. 어떤 색의 망토를 착용했나에 따라 높은 등급과 낮은 등급이 구분되는 거죠. 수호대원의 등급에는 총 세 가지가 있는데, 제일 낮은 3급은 빨간색, 2급은 하늘색, 그리고 수호대의 핵심 인력이라 아무나 접촉할 수 없는 1급 대원들은 하얀색 망토를 착용했죠. 제 4원색이 발견되기 전까지는요."

"실험번호 13283번, 시작하겠습니다."

하얀 망토를 쓴 수호대원이 카메라 쪽을 보며 말한다. 실험실은 매우 좁다. 작은 식당의 조리실 정도 크기인 실험실 안에는, 여러 가지 액체색소들과 화학약품들을 담은 병들이 빼곡히 꽂혀있는 보관함이 바닥 면적의 대부분을 차지하고 있고, 한 구석에 텔레비전 크기 정도의 유리창과 그것의 아래창틀과 맞닿아 있는 튀어나온 벽이 있다. 수호대원은, 마치 조리사들이 탕을 끓일 때 사용하는 커다란 냄비들과 비슷한 용기들이 일렬로 박혀있는 기다란 모양의 그 돌출 위쪽의 허공에서, 실린더들을 뒤흔들며 여러 가지 약품들을 뒤섞고 있다.

"제 4원색이 발견되면서, 지금 저 대원과 같은 1급 수호대원들의 망토가 '제 4원색 망토'가 되어버린 거예요. 그것은 1급 대원들이 더 더욱 일반 직원들의 눈에 띄지 않도록 더 은밀하게 활동을 해야 한다는 것을 의미했죠. 일반 직원들은 수호대에서 일하고는 있지만, 수호대가 무엇을 수호하는 곳인지, 또 무엇을 연구하고 있는지에 대해서는 우리의 철통보안 때문에 알지 못했고, 또 알지 못해야 했으니까요. 덕분에 1급 수호대원 아래의 계급을 가진 자들은, 아주 특별한 경우를 제외하고는 그들을 볼 수조차 없었어요. 그 특별한 경우라는 것도 조직의 우두머리인 검은 망토에게 미리 보고된 후에, 그녀의 허락이 떨어져야만 되는 것이었죠."

"검은 망토라…, 그럼 당신의 언니가 쓰는 망토는…:"

"맞아요. 검은색 망토는 조직의 우두머리를 상징해요. 망토 색에 따라 계급을 나눈 언니 자신이 자신의 망토로서 검은색 망토를 선택한 거예요."

"왜 하필 검은색이죠?"

"비밀과 은밀함이 상징이었으니까요… 제 언니의 상징 말이에요. 아무도 보려고 하지 말고, 찾으려고도 하지 마라, 나는 어둠 속에 숨어 보이지 않으니까, 뭐 대략 이런 거였죠."

화면 속의 수호대원은 한 곳만을 응시한 채 가만히 서 있다.

"제 언니를 〈검은 망토〉 이외의 호칭으로 부르는 것은 금지되어 있었어요. 조직 내에서 언니의 이름을 아는 사람도 언니를 포함해 네 사람 뿐이었죠."

"저걸 보세요…" 레이첼이 떨리는 손가락으로 화면을 서서히 가리킨다.

"왜 저러고 있는 거죠?" 데이빗. 그리고 마찬가지로 다른 사람들. 모두의 시선이 이미 레이첼의 손가락을 따라 화면에 가 있다….

수호대원은 여전히 한 곳만을 응시한 채 가만히 서 있다.

"딱 맞게 찾아온 타이밍이네요. 저 대원이 드디어 발견한 거예요. 발견인지 발명인지는 정확히 모르겠지만요."

대원은 일정시간 그렇게 굳은 채로 있다가, 꽤나 커다란 스포이트를 이용하여 용기 안의 어떤 액체를 비커에다 옮긴다. 그는 그 비커를 오른손의 엄지와 집게손가락으로 들고 천천히, 카메라에 가까이 댄다.

비커안의 액체는 검은색으로 보인다.

그 검은색의 액체를 활짝 커진 눈으로 뚫어져라 노려보며, 대원은 카메라에 대고 떨리는 목소리로 선언한다.

"우리의 믿음과 헌신이 낳은… 마침내의 산물입니다. 보십시오…. 보이십니까…. 정말 믿기지가 않는 것이 나왔습니다! 이게 이 비커 안에 정말로 존재하고 있다는 것을, 이것을 지금 제가 직접 두 눈으로 보고 있다는 것을 믿을 수가 없습니다…. 정말로 보이십니까….

우리가 방금 정말 말도 안 되는 것을 해냈습니다…!"

그는 그 검은색 액체를 손에 들고 실험실 안을 방방 뛰어다닐 것 같은 표정이다.

"잘 이해가 안 되네요." 레이첼이 불평한다. "그냥 검은색 액체인데요. 제 4원색이라고요? 잘 이해가 안 가요."

"이 영상에서 제 4원색이 펑하고 튀어나오는 것을 기대하고 있던 건가요? 안타깝지만, 말했잖아요. 제 4원색은 가지고 나오지 못했고, 그 역사적인 순간만 챙겨왔다고요. 사실, 제 4원색을 저 영상에서 확인하지 못하는 것이 당연해요. 물론 촬영 시점에 실제로 저 대원이 든 비커 속에는 제 4원색이 있었긴 했죠. 하지만 영상으로는 그걸 볼 수가 없어요."

"이걸… 이 영광을… 우리 수호대의 영광을… 당장에 바쳐서… 이 영상과 함께 바쳐서… 검은 망토님에게 바치고 제 동료들과 함께 누리려고…"

수호대원의 횡설수설만을 전달해주고 있는 화면이 손가락 하나에 의해 칠흑 같은 암흑처럼 까맣게 꺼져버린다.

"저 화면이 어떤 원리로 우리에게 영상을 전달해주는지 알죠? 화면은 세 가지 색상의 발광체가 무수히 많이 모여 구성되는 것이죠. 그 세 가지 색상이란 빛의 3원색인 빨강, 초록, 파랑이에요. 화면이 그 세 가지 원색들로만 색을 표현할 수 있다는 것은, 비디오카메라도 그 세 가지 원색들로서만 빛을 받아들여 저장할 것이라는 얘기가 되고, 그 말인즉 제 4원색은 비디오카메라가 받아들이지도 않을뿐더러, 화면에 표현될 수도 없다는 말이죠. 그래서 제 4원색을 찍은 영상을 틀면 제 4원색이 찍힌 부분은 검은색으로 표현된다는 거예요. 제 4원색 또한 받아들일 수 있는 비디오카메라가 녹화한 영상을 제 4원색 발광체도 포함하고 있는 화면에서 트는 경우가 아니라면 말이죠. 초월색도 마찬가지예요. 화면에선 어떠한 마력 같은 것도 없이 그저 흰색, 검은색, 빨간색 등으로 보일 뿐이죠. 수호대의 비디오카메라들은 그래서 일반 카메라들과는 달라요. 조직에서 특별히 개발한 것들을 사용하죠."

"그럼, 우리의 눈은 어떻게 그런 것들을 볼 수 있는 것이죠? 카메라는 받아들이지 못하는 허색들인데, 우리 눈에는 보이지 않습니까?"

데이빗의 질문이 그녀의 긴 설명에 쉼표 하나를 제공한다.

"결론부터 말하자면, 우리의 눈이 잠재성이 있는 거죠. 그 과정을 말하자면, 우리 눈이 색을 인식하는 과정을 알고 있나요? 빛은 각막을 뚫고 홍채를 통해 망막에 도달하죠. 그곳에는 시세포가 있고 그중 색을 감지하는 것은 원뿔세포라는 것인데(해당 세포를 칭하는 여러 가지 용어가 있지만, 저는 '원뿔세포'라고 부를게요.), 음… 이 세상에 알려진 바로는 세 가지의 원뿔세포가 존재해요. 빨간색을 감지하는 것에 유리한 세포, 파란색에 유리한 세포, 그리고 라임의 빛깔, 그러니까 초록색에 유리한 세포, 이렇게 세 가지죠. 모두 빛의 3원색에 해당하고요.

그래서 이 세 가지 세포만 있으면 모든 색을 인지할 수 있는 거예요. '알려진' 모든 색을요. 이렇게 되면 우리 눈은 카메라랑 다를 바가 없어요. 모든 빛을 빨강, 파랑, 또는 녹색으로써 인지하는 것이죠. 고로 우린 허색 자체를 애당초 볼 수가 없었던 것이죠. 그 말은 즉…."

"뭔가 한 종류가 더 있었어야 한다는 것이죠? 다른 원뿔세포들로써는 감지하지 못하는 제 4원색에 반응하는 원뿔세포가 있어야 그 색깔을 볼 수가 있다는 것이겠네요."

"하나가 아니죠. 적어도 세 종류가 더 있는 거죠. 제 5원색도 제 6원색도 제 눈엔 보였거든요. 그리고 혹시 몰라요. 더 있을 수도 있는 것이죠. 사실 수호대는 아주 오래전에는 인간의 눈에 무수히 많은 종류의 원뿔세포가 있었다고 추측하고 있어요. 그리고 그에 해당하는 빛의 원색들도 무수히 많았다고 추측하고 있죠. 원래는 색이 무지하게 많았는데, 어떤 이유에서든 극히 일부분의 색만 남고는 거의 대부분의 색이 인간이 사는 세계에서 자취를 감춰버린 거죠. 그리하여 살아남은 세 가지의 원색들에 해당하는 원뿔세포는 발달했지만, 나머지 세포들은 퇴화해 버렸다는 거예요.

수호대가 발견해 낸 세 가지 원색들은, 어쩌면 그에 대한 원뿔세포가 아직 완전히는 사라지지 않은 색깔들일지도 모르죠. 망막 표면의 수많은 시세포 가운데서, 거의 기능을 잃어버렸고 곧 '멸종'할 정도로 수가 적지만, 그래도 잘 지금까지 버티어줘서 마침내 자신들의 임자를 만난 것이죠. 어쩌면 실험 과정에서 더 많은 허색들이 방출되었지만 그에 대한 원뿔세포가 완전히 사라진 상태여서 그것을 인지하지 못한 것일 수도 있어요. 인지하지 못하는 허색들은 의미가 없죠. 즉, 존재하지 않는 것이 되어 버리는 거죠. 어쩌면 우리가 사는 세계는 이런 것일 수도 있어요. 색깔이 되었든 뭐가 되었든 간에 그것은 무한히 많이 존재하지만, 우리는 그중 극히 일부분만을 인지할 수 있기 때문에, 그 일부분만이 존재하는 것이 우리의 세계인 것이죠. 우리의 인지 범위가 좁아지면, 그만큼 존재하는 것은 줄어드는 것이고, 반대로 인지 범위가 넓어져 존재하지 않는 것을 인지하게 되면, 전에 없던 새로운 것이 탄생하는 것이죠. 그런 의미에서, 모든 발명은 발견이에요. 아직 완전히 사라지지 않은, 또 다른 원뿔세포가 있을 수도 있어요. 수호대가 그것을 발견해 냈을 수도 있는 것이죠. 그렇다는 것은 새로운 원색이 또 탄생하였다는 의미고요(새로운 원뿔세포의 발견은, 새로운 원색을 눈에 비추고 그 색에 반응하는 시세포를 찾아내는 방식으로 이루어지거든요. 빛도 없는데 시세포가 보이진 않아요. 뭘 보든 간에 보려면 빛이 필요하죠.)."

그녀의 냉소적인 모습은 어느 순간 사라져 있다. 오랫동안 그녀가 멀리 했던 허색들에 대한 순수한 열정이 그녀 안에서 다시 일어서는 듯하다.

적어도 레이첼은 그렇게 느꼈다.

그녀가 질문을 던진다. 그녀를 지금 이 장소에 있게 해준 질문이다.

"당신도 지금 그 조직 안으로 들어가 연구가 어디까지 진행되었나 보고 싶고, 또 은근히 그 조직과 조직의 허색들을 다시 보고 싶어 하는 모양인 것 같은데요. 그럼 적의 소굴로 들어가야죠. 이젠 정말로 알려주세요. 어떻게 해서 당신이 우리가 찾는 그 사람을 알게 되었으며, 무엇보다도, 지금 그 사람은 어디에 있는 거죠?"

"찰리…."

무의식적으로 그의 이름이 튀어나온다. 대답을 기대했던 레이첼과 데이빗은 어리둥절해한다.

"예?"

무언가 회상을 하는 것인지, 알 수 없는 미소가 전 조직원의 얼굴에 떠올라 있다. 잠시 기억의 맛을 음미하는 듯 보였던 그녀는 자신의 앞에 있는 사람들을 의식하고는 원래의 무표정으로 돌아와 말을 이어간다.

"이래봬도 제가 그를 그 지옥에서 빼내준 사람이에요. 그 사람…. 당신들 덕분에 잊고 있었던 기억들이 또 솟아나는군요. 좋아요, 얘기해보죠. 당신들이 찾는 그 장님에 대해서…"

레이첼이 적절한 순간에 적절한 질문을 찔러 넣어준 덕택에, 이야기가 자연스럽게 넘어간다. 평범한 교사 둘을 길고 긴 지금의 모험에 빠지게 한, 가장 중요한 이야기로….

32
내면의 목소리, 또 다른 나

와….

지금 내 눈 앞에 무엇이 지나간 건지 모르겠다.

제 4원색인지 제 5원색인지 제 6원색인지 뭐인지 모르겠지만, 한 번도 본 적 없는 완전히 새로운 차원의 색상들을 순식간에 세 개나 봐버렸다.

이들…. 도대체 이들의 정체는 무엇인가?

도대체 이들은 이런 것들을 어디서….

((다시 한 번 명령하겠다. 제 6원색까지 다 보았으니 이제 통로를 따라 이동하라. 당신이 명령에 따르지 않고 여전히 그 자리에 있을 작정이라면 아까처럼 천장에서 문이 열리고 그곳을 통해 총 한 자루가 내려오는 경험을 하게 될 것이다. 당신의 머리에 박힐 총알 하나 정도는 아주 싼 값에 구할 수 있다. 당신의 목숨은 그 정도 값 정도밖에 되지 않는다.))

젠장, 생각할 시간조차 나에겐 주어지지 않는다. 나는 또 정신없이 저들의 요구에 따라 새로이 내 눈 앞에 열린 통로를 향해 발걸음을 옮겨야 한다.

통로는 정말 어두컴컴하다.

천장에 규칙적으로 전구가 매달려 있긴 하지만 온통 하얀 빛만을 내뿜고 있는 방의 위엄에 눌려 상대적으로 너무 어두워 보인다. 통로의 벽과 바닥이 딱딱한 콘크리트가 아니라 마치 지하광산의, 바위에다가 구멍을 뚫어서 만들어진 통로처럼 회색빛의 울퉁불퉁한 표면이라는 점도 그 느낌에 한몫 기여한 것 같다.

내가 한발 한발 내딛을 때마다 발소리가 동굴에 울려 퍼진다. 고요하면서도 선명하게 울려 퍼진다.

도대체 이곳에는 얼마나 많은 것들이 있는 것인가? 이 통로의 끝에는 또 무엇이 나타나 또다시 내 정신을 쏙 빼놓을까?

안으로 꽤나 걸어들어온 것 같다. 그러나 뒤를 돌아보면 여전히 강한 하얀빛이 멀리서부터 뻗어와 내 눈을 부시게 한다. 다시 앞을 보자 통로는 아까보다 훨씬 어두컴컴해져 있다.

거울.

…순간 깜짝 놀랐다. 나의 내면의 목소리가 갑자기 말을 건 것이다. 목소리가 동굴에 울려 퍼져 더욱 놀란 것 같다.

거울을 봐. 저기, 앞에 있는 저 거울.

"거울이라니…? 무슨…."

나는 뭔가에 홀린 것처럼 앞만을 바라보고 있다. 뒤를 돌아봤을 때의 강렬한 빛이 내 눈에 아직도 인상이 깊어 앞의 모습이 잘 보이지 않는다. 나는 계속 앞만을 노려본다. 내 눈의 조리개가 차츰차츰 열리고 있다. 서서히 어둠 속에서 통로의 형체들이 보이기 시작한다. 앞의 것들이 제 형상을 찾아가고, 이제 뭔가 제대로 보이는 것 같다. 과연 나의 내면이 전해준 대로 앞에는…

보여? 저 거울 보이지?

그래, 보인다. 보여. 이제 아주 잘 보인다. 너는 눈이 멀었는데도 나보다 잘 보는구나.

빨리 가서 거울 좀 보자! 지금 우리의 몰골이 어떨지 상상이 안 돼. 어서 가서 보자!

나의 내면이자 외부로부터의 목소리가 이젠 내 발걸음을 제멋대로 조종하고 있다.

울리는 발소리는 아까보다 크게 들린다.

"당신들이 그 사람에 대해서 전혀 모르는 것이 있어요. 웬만큼 상상력이 뛰어나지 않고서는 그 사람의 거동만 보고는 그 베일 너머의 일들, 즉 그 사람이 어떻게 해서 그렇게 되었는가를 생각해내기가 어렵죠. 그 사람의 거동이 이상해보이지 않던가요?"

"예. 아주 많이요. 소름이 끼칠 정도였어요…."

내 옆에는 또 다른 내가 있다….

그리고 내 바로 앞에는 지금 거울이 있다. 거울 속에도 내가 있을 것이다. 참 다시없을 나, 참 없을 딱한 내가 두 개 있겠지….

내 옆의 내면의 목소리가 자꾸 거울을 보라 한다. 그 재촉에 못 이겨 나는 내 시선을 거울의 표면으로 서서히 옮긴다. 그에 따라, 나는 거울 안의 나와 대면한다.

완벽한 방음재 역할을 해주고 있는 유리벽 너머의 나의 모습은 참 희한하다…. 괜히 서커스단에 있던 내가 아니다….

"그 사람은, 원래 말이죠, 사실은…."

　나에 해당하는 머리가 하나, 나의 내면의 목소리가 들려오는 근원에 해당하는 머리가 하나, 그렇게 거울에는 두 개의 목, 두 개의 머리가 같은 몸에서부터 뻗어 나온 모습이 비친다.
　나는 두 사람이다. 콜린 핸스턴, 그리고 내 옆에 찰리 핸스턴.

33
샴쌍둥이

회상.

샴쌍둥이였어요… 몸은 하나인데 머리가 두 개인 샴쌍둥이였죠. 머리 하나는 당신들이 찾는 장님인 찰리, 그리고 나머지 하나는… 콜린이라 불렸죠.

그 여자에 의해 장님의 비밀이 밝혀지던 그 순간이 아직도 레이첼과 데이빗의 머리에 생생하다.

"샴쌍둥이라…. 책에서만 보아왔던 것인데 정말로 그 사람이…. 그럴 수가…"

데이빗이 아직도 믿을 수 없다는 듯이 감탄의 중얼거림을 내뱉는다. 레이첼도 이에 질세라 한술 거든다.

"그의 목이 오른쪽으로 휘어져 튀어나온 것도 그런 이유였어요. 그는 분명 오른쪽 머리였던 거예요…"

두 사람은 그들이 십분 전까지만 해도 안에 있었던 집의 앞길에 한참 전부터 주차되어 있었던 데이빗의 차 뒷좌석에 올라있다. 운전석에는 형사의 조수경관이 앉아 차주인 대신 운전하고 있다. 그가 별안간 방으로 덮치듯 들어와, 그들이 트레이시 경사에게 찾아달라고 요구했던 장님을 파출소에서 찾은 것 같다는 소식을 전함과 함께, 지금 당장 두 사람을 모시고 서에 갈 테니, 그들에게 그 사람이 맞는지를 확인해 볼 것을 제안했던 것이다. 레이첼은 일말의 머뭇거림 없이 승낙했고, 그것도 모자라 빨리 가자고 조수경관을 재촉하기까지 했다.

떠밀려가는 조수경관에게, 앉아 있던 형사가 무슨 말을 하고 있었다.

떠밀려가면서도 뒤를 돌아보며 그가 들은 말은, 형사 자신은 조금 있다가 그곳으로 찾아갈 테니 조수경관 자신이 몰고 온 차는 놔두고, 지금 그가 모실 두 분의 차가 집 앞에 주차되어 있을 테니 그것을 몰고 가라는 것이었다. 자신의 차는, 지금은 와르르 무너져 파편만이 남아있을 건물의 터에 버려져 있다는 핑계였다.

"그런데 그럼 그 사람의 왼쪽 머리는 어떻게 된 거지?" 데이빗에게 현재로서는 해결될 수 없는 궁금증 하나가 픽 떠오른다. "그걸 물어보고 나왔어야 하는 건데, 레이첼 당신이 너무 서두르는 바람에…"

"그럼 어떻게 해요. 저 사람이 갑자기 들어와서는 마치 초 긴급 상황인 것처럼 얘기를 하는데… 바로 나와야죠. 나 때문에 그렇게 된 사람이잖아요."

레이첼이 앞좌석의 운전사를 가리키며 그에게 들리지 않을 정도로 소곤댄다. 데이빗은 수긍하는 의미로 고개를 한번 끄덕이고 마는 것 같더니, 조금 후에 갑자기 고개를 레이첼에게 밀착하며 레이첼이 그랬듯 소곤거린다.

"근데 말이죠, 저 사람이 굳이 그렇게 갑작스레 들어와서 밑도 끝도 없이 우리보고 가자고 해야 할 이유가 있었을까요? 굳이 우릴 데려오지 않아도, 화상통화 같은 걸로도 파출소의 사람이 우리가 찾는 사람인지 확인시킬 수도 있지 않나요? 게다가 저 사람, 그 형사의 조수죠? 그 형사는 우리가 옆에 있는 것을 좋아하지 않았잖아요.

그거랑 무슨 관련이 있지 않을까요? 안 그래도 딱 절묘한 타이밍에 방에 들어와 우릴 빼낸 것 같은데. 아니, 애당초 저 사람 그 집엔 어떻게 들어왔죠? 문 열어줬던가요, 그 여자가?"

"그 형사는 계속 우리랑 같이 있었잖아요. 저 사람에게 뭔가를 지시했다는 것 자체가 말이 안 돼요. 그리고 그거 알아요? 제가 그 집에 들어가면서 들었어요. 문이 열리는 소리는 났는데 잠기는 소리는 들리지 않더라고요. 원래 소리가 안 나는 건지 어떤지 몰라서 얘기는 안 했지만, 당연히 비디오에만 정신이 팔려 있어 잠그는 걸 잊어버린 것일 수도 있겠죠."

"아니면 잠그는 것이 다 부질없다고 생각했거나. 그 여잔 삶이 의미가 없고 오늘 당장 죽어도 상관없다고 생각하는 우울증 환자니까요."

"어쨌든, 저 사람이 갑자기 방에 들어왔을 때 그 분은 놀라는 눈치였더라고요. 그리고 이제 와서 얘기하는 거지만, 그 분이 자기 집안 구석구석을 뒤져 비디오를 찾고 있었을 때 트레이시에게서 전화가 한 통 걸려왔어요. 받으려고 했지만 바로 그때 그 분이 드디어 찾아냈다고 외치는 바람에 그냥 끊었죠. 제가 전화를 안 받자, 분명 제 휴대전화를 위치 추적한 걸 거예요. 위치 추적은 아무나 그리 쉽게 할 수 있는 건 아니지만, 경찰관으로서 작정하고 한다면 못 할 것도 없죠. 그렇게 해서 우리가 있던 집에 찾아온 거고요. 어찌됐든, 지금 가장 중요한 것은 그 장님을 만나는 일이에요. 만나서 그 사람에게 사과해야겠어요. 그리고… 그 조직의 비밀에 대해서도… 우리에겐 이제 증인이 생긴 거예요. 그런 조직이 있다는 것을 온 세상에 알려 그들을 뿌리 뽑아 버리자고요."

"글쎄요, 레이첼." 데이빗의 회의감 섞인 목소리다. "그게 그렇게 말처럼 간단할까요? 어쩌면 우린 우리가 달려들고 있는 일이 위험한 줄은 알지만, 그 일이 우리가 달려드는 방향에만 있을 거라 생각하고 정작 뒤에서 우리의 목덜미를 노리고 있는 일의 실체는 보지 못하고 있는지도 몰라요. 사실 뭔가 섬뜩한 일이 일어날 것도 같아 걱정돼요. 하지만 그와 동시에… 궁금하니까요. 궁금해서 지금까지이 모험의 루트에서 벗어나고 있지 못하는 것 아니겠어요? 궁금하니까, 과연 진실은 무엇일지가 궁금하니까 나는 지금 그 장님을 만나러 당신과 함께 파출소로 향하는 겁니다. 하지만 그렇다고 해도, 우리의 호기심 충족을 짓밟아버릴 정도의 위협이 다가온다면, 나는당장 당신부터 이 모험에서 빼낼 겁니다."

레이첼은 그에게 잔웃음을 지어보이며 말한다.

"말하는 게 꼭 그 형사 같네요."

데이빗은 장난스럽게 그게 무슨 소리냐는 억울한 표정을 짓다가,이내 미소로 화답한다.

"하지만 일단 지금은 그 장님을 만나는 게 최우선이에요, 데이빗.그런 문제들은 나중에 대처해도 상관없어요." 레이첼은 다시 진지해진다.

"알아요. 하지만, 제 자신은 물론이거와 당신이 이 루트에 계속 있을 이유는 딱 한 가지, 호기심 밖에 없다는 점은 확실하게 해둡시다."

데이빗의 말이 끝나기가 무섭게 반대 차선에서 트럭 한 대가 공기를 요란하게 진동시키며 지나가 차 안엔 다시 침묵이 감돈다. 다만차만은 양옆의 요란한 네온사인들을 뚫고 나아가고 있을 뿐이다. 돔모양의 빨간 경광등을 조수경관이 깜빡 잊고 글러브 박스 안에 넣어 둔 채로 놔둔 차는, 그 경광등과 딱 어울리는 장소로 승객들을안내한다.

34
의아함

"뭐!? 이 사람이 아니라고?!"

놀란 것은 트레이시 경사뿐만이 아니었다. 데이빗과 레이첼이 오히려 더하면 더했다.

"우리가 찾는 사람은… 아니야, 이렇게 생기지 않았어. 무엇보다도 그 사람은 고개가 오른쪽으로 휘어있단 말이야!"

"경관이 데리고 와서 보니까 네가 평소 얘기하던 인상착의하고 비슷해서 이 사람인줄 알았는데?"

세 사람은 어둑한 조명만이 켜진 감시용 방에서, 취조실 안의 차가운 의자에 앉아 몇 분 전부터 손가락으로 계속 자신 앞의 책상만 두드리고 있는 맹인 한 사람을 매직미러를 통해 지켜보고 있다.

"이 사람이 아니란 말이야?" 트레이시는 여전히 못 미더운 눈치다. "정말 이 사람 아닌 거 맞아?"

"내가 너의 전화를 못 받았긴 했는데, 문자로 사진이라도 보내주지 그랬어. 그럼 내가 맞는지 아닌지 확인했을 테고 굳이 위치추적까지 해서 사람을 보낼 필요는 없었을 텐데."

"응?"

"내 휴대폰 위치 추적한 거 아냐? 맞지? 우릴 데리고 온 사람은 네가 보낸 거고."

"무슨 말이야? 내가 사람을 보낸 게 아냐. 그 사람이 너희들이 어디 있을지 알 것 같다고 하면서 직접 데리고 오겠다고 나선 거야. 위치추적이라니 무슨 말이야?"

트레이시는 의아해하는 표정이다. 그러나 레이첼만큼은 아니다. 그녀의 눈은 얼어붙은 송곳에 척추가 찔렸을 때의 반응처럼 전율이 돋고 무서울 정도로 휘둥그레진다.

"……그, 그 사람이?! 그 사람이 직접 말이야?!"

레이첼은 당장 방문을 열어젖힌다. 앞뒤를 둘러보지만 복도에는 아무도 없다. 잠깐 동안 텅 빈 복도만 쳐다보더니, 트레이시를 향해 고개를 돌리고는 여전히 의아함이 가득 담긴 얼굴로 묻는다.

"어떻게?"

35
미행

　며칠 뒤, 도시 변두리의 별 볼일 없는 한 거리에서, 맞은편의 건물들과 골목들을 바라보며 대부분의 사람들이 일터에 있을 한적한 시간을 보내고 있는 조용한 카페의 문이 열린다. 문에 달린 자그마한 종 몇 개가 스스로 딸랑딸랑 소리를 낸다.

　한 남자가 카페로 들어온다.

　커다란 창으로 밖이 내다보이는 자리를 골라 앉는다. 맞은편엔 한 여자가 벌써 그의 몫까지 두 잔의 음료수를 탁자 위에 올려놓고 그를 기다리고 있다.

　"많이 늦었네요."

　레이첼이 그에게 핀잔을 준다. 마치 정말 아무 일 없는 지극히 평범한 연애를 위해 그 두 사람이 이곳에 모인 것처럼 보이도록.

　데이빗이 민첩하게 몸을 앞으로 내밀며 고개를 낮춘다. 레이첼도 똑같은 자세를 취한다.

　경직된 표정의 낮추어진 얼굴 둘이 바로 앞에 있는 서로에게 무언가를 소곤거리려 한다. 눈동자들은 마주 움직이는 상태다.

　"맞은편 미용실. 대기석에서 신문 보고 있는 남자." 레이첼이 유리창 너머를 힐끗 쳐다보며 소곤거린다.

"전 더 심해요. 골목에 세워진 검정색 벤츠. 대놓고 차를 가지고 온 모양이더군요."

"이제 어떡하죠?"

"일단 동태를 살핍시다. 우리가 아는 거 들키지 않게 바깥쪽은 그만 보세요. 평범한 데이트라고 생각합시다. 평범한 데이트처럼 행동해요." 데이빗은 별안간 자기 앞의 음료를 들이키기 시작한다.

"분명 그 조직에서 온 걸 거예요. 그… 수호대라고 하는…. 며칠 전부터 계속 있었어요. 내 뒤에서 호시탐탐 나를 그 장님처럼 데려갈 기회를 엿보고 있었겠죠."

"경찰에는 신고했죠?"

"트레이시에게 연락했더니 이미 짐작하고 있었고, 그 형사라는 사람이 이미 우릴 보호할 방책을 세워 놓았대요. 아마 그가 배치해놓은 잘생긴 경찰관들이 어디선가 갑자기 툭 튀어나와서 저 소름끼치는 사람들을 체포하겠죠. 정말… 정말 멋있는 장면일 것 같아요! 이 자리에서 잠자코 지켜보고 있다가 내가 다시 트레이시에게 연락을 주면, 그 사람들이 짠하고 나타나서 저들을 멋있게 제압해내겠죠?"

레이첼은 그녀의 휴대전화를 꺼내든다.

"근데… 당신의 친구 되는, 그 트레이시라는 경찰관은 어떻게 그걸 짐작했죠? 그 사람은 우리 상황에 대해 아는 것이 거의 없을 텐데요."

"물론 짐작했다는 건 개의 허풍이고, 분명 그 형사가 미리 얘기해 두었을 거예요. 제가 경찰서에 연락할 일 있을 때 항상 찾는 사람이 트레이시라는 것은 충분히 알 수 있는 일이니까요. 어쨌든, 지금은 저 사람들을 우리에게서 떼어내는 게 급선무라서 빨리 연락…."

"도움이 필요하신가요?"

다이얼을 누르고 있던 그녀의 손가락과 마찬가지로, 그녀의 말은 갑자기 끼어들은 문장 하나 때문에 멈춘다. 두 사람의 고개가 위를 향해, 그들을 향해 친절한 미소를 날리고 있는 종업원의 얼굴에 다다른다.

종업원이 그들의 눈앞에 계산서를 내민다. 주문내역 대신, 경찰 배지 하나를 보이고 있는 계산서다.

"당신이군요! 경찰서의 형사가 보낸…."

상대는 말없이 고개를 끄덕인다.

레이첼은 놀람 반 기쁨 반이다.

"정말… 예상대로네요."

"예?"

"아니에요. 아무것도."

데이빗이 못마땅한 표정으로 방금 이 여자가 당신의 외모를 칭찬했노라고 그에게 설명해준다.

"어쨌든, 지금 유리창 너머에서 저흴 염탐하고 있는 사람이 있어요. 두 명이에요. 저 사람들은 다른 대원들에게 맡기고 저희를 서에 데려다주세요. 분명 혼자 오시진 않았…."

"쉬이이잇…."

입술에 검지를 갖다 대며, 또 다른 미소를 그는 지어 보인다.

"저들이 눈치 채겠어요. 걱정 붙들어 매고, 저한테 다 맡겨 두세요. 곧장 이동할 거니까 제 곁에만 계시면 아무 문제없을 거예요."

그가 카페의 문을 열고, 두 사람은 따라 나온다. 카페 문을 열자 바로 나타나는 보도에, 이전엔 없었던 슈퍼카 한 대가 바로 왼쪽의 차도를 비스듬히 향한 채로 주차되어있다. 두 사람이 놀라 입을 쩍 벌릴 틈도 없이 그가 차 열쇠의 원격 리모컨으로 문을 열고 어서 들어가라고 조수석 문까지 열어준다.

"이런 차는 뒷좌석 문이 따로 달려있지 않아서, 보통 조수석 의자를 앞으로 밀고 뒷좌석 부분으로 들어가야 해요. 그런 수고를 덜려고 일부러 조수석을 없애버렸죠. 빨리 들어가세요. 엿보고 있는 사람들이 있으니까요."

미행자들의 존재를 다시 인지하며 두 사람은 재빨리 차에 올라 뒷좌석에 턱 주저앉는다.

상황 때문일까. 차 안의 공기는 더우면서도 포근하다. 그런 공기를 느끼며 레이첼이 졸여오던 가슴을 풀고 있을 때, 왼쪽의 조그만 유리창으로 웬 남자 하나가 손을 뻗어 막 운전석 문을 열고 있는 종업원의 머리끄덩이를 움켜쥐는 모습이 보인다.

"미용실의 그 사람이에요!"

머리를 잡힌 종업원은 고개를 남자가 있는 뒤 방향으로 돌리며 그에 맞춰 곧장 상대의 얼굴에 펀치를 날린다.

한바탕 벌어진다.

골목의 차에 있던 남자도 바로 튀어나와 2대1 상황이 된다.

"나도 나가서 도와야 할까요?" 데이빗이 나가려는 채비를 한다.

그때 갑자기 엄청난 충격음과 함께 왼쪽 유리창이 완전히 갈라져 새하얗게 되어버린다. 그러더니 곧 유리 파편이 우수수 떨어지기 시작해 차창에 박혀있던 얼굴이 드러난다.

미용실 대기석의 미행자이다.

종업원이 자신에게로 달려드는 그 남자를 살짝 피하면서 그의 뒷목을 잡고 그의 면상을 뒷좌석 유리창에 냅다 들이박은 것이다.

남자의 엉덩이를 그가 발로 밀자 남자의 머리가 차 안으로 들어온다. 레이첼은 기겁한다.

"방금 한 질문 취소할게요." 데이빗이 말한다.

그가 남자의 몸통을 잡아 그의 머리를 빼낸다. 몸통을 붙잡은 채로 재빨리 뒤돌아 막 그에게 달려들고 있던 또 다른 남자의 공격을 막아낸다. 푹신한 방패를 바로 던져버리고서 곧바로 주먹을 날린다. 반격으로 상대의 오른 주먹이 날아왔지만 왼손으로 잡아버리고, 같은 식으로 왼 주먹도 막아낸다. 네 개의 손이 서로 힘겨루기를 하던 차에 무릎을 들어 상대의 복부를 가격한다. 단말마의 신음이 들린다. 주먹이 또다시 여러 번 날아간다. 곧이어 레이첼과 데이빗이 본 장면은, 기절한 두 사람의 몸뚱이를 밟으며 그들 쪽으로 걸어오고 있는 종업원의 모습이다.

"죄송해요. 유리창 깨졌을 때 많이 놀라셨죠?" 그가 운전석 문을 두 번째로 열며 말한다. "이전에도 한 번 유리가 나간 적이 있었는데 수리비가 너무 많이 들어서요. 싸구려 유리로 땜질할 수밖에 없었어요. 일단 어서 이곳을 떠납시다. 또 누가 올지 몰라요."

슈퍼카의 위력은 역시 대단하다.

운전자가 시동을 켜고 엑셀을 짧게 밟아 엔진을 준비운동 시킨 뒤로 5초도 안 되어서, 차는 자신이 남기고 간 엔진소리와 매연 덕에 깨어난 두 남자의 눈에 보이지 않게 되었다.

깨어난 두 남자는 잠깐 동안 머리를 부여잡고 욕지거리를 내뱉더니, 곧 그중 한 명이 어딘가에 전화를 한다. 금세 전화기에서 목소리가 흘러나온다.

"어떻게 됐어? 물론 발각해서 짓밟아 버렸겠지?"

"어, 형사님 그게 말입니다…."

"뭐야? 빨리 말해."

"저희가 계속 지켜보며 안전을 확보하던 차에 형사님이 얘기하신

자로 추정되는 남자가 나타나 제압을 시도했지만, 저희가 정말로 최선을 다했음에도, 정말로, 정말로 다했음에도… 그 자가 안전 확보 대상 두 명을 데리고 간 차가… 너무 빨랐던 것 같습니다."

"이런 천하의@%$@#$%*$#&@……!!"

형사의 그다음 말들은 전화기를 든 남자가 수화기 부분을 자신의 귀에서 멀리 떼어 내면서 그들에게 들리지 않는다. 그래도 그 두 사람은, 지금 형사가 두 사람보다 훨씬 심각해져 있고, 또 지금 형사가 두 사람이 방금 전에 내뱉은 것보다 현저히 많은 양의 욕설을 쏘아 대고 있다는 점에 대해서는 이의가 없었다.

"내가 그렇게 경고했는데! 그 둘은 지금 생명이 파리채로 파리 잡듯 날아갈 수 있는 위험한 상황 속으로 끌려간 거라고! 이게 다 니들 때문이야! 이런 일 자신 있다고 해서 시켰더니만… 젠장! 뭐하고들 있어? 빨리 돌아와! 차에 번호판은 없었을 거고, 있었어도 확인 안 해봤겠지! 이런 천하의 무능한 자식들! 어휴!"

형사의 뒷목 잡는 한숨소리를 끝으로, 전화는 삐 삐 소리만 내고 있을 뿐이다.

36
그것

새로운 방이다….

어둑어둑한 동굴의 끝자락에서 나에게로 빛을 쏘던 구멍을 지나니 나오는 새로운 방이다….

벽면의 3분의 2정도 높이 되는 지점에 까만색 창이 보인다. 그 뒤에서 나를 지켜보고 있을 보이지 않는 그자들도 보인다.

나를 저들은 얼마나 흉측하게 보고 있을 것인가…. 한 몸통에서 두 개의 목이 빠져나와 양옆으로 휘어져 있는, 그래서 항상 옆으로 기울어진 얼굴로 세상을 보고 세상에게 보이는 우리 쌍둥이를 말이다.

무슨 괴상한 요괴를 보듯 관찰하고 있을까? 아마 그럴 것이다. 정말 괴상할 것이다.

괴상하다…. 나 또한 저 동굴 안에서 괴상한 것을 보았다.

거울을 지나, 이곳으로 이르는 길의 바닥에 쓰여 있었다. 약간 소름이 끼쳤다. 어둑어둑한 길을 따라가며 앞에 있는 눈부신 빛만을 향하고 있다가, 갑자기 잘 보이지 않던 바닥에서 그런 시뻘건 피 글씨가 튀어나오다니 말이다. 진짜 피였는지는 잘 모르겠다. 하지만 상당히 소름끼치고 괴상했다. 글씨의 내용이 뭔가 나 이전에도 여러 사람이 그 길을 거쳐 왔으며, 그 중 한 명이 후에 그 길을 지날 이들을 위해 그것을 쓴 것처럼 보였기 때문이다.

저들에 의해 쓰인 것 같지 않았다. 아니, 저들은 그 글씨의 존재조차 모르고 있을 것 같았다. 만약에 내가 지나온 길이 저들 자신은 이용하지 않고, 오직 나 같은 실험 대상을 이동시키기 위해 쓰이는 길이라면, 그리고 그 길에 감시카메라 같은 것이 없다면, 저들은 그 글씨의 존재를 모를 것이 분명했다.

그 글씨의 주인은 어떻게 되었을까⋯. 애당초 그런 것을 어떻게 거기에 쓸 수 있었을까? 쓸 도구가 없었을 텐데, 정말 피로 쓴 것인가? 아니 어쩌면⋯.

저들의 함정이구나!

저들이 일부러 내 정신을 혼란스럽게 해 그 반응을 보려고 한다!

분명 그랬던 것이다. 저들이 글씨를 쓴 것이다. 저들이 그 소름끼치는 글씨를 쓴 것이다!

((여기가!!))

귀청을 찢는 소리다. 그 목소리가 잠깐 멈추었다 다시 말을 이어 나간다. 이번에는 훨씬 작아진 목소리다. 아마 처음에 스피커 볼륨을 너무 높게 잡았던 것 같다.

((여기가⋯ 실험의 마지막 방이다. 마지막 요술을 보여주겠다.))

마지막 방. 이미 예상하고 있었다. 그러나 또 무엇이 나올지는 감을 잡을 수가 없다.

잠깐.

그 글씨에 대한 나의 반응을 묻질 않는다.

그럼 진짜로, 그건 그들의 작품이 아니었던 것인가?!

((잠깐! 저건 무엇인가? 실험 대상이 아닌 뭔가가 방 안에 있다! 즉시

대원들이 나서서 제거하라!))

뭐라…?

그제야 들려오기 시작한다.

방 안에서 들려오는 목소리는 하나가 아니었다. 하나 더 있었다.
그리고 그 목소리는 내 등 쪽에서 들려오고 있다.

그 목소리가 뭐라 하는지 이제야 들린다.

…………들…

……들린… 다…

………….

무슨 일이 있었나? 그 잠깐 동안 상황이 어디까지 진행된 거지?

아, 나는 다시 정신이 돌아왔다. 잠깐 동안… 생각, 그래, 생각이
멈추었었다.

……그것… 내 생각을 멈추게 한 것… 내 등골은 그 목소리의 날
카로운 찌름에 의해 얼어붙었다. 그러나 또 그 찌름에 대한 발작, 그
찌름에 대한 반사작용으로 내 고개는 한차례 덜컹거리더니 천천히
그 목소리를 향해 돌아가기 시작했다. 나는 내 뒤의 모습을 도저히
견딜 수 없었지만 고개가 돌아가는 것은 막질 못했다. 내 고개는 그
렇게 계속 돌아갔다.

그렇게 고개를 따라 이동하던 내 시야의 가장자리에… 뭔가 붉은
것이 들어왔을 때, 내 고개마저도 공포로 얼어붙었다. 그러나 곧 다
시 움직였다. 그 형체를 똑바로 보기 위해서….

처음에는 뭔지 몰랐다.

그런 게 이런 데 있을 수 있다는 생각을 해본 적이 없었다. 그래서
그것의 형체가 내 눈에 온전히 들어오고 있는데도 몰랐다.

앵무새였다.

붉은 깃털의 앵무새.

그게 나를 이 상태로 얼어붙게 만들었다.

그런데 그것은 지금도 마찬가지이다. 지금도 나는 내 앞의 앵무새를 고개가 얼어붙은 채로 바라보고 있고, 그것은 여전히 그 목소리를 내고 있다.

그 목소리… 그것은 내가 방금 이 방에 오는 동굴 길에서 보았던 메시지와 똑같은 내용을 전달하고 있다….

그 메시지…. 날 소름 돋게 하는 그 메시지….

이 길 끝엔 죽음뿐

37
멈춤

 차가 길 끝에 다다르고, 브레이크의 끽 소리와 함께 멈춰 선다. 바로 앞에는 주유소 하나가 앞을 가로막고 있다.

 "잠깐 여기서 쉬었다 가요. 화장실도 들릴 겸 말이에요."

 라는 말만 남기고 운전사는 차에서 나와 주유소의 편의점을 향해 멀어져 간다.

 슈퍼카를 타고 카페를 떠났던 그들은 지금은 오래된 승용차 뒷좌석에 앉아 있다. 유리창이 깨진 채로 빨리 달릴 수는 없으며 추적자들을 따돌리기에도 도중에 차를 갈아타는 것이 더 낫다는 판단의 결과다.

 "배터리… 새로 사야 하지 않아요?" 데이빗이 레이첼의 손에 쥐여져 있는 휴대전화를 보며 말한다.

 "아, 맞아요. 금방 사 갖고 올게요." 아까부터 휴대전화가 작동을 하지 않자 그녀는 차가 배터리를 살 수 있는 곳에 정차할 때까지 기다리면서 전화기를 손에 쥐고 있다가, 그 사실을 까맣게 잊어버린 것이다.

 운전사는 이미 사라지고 없었다. 그녀는 뒷좌석 오른쪽 문을 열고 차를 나선다.

"혹시 뭐 필요한 거라도 있으면…" 그녀가 문을 닫기 전에 데이빗에게 자신의 쇼핑 리스트에 추가할 것이 있는지를 묻는다.

"아뇨. 괜찮아요. 그보다도, 되도록 빨리 돌아오세요. 뒤에 누가 오고 있을지 모르니까요."

"금방 갔다온다니까요. 방금 화장실 간 사람보다도 빨리 올 걸요."

차 문이 닫히는 소리를 끝으로 내부에는 정적만이 감돈다.

정적. 그리고 약간 미지근한 밀폐된 공기다.

도대체 저 운전사는 무슨 배짱으로 여유를 부리는 거야, 지금 우리가 도망치고 있다는 사실을 잊었나, 데이빗은 속으로 불평하기 시작한다. 불안감에 싸인 불평이다. 하지만 공기가 따끈한 것이 그의 몸과 마음을 노곤하게 만든다. 피곤하면서도 편안한 느낌이다. 그러면서 그는, 현재 자신을 둘러싼 상황보다는 더욱 이론적이며 상상력을 자극하는 문제, 즉 허색에 관해 초점을 맞추기 시작한다.

그 중에서도 특히, 새로운 원색에 관한 이야기가 그의 흥미를 끈다.

제 4원색. 네 번째 원색이라… 도대체 어떤 느낌일까, 그는 그가 흰색의 초월색을 처음 접했을 때의 그 신선하며 멈칫하게 하는 충격을 생생히 기억하고 있다.

제 4원색, 제 5원색, 제 6원색, 그런 것들이 내 눈에 보이게 된다면 나는 얼마나 오랫동안 얼어붙어 있을까, 그런 색들의 충격은 너무나 엄청나서 어쩌면 사람을 쇼크로 기절시키거나, 아니면… 죽게 만들 수 있을지도 몰라.

정말 그런 것들이… 있을 수가 있는 걸까? 상상조차 안 되는 그런 것들이?

잠깐만…. 근데, 애초에 제 4원색이란 건 뭐지?

그는 조수석 시트 앞에 위치한 글러브 박스에서 노트와 펜을 찾아낸다. 노트 한 장을 찢어 무릎에 올려놓고는 펜으로 역 원뿔 모양의 그림을 그리기 시작한다.

그런 게… 과연 가능한 건가? 가능하다면, 도대체 제 4원색이란 건 뭐지?

그는 원뿔의 이곳저곳에 선을 그리다 말고 멈춰 도형을 바라본다.

도대체 뭘까?

그때 갑자기 뒷좌석 오른쪽 문이 열린다.

"뭘 그리 곰곰이 생각하고 있어요? 자, 필요 없다곤 했지만 피곤해 보이던데 놔둘 수가 있어야죠. 커피 사왔어요. 받아요."

"그 여자가 말한 새로운 원색들에 대해 생각하고 있었어요. 그런 것을 실제로 보게 되면 충격이 얼마나 어마어마할지에 대해서 말이에요." 데이빗이 레이첼이 건네는 10온스 크기의 종이컵을 받아들며 대답한다.

"글쎄요. 우리가 보았던 그 초월색이란 거하고 비슷할 것 같은데요. 심신이 약한 사람이라면 심장마비로 쓰러질 수도 있으려나?" 레이첼은 농담조로 얘기했지만 데이빗의 반응은 시큰둥하다. 오히려 진지하게 쏘아붙인다.

"심장마비가 문제가 아니죠. 제가 보기엔 이건 전혀 다른 차원의 충격이에요. 제가 보기엔 우리가… 너무 허색이라는 이름의 틀에만 갇혀 있었던 것 같아요. 그 안에서의 차이는 눈치 채지 못하고 있었는지도 모르죠. 이건 초월색과는 다르게 생각해야 하는 문제에요. 네, 분명 초월색마저 뛰어넘는 관점을 필요로 하고 있어요…"

무안해진 레이첼은 휴대폰의 전원을 켠다.

"부재중 전화 기록이 엄청나게 많네요. 문자 메시지도 굉장히 많이 왔는데요. 전부 경찰서에서 온 거예요. 무슨 급한 일이라도 생긴 건가요?"

레이첼은 가장 처음에 온 문자 메시지부터 확인하려고 수신 메시지 목록창을 위로 밀쳐 아래로 내려간다.

"저기 레이첼…."

"왜요?" 데이빗이 그녀를 불렀지만 그녀의 시선은 휴대전화에만 고정되어 있다.

그러나 상대를 보고 있지 않은 채 얘기하고 있는 것은 데이빗도 마찬가지다. 그의 시선은 뒷좌석 왼쪽 창문에만 고정되어 있다. 정확히 말하면, 뒷좌석 왼쪽 창문을 통해 보이는 것에만 고정되어 있다.

"저게… 뭐죠…?"

"뭐가요?" 레이첼은 여전히 고개를 들지 않는다. 그래서 데이빗이 지금 무엇 때문에 갑자기 뜸을 들이며 얘기하는지 이해하지 못한다. 그래서 그녀는 또한 알 수가 없다. 지금 차창 밖에 수십 개의 망토들이 모여 하늘색과 빨간색의 물결을 만들며 일제히 그들을 노려보고 있다는 것을!

커피 컵이 자동차 바닥에 떨어진다.

한 줄기의 빛….

"일어나요, 데이빗. 여기서 지체할 시간 없어요."

그의 눈에 한 여인의 실루엣이 들어온다.

"레… 레이첼?…"

초점이 흐려 모든 것이 형체가 뭉개진 것처럼 보인다.

"레이첼 당신이에요…?"

"시스티나 씨!"

이번엔 어떤 남성의 외침 한 방이 날아와, 그의 정신을 번쩍 들게 한다. 상당히 익숙한 목소리다.

데이빗은 일어나 주위를 둘러본다.

자칭 조직 보스의 쌍둥이 여동생이라는 여자와, 그 옆에 형사다.

"제… 제가 납치당했던 건가요?" 그는 이제야 상황이 제대로 파악되기 시작한 모양이다.

"그래서 이렇게, 구하러 왔죠. 속에 뭐가 들었을지 모르는 이 형사 나리와 함께, 마찬가지로 속에 뭐가 들었을지 모르는 이 악마의 소굴에 제발로 침입하면서까지 말이에요."

"이런 일이 일어날 줄 알고 미리 대원들을 배치시켜놓았는데, 수호대 쪽이 한 발 빨랐던 것 같습니다. 그래서 제가 직접 나설 수밖에 없었습니다."

데이빗은 잠시 안도하는 듯 보였으나, 어딘가에 생각이 미친 듯 다시 엄청나게 조급해진다.

"레이첼! 레이첼은요? 어디에 있죠?!"

"여기에는 없어요. 아마 다른 기지에 있겠죠. 보안이 훨씬 엄한, 그래서 더더욱 소름끼치는 일이 마음껏 자행되는, 상위본거지급의 기지 말이에요."

"네?"

그가 이해하지 못하는 듯하자, 형사가 나서서 제대로 말뚝을 박는다.

"저희는 그곳이 제 1위장기지라고 생각하고 있습니다. 그녀는 조직의 상부 위치에 있는 로버트 몰리슨과 접촉한 적이 있다고 추정되며, 만약 그것이 사실이고 조직에서 그 사실을 알고 있다면, 조직의 상부가 위치한 본거지로 끌려갔을 가능성이 높습니다."

"로버트 몰리슨… 맞아요. 직접 저한테 얘기했어요…. 그 사람도 최초 발견자 중 하나라고 했죠?"

"어쨌든 지금은 일단 데이빗 당신을 여기에서 빼내야겠죠. 레이첼을 구할 수 있을지 없을지는 둘째 치고요."

"구할 수 있는 거죠…? 레이첼…."

데이빗이 억지로 확신을 만들어내려는, 그러나 떨리는 목소리로 묻는다.

"걱정하지 마요. 저야 그곳에 들어가는 순간 언제 죽어도 상관없는 하루살이 목숨이지만, 이 형사께서는 워낙에 무서운 분이라서 아무도 막지 못할 걸요. 암살자처럼 고요하게 숨어들어 그녀가 어디 있든 단숨에 찾아서-"

형사의 헛기침 소리. 그리고 그가 말을 이어나간다.

"음… 시스티나 씨, 불안하시다면 같이 갑시다. 일단 여기서 나간 후에, 세 명 모두 제1위장기지로 향하는 겁니다. 세 명 모두요. 어떻습니까? 당신도 같이 가서 구하는 겁니다!"

주위에 있는 세면대와 변기, 방에서 나가는 길을 막고 있는 철문과, 그의 구원자들이 몰래 들어온 곳으로 보이는, 환기창이 떨어져 나간 네모난 환기통로를 슬쩍 둘러본 후, 데이빗은 심호흡을 크게 한 번 한다.

"그래요, 반드시 구해야죠. 어서 나갑시다."

"미리 내부의 동태를 파악해 보니까, 10분마다 조직원 한 명이 와서 모든 방을 순찰하더군요. 그 10분이 얼마 남지 않았습니다. 어서 움직여야 합니다."

형사의 재촉으로 세 사람은 곧이어 환기통로 속을 기어가고 있게 된다. 전 조직원이었던 여자가 선두에서 앞의 상황을 봐주고, 형사가 후방에서 뒤의 상황을 봐주는 역할을 맡아 데이빗은 가운데에서 빈틈없는 경호를 받는다. 떨어져 나간 환기창은 다시 제자리에 붙여졌다.

"순찰대원이 방 안에 아무도 없다는 것을 발견하면, 경보가 울릴 겁니다. 환기창을 떨어져 나간 채로 놔두는 것은 우리의 경로를 대놓고 알려주는 것이기에 저들이 탈출 경로를 파악하는 데에 조금이나마 혼선을 주려고 붙였습니다." 형사의 설명이 환기통로에 울려 퍼진다.

"그럼 그 다음 계획은 뭡니까?" 데이빗이 고개는 여전히 앞을 향한 채로 기어가며 뒤에 있는 형사에게 묻는다.

"이 통로를 통해 빠져나오면, 제 조수가 미리 삼엄한 경비를 피해서 배달해놓은 차가 기다리고 있을 겁니다. 그 차를 타고 본거지에서 벗어나 미리 정해 놓은 장소로 가는 것이죠. 물론 조직원들이 쫓아오겠지만, 조수의 도움으로 그들을 따돌릴 수 있을 겁니다."

"조수라… 혹시 전에 저와 레이첼을 태워다주었던?"

"맞습니다. 어떤 일이 생길지 몰라 평소에 그 녀석에게 많은 것을 가르쳐 놓았죠. 이제 그것을 써먹을 때가 온 겁니다."

"그 사람도 이런 일들에 대해 알고 있나요?"

"예." 형사의 간결한 대답이 울려 퍼진다. "다 알고 있습니다."

바로 그 간결한 울려 퍼짐이, 곧이어 그들에 귀에 또렷하게 들리는 외부로부터의 수군거림의 원인이 되었던 것 같다. 세 사람은 즉시 움직임을 멈춘다. 그들의 근육이 일을 멈추자 그들의 감각기관이 두 배로 일한다. 오감이 극도로 예민해지고, 척추는 송곳으로 변해 몸의 모든 신경을 찌르며 올라온다.

또 다른 송곳은 환기통로의 바닥에서부터 올라온다. 어마어마하게 굵은 송곳이다. 물론 그것이 바닥의 두께를 뚫지는 못했기에, 세 사람에게 보이는 것은 그저 그들의 눈이 바로 내려다볼 정도로 가까운 지점에서 볼록하게 올라온 언덕일 뿐이다.

언덕은 잠깐 유지되다가 사라진다. 그러더니 곧, 더 가까운 지점에서 다시 솟아오른다. 선두에 선 여자의 바로 코앞까지 왔다.

부르르 진동하는 여자의 눈과 수평을 이루던 언덕의 정상은, 구부러진 알루미늄이 펴지는 소리와 함께 다시 원래의 정상적인 바닥으로 돌아온다.

그제야 언덕의 의미를 알아챈 그녀는, 아주 작은 목소리로 욕지거리를 내뱉는다. 그리고 큰 소리로 소리친다.

"뛰어요!"

데이빗은 무슨 영문인지 몰랐지만 일단 꿍음이 들리기 시작했고, 통로를 찔러 언덕을 만들곤 했던 송곳의 끝부분에서 음속보다 빠르게 튀어나온 금속조각 하나하나가 만드는 총알구멍이 보이기 시작하자 앞쪽의 선두만을 보며 미친 듯이 달려 기어가기 시작한다.

"이런 쌍! 염병할! 빌어먹을!"

총소리는 통로 안에서부터도 들려온다.

형사가 옷 속에서 소형의 기관단총을 꺼내, 두 다리와 왼팔을 써서 말이 달리듯 앞으로 돌진하는 동안 오른팔로 바닥을 향해 기관단총을 갈기고 있는 것이다.

세 사람은 약 10초 동안의 총격전 중 10미터를 기어간다. 총격전에 훼방을 놓은 것은 다름 아닌,

콰앙!! 콰쾅!!

그들이 방금 지나온 부분의 통로가 폭음과 함께 파괴되어 떨어져 나간 것이다.

"폭탄을 터트렸어요!"

폭발이 남긴 연기가 사라져 감에 따라, 통로를 따라 기어가고 있는 그들의 모습이 바깥에 드러난다. 하지만 바깥의 모습 또한 통로 내부의 그들에게 훤히 드러난다. 그 덕에 연기가 사라지기만을 기다리며 총을 겨누고 있던 형사는, 운 좋게도 자신이 계속 적군의 머리를 겨누고 있었다는 사실을 알게 된다.

두두두 소리가 잠깐 스쳐 지나가고, 형사는 선두의 그녀에게 "클리어!"라고 외친다.

세 사람은 다시 나아가기 시작한다. 데이빗이 언뜻 보니, 이젠 형사뿐 아니라 그녀도 손에 총을 들고 기어가고 있다.

그녀의 행동은 과연 현명한 행동이다.

좌우로 갈라지는 갈림길에 이르렀을 때 또다시 총알 세례가 시작된다. 데이빗이 너무 요란하게 움직였기 때문일 것이다.

통로의 측면이 픽픽 튀어 오르고, 불꽃이 섬광처럼 앞과 뒤와 위와 옷깃을 스쳐가고, 내부에서도 대응사격이 시작되고, 어느 순간 산탄총 한 방이 통로를 향해 발사돼 벽면에서 총알에 의해 달궈진 금속조각이 떨어져 나와 하필 데이빗의 얼굴을 때리고, 데이빗은 비명만 지르며 움직이질 않고, 산탄총은 다음 발사를 앞두고 있고, 형사가 뭐라고 고함을 치고 선두의 여자는 데이빗을 끌어당기고,

"일어나요, 데이빗! 언제까지 여기서 퍼질러 자고 있을 거예요?"

여자는 데이빗을 끌고 왼쪽 길로 들어서고, 그러자 왼쪽 길 왼쪽 측면의 환기창에 직면하고, 그 창 너머에서 망토를 쓴 조직원들이 그들이 지나온 길에 대고 사격을 하고 있는 것을 보고는 그녀 총의

가늠자를 얼굴에 가까이 대며,

데이빗은 그제야 고개를 들어 주위를 둘러본다.

희미함이 사그라지면서 반대쪽으로 뻗어있는 오른쪽 길이 선명하게 보인다.

그리고 그 길을 통해 지금 그에게로 기어오고 있는 망토들도 보인다!

그는 손을 뒤의 여자에게로 뻗으며 소리를 지른다. 뒤로 뻗은 손에 무거운 금속 덩어리가 잡힌다.

"데이빗, 지금 도대체 뭐하자는-"

"다 죽어버려!!"

손에 잡힌 권총으로 무작정 앞을 향해 난사를 한다. 어찌나 미친 듯이 쏴댔는지 총알이 다 떨어지고도 스무 번을 방아쇠를 당겼다.

"데이빗!"

여전히 총을 앞에 겨눈 채로 헉헉거리고 있다. 숨소리가 너무 커 통로가 울린다. 총의 주인이 뒤에서 나타나 왼팔로 그의 목을 서서히 감싸더니 오른손을 차츰차츰 뻗어 자신의 총을 회수한다.

데이빗의 흉부는 여전히 과격하게 커졌다 작아지기를 반복한다. 소리가 너무도 선명하게 들린다. 그제야 그는 알아차린다.

"왜 이리 사방이 조용해졌죠? 형사님은? 어떻게 된 거예요?!"

"무슨 일입니까?"

형사가 기어서 그의 앞에 나타난다. 태연한 척 하지만 그의 숨소리는 거칠고, 급기야 그는 숨이 차 한바탕 기침을 시작한다.

"당신이 정신이 나간 채로 총질을 해대는 동안 이 사람은 암살자처럼 고요하게 처리한 거죠."

"아, 그게 당신이었습니까, 시스티나 씨? 전 또 이 여자인 줄 알았죠."

"내가 흥분해서 총을 난사할 이유가 뭐가 있죠? 당장 총 맞아 죽어도 별 상관없는 인생인데요."

"그렇게 말하면서 용케 이 남자는 구하러 오셨군요. 정말 자비가 넘치는 분이십니다."

"저기…" 갑자기 불거진 두 사람의 언쟁에 데이빗은 황당해한다. "형사님이 적군들을 혼자서 모두 물리친 건 대단하고… 아니, 그냥 두 분 다 정말 대단하시긴 한데, 우리 여기서 안 나갈 거예요?"

잠시 후 세 사람은 다시 침묵 속에서 기어가고 있다. 그 침묵은 다음 갈림길에서 형사가 혼자 다른 길로 들어섰을 때, 데이빗이 당황하자 그를 안심시키려는 목적으로 형사가 말을 꺼내면서 깨진다.

"밖으로 나가는 경로를 두 가지 정해놓았습니다. 저는 계속 이 통로를 따라가 조직원들의 주의를 끌고, 그 사이에 당신이 이 여자와 함께 통로에서 빠져나오는 겁니다."

"수호대원들이 또 통로로 따라올 테니, 저 형사가 미끼가 되어 그들을 교란시키는 거죠. 우리 둘은 중간에 빠져나와 수호대원으로 위장한 후, 당당히 건물의 출입문으로 나와 밖에서 다 같이 만나자는 계획이죠."

데이빗은 약 3미터 앞의 바닥에서 빛이 올라오는 것을 본다. 환기창 하나가 바닥에 나 있는 것이다.

"저기가 우리에게는 통로로부터의 출구예요."

형사는 이미 그에게서 멀어지고 있었다. 데이빗은 환기창으로 다가가, 아래에 있는 것을 본다.

공용화장실 내부처럼 보인다.

"자, 어서 내려가요." 이미 여자는 환기창을 들어 올리고 있다.

두 사람은 화장실에 내려온 후, 환기창을 제자리에 위치시킨다. 큰 소리는 내지 않았다. 화장실에 있는 다섯 개의 변기 칸막이 중 두 개나 되는 칸막이의 문이 닫혀 있었기 때문이다. 가장 왼쪽의 칸막이와 그 바로 오른쪽이었다.

"왼쪽 사람, 오른쪽 사람, 둘 다 해치워야 해요. 우린 망토 두 개가 필요하니까요." 여자가 아주 작은 목소리로 속삭인다.

딱!

정말 갑작스런, 칸막이 문의 잠금이 풀어지는 소리.

데이빗은 흠칫 놀란다. 여자가 그의 입을 틀어막고 속삭인다.

"가만히 있어요. 내가 알아서 할 테니까."

두 사람은 닫혀 있는 두 문에서 눈을 떼지 않는다.

왼쪽의 문이었다. 여자는 문이 열리기 시작하자마자 달려들어 왼팔로 문을 열어젖히고 오른팔로 상대를 가격한다.

그녀의 주먹은 상대의 목에 맞고, 빨간색 망토의 상대는 곧바로 쓰러진다.

상대가 쓰러지면서 낸 단말마의 신음 때문인지, 옆방에서 뭔가 서두르는 소리가 들린다. 그녀는 칸막이벽을 기어올라서 그곳으로 넘어가려하고, 그 순간 문이 열린다.

"누구야!"

데이빗과 눈이 마주친 하늘색 망토의 남자는 곧바로 총집으로 손을 뻗어 권총을 꺼내지만, 데이빗의 몸을 겨눔과 동시에 칸막이 위에서 뛰어내려 그를 뒤에서 덮친 한 여인에 의해 마찬가지로 목을 가격당하고 기절한다.

"데이빗, 당신이 빨간색 망토를 쓰세요. 그래야 내가 하늘색을 쓰죠."

전 조직원이었던 그녀는 자신의 몸에 더 좋은 등급의 망토를 걸친 후, 망토를 잃은 두 조직원을 모두 그들이 방금 전까지 볼일을 보고 있었던 칸막이 방에 집어넣고, 안에서 문을 잠근 다음, 문을 타고 넘어 밖으로 나온다.

"최대한 조용히 다녀요. 어떤 일이 일어나도 절대 소리 지르지 마요. 여기까지 와서 들키면 끝장이에요."

화장실 문을 열자 복도가 나타난다. 여기저기로 갈림길이 뻗어있어 출구를 찾기가 쉽지 않다. 건물 내부의 구조를 미리 조사한 그녀가 데이빗을 이끌고 어딘가로 향한다.

왼쪽으로 꺾어지는 모퉁이에 이르렀을 때, 모퉁이 너머에서 망토를 입은 조직원이 나타난다. 데이빗은 흠칫 놀라지만 앞에 있던 여자가 손을 꽉 붙들어 그가 하마터면 소리 지를 뻔한 것을 제지한다. 조직원은 하늘색 망토를 입고 있고, 기관단총 한 자루를 들고 있다.

"여기서 뭘들 하는 건가? 침입자가 발생했으니 당장 무장하고 B-3 구역으로 이동하라!"

"볼일이 생겨 늦었다. 지금 무기고로 가던 길이었다."

"신속히 집합하길 바란다. 침입자들이 아직 무력화되지 않아 여전히 기지 내부를 돌아다니고 있다. 1급 대원마저 교전에 투입되었으니 최대한 빨리 교전 준비를 마쳐라!"

"1급 대원?!" 데이빗이 너무도 놀라 자신도 모르게 외쳤다. 그리고는 아차 하며 몸이 얼어붙었다.

"문제라도 있나? 3급 대원? 나 같은 1급 대원들이 원래의 망토를 이렇게 감추고 2급 대원들이나 착용하는 하늘색 망토와 함께 교전에 나가는 것에 대해서?"

하늘색 망토를 두른 수호대원이 망토에서 검은 주머니를 꺼내고 또 그 속에서 제 4원색 망토를 꺼내 보인다.

제 4원색 망토를 말이다!

"아악!!" 데이빗이 비명을 지르며 뒤로 자빠진다. 그의 표정은 완전히 얼어있고, 특히 그의 눈꺼풀은 깜박이지도 않는다.

"이! 이건…!!!"

"니들 우리 수호대원 아니지? 어디선가 대원들에게서 그 망토를 훔쳐가지고 잘도 숨어들었네, 내 말이 맞지?"

수호대원은 제 4원색 망토를 뒤로 던져버리고 기관단총에 손을 댄다. 그리고는 팔을 좌우로 뻗어 뒤의 얼어붙은 데이빗의 시야를 가로막고 있는 여자에게 말한다.

"그 애송이한테 연기 좀 공부하라고 전해라. 물론 하늘나라에서 말이야."

그러고는 그가 총구를 앞으로 향하려는 순간, 여자가 달려들어 그의 상반신을 걸어찬다. 상대는 넘어지고, 떨어져나간 기관단총은 부딪히는 순간 바닥을 향해 발사되어 총은 반동에 의해 튕기고, 넘어진 수호대원의 양손에 가로로 떨어진다.

수호대원은 곧장 몸을 일으키면서 양손을 앞으로 뻗어 잡고 있는 총으로 그녀를 밀친다. 그러자 그녀도 총을 붙잡으며 힘으로 맞선다. 한동안 힘겨루기가 지속된다. 어느 순간 데이빗이 정신을 차리고 그녀와 실랑이하고 있는 상대에게 달려든다. 상대는 달려드는 그를 발로 차 넘어뜨린다.

그때, 발차기가 힘의 균형을 깨뜨린 것인지 수호대원이 여자에 의해 벽 쪽으로 밀려난다. 여자는 더욱 힘을 가한다. 총알이 나오는 부분인 총구가 점점 상대의 얼굴에 가까워진다.

총이 부르르 떨리고 있다. 다시 일어난 데이빗은 함부로 다가오지 못하고 머뭇거리고 있다.

총구의 옆 부분이 수호대원의 왼쪽 뺨에 닿는다. 그 총구가 향하는 곳에는 그의 왼쪽 귀가 있다. 여자와 수호대원은 동시에 괴성을 지르며 총의 뒷부분을 잡은 손을 이쪽저쪽으로 놀리기 시작한다. 둘다 방아쇠를 보지 못하고 있다. 서로 상대의 얼굴만 노려보고 있다.

탕!!

방아쇠가 당겨지고 이쪽저쪽으로 피가 튄다.

총을 맞은 상대는 왼쪽 귀를 싸매고 비명을 지르며 주저앉고, 총을 빼앗은 여자는 개머리판으로 그의 머리를 세게 갈긴다.

"자, 빨리 나가요."

쓰러져 있는 수호대원을 뒤로 하며, 여자는 반쯤 혼이 나간 데이빗을 부축해 출구를 찾아나간다. 입술이 파르르 떨리며 데이빗이 묻는다.

"바… 방금… 방금 그건 대체 뭐였죠?"

"어이구, 그게 그렇게 무서웠어요? 비디오로 보여줬잖아요. 물론 그땐 검은색으로 나와 있긴 했지만. 어때요? 말로만 듣던 걸 진짜로 보게 되니? 정말 지금까지 봐왔던 어떤 색상하고도 닮지 않았죠? 우리 수호대의 위대한 발명, 아니 발견이죠."

데이빗의 시선이 전 조직원이었던 여자에게로 빤히 고정되고, 그녀도 그걸 인식한 듯하다.

"물론 그건 그거고, 이 생지옥 같은 곳에서 빨리 벗어나는 게 우리 신상에 좋겠죠. 어서 나가요." 그녀는 다시 데이빗을 이끌고 움직인다.

"아, 얘기하지 않은 게 있는데, 복도를 지나다 보면 〈근무인증 카메라)라고 천장에 붙어있는 마이크 모양의 카메라와 마주칠 때가 있어요. 내가 먼저 복도에 그 카메라가 있는지 확인한 후 카메라가 없는 복도로만 경로를 잡을게요. 그냥 한 가지만 알아두세요. 그 카메라를 보게 되면, 절대 가까이 가지 마세요. 우리가 무조건 피해야 하는 카메라예요. 그게 우릴 찍으면… 물론 경우에 따라서이긴 하지만, 상상을 초월하는 큰일이 벌어질 수 있어요. 자칫하면 레이첼도 못 구하게 될 수 있고요. 어쨌든 최대한 안 마주치는 방향으로 움직일게요."

그렇게 해서, 전 조직원의 주도하에 그들은 마침내 정문을 찾아낸다. 기지 내의 병력이 형사를 잡는데 투입되어 정문에는 수호대원은 없고 경비원 하나만이 있을 뿐이다. 그 경비원은 수호대원 두 명이 이곳에서 무얼 하나 의심하면서도 이 기지에서는 그에게 비밀로 남겨진 일들이 너무 많이 일어나고 있어 누가 무얼 하든 그 이유를 파고들려 하지 않는 것이 버릇이 되어 있었고, 이번에도 그 버릇이 발동한 덕분에 두 침입자에게 쉽게 제압당한다.

경비초소 내부의 한 스위치가 눌리고, 게이트가 소리를 내며 열리기 시작한다.

바깥은 키 작은 나무들이 무성한 초지이며, 정문으로 들어오는 도로 부분만이 깔끔하게 정제되어 있다.

"나무들 사이로 들어가야 해요. 베여서 쓰러진 나무들을 발견할 때까지요. 발견하면, 차는 근처에 있을 거예요."

수색은 그리 오래가지 않았다. 어딘가에서 차 시동 거는 소리가 들리더니, 두 사람에게 차의 헤드라이트 불빛이 보이기 시작한 것이다. 여자는 불빛을 향해 다가가고는, 운전석에 앉은 형사를 발견하고 멀찍이 있던 데이빗에게 소리친다.

"어서 차에 타요. 빨리 나가야 해요."

데이빗의 몸이 완전히 차 안으로 들어오기도 전에 이미 차는 앞으로 나아가기 시작한다. 조수석에 탄 여자가 운전석의 형사에게 묻는다.

"다 따돌린 거 맞죠?"

간결한 반문이 돌아온다.

"내가 왜 이리 서두르겠어요?"

두두두두!

멀어져가는 근원지로부터 총알이 날아와 차의 뒷면을 때리기 시작한다. 헤드라이트가 비춰주는 전방에는 불규칙한 간격으로 나무들이 갑작스레 튀어나와 차의 주행방향마저 이리저리 뒤틀리게 만든다. 앞이나 뒤나 난장판인 것이다.

"메이데이! 메이데이! 조수, 응답하라!"

형사가 운전하면서 운전대 바로 오른쪽의 에어컨 송풍구에 부착된 무전기에 대고 소리친다. 즉각 응답이 돌아온다.

((드디어 무전을 받는군요! 어떻게 되었습니까?))

"시스티나 씨를 확보했고 기지에서 도망쳐 나오고 있다. 조직원에게 쫓기는 중이다."

((다리에서 기다리고 있습니다. 최대한 빨리 다리까지 오시면 제가 해결해드리겠습니다.))

뒤에서 총알 두 개가 날아와 차의 앞 유리에 박힌다. 데이빗은 비명을 지르며 고개를 숙이고 양손으로 뒤통수를 감싼다.

"다리까지 가는 과정에서 별도의 엄호는 없는 건가?" 형사가 묻는다.

((불행히도 제가 제 병력의 전부입니다. 제가 선불리 움직였다가 당

하게 되면 형사님도 구제해 드릴 수 없습니다.))

"젠장! 대신 거기서 내가 보일 정도로 내가 다리에 근접하면, 날 쫓아오는 이들을 전부 제거해주게. 알았나?!"

((글쎄, 이런 무기들을 다뤄본 적이 없어서요…. 하지만 한번 해보겠습니다.))

차의 뒤쪽 유리가 총알들의 지속적인 관통에 마침내 가루가 되어 우수수 무너져 내린다. 형사는 무전기 쪽으로 고개를 기울이면서도 눈동자를 움직여 왼쪽에 총알구멍이 난 백미러를 훑는다.

"나는 확실한 답을 바라네, 조수."

((제 목숨을 걸고 엄호하겠습니다, 형사님.))

"좋아."

형사가 손을 뻗어 조수석 앞에 있는 글러브 박스를 열고 그 안에 들어있던 권총을 조수석의 여자에게 내민다. 그의 시선은 전방과 조수석 사이에서 왔다 갔다 한다.

"이걸로 뒤에 따라붙은 놈들 좀 넘어뜨려 봐요."

"이런 거 필요 없거든요. 나도 내 권총 안 잃어버리고 지금 잘 가지고 있다고요."

형사의 표정에 어이없음이 스쳐지나간다.

"그럼 지금까지 안 쏘고 뭐했던 거요!"

밑동이 커다란 나무 하나가 별안간 나타나고 형사가 핸들을 팍 꺾어 나무를 돌아 넘어가니, 그 너머에는 더 이상의 숲은 없고 기다란 잡초들이 무성히 나아 있는 개방된 환경과 멀리 보이는 한 다리의 광경만이 나타난다.

"좋아요. 저들이 나무 사이에서 나오는 바로 그 순간에 맞추는 겁니다."

"알고 있다고요!"

"뭐가 뭔지 하나도 모르겠어요! 다리는 또 뭐죠? 조수경관이라는 사람은 언제 나타나는 거예요?" 데이빗이 형사에게 거의 울먹이는 목소리로 묻는다.

"이제 곧 나타날 겁니다. 조금만 참으십시오." 형사가 그를 달랜다. 그러자 바로 차의 트렁크 부분에 총알이 박히는 소리가 들려오기 시작하고, 동시에 조수석의 여자가 차창 밖으로 팔을 꺼내들어 뒤를 향해 사격을 하기 시작한다.

불을 뿜어대는 여자의 총 바로 옆의 뒷좌석 측면 차창이 별안간 박살나더니, 잠시 후엔 심지어 총 또한 박살나고 그와 함께 여자의 손에서 피가 사방으로 튄다. 조직원의 총알이 그녀의 총을 뚫어 손까지 맞춘 것이다. 일말의 망설임도 지체도 없이 그녀는 글러브 박스의 권총을 꺼내어 쏜다.

몇 번의 격발 이후 탄창이 비자, 그녀는 이런 건 소용없다며 팔을 안으로 거둔다. 그녀의 팔에도 총알이 스친 흔적이 몇 개 있는 채였다.

"그냥 거기 닿을 때까지 어떻게든 버텨줘요." 그녀는 자신이 할 때까지는 했다는 투다.

"벌써 다 왔구먼, 뭘. 오른쪽에 헬기 안 보여요?"

데이빗의 고개는 형사의 그 말에 일어나 오른쪽 창을 향한다.

차는 이미 다리 위를 달리고 있고, 차창 너머, 시커먼 하늘색의 상공에, 동체 바깥 면을 방탄장갑으로 장식하고 원판 모양의 커다란 쇳덩이를 체인으로 매달아 위에서 끌고 다니는 헬기가 한 대 보인다!

"저게 뭐야!" 데이빗이 소리친다.

무전기에서 또다시 목소리가 들려온다.

((제가 움직이는 속도에 맞춰 주행하십시오! 다리가 끝나기 전에 꼭 당겨 올려내겠습니다!))

"이게 다 뭐하자는 거죠?!"

아까부터 공황상태였던 데이빗이 무전기에 대고 소리친다. 형사가 그를 제지하고는, 무전기 너머의 상대에게 알았다는 의사를 표시한 뒤, 설명을 시작한다.

"저 쇳덩이 보이죠? 저게 볼품없이 생겨먹었어도 엄청난 자력을 낼 수 있는 전자석입니다. 참고로 말씀드리자면, 자동차는 대부분이 금속으로 되어있죠. 꽉 잡아요, 꽤나 덜컹거릴 테니."

"아…"

그 순간 쇳덩이 아래를 주행하고 있던 차가 발작하듯 튀어 올라 전자석에 달라붙는다. 타이어는 허공에서 공허한 회전을 하고, 헬기는 곧바로 방향을 틀어 다리와 다리 위의 적들로부터 멀어져 간다.

((후아! 저들에게 총알세례를 부을 틈도 없이 빠져나왔습니다, 형사님.))

"목숨을 걸고 엄호하겠다는 그 약속은 어디 갔나?" 형사가 장난스레 묻는다.

두 사람은 한바탕 웃음을 터트린다.

((역시 조종하면서 무기를 사용하는 것은 무리인 것 같아서 말입니다… 하지만 그래도 이렇게 약삭빠르게 치고 빠질 수 있다면 사살하기보다는 멀어지는 헬기의 뒤꽁무니로 서서히 약 올려주는 게…))

두 사람은 그들이 이룬 승리와 성취감에 도취되어 계속 잡설을 나눈다. 형사 바로 옆에 앉아있는 전 조직원은 그저 무덤덤한 표정으로 조용히 글러브 박스에서 구급상자를 꺼내 그녀의 손과 팔에 응

급처치를 한다.

"예전에 게임하다가 비슷한 경험을 한 적이 있던 것 같은데…"

차가 이륙한 이래로 창밖만 바라보던 데이빗이 중얼거리지만 아무도 그의 말을 듣지 않는다.

38
악마의 삼지창, 그리고 여왕

"죽었죠. 그 사람은. 실험 중 살해당한 거예요. 그 악마의 조직에
게요."

"잘 이해가 안 가는데요…"

"그러니까, 그 사람의 반은 죽었고, 나머지 반은 살아남았는데, 생
존자가 된 그 절반이 당신들이 찾는 장님이란 거죠. 찰리 말이에요."

"그러니까… 원래 그 찰리라는 이름의 장님은 옆의 사람과, 아니
그, 옆의 머리… 그러니까 옆의 두뇌, 그래요, 옆의 '두뇌'와 같은 몸
통을 나눠 쓰고 있었는데 그 두뇌가 죽게 되면서…"

"샴쌍둥이에서 일반 사람이 된 거죠. 신체적으로는 말이죠. 물론
그때의 충격 때문에 제정신은 아니었어요. 제가 그를 제 거처에 데
리고 와, 수술을 받게 해주었죠. 죽은 머리를 떼어내는 수술을요.
그렇다고 해서 그의 정신 상태가 나아진 건 아니었지만."

"정확히 어쩌다가 그 사람이 죽은 겁니까? 그…"

"콜린이요."

"예, 그 콜린이라는 사람."

"Trial-17727."

"네?"

"조직이 악마라면, 이건 악마의 삼지창 같은 거예요. 사람들을 붙잡아와 계속 생체실험을 해나가던 수호대가 어느 날 별안간, 제 4원색, 제 5원색, 제 6원색, 이 세 가지 색을 특정한 비율로 섞으면 인체에 치명적인 해를 끼친다는 사실을 발견했어요. 물론 첫 발견자의 건강에 대한 희생이 뒤따랐겠죠(그 첫 발견자가 누군지는 또 그 검은 망토의 잘난 비밀에 포함되어 있긴 하지만요.). 어쨌든, 그 뒤로 더 많은 실험들을 거치면서, 점점 조직은 더 치명적인 해를 끼치는 혼합비율에 이르게 되었고, 그러다가 그 빛에 노출된 사람을 죽음에까지 이르게 하는 비율을 얻어낸 거죠. 그때가 바로 17727번째 실험이었고, 그래서 Trial-17727이라고 이름 붙여진 거예요. 첫 희생자는 빛에 노출된 지 나흘 만에 사망했는데, 물론 조직은 거기에서 만족하지 않았죠. 실험은 계속되었고, 수호대는 점점 더 해로운 비율을 얻어, 사람을 거의 즉사시킬 수 있는 수준까지 Trial-17727을 개발해 낸 거예요."

"잠깐만요. 어, 그러니까… 제가 이해한 것이 맞다면, 하나의 혼합된 색깔을 보여주는 것만으로도 사람을 죽이는 일이 가능하다는 것입니까?"

"제가 왜 수호대를 나왔는지 알겠죠? 그들은 엄청난 살상무기를 보유하고 있는 거예요. 메두사의 머리와 같은 무기 말이에요. 제가 수호대를 나오기 직전에 확인한 기록에 의하면, 그들은 노출된 지 평균적으로 1.56초 만에 사람을 죽게 하는 색을 만들어냈어요. 제가 나온 후로도 그 실험은 계속 자행되었을 테니, 지금은 그보다 더 빠르겠죠. 아마 1초도 안 걸릴 거예요. 그게 수호대가 무너져야 하는 이유예요. 그 악마 조직은 순수한 연구의 대상이어야 할 허색을 살상용으로 개발하고 있는 거라고요! 거기에다가 또…"

"또 뭐요?"

"아니, 아니에요. 그냥 이 조직이 당신의 상상을 뛰어넘다 못해 상상을 더 이상 못하게 만들 정도로 무시무시하다는 거죠."

"그나저나, 색깔로 사람을 죽이는 거에 대해 말인데, 도대체 어떻게 그런 일이…."

"제 4원색 보았을 때, 어떻던가요? 엄청난 충격이었죠? 그때의 충격과 맞먹을 정도의 충격을 당신은 제 5원색과 제 6원색에서도 느낄 거예요. 그 세 개의 허색들을 동시에 본다면, 충격이 어느 정도일까요?"

"……."

"하나만 보아도 몸과 두뇌가 얼어붙을 정도인데, 세 개 전부를 본다면… 음… 왜 제가 그 무기를 메두사의 머리와 같다고 했는지 아시겠죠? 그러니까 무기는 기본적으로는 충격으로 돌아가는 거예요. 하지만 그 충격으로 인한 해가 특정 비율에서 커지거나 작아지기 때문에, 그걸 극대화시키기 위해 수호대는 이런저런 혼합비율로 실험을 하는 거고요. 하지만 그게 또 사람마다 달라요. 예를 들어, 제 4원색에 어느 정도 익숙한 사람에게 치명적인 비율은 아무런 허색도 접하지 못한 사람에게 치명적인 비율과는 다르죠. 모든 허색 원색에 어느 정도 익숙한 사람은 허색에 익숙하지 않은 사람보다 해를 덜 입을 거고요. 조직은 그래서 모든 경우를 생각하고, 특정 실험 대상에게 Trial-17727을 보이기 전에 허색 원색을 일부나 전부 보여주기 시작했죠. 당신들이 찾는 찰리는 세 가지 허색 원색 모두를 각각 10초 동안 접한, 한쪽 머리는 정상적인 시력을 갖고 있으며 다른 쪽 머리는 눈이 멀어버린 샴쌍둥이라는, 꽤나 희귀한 경우에 해당했고요."

"아, 맞다. 그 장님, 그 사람은 그래서 어떻게 된 겁니까?"

"결국 그 샴쌍둥이는 Trial-17727을 보게 되었고(아니, 그러니까, 콜린만 본 거죠.), 콜린은 그 자리에서 죽었지만, 죽은 건 그의 목에서부터 위쪽에 있는 부분뿐이었죠. 장님이었던 찰리는 죽지 않고 살아있었기에, 샴쌍둥이의 몸통이며 팔다리는 여전히 움직였어요. 하지만 콜린의 뇌가 정지함으로써 유발되는 신체적 쇼크에 의해, 찰리 역시 얼마 안가 기절했으며, 그때부터 정신이 이상해진 거죠. 그렇게 기절한 찰리를 우연히 제가 보고 있었고, 저는 수호대가 악마로 변해버렸다는 것을 또다시 실감했어요. 결국 행동에 나서기로 결심했고, 그를 기록상 사망자로 처리해, 시체를 제가 직접 처리하겠다는 명목으로 데리고 나와 이제는 아주 가끔만 머물게 되어버린 제 집에 데리고 온 거죠. 저도 그 이후로는 본거지에 거의 가지 않고 찰리를 돌봤으며, 그의 수술 또한 제 집에서 집도했어요."

"아까 말했던 그 수술?"

"네. 제가 직접 콜린의 머리를 떼어낸 건 아니었고, 다른 의사를 비밀리에 모셨죠. 하지만 그 의사와 저, 딱 두 사람만으로는 수술이 어려워서 조수 역할을 할 사람을 수호대의 본거지로부터 따로 데리고 왔어요. 그러니까 딱 그렇게 세 명만 알고 있는 수술인거죠."

"그 데리고 왔다는 사람이…."

"수호대 직원 중 간호대학을 나왔으며, 수호대원에게만 접근이 허용되는 구역에 침입하여 실험 대상들에게 몰래 도움을 주거나 경고를 하며, 이런저런 방법으로 실험을 지속적으로 방해하기까지 할 정도로 조직에 대해 반감을 가지고 있어, 조직의 희생양이 되어버린 전(前)샴쌍둥이를 돕기에 충분한, 일종의 소극적 반동분자 같은 여자였죠."

"조직에도 그런 사람들이 있는 겁니까?"

"다 제거 당했죠. 수호대는 조직 내 인원의 모든 것을 통제하니까요."

"그럼 그 사람은…"

"아무리 감추려고 해도, 결국 조직 아래선 다 드러나기 마련이죠. 보통 수호대의 직원들은 그곳에서 무슨 일이 일어나고 있는지를 모르는데 반해, 그녀는 수호대의 본모습을 알아버리고는, 심지어 도망을 간 것이 아니라 맞서 싸우기로 결정한 거죠. 하지만 그녀에겐 천만다행으로, 그녀의 반동기질을 처음 발견한 사람이 저였어요. 다른 사람이 알게 되었다면 그녀는 곧바로 제거되었겠지만, 그때도 이미 저는 수호대가 저지르는 일들에 대해서 신물이 나 있었고, 따라서 그녀를 적극적으로 돕진 않았지만 그녀의 반동적 기질과 행위들만은 다른 이들에게 은폐했죠. 덕분에 그녀는 몰래 활동하는 것이 쉬워졌고, 제가 찰리의 수술에 그녀를 부르자 용케 와주더라고요. 찰리와 콜린을 도우려 했던 여자니까요. 또한 찰리는 실험 대상들 중 최초의, 그리고 아마 유일한 생존자예요. 그것이 수술 후에도 그녀로 하여금 계속 찰리를 찾아오게 하는 이유가 되었죠.

그 여자도 참 희한한 사람이었어요. 결국 실험 대상을 죽음에서 구하지 못할 걸 알면서도 어떻게든 실험의 진행을 늦추려고 애를 쓰곤 했죠. 실험실에 전력을 공급하는 선을 찾아 끊어 버리기도 하고, 어디에서 구하는 건지, 또 어떻게 들여보내는 건지 앵무새를 실험실에 집어넣어 경고의 메시지를 전달하기도 하면서요. 어떨 때는 대놓고 실험실 벽에 구멍을 뚫어 그녀 자신이 직접 실험 대상에게 경고하기도 했죠. 아마도 제 1위장기지에 있는 모든 실험실의 보안을 꿰뚫어보고 있을 거예요, 그녀는."

"잠깐, 애… 앵무새요?"

"그래요. 앵무새. 앵무새를 많이 기르는 여자거든요. 수호대에 오기 전의 직업이 그쪽 직업이었다나 봐요. 그래서 전 앵무새 여자라고 불러요."

"그래서? 그 사람은 지금도 거기에 있어요?"

"그야 저로서는 알 수가 없죠. 훗날 찰리가 결국 저의 소속이 그 조직이라는 것을 알고 몇 가지 물건을 챙겨(아마 그때 그 돌도 챙겼겠죠.) 도망쳐 나온 이후로 그녀가 절 찾아올 이유는 없어졌고, 조직과의 접촉을 끊은 것이 오래되어 결국 언니가 제 반동적 기질을 알아채고는 절 추적하기 시작한 이래로 저는 찰리도, 그 여자도, 제 남편마저도 다시는 못 보는 도망자 신세니까요."

"남편이요?"

"제 남편도 조직의 일원이라고 얘기했죠? 지금 살아있는지조차 몰라요. 아마도 제 언니에게 한참 전에 제거당했을 공산이 크죠. 아내가 조직을 뛰쳐나간 배반자니까요."

"그곳에 가면 알 수 있겠네요. 그…."

"제 1위장기지."

"예, 그곳에 우리가 지금 가고 있으니까요. 그 형사님이 저까지 가게 놔두다니 의외네요."

"더 이상 당신을 막을 필요가 없다고 생각한 거죠."

"어째서죠?"

"알게 될 거예요. 그 전에 수호대원에게 사살당하지 않는다면 말이죠."

"……."

"더 이상 물어볼게 없으면 도착할 때까지 눈 좀 붙이고 있어요. 저 역시 좀 쉬어야 할 것 같으니까요.”

“잠깐만요.”

“또 뭐가 남았죠?”

“이건 전부터 계속 궁금했던 건데… 사실 보통의 경우라면 이렇게까지 되기 전에 알아야 하지만, 그쪽에서 도통 얘기를 안 해서 말이에요.”

“뭔데요?”

“조금 뜬금없을 수도 있지만… 당신은 제 이름을 알면서, 당신의 이름은 저에게 알려주지 않았거든요.”

“그러니까 제 이름이 알고 싶었군요?”

“그래야 당신을 부르기 편할 것 같아서요. 지금까지는 당신의 호칭이 너무 애매했거든요. 그래서 말인데, 뭡니까? 당신의 이름은?”

“……뭐 알려준다고 해도 별 도움은 안 될 것 같긴 한데….”

그의 질문이 만들어낸 잠깐의 뜸 뒤로 따라오는, 둘 같이 짧은 음절 세 개.

‘레이나.’

39
조력자

뭔가가 잠재의식에서 의식으로 넘어온다…. 아니면 그저 잠재의식이 물러가고 의식이 찾아온 것일 수도 있을 것이다….

레이첼은 눈을 뜬다.

그녀의 정신이 흐릿했던 상태에서 뜬금없이 지나치게 또렷해졌고, 그것이 그녀를 잠에서 깨도록 만든 것이다.

잠시 동안 천장만 바라본다. 그녀가 조직에게 끌려와 이곳에 갇힌 이후로 무의미하게 계속해왔던 일이다. 그러더니 갑작스레 누워있던 자리에서 일어난다. 그녀는 안다. 갑자기 의식이 또렷해지는 것은 그녀 특유의 예민한 감각이 발휘되었기 때문이라는 것을.

하얀색보다 하얀색…. 그래, 장님이 주었던 그 돌, 그 돌이 상자 안에서 빛났을 때 내가 딱 이런 식으로 일어났어…. 그렇지만 지금 내 눈에는 아무것도….

시각이 아니었다.

청각이었다.

그녀가 방금 어떤 소리를 들은 것이다.

곧바로 단순히 독방 내부의 이미지만을 전달해주는 그녀의 눈을 눈꺼풀로 덮어버리더니, 손을 양쪽 귀로 올리고 듣기 시작한다.

몸은 서서히 왼쪽으로 이끌려가, 결국 한쪽 벽에 닿는다. 그녀는 그녀의 유별나게 예민한 육감과 청력에 모든 믿음을 맡기면서, 그녀가 듣는 소리는 벽에서 아주 희미하게 흘러나오는 육성이라는 결론을 내린다.

들려요?

뭐라고?!

들리나요?

사람의 목소리다!

그녀는 벽을 쾅쾅 두드린다. 그리고는 소리친다.

"거기 누구 있어요?! 제가 보이시나요?!"

벽을 두드린 손은 이제 벽의 이곳저곳을 훑고 지나가고, 이어 그녀 손가락에 닿는 감촉에 뭔가가 걸려든다. 아주 조그마한 구멍이다. 알 수 없는 이유의 직감이 온 그녀는 그것에 귀를 바짝 갖다 댄다.

제가 말하는 게 들리시나요?

"네! 들려요! 저 도와주시는 거예요? 여기서 좀 내보내 주세요!"

조용히 해요! 듣겠어요! 방 바로 밖에 누가 있을지도 모른다고요!

그녀는 그제야 그녀 주위가 그녀의 목소리에 비해 너무나 고요하다는 것을 깨닫는다. 고로 아까보다 작아진 목소리로 말한다.

"죄송해요. 전 그냥 여기에서 나가고 싶을 뿐이에요. 제발… 도와주세요."

당신의 도움이 있어야 해요.

"네?"

방 안에 감시카메라가 있어요. 지금 당신의 뒷모습을 찍고 있죠. 그러니까 당황하지 말고 그냥 미친 사람인 척 연기하세요. 환각이 보이고 환청이 들리는 사람처럼 말이에요. 그럼 저들은 당신이 지속적인 감금에 억눌려 실성한 줄 알겠죠. 설마 벽에 구멍이 뚫려있고, 그 구멍에서 사람 목소리가 흘러나오고 있을 거라고는 생각하지 못할 테니까요. 그러고 난 뒤에 당신은……

레이첼은 그 뒤로 이어지는 약 1분간의 설명을 듣더니, 별안간 자리에서 일어나 마구 벽을 두드리고 소리를 지르기 시작한다. 할퀴고, 발로 차고, 몸으로 들이박는다.

감시카메라에 실성한 그녀의 모습이 잡힌다.

카메라의 시야 내에서, 한동안 벽을 향해 소리 지르던 그녀는, 별안간 방방 뛰며 방안을 돌아다니며 근처의 물건들을 치고 지나가기 시작한다. 그러더니 갑자기 카메라 쪽으로 뛰어와 카메라를 한 대 후려갈긴다. 방 천장 한 구석으로부터 축이 아래로 튀어나와 있고, 그 축의 끝에 가로로 길쭉한 직육면체 모양으로 매달려 있는 카메라는, 후려갈길 때의 힘으로 축과 함께 옆으로 돌아가, 시야에는 다른 것은 전혀 없고 귀퉁이 벽의 모습만 보인다.

흰색 벽의 이미지만을 전달하는 카메라 화면은 결국 수호대원 두 명이 그녀의 방으로 발걸음을 옮기게 되는 결과를 낳는다.

한편 카메라를 후려갈긴 후 레이첼은 그대로 침대에 쓰러져 눈을 감는다. 그러고는 미동도 하지 않는다.

수호대원들이 그녀의 방에 도착하기까지는 얼마 걸리지 않는다. 곧이어 문이 열리는 소리가 들리고, 레이첼은 그녀의 바로 옆까지 온 발자국 소리를 들으며 한 대원이 그녀의 몸을 툭툭 치는 것을 느낀다.

"한창 실성하고 났더니 이젠 기절한 건가? 이거 참 웃긴 여자구먼." 그녀를 몇 번 치고 난 후에 대원이 말한다.

그 뒤로 이어지는 짧은 대화, 약간의 시간이 흐른 후 이어지는 문이 열리는 소리와 멀어지는 발자국 소리, 마지막으로 이어지는 문이 닫히는 소리를 레이첼은 들으며 일어난다.

그녀의 고개는 곧바로 카메라 쪽을 향한다. 카메라는 다시 제 위치로 돌아와 있다. 측면에 붙어있는 무언가가 눈에 띈다. 검은색의 쪼그만 동그라미, 그녀가 카메라를 치면서 빠른 동작으로 붙여놓았던 것이다.

그 덕분에, 카메라의 시야에 비친 그녀는 여전히 침대에 누워 미동도 하지 않는 모습이다.

그녀는 다시 구멍에 귀를 갖다 댄다. 그러더니 자세를 고쳐 앉아 귀 대신 입을 대고 말한다.

"이 구멍으로 전달할 수 있을 정도로 작은 게 정말 뭘 할 수 있는 건가요?"

곧바로 귀를 갖다 대며 듣는다.

방금 해냈어요! 지금 카메라는 눈먼 신세예요. 그 장치가 카메라를 해킹해서 화면을 조작하고 있거든요. 자, 이제 벽에서 떨어지세요. 당신을 거기서 빼내 줄게요.

레이첼이 들은 대로 벽에서 떨어지기가 무섭게, 구멍이 있는 벽이 그녀 쪽으로 넘어진다. 깜짝 놀란 그녀도 벽처럼 뒤로 넘어간다.

두 팔로 몸을 지탱하며 고갤 들어 앞을 바라본다.

한 여자가 그녀에게 손을 내밀고 있다.

"자, 어서 일어나요. 이 지옥을 빠져나가야죠."

레이첼은 그저 어리둥절한 채로 여자의 손을 잡는다. 가벼운 동작으로 그녀를 일으켜 세우며 여자가 말한다.

"운도 좋네요. 어떻게 제 목소리를 들은 거죠? 제가 지금껏 수많은 사람들을 구하기 위해서 감시카메라가 잡아낼 수 없을 정도로 작은 구멍을 벽에 뚫고 기다란 대롱을 연결해 제 목소리를 보내왔는데도 아무도 듣지 못하더군요. 당신하고 어떤 샴쌍둥이 형제를 빼고는 아무도 듣지 못했죠. 그것도 그 샴쌍둥이 형제 때에는 카메라에 붙이는 그 장치가 아직 없었으니 제가 이렇게 구해낸 것은 당신이 처음이네요."

레이첼은 여전히 어리둥절한 상태다. 여자는 그녀를 벽 너머의 빈 공간으로 이끌고는, 넘어진 벽을 일으켜 세워 원래 위치에 '장착' 한다.

"제가 대원들 몰래 벽을 이렇게 만들어놓았죠. 방 안의 사람이 제가 주는 장치를 받아 감시카메라만 무력화하면 벽을 여는 것은 아주 간단한 일인데… 아무래도 대원들의 귀에 안 들릴 정도의 소리가 갇혀있는 사람의 귀에는 들리는 일은 그리 만만하지 못 한가 봐요."

레이첼은 반대편에도 벽이 하나 있음을 발견한다. 여자가 그 벽을 열자 또 다른 방이 나타난다. 그들이 있는 빈 공간은 방과 방 사이의 공간이었던 것이다.

새로운 방은 누군가를 가두기 위한 방은 아닌 것처럼 보인다. 오히려 조직의 일원들이 출입하는 방인 듯하다. 여러 가지 물건들이 레이첼의 눈에 띈다. 몇 가지의 책상들, 하늘색 망토 하나, 전선들로 어딘가에 연결되어 있는 검은색의 판들, 그리고… 돌들도 보인다.

"하이퍼W 스톤이라고 해요. 어두워지면 빛을 발산하는데, 그 빛이 어떤 빛인지 당신은 상상도 못할 걸요." 여자가 하늘색 망토를 몸에 두르면서 그녀에게 말한다. 돌들에 집중되어있던 레이첼의 시선은 바로 그 하늘색 망토로 옮겨간다.

"아, 저도 이곳의 조직원 중 한 명이에요. 이름은 알 필요 없어요. 원래는 잡일만 하던 직원이었죠. 하지만 이 조직의 비밀을 알고는 조직을 멸하고 싶어져서, 이곳 핵심부에 들어오기 위해 조직원이 되었어요. 이 조직은 없어져야 해요! 살상용 무기를 만들고 사람을 상대로 그걸 실험한다고요. 당신도 큰일날 뻔 했어요. 그렇지만 아직 안심하기도 일러요. 언제 조직원이 당신을 찾기 시작할지 모르니까요!"

"저도 알아요. 저도 이 수호대란 곳을 아니까요… 근데….."

"네? 뭐라고요?"

"……!!"

"방금 뭐라고 하셨어요? 당신, 이곳에 대해 알고 있어요? 어… 어떻게요?" 여자는 레이첼을 추궁하듯 쳐다보지만 그녀의 시선은 여자의 질문과 전혀 관련이 없는 한 곳에만 고정되어있다. "혹시 수호대와 관련된 일에 연루되었던 적이 있는 건가요? 그것도 아니라면 혹시…. 저기, 말 좀 해보세요. 계속 어딜 보고 계신 거예요?"

레이첼은 여전히 한 곳만을 바라보고 있다. 여자가 그녀의 눈앞에서 손을 흔들자 그제야 정신을 차린다.

"아, 아무것도 아니에요. 그냥, 저 책상 위에…" 그녀는 단단히 봉해져 있는 입방체 모양의 플라스틱 갑을 가리킨다. 갑의 윗면은 액자처럼 가운데 부분이 투명하게 되어있어 그 너머로 하늘색 빛을 뿜어내는 돌의 모습이 그려진 그림이 보인다. "딱 저 이미지, 저 하늘색 돌의 이미지를 제가 떠올리고 있었어요…. 아마 당신의 망토 덕이겠죠. 근데 눈앞에 그게 보여서요. 너무도 제가 떠올렸던 거랑 비슷해서 잠깐 놀랐어요."

"아, 알아요. 저도 그럴 때가 종종 있어요. 저 안에 있는 그림은 볼 때마다 바뀌더라고요. 누가 계속 바꾸는 모양이에요. 어쨌든, 희한한 우연이네요. 하지만 그런 우연은 아무리 많아도 하루에 두 번 일어나지 않아요. 그러니 이젠 딴 일에 정신 팔지 말고 여기서 어떻게 나갈 지에 대해 궁리해 봅시다."

"예, 그래야죠…."

하지만 플라스틱 갑의 옆에 놓인 여러 묶음의 문서들을 눈으로 훑고 뒤돌려는 바로 그 순간에, 그녀는 여자의 말이 틀렸음을 깨닫는다.

관성에 의해 뒤돌았던 그녀의 고개는 멈추더니, 곧 퍼렇게 질린 얼굴과 함께 다시 한 번 더 뒤돌아 책상 위 문서들을 향한다.

또 다른 우연이다.

쌓여 있는 문서 뭉치 사이에 뭔가가 끼어들어간 채로 삐죽 튀어나와 있다. 그녀는 그것을 종이들의 탑으로부터 잡아 빼낸다.

두께가 좀 있는 투명한 플라스틱 종이 안에 코팅된 용지 한 장이 박제되어 있다. 플라스틱 종이는 휘어지긴 하나 보통의 종이보다는 딱딱하다. 그녀의 움직임을 전율로써 마비시켰던 것은 내부의 용지에 적힌 내용 중 한 부분이다. 그 부분은 이렇게 읽힌다.

우리의 수호대가 발견해낸 위대한 빛들을 어떻게 우리가 볼 수 있는지 아직도 모르는 동지들이 있다면, 그 동지들에게 다음의 말들을 바꾸지도, 자신의 미개한 주관으로 해석하지도 말고 일러주어라. "결론부터 말하자면, 우리의 눈이 잠재성이 있는 것이다. 그 과정을 말하자면, 우리의 눈이 색을 인식하는 과정을 알고 있는가? 빛은 각막을 뚫고 홍채를 통해 망막에 도달한다. 그곳에는 시세포가 있으며, 색을 감지하는 것은 원뿔세포라는 것이다(해당 세포를 칭하는 용어는 여러 가지이나, 우리의 수호대는 원뿔세포라는 명칭만을 허락해 필요하지 않은 혼란을 방지하려 하니 이 글을 읽고 있는 그대는 그대로 쓸지어다.). 이 세상에 알려진 바로는 세 가지의 원뿔세포가 존재한다. 그것은 빨간색을 감지하는데 좋은 세포와 파란색에 좋은 세포, 그리고 흔히 초록이라 부르는, 라임이라는 과일의 빛깔에 좋은 세포로 세 가지며, 모두 기존의 가산혼합(加算混合)

적 주요 색상들에 해당한다⋯.

그 아래부터는 그녀가 플라스틱 종이를 뽑아들기 전에는 가려져 있던 부분이었지만, 그 부분에도 새로울 건 없겠다는 느낌을 그녀는 지울 수 없다.

"지금 그것마저도 당신이 아는 내용인가요? 전 요즘 들어서는 조직의 거의 모든 것에 회의감을 갖게 되어서요. 사실, 지금 그것에 대해서도 의구심이 들어요. 단순히 수호대의 세뇌일 수도 있는 거잖아요." 그녀의 시선이 어디로 향해있는지를 눈치 채고는 여자가 말한다. 그러나 상대의 얼굴은 퍼렇게 질려있을 뿐이다.

"아니 그게 아니라⋯ 저 문장들⋯ 저 대사⋯ 저건 분명히⋯."

레이첼의 손에 들린 플라스틱 종이가 미세하게 떨리기 시작한다.

"분명히⋯ 분명히 그때 들었던 것인데?!"

40
도착

"바로 여기예요."

레이나가 입을 연다.

"허색들에 대한 핵심적인 연구란 연구는 모두 진행되고 있는 심장부죠."

그녀와 데이빗, 형사와 조수경관, 이렇게 네 사람은 자신들이 내린 헬기를 등지고 앞에 놓인 커다란 건물을 바라본다.

겉보기에는 한 세제 회사의 공장이지만, 그 속을 아는 자들이 부르는 말은 따로 있다.

제 1위장기지.

건물 정면에는 반짝반짝 빛나는 접시들과 그 옆에 세제 용기가 놓여 있는 사진이 벽면의 대부분을 차지하고 있고, 그 사진 바로 위에 달려 있어 하얀 불빛으로 사진을 비춰주어야 할 조명들은 무슨 이유에선지 모두 꺼져 있다. 데이빗에게 말하는 것이지만, 그와 상반되게 시선은 조명들에 고정되어 있는 레이나는 조용한 목소리로 중얼거린다.

"저 안에 있는 자들을 모두 무너뜨리고도 우리가 살아있다면, 이제 우리가 저들처럼 비밀스럽게 연구를 하게 되겠죠…. 왜 정면인데 불빛들이 켜져 있지 않은 거죠? 원래 켜져 있어야 하는데…"

데이빗은 빛나는 접시들 바로 아래에 쓰인, 사진 상에서는 비교적 작지만 사진의 크기를 감안하면 커다란 광고 문구를 읽는다. 그리고는 피식 웃는다.

당신의 접시를 하양보다 더 하얗게 만들어 드립니다.

"그것 참 대담하군. 진실을 속 보이는 거짓과 함께 제시해 그 거짓 속에 감추려는 것인가…"

"어서 들어가요. 저 형사양반이 정문을 열었네요." 레이나가 그를 재촉한다. 그는 깜짝 놀란 모양이다.

"문을 열었다고요? 그것도 정문을요? 기지 보안은 어떻게 하고 요?"

"보안이 없으니까 저리 쉽게 열었겠죠."

"예? 그… 그렇지만… 왜 보안이 없죠?"

"글쎄요, 왜일까요?"

데이빗은 뭐가 뭔지 몰라 혼란스러운 상황이지만 레이나가 그를 끌고 간다. 두 사람은 정문을 통해 기지 안으로 들어가고, 형사 옆에서 기다리고 있던 조수경관이 문을 닫는다.

데이빗의 궁금증은 그들이 기지 내부를 수색함에 따라 풀린다.

기지 내부에는 사람이 살았던 흔적은 많았지만, 사람은 한 명도 없었던 것이다.

불이 켜진 곳 역시 한 군데도 없었다. 감시카메라들과, 레이나가 〈근무인중 카메라〉라고 했던 것들은 일단 피해 이동하기는 했지만, 그것들도 작동하는 것처럼 보이진 않았다. 나머지 구역들을 모두 수색한 다음에, 네 사람은 마지막으로 모든 감시카메라의 영상을 볼 수 있는 보안 중앙 통제실에 들어온다.

켜져 있는 것은 아무것도 없다. 형사는 감시카메라 모니터의 전원을 켜보려고 하지만, 아예 전기가 들어오지 않는 모양이다. 이 건물에 있는 그 어느 것도 전기가 들어오는 것처럼 보이지 않는다.

"건물 정면의 꺼진 조명들을 보았을 때 직감했죠. 이곳은 더 이상 쓰이지 않는다는 것을요." 전 조직원인 레이나가 말한다.

데이빗은 그저 손에 들고 있는 플래시로 방의 이곳저곳을 비출 뿐이다. 그의 플래시 불빛은 계속 돌아다니다가 어느 한 곳에서 멈춘다.

그는 눈을 찡그리며 벽면에 붙어있는 한 종이를 향해 고개를 내민다.

* 하십시오

* 〈근무인증 카메라〉의 앞에서는, 다른 수호대원의 촬영을 방해하지 않게 줄을 서고 카메라가 당신의 얼굴에 초점을 맞춘 후 플래시가 터질 때까지 대기
* 실험 대상들은 엄하게 다루고, 조금이라도 우리 수호대에 위험이 될 만한 요소들은 즉시 상부에 보고
* 기숙사나 사적인 장소가 아닌, 우리 수호대의 대원들과 마주치는 모든 장소에서는 자신의 계급에 맞는 망토를 착용
* 〈근무인증 카메라〉를 건드리거나 분해하려는 행위는 **반드시** 삼가

무슨 이유에서인지 맨 마지막 문장의 바로 아래에는 호박꽃 하나가 그려져 있다.

데이빗은 오른쪽에 쓰여 있는 문장들로 넘어간다.

* 마십시오

* ⟨근무인증 카메라⟩가 당신의 얼굴을 촬영하는 것을 방해하거나
피하지
* ⟨검은 망토⟩의 명령에 불복종하거나 그 신상을 조사하려 들지
* ⟨근무인증 카메라⟩를 건드리거나 분해하려는 행위는 **절대로** 하지

"여기가 확실히 조직의 본거지이긴 한가 보군요." 데이빗은 종이에
시선을 고정한 채로 말한다.

"본거지였죠. 이젠 진짜 본거지는 다른 곳에 있고 이곳에는 혹시
라도 침입자가 들어올 경우를 대비한 최소한의 장치만이 작동하고
있는 것 같지만요."

"최소한의 장치?"

레이나는 방 한 구석에 있는, 빨간불이 들어온 모션 인식 카메라
를 가리킨다.

"여기까지 오는 동안 잘 피했는데, 이 방에 와서는 방심했네요. 작
동원리는 아마도, 움직임이 감지되면 카메라에 찍힌 영상이 실시간
으로 그들에게 전송되는 것일 터. 지금쯤 그들은 이곳을 향해 막 달
려오고 있을 테죠."

"그… 그러면!! 우린-!"

"빨리 나가야죠. 걱정 말아요. 우린 헬기가 있고, 착륙할 때 본 바

에 의하면, 이 근방에 건물은 이거 외에는 하나도 없으니까요. 분명 멀리서 오고 있을 거예요. 지금 움직이면 시간 안에 도망칠 수 있어요."

정말 그녀의 말대로, 얼마 후 조직원들이 몰려오는 것이 보이기 시작했을 때, 이미 헬기 동체를 끌어올리기 위해 엄청난 속도로 돌아가기 시작한 프로펠러가 있다.

네 사람은 멀어져가는 땅과 더불어, 가까워지면서 멀어지는 적들의 모습을 본다. 헬기 표면의 장갑에 총알이 부딪히는 소리가 들리지만 헬기는 아무 문제없이 비행을 시작해 빠른 속도로 멀어져간다.

레이나는 더 이상 총알이 부딪히는 소리가 들리지 않자 자리를 잡고 노트북 한 대를 연다. 그녀의 손과 눈이 분주하게 움직인다. 데이빗은 그녀가 무엇을 하는지 궁금하지만 바로 옆에 있는 형사가 무심하게 바깥만 쳐다보고 있는 모습을 보고는 굳이 나서서 물어볼 필요는 없다고 결론을 내린다.

마침내 그녀가 입을 연다.

"이걸 보세요."

그녀는 화면이 데이빗과 형사를 향하게 노트북을 돌린다. 화면에 보이는 것은 도대체 무슨 수로 구한 것인지도 모를, 어떤 전력사용량을 나타낸 선 그래프다. 막대그래프의 막대 수백 개를 모은 다음 그 높이의 변화를 선으로 표현한 것으로 보인다. 그래프의 선은 일정 수치를 유지하며 오른쪽으로 나아가다가, 어떤 지점에서 갑자기 급강하를 해 이전보다 훨씬 낮아진 수치로 나아가더니, 끝자락에 이르러서는 다시 급상승해 처음과 비슷한 높이가 된다.

"우리가 방금 빠져나온 세제 공장의 전력소비량이에요. 세로축에 듬성듬성 박힌 수치들, 기준 단위, 대충 훑어보고 제 말 들으세요.

이 그래프는 딱 2년 전부터 현재에 이르는 기간 동안의 전력소비량 변화를 보여주고 있어요. 일단 전력소비량을 보세요. 제가 이곳에서 일하고 있었을 때의 두 배는 되는 엄청난 양이에요. 이제 전력소비량 변화의 흐름을 보세요. 어느 순간부터 전력소비량이 확 떨어졌죠 (아마 조직원들이 다 떠난 시점부터겠죠). 반 토막이 났어요. 하지만 여전히 폐쇄된 세제공장이라기엔 너무 많은 양이에요. 그러다 심지어 얼마 전에는 다시 원래의 소비량과 맞먹을 정도가 되었죠. 폐쇄된 건물의 전력소비량이 말이에요. 우리가 방금 구경했던 그 건물의 전력소비량이 말이죠. 그것도 아주 갑작스럽게요.

뭔가 이상하죠? 전력소비량이 원래 수준으로 돌아온 날짜를 확인해보니 더 이상했어요. 우연히도 그게 딱 우리가, 아니 당신들이 조직의 건물 중 하나에 들어가서 건물이 완전히 무너지기 직전에 겨우 탈출한 날이었다는 것이죠."

"당신의 꾐에 넘어가서 말이죠." 데이빗이 핀잔을 준다.

"그래요. 어쨌든, 생각이 거기까지 이르자 그때 무너졌던 그 건물의 전력소비량을 찾아보지 않을 수가 없었죠. 바로 여기 있어요."

새로운 그래프가 모니터에 나타난다. 그러나 다른 점은 그리 많지 않다. 일정한 전력소비량, 먼젓번의 그래프와 비슷한 시기에 반 토막이 난 후 다시 일정하게 나아간다. 눈에 띄는 차이가 있다면 그것은 막판에서 수치가 갑자기 0이 되었다는 것이다. 그 뒤로 전력소비량은 그 어느 때보다도 일정하게 0이라는 수치만을 기록하고 있다.

"이 건물도, 우리 때문에 그렇게 되기 전까지는 버려진 건물 치고는 너무 많은 전기를 쓰고 있었죠. 그래서 생각했어요. 사용되지도 않는 건물이 이렇게 전기를 많이 소비하는 것은… 전선을 타고 건물로 온 전기가, 또 다른 전선을 타고 다른 곳에 가서 쓰이기 때문이 아닐까……. 두 개의 건물이 사이좋게, 반반씩 나눠서, 어떤 특정한 곳에 전기를 공급하고 있었던 것이 아닐까…"

"……."

"새로운 본거지… 어디 있는지는 알 수 없지만, 곧 찾을 수 있을 것 같아요. 그리고 그곳은, 더 이상 위장기지는 아닐 것 같네요."

41
침입자

나가는 길을 찾기 위해 여자와 함께 새로이 이동한 또 다른 방에서, 레이첼은 심각한 표정으로 미동도 하지 않고 있다.

뭘까…? 그건 분명히 그 여자가 해줬던 얘기랑 너무 비슷해…. 문장 하나하나까지…. 뭔가 있는 걸까…?

그녀는 의자에 앉아 방의 출입구를 등지고 있다. 시선은 반대쪽의 텅 빈 벽면을 향한다. 그녀의 왼쪽에 위치한 벽면에는 정체 모를 커다란 기계들, 그리고 그 기계들과 전선들로 연결된 컴퓨터가 바짝 붙어서 있으며 여자는 그 컴퓨터로 무언가 작업을 하고 있다. 그녀의 오른쪽에 위치한 벽면에는 커다란 탑형 책상이 하나 놓여 있으며, 책상 위에는 불투명한 검은색의 와인 병이 하나 놓여 있고, 책상 밑에는 그들이 이 방에 침입할 때 마취제로 잠재워버린, 이 방 컴퓨터의 원래 담당자가 감추어져 있다.

"이곳의 출구는 철저한 시스템의 관리를 받고 있어요." 여자가 컴퓨터의 자판을 두드리며 말한다. "함부로 접근할 수도, 함부로 통제할 수도 없죠. 결국 시스템을 해킹해야 해요. 어디보자… 저도 이정도로 스케일이 크고 위험한 해킹은 처음 해봐서요…. 기다리는 동안 저쪽의 와인 병이라도 따보실래요? 조직에서 만든 장난감인데, 따보시면 섬광이 보일 거예요. 물론 그게 실제로는 섬광이 아니고, 보통의 경우라면 눈에 보이지도 않을 극미량의 액체가 그 특유의 회한한 빛깔 때문에 아주 잠깐 동안 지나치게 눈에 띄는 것이지만요."

그 뒤로 여자의 시선은 모니터에만 고정된다.

방의 크기가 작고, 또 특별히 보관해야 하는 중요한 것이 있는 것도 아니기에 그들이 있는 방은 출입구에 문이 달려있지 않다. 출입구는 그저 세로로 길쭉하게 뻗은 직사각형 구멍인 것이다. 레이첼은 변함없이 그 출입구를 등지고 앉아 사색에 잠겨있다. 덕분에 출입구 너머로부터 음식이 올려진 트롤리 카트 한 대를 앞에서 잡아 뒷걸음질로 끌고 오는 조직원을 보지 못한다.

그 또한 뒤로 걷고 있는데다, 방에 문이 없다는 사실을 아주 잘 알기에 뒤조차 돌아보지 않는다. 그저 평소에 항상 해왔던 대로 방까지 단숨에 들어옴과 동시에 외친다.

"식사 시간이야, 로디!"

숨넘어가는 헉 소리. 짧은 우당탕탕 소리.

"응? 방금 뭐였어?" 그제야 그가 뒤를 돌아보고는, 그의 오랜 동료 로디 대신 엄청나게 창백한 얼굴로 숨을 헉헉 내쉬며 그의 시선을 가로막고 있는 한 여자 조직원을 보게 된다.

"음… 실례지만 제가 방을 잘못 찾아왔나요? 전 여기가 로디의 방인 줄 알았거든요. 성까지 포함하면, 그러니까…."

"아, 예, 예. 알아요! 잘 찾아오셨어요! 전 다른 구역에서 일하는데 오늘 그분이 아프서가지고요. 오늘만 대타로 온 거예요."

"음, 그렇군요. 그나저나, 지금 저에게 너무 가까이 계신 것 같은데… 괜찮으시다면…."

"아! 죄송해요! 제가 그랬군요! 하하하…."

여자는 한두 걸음 물러나 이마의 식은땀을 훔친다. 남자는 잠깐 방을 훑어보지만 평소와 크게 달라진 것은 찾지 못한다.

"로디가 아프다니, 참 이상한 일이네요. 오늘 아침에 봤을 때도 쌩 쌩했는데…."

여자는 창백한 한숨을 뱉어낸다.

"아, 하하…. 아마도 점심에 뭔가를 잘못 드셨나 봐요. 갑자기 찾 아오셔서 배탈이 났다고 하시더라고요."

"그래요? 오늘 점심 로디랑 같이 먹었는데 저는 아무 이상 없던 데…."

"하하하하…. 뭐, 사람마다 체질이 다른 거겠죠. 하하…. 그보다, 그 카트는 바퀴소리도 안 나는 것 같더라고요? 갑자기 나타나셔서 놀랐어요!"

"소음을 최소화한 신상품이죠. 바퀴도 고무로 되어 있어요. 모르 셨어요? 요새 보급품들은 다 이런데…. 신발도 마찬가지고요. 불필 요한 소음을 없애자는 우리 수호대의 뜻깊은 취지죠."

"그, 그렇군요…."

여자는 흘낏 구석의 책상으로 시선을 던진다. 책상 아래에, 남자 가 찾고 있는 로디라는 자와 함께 레이첼이 숨어있다. 자꾸 그쪽으 로 눈동자가 움직이는 것을 그녀는 겨우 참아낸다.

레이첼은, 기절한 로디의 몸으로 자신을 가린 채로, 숨을 죽이며 방 안을 돌아다니는 네 개의 다리를 지켜본다.

"그나저나, 혹시 바늘 하나 보셨어요?" 남자가 말을 꺼낸다. "제가 먼젓번에 왔을 때 바늘 하나를 놓고 온 것 같았거든요."

"바, 바늘이요?"

"저기에서 작업을 하다가 방을 나설 때 깜빡 잊고 나왔던 것 같아요." 남자는 방 한 구석을 가리키며 말하더니, 그곳으로 걸음을 옮긴다. 레이첼이 숨어있는 책상이다.

남자의 두 다리가 책상 바로 앞에 멈춰 섰을 때 레이첼은 숨이 탁 막혀오는 것을 느낀다.

"음… 책상 위에는 없는 것 같은데, 그럼 바닥에 떨어졌나?"

남자는 한 쪽 다리를 접어 바닥에 반쯤 주저앉더니, 책상 아래를 찾아보기 위해 몸을 굽힌다!

"잠깐만요!" 여자의 갑작스런 외침이 그의 고개를 돌리게 한다.

"무슨 일이죠?"

"망토… 다른 수호대원들과 접촉할 때는 사적인 장소가 아니면 망토를 착용하는 게 규정 아닌가요?" 여자는 겨우 유지되고 있는 창백한 미소를 띤 채 어떻게든 그의 시선을 자신에게 머무르게 하려고 애쓴다.

"망토가 손상을 입어 수선 중에 있을 때는 착용하지 않아도 규정에 위배되지 않아요. 제 망토를 누군가가 찢어놓았거든요. 누가 했는지 제가 반드시 범인을 잡을 겁니다. 요즘 수호대에 반감을 가진 누군가가 수호대의 물건들을 파손하면서 돌아다니고 있다던데 분명 그 자의 짓일 거예요. 어쨌든, 그 일 덕분에 이 방에 와서 찢어진 부분을 꿰매려고 몇 시간동안 진땀을 흘려야 했는데, 바늘은 그때 잃어버린 것 같습니다. 건진 건 하나도 없고 대가로 바늘만 가져가버린 시도였죠."

그렇게 말하고서 남자는 고개를 다시 책상 쪽으로 향하려 한다.

"잠깐만요!"

"또 뭡니까?"

"방금 생각났지 뭐예요!" 여자는 허겁지겁 자신의 주머니를 뒤지기 시작한다. "생각해보니까 제가 아까 바닥에서 바늘을 주웠거든요. 바늘 같은 거 별로 신경 쓸 것 같지도 않아 그냥 제가 챙겨놓았는데, 설마 주인이 이렇게 찾으러 올 거라곤… 진짜 생각 못했어요."

그녀가 바늘 하나를 올린 손바닥을 내보인다.

"이거 맞죠?" 억지로라도 확신을 구하는 것 같은 표정이다. 떨리는 입가의 미소는 곧 무너질 것 같다.

남자가 바늘을 받아든다.

"글쎄요… 제 건 새 거라서 이렇게 더럽진 않았던 것 같은데…."

"하… 아마도 바닥의 먼지들 때문에 그렇게 된 거겠죠? 아마 그럴 거예요. 그렇게 생각하지 않으세요?"

"저기, 괜찮으세요? 얼굴이 너무 창백해 보여요."

"그럼요! 오늘 기분 최고예요!"

"진짜 괜찮으신 거죠…?" 남자는 방 안의 이상한 분위기를 견디지 못한다. 그러나 그것은 다른 누구도 마찬가지다.

"이 바늘… 진짜 제 거 맞나요?"

"글쎄요… 제가 오늘 여기서 주운 것이기는 한데, 정황을 보아하니 맞지 않을까요? 하하하…."

"음, 어쨌든 고마워요." 남자는 바늘을 보관할 것이 없어 그냥 그의 옷 한 구석에 꽂아 놓는다. "아, 그리고 음식은 그냥 대신 드세요. 카트는 여기다 놓으시면 제가 나중에 다시 가져갈게요."

"어이쿠, 감사합니다."

"그럼, 조금 있다가 올게요."

레이첼은 출입구 쪽으로 걸음을 옮기기 시작한 두 다리를 보고는 안도한다. 그래서일까, 긴장을 완화시키기 위해 로디의 목덜미를 꽉 쥐고 있던 땀 젖은 오른손에 힘이 빠진다. 손은 그의 목덜미에서 떨어져나가, 바닥에 착지하려는데, 바로 거기엔 웬 바늘 하나가 있었고 레이첼의 손바닥이 바늘 끝부분에 콱 찍힌다.

발작적이고 격한 신체 반응. 책상 위 와인 병이 넘어지고 방에서 나가려던 남자의 발걸음이 멈춘다.

"뭐였죠?" 그는 여자의 망연자실한 표정을 본다. 그리고는 쓰러진 와인 병으로 시선을 옮긴다.

"어… 그… 부, 분명 옆방에서 누군가가 벽에 부딪힌 걸 거예요. 벽이 굉장히 얇은 것 같아요. 오늘 일하다가도 가끔씩 있었어요. 그때마다 와인 병이 넘어져서 깜짝 깜짝 놀랐죠."

여자의 횡설수설이 어느 때보다 심해진다. 남자는 의혹의 눈초리를 거두지 못한다.

"혹시 저한테 숨기는 거라도 있나요?"

"아, 아뇨. 그럴 리가요… 제가 뭘 숨기겠어요? 하하…."

남자는 책상 바로 앞에 선다.

손으로 벽면을 몇 번 밀쳐본다.

"그렇게 얇은 것 같지는 않은데요, 이 벽."

"그, 그런가요? 어쨌든 별일 아닐 거예요."

"그래도 계속 이런 일이 일어나면 그것도 문제일… 어이쿠."

남자는 책상 위에서 굴러 떨어지는 와인 병을 잡는다. 그리고는 다시 책상 위에 세워놓는다.

"하마터면 큰일 날 뻔 했네요. 병이 책상에서 구르는 걸 보아하니 책상 밑의 바닥이 어딘가 부풀어 있는 거예요. 아니면, 이거 조립식 탑형 책상이죠? 그렇다면 조립이 제대로 되지 않아 책상 앞뒤의 높이가 약간 다른 것일 수도 있겠네요. 한번 봐드릴게요. 제가 여기서 하는 일이 이런 것들이거든요."

"아, 아니에요! 괜찮아요!"

여자는 말리려 해보지만 이미 그는 주저앉아 책상 아래로 몸을 숙아-

위이이잉! 위이이잉!

별안간 사이렌이 건물 전체에 울리기 시작해 모든 이들의 동작을 정지시킨다!

방 안의 모든 깨어있는 사람의 시선이 일제히 출입구 쪽을 향한다. 여자는 이때다 하면서 남자에게 다가와 고개만 돌리면 레이첼을 보게 되는 위치의 그를 책상에서 떨어뜨려놓을 방법을 열심히 강구하지만, 남자가 스스로 일어나더니 출입구 쪽으로 걸어간다. 여자는 안도한다.

"무슨 일이 일어났군요? 어떤 큰일이." 남자가 출입구 바깥을 보며 말한다.

"이런 경보가 울리는 것은 침입자 발견 정도의 일이어야 할 텐데요." 여자는 차마 실험 대상의 탈출이 발각되었을 때도 이런 경보가 울릴 것이라는 얘기는 하지 못 한다. 이미 사이렌이 울리기 시작한 이상 위험부담이 너무 커지긴 했지만, 그렇더라도 레이첼을 위해 최대한 시간을 벌어야 한다고 생각하기 때문이다.

곧 경보가 멈추고, 그녀가 탈출했다는 사실이 본거지 전체에 알림으로 전달되겠지. 모두가 그녈 찾으려 들 거고. 과연 나는 그녀를 끝까지 책임질 수 있을까?

"침입자라… 만약 그렇다면 같이 단숨에 달려가서 제거합시다. 침입자는 어떤 이유에서든 생존이 불허되는 것이 우리 수호대의 원칙 아닙니까?"

남자는 침입자가 생겼다는 내용의 방송만을 기다리고 있는 듯 보인다. 여자는 그 모습을 보고 속으로 씁쓸한 비웃음을 날린다. 그가 달려가서 제거해야 하는 대상은 다른 곳에 있는 게 아니라, 바로 여기, 이 방 안에 있는 한 실험 대상이기 때문이다.

사이렌 소리가 중단된다. 곧이어 같은 스피커에서 목소리가 흘러나온다. 그 내용을 알아차리는 순간, 여자의 눈이 휘둥그레진다.

((A-2구역에서 네 명의 침입자 발견. 무장 가능성 있음. 교전을 위해 신속히 이동하라. 반복한다, A-2구역에서 네 명의 침입자 발견. 무장 가능성 있음. 교전을 위해 신속히 이동하라.))

42
새로운 본거지

"드디어 찾았네요. 새로운 제 1본거지. 그리고 정말로 위장기지는 아니었어요." 데이빗이 경탄한다.

새로운 본거지는 위장의 필요조차 없었다.

애초부터 밖에서는 보이지도 않기 때문이다.

높이가 킬로미터 단위로 나올 것 같아 보이는 거대한 벽의 중간에, 약간 앞으로 튀어나온 부분이 있다. 그 부분을 밟고 서 있는 불도저 한 대와 네 명의 사람은, 바깥에서부터 그곳으로 이어지는 사각형 모양의 입구를 등지고 서 있다.

"이런 거대한 게 지하에 숨어있을 거라고 누가 감히 상상이나 해봤겠어요?"

그들은 그들 앞에 보이는 것에 압도된다.

엄청난 길이의 직사각기둥들 수십 개가 행과 열을 지어 서 있다. 기둥들의 꼭대기나 밑바닥은 거의 보이지 않는다. 가끔 행렬에서 벗어난 변칙적인 기둥들도 보이는데, 그것들을 제외하고는 기둥 사이의 간격이 모두 일정하다. 모든 기둥들은 주위 기둥들과 금속 재질의 조그만 다리들로 연결되어 있으며, 그 다리를 기준 삼아 관찰함으로써 그들은 앞뒤 간격은 몰라도 기둥들의 가로 간격은 대략 50미터라는 결론을 낸다.

"언니의 망상이 점점 현실이 되어가고 있는 것이라고 해야겠군요. 제1위장기지보다 몇 배는 큰 것 같네요." 레이나조차도 기지의 거대함에 놀란 표정까지는 감추지 못한다.

"단순한 허허벌판 아래에 이런 것이 있다니. 형사님의 최첨단 전류 인식 장비로 전류를 추적하지 않았다면 절대로 찾지 못했겠어요. 또, 이 불도저가 없었더라면 경비를 뚫고 여기까지 오지 못했을 거고요." 데이빗은 바로 옆에 있는 거대한 불도저를 바라본다. "헬기에, 전류 인식 장비에, 또 불도저까지…. 어떻게 그런 것들을 다 가지고 계신 겁니까? 정말 놀랍군요."

"그나저나, 여기서 어떻게 그 자를 찾죠? 검은 망토 말입니다." 조수경관은 자신들이 있는 곳으로 이어진 금속 다리를 보며 말한다. "이 다리를 무턱대고 건넜다간 미로에 갇힐 수도 있겠는데요."

"전 제 언니를 잘 알아요. 그리고 이 기지도, 이전의 제1위장기지를 크기만 늘린 것과 다를 게 없죠. 분명 중심부에 다른 기둥들보다 훨씬 큰, 원통형의 기둥이 있을 거예요. 그 안에 들어가기만 하면 제 언니를 찾는 것은 쉬운 일이죠. 가장 위대하신 '검은 망토'가 계신 곳으로 우릴 안내해 줄 표식들이 모든 곳에 있을 테니까요."

"레이첼… 그럼 레이첼은 어떻게 찾죠?" 데이빗이 불안해한다.

"그래요. 그게 문제겠네요. 레이첼… 그리고 찰리도요. 하지만 걱정 말아요. 레이첼이든 찰리든, 조직에 대해 생판 모른 채로 잡혀온 게 아니잖아요. 언니의 편집증에 비추어 생각해 볼 때, 분명 그들을 기지의 변두리에 가두지는 않았을 거예요. 그러니까,"

레이나는 모두에게 말한다.

"다 같이 어서 조직의 심장부로 돌격해요. 가는 도중 저와 데이빗은 그 두 사람을 찾기 시작할 거예요. 레이첼이 우선이겠죠. 어쨌든 간에 일단 우리는 저쪽으로 가는 거예요!" 그녀는 기둥 숲을 향해 손가락을 뻗는다.

조수경관이 불도저에서 무기들을 꺼내면서 말한다.

"그럼 모두 무장하도록 하죠. 꽤나 피터질 것 같으니."

네 사람은 그들이 불도저 안에 실고 온 온갖 종류의 무기들을 장착하기 시작한다. 심지어는 데이빗도 무기들을 챙긴다.

"우린 목표는 다르지만, 목적지는 같네요. 안 그래요, 형사양반?" 불도저에서 그녀 소유의 무기들을 꺼내면서 레이나는 옆에 있는 형사에게 냉소를 지어 보인다. 형사는 그녀를 무시하고 묵묵히 무기들만 장착하고 있다.

내 생애 마지막 전투다.

레이나의 눈빛은 자신감에 차 있다. 뭔가 더 이상 잃을 것이 없다는 것에서 나올 법한 자신감이다.

그녀는 옷소매를 걷어 올리고는, 그녀의 손과 팔뚝을 다 덮는 두꺼운 강철 장갑을 오른팔에 장착한다.

43
재회

  레이첼은 방의 출입구 바로 옆에 기댄 채로 바깥을 힐끗힐끗 엿보고 있다. 그러나 조직원들의 다급한 목소리만 들려올 뿐, 정작 보이는 것은 없다.

  방에는 그녀뿐이다. 그녀를 방으로 데리고 온 여자는 침입자 처단이란 목적으로 남자와 함께 무장하러 가버렸다. 반강제적으로.

  쨍그랑!

  깜짝 놀라 뒤돌아본다. 그러자 어떤 섬광이 그녀를 스친다.

  그로 인해 그녀는 깨진 것이 무엇인지 단박에 알아차린다.

  "여… 여기에 정말 그… 제 4원색이…?" 깨진 와인 병의 조각들을 만져보며 그녀는 말한다.

  그때 갑자기 바깥에서 들려오던 소리가 요란해진다. 총소리마저 그녀 귀에 들리기 시작한다.

  그녀는 다시 출입문 옆에 기대어 바깥을 본다. 보이는 것은 없으나 분명 바깥에는 총격전이 벌어지고 있다. 그녀는 불안에 떨기 시작한다. 어느 순간 갑자기, 조직원이 이리로 달려오는 장면이 그녀 눈에 선히 펼쳐질지 모르기 때문이다.

  총소리가 잦아들기 시작한다.

소리의 크기는 줄지 않았으나, 그 빈도만은 확실히 줄어들었다. 그러면서 그녀는 어떤 목소리를 듣게 된다. 그녀가 많이 들어왔던, 귀에 익은 목소리…

"데… 데이빗?"

저 멀리에서, 그의 목소리가 희미하게 그녀를 찾고 있다. 그녀 이름인 레이첼이 어딘가에서 들려오고 있다!

"데이빗!"

그녀는 달려 나간다. 그녀가 받은 이름을 그의 이름으로 바꿔 내보내면서 달린다.

"데이빗! 어디 있어요!"

모퉁이를 몇 번 돈 후에야 여러 개의 복도가 만나는 넓은 공간이 나타났는데, 그곳에서 마침내 목소리의 근원과 마주한다.

"데이빗!" 그녀는 데이빗에게로 뛰어가기 시작한다.

"레이첼!!" 그는 매우 놀란 얼굴이다. 그러나 그 표정은, 보통의 놀란 얼굴이 아니다.

공포가 온갖 곳에 서린, 공포로 일그러진 얼굴이다.

레이첼은 바닥에 쓰러진다. 뭔가 단단한 것이 그녀의 등을 내리찍었다.

그것은 지금 그녀 바로 뒤에서 음흉한 얼굴을 하고 있는, 빨간 망토를 두른 조직원의 총에 달려있는 개머리판이었다.

데이빗은 떨리는 손으로 권총을 겨눈다. 하지만 상대는 이미 레이첼의 머리에 기관단총의 총구를 대고 있다.

"총 내려." 그가 말한다. "안 그럼 이 여자의 목숨은 없다."

데이빗에겐 선택권이 없다.

잠시 머뭇거리던 그는, 천천히 무릎을 굽히더니 권총을 바닥에 내려놓는다.

조직원의 입에서 거친 웃음소리가 튀어나온다.

"흐흐흐흐…"

기분 나쁜 웃음은 한동안 이어진다. 레이첼은 극심한 공포로 떨고 있고, 데이빗은 전신이 굳은 채로 그를 노려보고 있다. 음흉한 눈초리로 그 두 사람을 번갈아 바라보던 그는, 데이빗을 쏘기 위해 레이첼의 머리를 향하던 기관단총을 들어 올린다. 바로 그 순간-

탕!!

그가 뒤로 넘어간다. 그의 머리에 총구멍이 뚫려있다.

레이첼은 헉 하고 숨을 멈추며 고개를 든다.

"다음엔 상대가 총을 들이대기 전에 먼저 쏴요, 데이빗." 레이나는 데이빗의 어깨를 툭 두드리면서 다가온다. "오랜만이에요, 레이첼. 하지만 안타깝게도 담소 나눌 시간은 없는 것 같네요."

그녀는 레이첼에게 손을 내민다. 반대쪽 손의 권총은 가느다란 연기가 피어오른다.

"어서 일어나요. 악마들을 몰아내고 이 소굴을 빠져나가야죠. 물론, 구할 사람은 구하고요."

"그보다… 진짜 괜찮은 거예요?" 데이빗이 걱정스런 표정으로 묻는다. "여기 오는 도중에 총 몇 번 맞은 것 같던데요…"

"괜찮다니까요. 방탄복 덕분에 이 정도에는 죽지 않을 거예요. 뭐, 앞으로 더 맞는다면 어떨지 모르겠지만."

"겉으로 보기에는 전혀 안 괜찮아 보이는데…"

데이빗의 말대로, 과연 그녀의 몰골은 말이 아니다. 몸 군데군데에는 상처들이 나 있고, 다리에 두 군데, 방탄복에 두 군데나 총알이 박혀 있다.

"총알이 장기나 뼈를 건드리진 못한 것 같아요. 그랬으면 저는 진작 죽었거나, 적어도 다리뼈가 부러졌다면 걷는 데 지장이 있었겠죠. 여기까지 오면서 걷는 데 아무 문제는 없었던 것 같은데."

"총 쏘는 데 집중하느라 모르셨던 건가요? 다리에 총알이 박힌 이후로 계속 다리가 이상하게 움직이던데요?"

"음… 그래요?"

레이첼을 일으켜주려다 말고 그녀는 주저앉아 그녀의 다리들을 이곳저곳 눌러보기 시작한다. 마지막으로 총알구멍이 나 있는 두 부위 중 하나인 오른 다리의 발목 바로 윗부분을 건드리고는 다리의 헐렁함을 느끼며 그녀가 말한다.

"정말이네요. 총알이 박힌 부분에 골절이 있는 것 같아요."

"근데 그걸 지금 알았다고요? 고통이 엄청났을 텐데?" 데이빗은 황당해하는 눈치다.

"전 그 이유를 알 것 같아요." 레이첼이 스스로 일어나며 말한다. 다른 두 사람의 시선이 그녀에게로 쏠린다. "당신은 심지어 다리에 골절이 있는지 확인할 때도, 총알이 박힌 부위만 확인했으면 될 것을 다리 전체를 만져보았죠. 그건 그렇게 하는 것이, 당신이 예전부터 해오던 버릇이기 때문이 아닌가요? 예전부터 당신은 다리에 이상이 있는지 확인하기 위해 다리를 손으로 만져봐야만 했어요. 굳이 그래야 했던 이유는… 아마도 당신이…."

"다섯 살 때 왼쪽 다리뼈가 두 동강 난 이후로, 그렇게 하도록 교육받았어요." 레이첼이 뜸을 들이자 레나는, 이제껏 뭔가를 감춰오던 것을 마침내야 포기할 때나 나올 법한, 되레 시원한 표정으로 말을 잇는다. "걸을 때 극심한 주의를 기울이면 뭔가 이상하다는 느낌이 들 때도 있어요. 하지만 그 이상한 느낌이라는 것만으로는 부족해서 다리를 한 부위씩 눌러보다 보면, 확실해지죠. 단순히 다리 뼈에 금이 가거나, 골절이 허벅지에 생긴 게 아닌 이상, 뼈가 부러졌다는 것은 손으로 느낄 수는 있으니까요. 물론 애초에 제가 보통 사람과 같았다면, 그저 다리에서 느껴지는, 소위 말하는 참을 수 없는 통증만으로도 알 수 있었을 테지만요."

"예?" 데이빗은 어리둥절해한다.

"용케도 눈치 채셨네요, 레이첼." 그녀는 레이첼을 지긋이 바라본다. "언제 알아차린 거죠?"

"처음에 뭔가 이상하다고 느꼈던 것은 당신이 무너지는 건물에서 우릴 구하고 나서, 조직의 추격을 따돌릴 때였어요. 상처가 많이 났는데도 당신은 전혀 개의치 않았죠. 마치 고통도, 두려움도 없는 사람 같았어요. 그것도 어떤 강한 의지가 있어서 그런 게 아니라, 아예 처음부터 그런 느낌들을 모르고 있는 사람인 것 같았죠."

"……."

"그래서 식당에 가서 뭐라도 먹자고 뜬금없이 얘기를 꺼낸 거예요. 그 식당에서, 일부러 당신의 옆자리에 앉아 당신의 옷에 콜라를 쏟고, 정신없어 하는 당신의 옷을 한 손으로 닦으면서 탁자 아래에 있던 다른 손에 바늘을 쥐고 당신의 다리를 몰래 찔렀죠. 실수로 너무 세게 찔러 다리에서 피까지 났지만, 당신은 아무런 반응도 없더군요. 그때 확실하게 알았죠. 당신은 고통을 느끼지 못한다는 걸."

"음, 그때였군요. 아픔은 없었지만 뭔가가 피부를 건드리는 느낌은 있었을 텐데, 옷이 젖은 거에만 신경을 쓰다가 눈치 채지 못했나 봐요."

"그 사실을 알아채고 나서, 집에 오자마자 컴퓨터로 찾아봤어요. 그런 질병이 실제로 있더라고요. 병명은…"

"CIPA."

레이나는 마치 진단을 하듯 선언한다. 데이빗은 그저 두 사람을 멀뚱히 쳐다보고 있고 레이첼은 고개를 끄덕인다.

"선천성 무통각증 및 무한증이라고 하죠. 두뇌에 감각을 전달하는 신경세포가 NTRK1 유전자의 변이로 생성되지 않아 냉점, 온점, 그리고 무엇보다 통점의 감각을 뇌에서 인지하지 못하는 병으로, 무진장 회귀하지만 어쩌다 제가 운 없게도 가지고 태어나버린 질병이죠. 압력을 느끼는 감각만은 살아있기에 촉각이 완전히 죽었다곤 할 수 없지만 고통 없이 촉각만으로 몸이 다친 것을 인지하는 데에는 한계가 있고, 차가움과 뜨거움을 못 느껴 땀도 흘리지 않으며 동상이나 열사병에 걸리기도 쉽고, 고로 매일 매시간 생명의 위협을 느끼며 살아가야 하는 것이 마치 이 수호대와 비슷하죠."

"그, 그럼, 정말로 고통을 못 느끼신단 말이에요?" 데이빗이 묻는다.

"육체적 고통은 못 느끼지만, 정신적 고통으로 그 대가를 치르고 있죠. 매일 아침 일어나면 항상 거울을 봐요. 간밤에 눈을 비비다가 손톱으로 각막을 할퀴지 않았는지 보려고요. 밥 먹고 나서도 항상 거울을 보죠. 보통 사람들과는 달리, 저는 혀를 깨물어도 모르는 경우가 부지기수거든요. 한번은 혀의 앞부분을 깨물었는데도 씹는 걸 멈추지 않아, 그대로 그 부분을 씹어 먹은 적도 있죠."

레이나는 혀를 내밀어 그 흔적을 보여준다.

"조직에게 쫓기는 도망자 신세가 되고나서는 병원에 간 적이 없어요. 매번 갈 때마다 받아야하는 수십 가지의 지긋지긋한 검사들이 없어서 좋긴 하지만, 그로써 제 몸의 상태가 어느 수준인지는 전혀 감조차 안 오게 되었죠. 여기서 나가게 되면 한 번 가봐야 할 것 같아요."

그녀는 벌떡 일어난다. 그녀의 골절된 다리뼈에는 전혀 신경을 쓰지 않는 듯 무심하게 두 사람을 바라보며 말한다.

"물론 그러려면 해야 할 것이 두 가지가 있죠. 하나는 이 조직을 없애고 도망자 신세를 탈피하는 것. 다른 하나는… 살아남는 것. 모두들 어서 가자고요. 살아남아야죠."

그 순간 뒤에서 폭발소리가 들린다. 레이나는 소리가 난 곳을 향해 총을 겨눈다.

"아무도 안 다쳤어요? 웬 놈이 수류탄을 던져서요." 폭발 연기를 헤치고 형사와 조수경관이 나타난다. 벽에 커다란 구멍이 뚫렸고 한쪽 구석에는 불이 활활 타오르고 있다. 구멍으로 보이는 바깥 모습에도 이곳저곳 화염이 반짝인다.

"마침 딱 적절한 때에 찾아오셨네요." 레이나는 그들을 맞이한다. "우리가 있는 정확한 위치는 알고 왔던 건가요?"

"그럼요. 우리가 어떤 사람들인데요." 조수경관이 화답한다.

"저와 제 조수에게 감사해하세요. 이리로 오는 자들을 다 처리하면서 왔으니까 말입니다." 형사는 조수경관을 둘러와 앞에 나타난다.

"좋아요. 이제 당신들이 언니에게로 가는 길을 뚫어 주세요. 당신들이 길을 뚫고, 저는 데이빗과 레이첼을 데리고 바로 뒤에서 따라가는 겁니다."

레이나는 자신의 오른팔에 장착된 강철 장갑을 점검하며 말한다. 장갑은 1센티 이상으로 두껍고, 이전에 여러 번 그을려진 모양인지 시커멓게 보인다. 고쳐 끼려는 듯 그녀는 장갑을 뺀다. 온통 화상 흉터로 얼룩진 오른팔을 잠깐 바라보고는 다시 장갑을 낀다. 그 모습을 본 레이첼은 무의식적으로 그녀의 팔뚝을 가린 장갑을 붙잡는다.

"그럼, 지금 움직입니다." 조수경관이 말한다.

“좋아요. 일단 근처에 있는 조직원들을 처리하면 저도 움직이죠.”

형사와 조수경관을 보내고선, 레이나는 그 두 사람이 뚫어놓은 구멍으로 다가간다. 레이첼은 장갑에서 손을 떼며 말한다.

“그 병이 당신을 불행하게 만들었다는 걸 알아요. 당신이 삶에 미련이 없는 것도 그 때문이겠죠. 하지만, 부탁할게요. 제발 여기서 죽지 마요. 우리랑 같이 살아나가요. 제가 병원에도 데려다 드리고, 더 이상 혼자 살게 놔두지 않을게요. 병간호도 해드릴 수 있어요.”

“이 병은 간호하는 사람도 정말 미치는 병일 텐데요. 사실 제가 혼자 사는 것도 그런 이유 때문이 크죠. 그리고 무엇보다, 제가 아까 말하지 않았나요? 해야 할 일이 두 가지인데, 그 중 하나가 살아남는 거라고요.”

“그 흉터.”

레이첼은 강철 장갑을 가리킨다.

“그 흉터, 자해한 거죠?”

“죽으려고 한 건 아니었어요. 매일 피부가 화상을 입었는지 확인해야 하는 일이 너무 짜증이 나서 홧김에 한 번 해본 거죠.”

“그 흉터가 그 병이 얼마나 위험한지를 저에게 직접 말해주는 것 같아요. 흉터를 보는 순간, 전 마음먹었어요. 이곳을 우리 모두가 무사히 빠져나가면, 절대 당신을 혼자 두지 않겠다고, 당신 곁에 항상 누군가가 있다는 사실을 당신에게 깨우쳐주겠다고. 그러니 죽지 말아요.”

“…………”

“제발 죽지 말아요. 꼭이요.”

레이나는 강철 장갑을 낀 팔을 한쪽 구석에서 타오르는 화염에 갖다 댄다. 레이첼은 소리를 지른다.

"뭐, 뭐하는 거예요!"

"오른팔을 볼 때마다 참기 힘든 감정이 계속 치솟았죠. 그래서 매번 팔을 감추고 다녔던 거고요. 거기에다가 지금 당신의 말을 들으니 도저히 참지 못하겠더군요. 부끄러움이에요. 제 오른팔에 난 흉터가 얼마나 부끄러운 흔적인지 덕분에 뼈저리게 느꼈어요. 이젠 그 부끄러움의 흔적을 탈바꿈시키려 해요. 당신과 당신 애인을 지키려고 얻은, 영광의 흉터로요. 걱정하지 마요. 이 정도로는 절대 안 죽으니까. 다만 그렇게 멋진 말을 해놓고선 당신이 죽으면, 너무 허무하잖아요. 당신의 소원이 이루어지려면 당신과 제가 모두 살아남아야 하는데, 죽기 직전까지는 제 몸을 희생해 모두를 지켜야죠. 그렇게 해서 운 좋게 살아남으면, 저는 영광의 흔적을 팔에 새기게 되고 당신은 소원을 이루는 것이고, 설령 어차피 모두가 죽을 운명이라 해도, 그럼 제 몸은 어차피 죽을 몸인데 지금 좀 불에 태워먹었다고 문제될 건 없잖아요, 그렇죠?"

장갑이 달아오르기 시작한다.

"데이빗, 여기 레이첼에게도 총 좀 줘요. 써야 할 상황이 분명 생길 테니까."

레이나의 요청에 데이빗은 잠시 머뭇거리더니, 곧 레이첼을 그녀에게서 약간 떨어진 곳으로 데려가 총의 사용법을 알려주기 시작한다.

장갑의 달아오름이 점점 벌겋게 변하기 시작한다.

"그쪽 두 사람은 어떻게 돼가고 있어요?" 레이나는 왼손으로 무전기를 들고 얘기한다.

곧 조수경관의 목소리가 무전기에서 흘러나온다.

((네모난 기둥 모양의 섹터들 있죠? 여기서 중심부까지 그것들이 일렬로 서 있는데 각 기둥들이 모두 다리로 연결된 것 같아요. 다만 기

둥으로 들어가는 입구가 튼튼해 보이는 철문으로 되어있어 산탄총 같은 걸로 문을 부수면서 돌격해야 할 것 같네요. 언제 합류하러 올 거예요? 지금 저들이 우리에게로 오고 있어요.))

"걱정 말아요. 지금 제 팔은 빨갛게 빛나고 있으니까요. 지금 가도록 하죠."

((예?))

레이나는 말 그대로 빨간 빛깔을 띠는 팔을 불에서 뗀다.

"가요, 레이첼. 총을 너무 미친 듯이 쏘진 말고요. 당신에게 총을 준 건 사살 목적이 아니니까요."

그녀는 자리를 박차고 힘차게 걸어 나가고, 레이첼과 데이빗은 쩔쩔매며 따라간다.

"저기, 팔은… 진짜 괜찮은 거예요?"

"어차피 제 몸은 항상 다쳐요. 제가 모르는 사이에 조금씩 조금씩 상하죠. 그런데 지금은 적어도 제가 소망하는 목적을 위해 상하는 거잖아요. 제 의지에 의해서요. 훨씬 덜 짜증나죠."

데이빗의 걱정 어린 말을 그녀는 단칼에 잘라낸다. 그녀의 미소는 잠시 동안 굳은 표정으로 바뀐다.

"지켜야 할 사람을 위한 무자비한 희생의 힘이 어떠한지 잘 보세요. 애초에 이 장갑도, 제가 예전에, 바로 지금과 같은 상황이 언젠가는 있으리라는 가느다란 희망에서 만들어 놓은 것이니까요. 이 장갑을 정말로 쓸 일이 있어서 다행이에요. 안 그랬으면 저는 쓸모없는 걸 만드느라고 시간만 낭비한 셈이 되잖아요."

그녀는 왼손에 소형기관단총을 들고 길에 있는 모든 문들을 발로 차 열어젖히며 나아간다. 총알구멍이 숭숭 뚫려있는 시체들과 몇 번 정도 직면하지만 그것들은 모두 망토를 착용하고 있어 아무도 크게 주의를 기울이지 않는다. 가로막힘 없이 전진하던 세 사람 앞에, 얼마 후 형사와 조수경관이 나타난다.

그리고 그와 함께, 멀리서 들려오는 격발의 박(拍) 또한 그들의 귀를 자극한다.

소리는 밖에서 들려오고 있다. 그들 앞에 있는 열린 철문을 통해 밖에서 들려온다. 문 너머로는 앞으로 곧게 뻗어있는 철제 다리와, 그 끝에 굳게 잠긴 채로 떡하니 버티어 선 또 다른 철문, 그리고 그 철문이 속해있는 커다란 각기둥이 보인다.

"이리로 계속 나아가면 되는 거죠? 그런데 왜 여기에 머물러 있나요?" 레이나가 묻는다.

"지금 바깥에 적이 많아. 우리가 나오길 노리고 있는 총구가 꽤나 있을 거요." 형사가 말한다. "머물러 있던 건 아니고 잠시 숨어서 무기와 정신을 가다듬고 있었소. 이제부터가 진짜 피터질 테니까."

총알 하나가 안으로 들어와 바닥에 박힌다. 공기를 가르는 소리가 잠깐 울리더니 짧게 사라진다.

누군가의 입이 위아래로 갈라진다.

"돌격!!"

별안간 레이나가 튀어나가고, 형사와 조수경관은 황급히 그 뒤를 따르며 사방의 적들에게 총을 쏘아댄다. 총을 제대로 쏠 줄 모르는 민간인은 그저 각기둥 안에 서서 그 둘의 격발을 지켜보고만 있다.

레이나 역시 왼손의 총을 갈긴다. 목표는 적이 아니라 잠긴 철문의 손잡이다. 탄창에 있는 모든 총알을 손잡이 부분에 흩뿌려놓은 뒤, 달려오는 힘으로 장갑을 있는 힘껏 내지른다!

쿵!!

장갑은 손잡이 부분에 박히고, 장갑과 닿은 부분은 찌그러진다.

주위에 있는 각기둥들 중 하나에서 마치 신호탄처럼 빛나는 포탄이 날아오른다. 레이나는 그것을 보고는 소리친다.

"젠장! 엄호해요!"

형사와 조수는 그녀 뒤에 딱 달라붙어 연발사격을 시작한다. 포탄은 불발이었는지 금방 빛나던 것이 사라지고는 하염없이 아래로 추락한다. 형사와 조수는 총을 쏘며 포탄의 발사지점을 찾고는, 마침 그 부근에 있던 조직원 한 명을 맞춘다. 하지만 그 뒤로 총성은 곧 잦아들더니, 안 쏘지 못해 일부러 가끔씩 방아쇠를 당기는 단계를 지나 곧 이어 아예 멈춰버린다.

안에서 지켜보고 있던 레이첼과 데이빗은 어리둥절해한다. 계속 형사의 눈치를 보더니, 나오라는 손짓에 차츰차츰 발걸음을 내딛다 별안간 한 번에 뛰어온다.

"더 없는 거예요?" 레이첼이 형사에게 묻는다.

"음… 아무래도 제가 적들의 수를 너무 크게 어림잡았나 봅니다. 분명 아까는 더 많이 보였던 것 같은데…"

레이나의 장갑이 문에서 빠진다. 모두가 그쪽을 쳐다본다. 장갑이 빠진 자리는 시커메져있다.

그녀의 비장한 얼굴은 철문만을 노려보고 있다.

"준비해요. 지금 들어가니까요."

그녀는 강한 기합을 한 번 넣더니 문에 주먹을 날린다.

문은 쉽게 열리고, 금속 막이 걷혀진 무대가 드러난다. 무대를 마주한 레이나는 그 자리에 멈춰 선다.

무대 위에는… 수많은 총구가 관객들을 노려보고 있다.

뭔가가 그녀의 양 어깨 위에서 발 구름을 하고 튀어 오른다. 모두의 정신이 분산된 사이, 조수경관은 공중에서 한 바퀴를 돌며 딱 필요한 타이밍만큼만 방아쇠를 당기고는 바닥에 착지한다. 칼로 자른 듯 단번에 멈추는 총성과 비명소리. 착지한 그의 뒤로는 총을 맞고 쓰러진 조직원들이 진열되어 있다.

"어서 가요."

조수경관과 형사가 앞장선다. 데이빗은 그 뒤에서 뭔가에 얻어맞은 듯 얼얼한 표정을 하고 있다.

"어떻게… 저 사람은 저런 걸 할 수 있죠? 저건 엄청난 훈련을 받은 실력인데요?"

옆에 있는 레이나가 대답한다.

"그 형사에 그 조수죠."

다섯 명은 복도를 달린다. 복도 한가운데를 가로막는 문을 열어젖히자 또 다른 무리의 조직원들이 나타나고, 곧바로 교전이 시작된다. 조수경관과 형사는 바로 앞에 있는 조직원들을 총으로 내려치고는, 그들의 몸을 방패삼아 후방에서 총을 겨누고 있는 조직원들에게 총을 난사한다. 레이나는 자신을 조준하려는 자들의 총 든 손을 쏴 총들을 떨어트리고는 가장 가까이 있던 자의 얼굴을 달궈진 장갑으로 움켜쥔다. 그자는 장갑을 어떻게 하지도 못하고 비명을 지르며 괴로워하고, 곧이어 얼굴이 벽에 처박힌다. 총을 떨어뜨린 자들이 총을 주워 덤벼들려 하지만 그 중 그녀와 가까이 있는 자들은 장갑 낀 주먹에 나가떨어지고 멀리 있는 자들은 조수경관과 형사의 사격을 받는다.

"빨리 이동합시다." 총을 재장전하며 형사가 말한다. 모두가 숨을 고른 뒤 앞으로 나아간다.

또 다른 문이 열리고, 이번에는 그리 멀지 않은 다음 기둥으로 이어지는 철제 다리가 나타난다. 다음 기둥의 문을 열자 아래쪽으로 높은 방이 나온다. 철제 다리는 끊어지지 않고 방의 허공을 가로질러 다음 방으로의 문에 이르고 있다. 그들이 들어온 문은 천장에서 그다지 떨어지지 않은 높이에 위치하여 있고, 다리의 양 난간 너머로는 3㎥ 정도의 낭떠러지이다.

조수경관, 형사, 레이나, 레이첼과 데이빗의 순서로 그들은 다리를 건너기 시작한다. 빠른 속도로 주위를 눈여겨본다. 각각의 벽의 바닥과 닿은 부분에 문이 하나씩 있지만 어디서도 움직임은 보이지 않는다. 감각을 강하게 자극하는 것은 그들 자신의 거친 숨소리, 그리고 불규칙적으로 울려대는 금속성 발소리뿐이다.

그 순간 천장에서 무언가 떨어져 레이나를 덮친다.

"아악!" 바로 뒤에 오던 레이첼은 총을 떨어뜨리며 그 자리에 멈추고, 형사와 조수경관은 뒤돌아서 곧바로 총을 겨눈다.

한 조직원이 천장에 달린 비밀 문을 열고 뛰어내려 레이나의 목을 낚아채 팔로 감았는데, 실수로 그의 몸이 다리 쪽이 아닌 낭떠러지 쪽으로 떨어진 것이다. 그는 지금 양 팔로 레이나의 목에 온 힘을 다해 매달려 있으며, 한 손에 든 권총을 그녀의 목에 대며 나머지 사람들을 위협한다.

방아쇠에 손가락을 갖다 댄 채 형사와 조수경관을 노려보며 웃음을 짓는다. 그 두 사람은 여전히 총을 겨눈 채 미동도 하지 않고 있다.

레이첼은 허겁지겁 자신이 떨어뜨린 총을 줍는다.

"저러다 질식해서 죽겠어요! 빨리 저 자를 떨어뜨려야 해요!"

그러자 그 자가 레이첼을 바라보며 씨익 웃는다.

"아가씨. 꿈도 꾸지 마. 그냥 이 여자만 길동무 삼아 같이 갈 테니까. 뭐, 아가씨도 같이 죽고 싶은 거라면 상관없고."

그녀는 차마 총을 겨누진 못하고 안절부절못하고 있다.

"아, 안 돼…."

레이첼을 바라보는 조직원의 웃음은 음흉한 소리를 낸다. 막을 수 없어서 저절로 입 밖으로 새어나오는 음흉한 소리, 그 소리에 레이첼도 데이빗도 겁을 먹고 뒤로 한 발짝 물러선다.

그 순간, 조직원이 신경이 다른 쪽으로 쏠린 틈을 타 레이나는 장갑 낀 손으로 권총의 방아쇠를 집는다. 당황한 조직원은 방아쇠를 당기려다가 고통에 겨운 비명을 지른다. 권총을 놔버린다. 바로 그에게 이어지는 몇 발의 총격. 바닥으로 추락한다.

레이첼은 곧바로 레이나에게 다가가 그녀를 일으킨다.

"괜찮아요?"

레이나는 그저 일어서서 몇 번 헛기침을 할 뿐이다.

다음 방으로 들어서니 훨씬 큰 방의 구조가 드러난다. 훨씬 큰 공간에 벽에서부터 돌출된 직육면체 모양의 감시탑이 지퍼의 이빨처럼 놓여있어 길을 만들며, 그들이 방금 나온 방 역시 그 감시탑들 중 하나에 불과하다. 그들은 이 방으로 들어선 게 아니고 사실은 이 방으로 나온 것이었다.

"벽에 붙어요. 빨리!"

그들은 재빨리 한 감시탑에 등을 밀착시킨다. 레이나가 별안간 감시탑 꼭대기에 올라와 있는 하늘색 망토들의 존재를 눈치 채고는 다급히 소리친 이후다. 벽에 등을 붙이고 그들은 주위를 둘러본다.

그러자 맞은편에 있는 감시탑의 꼭대기가 그들의 눈에 들어온다. 그곳에서 그들을 겨누고 있는 총구와 더불어서.

"젠장. 뛰어요!"

총탄의 파열음과 달리는 인간과의 추격전이 시작된다. 조수경관과 형사, 레이나는 총탄이 날아오는 방향을 향해 대응사격을 하지만 빠르게 달리는 상태에서는 조준이 쉽지 않다.

"앞에 조심해요!" 레이첼이 눈을 가리려다 실패하며 소리친다.

제 4원색의 해일이 몰아닥친다!

제 4원색으로 빛나는 수십 개의 망토가 모퉁이를 돌아 그들에게 바로 달려오고 있다. 순간 레이나를 제외한 모두가 얼어붙는다.

빛이 나는 포탄 수십 개가 공중으로 치솟으며 공격이 절정에 달한다. 포탄들은 공중에서 일제히 터지더니, 모두 하나씩의 허색 섬광을 발한다.

온갖 종류의 허색들이 뒤엉켜 빛나는 불꽃놀이가 시작된다. 세상에서 가장 다채로운 불꽃놀이다. 그 지나친 다채로움 속에서, 허색에 익숙하지 못한 자들은 시선을 어디에 둬야할지 모른다.

"이런 젠장!"

레이나는 나머지 네 명의 머리를 내리눌러 땅바닥에 주저앉게 한 뒤 전면을 향해 가차 없이 총알을 날리지만 곧 방탄복의 배 부위에 총탄을 맞고 자신도 주저앉아 버린다.

제 4원색의 군단은 점점 가까워 온다.

"멍하니 있지만 말고 당신들도 좀 쏴요!" 레이나는 조수경관과 형사를 일갈한다.

초점 없는 눈동자로 앞만을 응시하던 조수경관이 여전히 얼이 빠진 채로 기관단총을 들어 방아쇠를 당기려 한다. 그 순간 들려오는 그들에겐 익숙한 소리,

콰쾅!!

순간 그들의 눈앞에서 커다란 폭발이 일어난다. 제 4원색의 망토를 뒤집어쓴 조직원들은 불타는 망토와 함께 공중으로 치솟았다가,

다시 땅에 곤두박질친다. 곧이어 주위에 있던 감시탑의 꼭대기에서도 같은 폭발이 줄줄이 일어난다. 파편이 이리저리 날아다닌다.

"무, 무슨 일이 일어나고 있는 거지?"

모두들 숙였던 고개를 들어 사방을 둘러본다. 폭발이 남긴 연기가 시야를 가려, 계속 들려오는 폭발소리와 비명소리, 총소리의 근원이 어디인지 알 수가 없다. 매캐한 안개 너머의 상황은 보이지도 않는다.

레이나가 손바닥으로 땅을 짚고는 일어선다. 눈을 제대로 뜰 수 없는 상황에서 눈을 제대로 뜨고는, 희미한 실루엣이 그녀에게로 다가오고 있음을 눈치 챈다.

"거기 누구야!" 그녀는 총을 겨눈다.

"오, 역시 레이나 님이시군요." 실루엣이 말한다.

이 목소리는.

"웬 이상한 사람들과 같이 와서 처음엔 누군가 의심했었어요."

고글을 쓴 여자가 그들 앞에 멈춰 서고는 고글을 벗는다.

"앗, 당신은! 절 구해주셨던!" 레이첼은 반가움에 겨워 그녀에게 달려가 안긴다. "다시 못 보는 게 아닌가 걱정했어요!"

레이첼이 재회의 감동을 그녀와 함께 온 몸으로 느끼고 있는 동안, 레이나는 그녀를 데이빗에게 소개한다.

"바로 이 여자예요. 찰리의 수술을 도왔던 간호사. 제가 전에 얘기했죠?"

데이빗은 잘 기억이 안 나는 눈치다. 그러자 레이나는 목을 오른쪽으로 돌리고는 오른손을 세워 입의 왼편에 갖다 대고 짧게 말한다.

"그 앵무새 여자요."

"아…"

"레이나 님! 절 그렇게 부르지 말라고 당부 드렸잖아요! 이런 데서 까지 앵무새 여자라고 하셔야겠어요?" 앵무새 여자는 자신의 호칭에 불만이 있는 듯 보인다.

"저 폭발들, 네가 한 거야?"

레이나의 물음에 그녀는 고개를 끄덕인다.

"수호대에서 이번에 새로 개발한 고성능 점착폭탄이죠. 저한테 많이 고마워하셔야 해요. 수상한 사람들이 같이 있어서 좀 꺼림칙하긴 했지만, 아까부터 계속 레이나 님을 지켜보면서, 레이나 님의 가는 길에 매복하고 있는 대원들을 꽤나 제거하였거든요. 제가 없었다면 기둥 섹터 사이의 다리를 건널 때마다 훨씬 더 많은 적들의 공격을 받았을 거예요."

"그래, 그래, 알았다."

조직원들의 다급한 외침이 어딘가에서 들려온다. 앵무새 여자와 레이나의 표정이 진지해진다.

"벌써 가까이에 왔군."

"이쪽으로." 앵무새 여자는 가까이에 있는 감시탑의 문을 연다. "제가 비밀통로를 알아요. 검은 망토의 궁전 바로 앞까지 데려다주는 통로죠. 자, 어서요."

여러 문장이 섞여 있어 해석할 수가 없는 목소리들의 뭉치를 뒤로 하며, 그들은 감시탑 안으로 들어선다.

앵무새 여자는 그들을 어떤 막다른 곳으로 이끈다. 거기서 그들을 마주하는 벽을 그녀는 이리저리 더듬더니, 곧이어 무언가를 건드리고는 감춰진 뚜껑을 연다. 벽에 인식 센서가 달려있다. 그녀는 주머니에서 조그만 검은색 상자를 꺼내더니 상자를 열고 안에 들은 것을 꺼내 보인다.

"뭐, 뭐예요 그거!"

데이빗이 소리친다. 레이나와 앵무새 여자 자신을 제외한 모두의 눈이 휘둥그레진다. 하얀색 바탕에 굵은 띠가 가로로 둘러쳐져 있는 카드형 출입증이다. 특이한 점은 다만 그 굵은 띠의 색이, 제 5원색이라는 점이다.

태어나서 처음 보는 또 다른 색을 눈앞에 둔 레이첼과 데이빗은 벌어진 입을 다물지 못한다.

앵무새 여자가 출입증을 이리저리 휘두르자 그들의 고개가 따라 움직인다.

"무… 무슨 색…."

"빨간색 망토, 하늘색 망토, 제 4원색 망토에 관한 얘기는 이미 해드렸죠?" 레이나가 대신 설명한다. "그 외에, 제 5원색 망토를 두르는 수호대원들이 있어요. 조직 내에서도 극히 비밀리에 활동하는, 오로지 검은 망토의 안위만을 위해 활동하는 최정예 수호대원들이죠. 각 수호대원의 출입증에 둘러져 있는 띠의 색은 망토의 색과 같기 때문에, 지금 이 출입증은 제 5원색의 망토를 두르는 누군가로부터 얘가 타고난 실력으로 슬쩍한 것이 되는 거죠. 설마 네 망토색이 제 5원색이라도 되는 건 아니겠고 말이야, 안 그래?" 그녀는 앵무새 여자를 바라본다.

"그것 참 섭섭한 말이네요. 그건 모르는 일이에요. 혹시라도 제 5원색이면 어떡하시려고요?"

장난기 어린 웃음을 흘리며, 앵무새 여자는 출입증을 인식 센서 앞에 댄다. 곧이어 벽이 열리더니 엘리베이터 한 대가 나타난다.

"가로로도 세로로도 움직이는 비밀 엘리베이터죠. 이걸 타고 가면 검은 망토도 곧 잡을 수 있어요. 뿐만 아니라… 찰리가 있는 곳에 바로 도달할 수도 있죠."

레이나는 흠칫 놀란다.

"찰리?! 그럼, 벌써 구해낸 거야?!"

"그가 잡혀있는 장소를 알아요. 혼자 들어갈 여력이 없어서 아직까지 못 건드리고 있었죠. 레이나 님의 안전을 확보하는 게 더 중요했으니까요. 행운인 건, 그곳에서 검은 망토까지 굉장히 가깝다는 거예요. 그 어디에 내리는 것보다도 가깝죠. 자, 모두 타세요. 지금 바로 거기로 쳐들어갈 거예요."

모두가 엘리베이터에 오른다. 엘리베이터 안에 있는 인식 센서에 출입증을 대자 문이 닫히고 엘리베이터가 움직이기 시작한다.

"아, 한 가지 말해드려야 할 것 같은데요." 앵무새 여자가 다시 그들 앞에 출입증을 내밀고, 그들은 다시 그 출입증에 홀린다. "이 색깔에 익숙해지셔야 할 거예요. 거기에 가면 이런 색깔의 망토들이 많거든요."

레이나는 주위를 둘러본다.

"여기엔 근무인증 카메라는 없군. 음, 좋아."

"그 카메라, 일단 피하라고 누누이 말씀하셔서 지금까지는 잘 피해왔는데, 솔직히 카메라에 걸려도 별 상관없는 거 아닌가 모르겠어요. 수상한 거동만 안 찍히면 되는 거잖아요."

앵무새 여자가 말한다. 레이나는 그녀를 바라본다.

"바보 같긴. 네가 지금까지 살아 있는 것은 다 내가 해준 조언들 덕이야. 그런 금쪽같은 조언 중 하나니까 잔말 말고 따라."

"그 말, 그대로 돌려드리겠습니다."

둘은 서로를 바라보며 웃음을 터뜨린다.

이윽고 엘리베이터가 어딘가에 멈추고 문과 함께 그 앞의 벽이 열린다. 모두가 밖으로 나오자, 레이나가 앵무새 여자에게 묻는다.

"그래서, 찰리가 있는 곳은 어디야?"

"어디긴요." 앵무새 여자는 근처에 있는 문에 등을 기대더니 손으로 문을 탁 내려치고는 문에서 떨어진다. "모두 물러서요. 교전할 준비하고요."

곧이어 그녀가 문에 부착한 점착폭탄이 터진다. 문이 넘어가고, 숨 쉴 새도 없이 사격이 시작된다.

"인질은 피해서 쏴요." 앵무새 여자가 뒤를 흘낏 돌아보며 말한다. 그러다가 다시 한 번 고개를 돌려 형사와 조수경관을 쳐다보더니 한소리 한다. "좀 제대로 쏘라고요! 제가 괜히 당신들하고 같이 여기 온 줄 알아요?"

"여기 있는 망토나 치우고서 얘기해."

레이나가 말한다. 방 안에 남아있는 마지막 조직원을 장갑으로 내려친 직후다. 그러고 나서 그녀는 무릎을 굽히고는 쓰러진 조직원의 망토에 장갑을 대어 그 제5원색 빛깔을 그을리게 한다.

"이 시각적 충격들을 어서 제거해야지 레이첼이 그렇게도 찾아대던 이 아저씨와 마침내 재회할 수 있지 않겠어? 다행히 아직 살아있네. 의식도 있고."

그녀는 방 가운데의 의자에 앉혀져 있는, 이전의 얼굴을 알아보기가 힘든 몰골을 지닌 남자의 용태를 살핀다. 제5원색의 망토가 앵무새 여자에 의해 다 걷어지자, 레이첼은 그 남자에게로 한숨에 달려간다.

"이, 이럴 수가! 도대체 당신에게 무슨 짓을 한 거예요? 괜찮아요? 저예요. 당신이 돌을 건네주었던… 이제 괜찮을 거예요."

레이첼이 그의 양 볼에 심하게 떨리는 손을 대자 그의 입이 움직인다.

"제가… 어디에… 어디에 있는 거죠?"

레이첼은 가쁜 숨을 몰아쉬며 화들짝 손을 뗀다. 그런 그녀의 모습 옆으로 더 익숙한 얼굴이 그의 시야에 들어온다.

"찰리! 찰리! 제 말 들리죠? 찰리?" 레이나가 그에게 말을 건다. "레이나예요. 당신이 제 집에서 나온 이후로 굉장히 오랜만에 보네요. 당신은 절 어떻게 생각하시는지 모르겠지만 전 수호대를 위해 일하는 짓은 오래전에 그만두었어요. 이젠 수호대에 맞서 싸우고 있죠. 그들이 당신을 다시 한 번이나 잡아갔지만 더 이상 그런 일은 일어나지 않을 겁니다. 제가 약속드릴게요."

"당신을 의심해서 정말 미안해요."

레이첼은 울먹이며 찰리에게 바짝 붙어있다. 앵무새 여자가 그를 바닥에 눕히기 위해 그의 몸을 들어 올리자 그제야 뒤로 물러선다.

"이대로 데리고 갈 순 없어요. 누군가 여기 남아서 간호해야 해요." 앵무새 여자가 말한다. "제가 남을까요?"

"아니요. 당신만큼 이곳을 잘 아는 사람은 우리 중에 없어요. 당신은 검은 망토를 찾는 일에 도움을 주어야 합니다." 그러자 조수경관이 나선다. "제가 여기에 남겠습니다. 나머지 사람들은 모두 가서 그 자를 쳐부수세요."

"좋아요. 결정됐네요." 레이나는 자리에서 일어난다.

"그런데, 검은 망토를 어디서 찾지?" 문틀에 기대어 서서 밖을 망보던 형사가 묻는다.

"어렵지 않아요. 그 여자의 허영심이 우리를 그녀에게로 이끌어줄 테니까요."

앵무새 여자가 형사의 옆을 지나 문 밖으로 나오면서 말한다. 그녀는 주위를 두리번거리기 시작한다.

"분명히 어딘가에는 있을… 아, 바로 여기 있네!"

그녀는 위를 가리킨다. 그들이 방에 들어올 때는 눈치 채지 못했지만, 천장에는 커다란 화살표가 있다. 수십 개의 LED등으로 이루어져, 일정 시기마다 다른 색으로 번쩍번쩍 빛나는 커다란 전자 화살표가!

"방향은 정해졌군요. 레이첼, 그리고 데이빗, 찰리와의 재회는 이쯤에서 마치고 어서 가죠."

레이나는 두 사람을 재촉한다. 찰리와 조수경관을 제외한 모두가 방에서 나온다.

"걱정하지 말아요, 찰리. 우린 반드시 돌아와요. 우린 반드시 돌아올 거고 그때 당신을 안전하게 지켜줄게요."

가기 전에 마지막으로 찰리에게 외친다. 그 뒤 레이나는 문을 닫는 나머지 사람들에게로 고개를 돌린다.

"가죠. 이 방향으로 가다보면 분명 다른 화살표들이 많이 나올 거예요."

"혹시 그 화살표들이 우릴 잘못된 방향으로 이끌기 위함일 가능성도 있지 않겠습니까?" 형사는 의구심을 갖는다.

"절대 없어요. 제가 보증하죠." 레이나는 못을 박는다.

무슨 소리가 들린다. 처음에는 아주 미미한 소리였다가 점점 커지기 시작한다. 귀를 쫑긋 세우던 그들은 그것이 무엇인지 서서히 감을 잡는다.

많은 수의 발소리가, 약간의 대화소리와 함께 가까워온다.

"벌써 왔네요. 다들 준비는 되었겠죠?"

이쪽에서는 그 누구의 군말도 없이, 장전손잡이가 당겨지는 소리만 울린다.

　곧 모두가 화살표의 방향으로 달려 나가고 총성과 함께 조직원들의 비명소리가 울려 퍼지는 가운데, 오직 찰리와 조수경관만이 한 방 안에 있게 된다. 찰리는 조수경관의 얼굴을 눈으로 보고 싶었지만, 의식이 희미해지는 통에 고개를 들 힘이 없어진다. 방 안의 빛이 강하게 그의 눈을 내리쬐고, 점점 희미해져가는 외부로부터의 감각 속에서, 내부로부터의 감각인 기억이 강하게 그의 머리에 떠오른다. 그의 현재 상황과 잘 어울리는, 옛날의 기억 중 마지막 한 조각이다.

44
마지막 한 조각

"앵무새는 어디를 통해서인지 그자들이 오기 전에 나간 것 같아. 참 신기한 앵무새이기도 하지…"

"그자들은? 그자들은 어디 있어?"

"이 방에 들어왔다가 앵무새를 못 잡자 모두 나가버렸어. 다시 제 자리로 돌아간 거겠지."

"…………"

"저기 말이야, 아마도 여기가 우리 둘의 마지막이 될 것 같아. 앵무새가 전해준 대로, 여기 온 우리에겐 죽음밖에 없는 거겠지."

"…………"

"남들 앞에서 우리 둘이 대화는 잘 안 하는데, 뭐 이런 상황에서야 무슨 상관이야. 난 너를 '또 다른 나'라고 부르는 것도 그만두기로 했어."

"죽은 뒤엔 더 이상 서로가 서로에게 구속받지 않게 되니까. 그리고, 죽은 후라면 내 눈도 다시 뜨이겠지, 그렇지?"

"그동안 내게 못한 말이 있다면, 지금밖에 기회가 없을 거야."

"그러네… 무슨 말을 할까?"

"그러면 말이야, 나-"

"출입구."

"······."

"출입구 쪽을 봐봐. 누군가 걸어오네, 그렇지? 한 명이야. 우리와 같은 처지는 아니겠지. 발걸음 소리에 힘이 빠져 있어. 뭔가 두려움을 느끼고 있거나 자신의 일이 내키지 않는 거겠지. 둘 다거나."

"······당신은··· 저흴 죽이러 왔군요."

"그렇지 않네. 자네들을 검사해야 할 것이 하나 있어서 말이네. 말 그대로 10초도 안 걸리는 일이니 걱정하지 말게."

"그, 그건 뭡니까!? 뭘 제 앞에 갖다 대신 겁니까?"

"검사 도구라네. 그 이상은 말해 줄 수 없네."

"뭐, 뭡니까 도대체?!"

"자, 이제 끝났네."

"이제 저희는 어떻게 되는 겁니까? 역시 죽는 것이죠?"

"아직 모르네. 이 검사 도구에 나온 것을 분석하고 나서야 자네들의 운명이 결정되는 것이네. 자네들이 적합한 인재라면 선택을 받고 살아남겠지. 그래봐야 나처럼 되는 것이니 꼭 죽는 것보다 낫다고 단언할 수도 없겠다만···. 하여튼, 결과는 곧 나오네. 내가 여길 나가자마자 얼마 안 가 무슨 일이 일어나겠지. 만약 그게 자네들이 죽는 일이라면, 이 말이 위로가 될지는 모르겠으나, 고통은 거의 없을 것이네. 그럼, 실례하네."

"저기 잠깐만! 기다려! 기다리란 말이야! 지금 나가지 마! 문 열어! 문 열라고! 다시 들어와서 설명 좀 해줘! 당장 돌아와!"

"···········."

"내 말 들려?! 당장 문 열어! 문 열고 돌아오라고! 이봐!!"

"······."

"우릴 내버려 두지 말라고! 다시 이리로 와! 돌아오라고!! 야!!"
"…"

그렇게 서서히 희미해져 갔다. 빛과 함께.

45
좁아지는 땅굴

빛이 없다. 사라졌다….

레이나는 멈칫한다. 실없는 웃음이 새어나온다. 레이첼이 왜 그러냐고 물었지만 신경 쓸 일은 아니라고 눙치고 다시 걷기 시작한다. 그러나 헛웃음이 새어나오는 것은 막지 못한다.

"왜 하필 지금…."

더 이상 외부로부터의 빛은 들어오지 않았다. 레이나는 손전등을 켰다. 앞을 비추자 표면을 따라 물이 흘러내려가는 종유석과 더불어 한 사람의 실루엣이 드러났다.

"언니… 우리 너무 많이 들어온 거 아닐까?"

그녀는 앞서가는 언니에게 말했다. 언니는 그저 그녀가 손전등으로 비춘 종유석을 만지면서 바라보고만 있을 뿐이었다.

"언니! 이러다 엄마 아빠한테 혼날 거야! 이제 그만 나가자. 무섭단 말이야!"

"시끄러워! 이 해변에 이런 동굴이 있는 줄 누가 알겠어? 여긴 내가 발견했어. 그러니까 내 거야. 내 동굴이라고! 동굴 하나 내 것으로 하겠다는데 네가 무슨 훼방이야!"

언니의 호통에 레이나는 그저 입술을 지그시 깨물었다.

인공 동굴 안을 걸으며 레이나는 지나가는 종유석 하나하나를 잠시 동안 물끄러미 바라본다. 정말 정교하게 만들어진 가짜다. 종유석의 크기, 색깔, 배치까지, 또 동굴의 크기와 동굴 벽면의 울퉁불퉁한 정도까지… 모든 것이 그녀 기억 속의 동굴의 이미지를 퍼즐 맞추고 있다.

"정말 아름다워…" 언니는 숨을 가쁘게 내쉬었다. "이런 아름다움은 진짜 처음 봐. 아… 정말 이 동굴이 나의 것이라니, 믿기지가 않아…"

잠시 동안 떨리는 손을 종유석에 붙였다 뗐다 하며 거친 호흡소리를 내던 언니는, 일순간 시선이 레이나에게로 가더니 바로 표정이 굳어지며 호흡이 원래대로 돌아왔다. 언니는 짜증난 표정을 지었다.

"안으로 들어가자."

언니는 레이나를 붙잡고 앞으로 나아갔다. 레이나의 발이 바닥의 어떤 울퉁불퉁한 곳에 닿는지는 신경도 쓰지 않았다.

"내 동굴이니 끝까지 가보는 거야."

레이나가 바닥에 걸려 넘어지지만 언니는 막무가내로 그녀를 일으키고는 다시 앞으로 뛰기 시작했다. 발을 내딛자 웅덩이에 고인 물이 발과 다리에게로 튀었다. 소금 냄새가 나는 걸 보아 바닷물이 이곳까지도 들어오는 것 같았다.

동굴은 갈수록 좁아졌다. 그 좁아지는 동굴의 모습이 그녀 앞으로 돌진해오며 그녀는 알 수 없는 두려움을 느꼈다. 길은 좁아지면서도 계속 이어졌다.

"그리고 그 끝에 있는 것은…" 레이나는 회상하며 조용히 읊조린다.

그리고 그 끝에 그들은 다다랐다.

레이나는 그저 손전등으로 그들을 가로막은 동굴 벽을 비출 뿐이었다. 언니는 떨리는 공기를 내뿜으며 동굴 벽을 이리저리 만져보고 살피고 있었다. 암석들 가운데 약간의 석영이 섞여 있어 레이나가 빛을 비추는 각도에 따라

이따금씩 반짝였다.

"보석 같아…" 레이나가 중얼거렸다.

"손전등 밑으로 내려."

"뭐?"

"바닥을 비추라고!" 언니가 흥분한 목소리로 소리쳤다.

손전등이 바닥을 향하자 언니는 숨을 헐떡거리기 시작했다. 아까보다 더 믿을 수 없는 것을 본 듯한 눈으로 바닥의 무언가를 뚫어져라 응시했다. 떨리는 손을 어떻게든 진정시키며, 언니는 그것을 들어올렸다.

조개였다. 결코 평범하지만은 않은 조개.

"이걸 봐! 레이나, 이게 보석이야! 이게 진짜 보물이라고! 이제 알겠어. 나는 지금까지 땅굴을 파고 있었던 거야. 나는 보물을 찾기 위해 땅굴을 파는 보물 사냥꾼인 거지! 땅굴을 깊게 깊게 파는데, 처음에는 당연히 넓게 파지. 너무 좁게 파면 내려갈수록 파기 힘들어지니까. 하지만 보물이라는 목표를 향해 가면 갈수록 점점 땅굴은 좁아져. 그러다가 보물을 찾게 되는 거지! 땅굴의 끝, 나의 고귀한 목표가 있는 곳, 나의 소중한 보물이 있는 곳, 그게 바로 여기야! 우린 지금 내가 판 좁아지는 땅굴의 끝에 있는 거라고! 그리고 이 좁아지는 땅굴의 끝에 있는 것은…"

"머리 조심해요, 레이나." 앞서 가던 레이첼이 그녀에게 귀띔한다. 어느새 동굴의 높이가 거의 그녀의 키만큼이나 낮아져 있다. 그녀는 앞으로 나아가기 위해 몸을 약간 굽힌다. 옛날과는 달리.

데이빗은 주위 환경에 대해 꽤나 의아해 보인다.

"그나저나, 이 동굴은 도대체 뭐 하러 만들었을까요? 동굴의 끝에 뭔가 있는 걸까요?"

"두 배의 진주."

레이나는 자신이 말해놓고도 꽤나 당황하면서 실소가 터진다. 모두가 그녀를 쳐다본다.

"아니 그냥… 떠올리고 싶지 않은 기억이 떠올라 버렸네요. 이 동굴 때문이죠. 조직의 우두머리이신 그 잘난 검은 망토께서 어린 시절 '정복하신' 아지트를 그대로 재현해놓은 동굴이니까요."

레이나의 입에선 계속 웃음이 새어나온다.

"이제 알겠네요. 이 지하 본거지 전체가 동굴이었던 거예요. 왜 지하에 사각기둥들이 그리 많은가 궁금해 했었죠. 그 사각기둥들은 이 동굴 속 종유석들의 '사각화'된 버전이었던 거예요. 엄청난 높이를 자랑하는 사각화된 종유석들을 지나고 나면 훨씬 좁은, 그러나 훨씬 진짜 같은 이 인조동굴이 나타나는 거고요. 또 이 동굴은 가면 갈수록 좁아지죠. 마치 좁아지는 땅굴처럼. 그리고 결국 이 동굴의 끝에는… 우리의 목표가 있는 거죠. 의심은 거두세요. 우리가 제대로 가고 있다는 걸 확신할 수 있습니다. 전 언니를 정말 지긋지긋하게 잘 알아요. 이 동굴이 끝나고 나면 그곳에는…."

레이나는 어금니를 꽉 깨문다.

"새까맣게 더러운, 아주 아주 고귀한 보석이 있죠…."

46
결전, 그리고 밝혀지는 진실

레이나, 형사, 앵무새 여자, 레이첼과 데이빗….

동굴을 나온 그들은 그 순서로 무기를 들고 돌진하기 시작한다.

일정한 간격으로 '검은 망토의 방'이라는 텍스트와 그 바로 아래의 길게 뻗은 화살표를 보여주는 양 벽들 사이로, 모두가 돌진한다.

이윽고 나타난, 화살표가 가리켰던 곳은 거대한 철문과 두 명의 경비병이 막고 있다. 경비병의 망토는 제 5원색으로 빛난다.

"제가 처리하죠." 앵무새 여자가 앞으로 나오며 양손의 기관단총을 각각의 경비병에게 갈긴다. 막 소총을 들어 올렸던 두 명의 경비병은 곧바로 쓰러진다.

"혹시 열쇠라도 있는지 한번 뒤져볼래?"

레이나가 두 문짝으로 이루어진 철문의 가운데 경계 부분을 장갑으로 지지며 말한다. 앵무새 여자는 쓰러진 경비병의 망토 안을 뒤지기 시작한다.

장갑을 철문에 한동안 대고 있었지만 문에 변화는 없다.

"안되겠어. 장갑도 거의 다 식은 것 같고, 애초에 이걸로는 무리야. 총알도 못 뚫겠는걸."

"열쇠 같은 건 안 보입니다. 애초에 이 문은 안에서 버튼을 눌러야 열리는 구조인 것 같습니다." 망토를 뒤진 앵무새 여자가 말한다.

"그래. 내 언니라면 자기 방의 문을 분명 그런 식으로 만들겠지. 젠장!"

레이나는 장갑으로 문을 치기 시작한다. 한 대… 두 대…

콩!!!

별안간 폭발음과 함께 엄청난 충격으로 문이 확 열려버린다. 문에 정통으로 맞은 레이나는 바닥에 내던져지고 나머지 사람들은 연기 너머의 실루엣을 보자마자 총을 난사한다.

총이 발사된 것은 저쪽에서도 마찬가지여서, 총알 몇 개가 그들을 스치더니 급기야 연기 너머의 실루엣들이 다 쓰러지기 전에 형사와 데이빗이 가슴에 총알을 맞는다.

"데이빗!!" 레이첼이 소리친다.

"전 괜찮아요. 방탄조끼가 있으니까요." 데이빗은 레이첼의 부축을 받으며 일어난다. "뼈에 금이 가거나 한 듯이 아프긴 하지만… 모두가 다쳤는데 저만 엄살 부릴 수는 없죠."

가장 부상이 많은 레이나가 스스로 일어난다. 모두를 방 안으로 이끈다. 형사도 일어나, 맨 마지막으로 방에 들어오면서 문 안쪽 면의 그을음을 잠깐 관찰하고는 중얼거린다.

"일부러 안쪽에서 폭탄을 터트렸군… 문을 열어준 건가?"

그는 문을 닫는다.

방은 왼쪽으로 뻗어있다. 그들의 앞쪽에 위치한 벽면은 시커먼 유리창처럼 보이는 것들이 온통 장악하여 방을 따라 왼쪽으로 나아가고 있고, 제일 윗줄의 유리창에는 일정한 간격으로 수직선의 기다란 LED램프가 설치되어 있어 하얀 빛을, 시간에 따라 가끔 다른 색깔의 빛을 발하고 있다. 방이 향한 쪽을 바라보니 여러 가지 값비싼 가구들이 틈틈이 보이며, 또한 왼쪽으로 뻗은 방이 계속 나아감에 따라 거기에서 조금씩 더 왼편으로 굽어지고 있어 한쪽 끝에서 다른 쪽 끝이 보이지 않는다는 것도 눈에 들어온다.

"분명 언니는 방의 끝에 있을 거예요. 고지가 얼마 남지 않았어요."

"모두 뛰어요!"

다섯 명의 사람이 램프들의 빛을 받으며 곡선의 방을 뛰어다닌다. 이따금씩 허색 종류의 빛으로 잠깐 변했다 다시 하얗게 돌아오는 램프들도 보인다.

"끝이 보여요!"

거의 불투명할 정도의 파란색 유리로 되어있는 커다란 장벽이 저 멀리 나타난다. 내부가 잘 보이진 않지만, 누군가가 그 너머에 서서 어떤 기계의 버튼을 누르고 있다는 것만은 어렴풋이 볼 수 있다.

"아아악!!"

유리벽 바로 앞까지 다다른 그들 앞에 섬광의 연속이 펼쳐진다. 제 4원색의 섬광, 제 5원색의 섬광, 제 6원색의 섬광이 하나씩 순서대로 짧게 파닥 반짝인 것이다!

모두가 그 자리에 주저앉아 눈을 부여잡고 신음한다. 아무도 정신을 차리지 못하고 있는 중에, 다만 레이나만은 그나마 상태가 조금 나은지 고갤 들어 유리벽을 노려본다.

"돌아온 걸 환영해, 레이나."

어딘가의 스피커에서 목소리가 울려 퍼진다. 방 안 이곳저곳에 달려있는 모양인지 정확히 어디인지는 알 수가 없다. 다만 그 목소리가, 유리벽 너머에서 시커먼 위압감을 뿜어내는 커다란 검은색 망토에서 흘러나와 마이크를 타고 전달되고 있다는 사실만은 알 수 있다.

파랗던 유리벽이 완전히 투명해진다. 그 너머에 있는 검은 망토의 모습이 선명하게 보이기 시작한다.

그제야 나머지 사람들도 정신을 차리고 고개를 든다.

고개를 들자, 마침내 마주한다. 그녀를.

"방금 너희들에게 사용한 것은 우리 위대한 수호대의 무기인 Trial-17727의 약화 버전이야. 최근에 내가 구상해냈지. 세 가지 허색 원색을 동시가 아니라 차례로 짧게 보여준다는 아이디어였어. 상대를 죽이지는 않으면서 무력화하기에, 누군갈 심문할 필요가 있을 때는 딱이지. 어떻게 생각해? 결국 돌아온 내 동생아?"

정신 나간 웃음소리가 방 전체에 울린다. 레이나의 입가에는 분노에 찬 냉소가 흐른다.

"아이고. 이 위대한 수호대의 위대하신 검은 망토님께서 웬일로 사람을 안 죽이는 무기를 만드셨대? 모든 수호대원의 생각을 읽고, 다 없애버리는 우리 검은 망토님이 말이야. 반기를 들려는 자, 검은 망토의 신상을 조사하려는 자, 그리고… 검은 망토의 진짜 이름을 부르는 자까지도."

"그래, 맞아. 그리고 그 원칙은 지금도 적용되지. 지금, 너에게도 말이야."

"하, 그래서? 어쩌다 우리 무서우신 검은 망토님이 세제 공장에서 나와 햇빛도 안 비치는 지하에서 살게 되신 거지?"

"보안상의 이유로 제 1위장기지를 지하로 옮긴 셈이지. 아무나 접근할 수 없어야 하는 것이 우리 수호대의 본거지인데, 생각해보니, 그런 곳이 지상에 고개를 빤히 내밀고 있다? 이거 너무 위험한 거야. 한참 전부터 이곳에 땅을 파고 있었지. 지나가는 말로 너에게도 몇 번 얘기했던 것 같은데. 적어도 내가 지내는 제 1본거지만이라도 더 비밀스런 곳으로 옮기고 싶다고. 그런데, 실제로 본거지를 옮기기 시작할 때쯤 해서 자동차 연료와 화약을 대량으로 보관할 장소가 필요해졌어. 그래서 또 다른 하나의 기지를 같이 이곳으로 옮기게 되었지. 건물을 이 이상 새로 짓는 것은 위험해서 싫었고, 제 1위장 기지 건물을 창고로 위장해 그런 소모품들을 보관할 수는 없잖아? 거긴 아무나 접근할 데가 아니니까 말이야. 또 다른 기지를 이곳으로 옮기면서 비우게 되는 기지 건물을 사용하는 게 제일 합리적으로 보였지. 그 바람에 두 기지의 모든 물자들을 수용할 만한, 수호대 사상 최대 크기의 제 1본거지가 탄생한 거야. 아참, 그건 그렇고, 그 기지를 무너뜨려줘서 고마워. 덕분에 연료 보유량이 바닥이 나서 너희들을 사살할 병력을 조금밖에 보낼 수가 없었거든. 그 때문에 이렇게 살아서 여기에 와 얼굴을 마주볼 수 있으니 좋은 일이지."

레이나는 마지막 세 문장은 무시한 채로 자신의 할 말을 이어간다.

"그럼 돈이 엄청나게 들었겠네? 아까 언뜻 어림잡은 크기로 봐서는, 전 재산을 붓고도 모자랐겠는데?"

"물론 공사가 끝나기도 전에 엄청난 재정난이 닥쳤지. 그래서 나는 집도 팔았어. 우리 둘이 어렸을 때부터 자랐던 집도, 또 내가 이곳을 짓기 전까지 살고 있었던 집도."

"아, 그 대궁궐? 웬일이야, 그 검은 망토가 돈을 위해 자신의 재산을 다른 사람에게 넘기다니. 해가 서쪽에서 뜨다 못해 하늘이 두 쪽 날 일이네."

"물론 집 안에 있던 모든 것들은 하나도 빠짐없이 다 가져왔지. 집을 파는 일은 뼈에 사무치게 아프긴 했지만, 뭐, 괜찮아. 이젠 여기가 나의 살 집이니 말이야. 이런 아름다운 집이라면 전 재산을 부을 가치가 있지. 근데, 집을 파는 걸로 해결되었냐고? 물론 아니야. 참 야속하기도 하지. 그렇게까지 했는데도, 여전히 완공을 위해서는 돈이 모자라더라고. 그런데 말이야, 구세주가 나타났어. 이제 우리 수호대는 외부에서 후원을 받고 있거든. 웬 이름 모를 단체가 갑자기 후원을 하겠다고 나섰지. 우리가 실제로는 이 밑에서 뭘 하는지도 전혀 모른 채 말이야. 후원해줄 수 있는 액수가 상당하더라고. 그러니까 돈 문제는 더 이상 걱정할 필요는 없어."

검은 망토는 레이나 주위에 주저앉아 있는 네 명의 일행들로 눈을 옮긴다.

"익숙한 얼굴은 없군."

"현재 수호대에 몸 담그고 있는 사람도 한 명 있는데… 하긴 높으신 검은 망토님이 일개 수호대원의 얼굴을 알아보실 리가 없지."

"한 명? 그럼, 그 한 명에겐 누설했겠네? 아니지, 여기 있는 사람들… 다 네가 이끌고 온 거잖아, 맞지? 그럼 다 네 편일 테니… 이미 모두에게 말했겠구나? 그래, 이미 다 말해버렸어. 수호대에 관해서도, 허색에 관해서도, 전부 다."

"그래, 우린 당신의 조직에 대해서 모두 알고 있어." 데이빗이 끼어든다. "어떻게 허색이 발견되었는지도, 당신이 어떻게 그 발견을 은폐했는지도. 그 광산이 있던 곳이 제 1위장기지 맞지?"

"…응?"

검은 망토는 어리둥절해하는 표정이다. 그 덕에 오히려 데이빗도 따라서 당황한다.

"그래, 다 말해버렸어."

레이나의 냉소는 더욱 깊어진다. 씁쓸한 냉소다.

"언니가 수호대원에게 이야기해주는 바로 그 이야기를 다 말해버렸어."

"뭐, 뭐라고?" 검은 망토는 황당하다는 표정을 짓고, 다른 이들은 일제히 레이나를 바라본다.

그 시선들 속에서 그녀는 꿋꿋이 말을 이어간다.

"어쩔 수 없잖아. 언니에게 하도 진실을 잊도록 세뇌당해서, 나도 이제는 그 이야기가 더 익숙하고 진짜 같단 말이야. 뭐가 진실인지 자꾸 잊어버리게 돼. 그게 내가 무의식적으로 계속 바라던 것이기도 하고. 수호대에 관해 얘기할 때 나도 모르게 그 이야기가 나와 버렸지. 그게 더 편하니까. 차라리 그게 진실인 게 내 기억 속 악몽을 건드리지 않으니까. 나는 진실이라는 끔찍한 기억에서 조금이라도 더 멀어질 수 있다면 거짓의 길이라도 택할 거니까. 물론 잘못된 이야기를 하고 있다는 걸 이야기 중간에 알아채고는 고치려 했지만… 그보다, 애초에, 그 어떤 상황이 되어도, 설령 입이 무한개가 되어도 절대로 수호대의 비밀을 어느 누구와도 이야기하지 말라고 고막에 구멍이 날 정도로 귀에 못을 박은 게 누구였더라?"

"레이나, 지금 도대체 무슨 얘길 하는 거예요? 뭐가 뭔지 하나도 정리가 안 되는 상황인데요. 설명 좀 해주세요!" 데이빗은 얼굴에 당혹스러움이 드러나는 것을 참지 못한다.

"그러니까, 지금 당신의 옆에 있는 그 여자가 지금까지 당신에게 허구의 전래동화를 들려줘왔는데, 그 전래동화를 창작한 게 바로 이 몸이다 이거야. 잘 이해가 안 되는 우리 소시민들을 위해 아주 간략히 정리해서 설명하자면 말이지." 검은 망토는 이 상황을 은근히 즐기는 것처럼 보인다.

"그렇다면 그때 그 말은 역시…" 레이첼이 놀란 표정으로 중얼거린다.

레이나는 데이빗과 레이첼을 바라본다.

"미안해요. 당신들에게 또 거짓말을 했네요. 하지만 이번에는 도 저히 진실을 말할 엄두가 나지 않았어요. 여기까지 알게 되면… 이 진실마저 알게 된다면… 그때는 정말로 잡혀 죽을 때까지 지긋지 긋하게 목숨을 위협받으며 쫓기면서 살아야 하니까요. 하지만… 이젠 어쩔 수 없는 건가요?" 그녀는 검은 망토와 형사를 번갈아 쳐 다본다.

검은 망토와 눈이 마주친다. 검은 망토는 그녀의 눈빛이 자신을 향한 것이라는 걸 알아차리고는 손짓과 함께 말한다.

"말하고 싶으면 말해. 이번만은 허락해주지."

또 한 번 레이나의 냉소.

"역시나 결국에는 우릴 죽일 생각이구나."

"아무것도 모르고 죽지 않는 게 어디야. 지금까지 살려두고 있는 것도, 네가 내 동생이라서 그런 거라고."

레이나는 그저 코웃음을 친다. 그리고 측은한 표정을 지으며, 데 이빗과 레이첼에게로 고개를 돌린다.

"그래서…" 그녀는 요란한 소리를 내며 목을 가다듬는다. "수호대 의 규정 중엔 이런 것이 있어요. 적어도 예전에는 있었죠. '상부의 허 락 없이는 〈제 1위장기지〉에 출입하거나 근처에 접근하지 마십시오.' 수호대원들은 제 1위장기지가 허색들이 묻혀있는 광산이 있는 곳이 기 때문에 아무나 그 근처에 들일 수 있는 것이 아니라고 생각했죠. 아무 수호대원이나 찾아와서 그 광산을 둘러보는 것을 막기 위해 그 규정이 존재한다고 생각했어요. 사실은 그 반대였죠. 아무 수호 대원이나 찾아와서, 그 광산이 실제로는 존재하지 않음을 발견하는 것을 막기 위해서였어요.

그래요. 광산 같은 것은 없었고, 허색이란 것도 산책하던 중에 땅에 묻혀 있던 광석에서 발견된 것이 아니에요. 폐광을 산책하는 언니의 이상한 버릇은 진짜지만요. 어쨌거나, 허색은 실제로는…"

"로버트 몰리슨."

검은 망토의 목소리가 울린다. 레이첼은 의도치 않게 숨이 턱 막힌다.

"그가 만들어낸 거야. 순전히 자신의 상상력으로 말이지. 초월색부터, 허색 원색까지, 기존의 색으로는 만들어 낼 수 없던 빛깔들은 전부 다."

"Trial-17727은 저 언니가 만들었어요." 레이나가 강조한다. "순수했던 그의 예술적 재능을 악용한 거죠."

"너무 그러지 말자." 검은 망토는 기분이 언짢아 보인다.

"애초에 저 언니만 아니었어도, 이 모든 일은 시작하지도 않았어요. 언니와 제가 어떤 연회장에 갔을 때, 우연히 언니의 눈에 커다란 가방을 든 한 남자가 띄었죠. 그 사람이 들고 있던 가방은 언뜻 봐도 무척이나 튼튼해 보이는 고급 철제 가방, 바로 그 점이 언니의 눈을 사로잡은 셈이 되었어요. 마침 그 사람은 가방을 보관소에 맡기는 중이었고, 가방에 대한 번호표를 받는 모습을 보고서 언니는 가방을 몰래 가져가서 내용물을 한 번 보자는 데에 생각이 이르렀죠. 그리고는…"

레이나의 설명은 계속 이어진다.

처음에 그녀는, 자신의 언니가 농담으로 한 말인 줄 알았다고 한다. 그런데 언니는 자리에서 잠깐 기다리라고 하고는, 가방을 맡긴 그 남자의 뒤를 따라가 시야에서 사라지더니, 곧이어 번호표 하나를 들고 돌아온 것이었다. 그 번호표는 물론 그 남자의 것이었고, 그녀가 뭐라 할 틈도 없이 언니는 보관소에서 가방을 찾아 그녀를 이끌더니, 연회장에 올 때 그들이 몰고 온 차가 있는 주차장으로 갔다.

차 안에서, 그들은 가방을 열었다. 잠금장치가 삼중으로 되어있었지만 언니에게 그 정도는 아주 익숙했고 차 안에는 그녀의 작업을 도와줄 연장들마저 있는 상태였다.

"언니에게 물었죠. 도대체 이런 짓을 몇 번이나 해왔던 거냐고, 얼마나 해보았기에 이런 도구들까지 있는 거냐고요. 이미 언니는 막을 수 없는 상태였죠."

언니가 가방을 자신의 무릎에 올려놓고 열자 그들이 한 번도 본적 없는 형태의 기계가 나타났다. 가운데에는 투명한 유리판이 달려 있었고, 그 밑으로 옅게 발광하는 회백색의 종이가 보였다.

"처음에는 무슨 일이 일어나고 있는지조차 몰랐죠."

그때였다. 빛나는 종이에 어떠한 이미지가 현상되기 시작한 것이다.

"그것은… 사람의 머릿속에 든 시각적 상(像)을 인화하는 마법이었어요…."

이미지는 선명해졌고, 방금 전까지만 해도 회백색만으로 꽉 차 있던 종이는 이제 사진처럼 변해버렸다.

카메라로 찍은 보통의 사진만큼 선명하지는 않았다. 그보다는 조금 흐릿했다. 하지만, 충분히 사진이라 불릴 수 있을 정도의 선명함이었다.

그들은 인화된 내면의 상(像)을 바라보았다.

같은 가방 안에, 생화학 폭탄이 들어있는 모습이었다.

"우리는 그 가방을 집으로 가져왔죠. 기계를 분해했고, 안에는 똑같은 종이가 수백 장은 쌓여 있었어요."

그 기계는 제일 위의 종이가 인화되면 마치 즉석카메라처럼 종이를 내보낸 뒤 그 다음 종이가 인화되게끔 해주는 장치였다. 놀라운 사실은, 내면의 상을 인화하는 것은 기계가 아닌 종이 그 자체였다는 것이다. 그녀의 언니는 조그만 실험실까지 만들어 그 종이의 마법을 밤낮으로 미친 듯이 연구했고, 레이나에게는 이 종이에 대한 것은 절대 입 밖에 내지 말라고 일갈했다.

"바로 그 과정에서 언니는 그 로버트 몰리슨을 끌어들인 거죠. 언니가 믿을 수 있는 사람 중에, 광학분야의 전문가였으며 그 종이의 연구에 지대한 관심을 가질 만한 사람은 그 사람밖에 없었으니까요. 두 사람은 전혀 다른 동기로 연구에 임했지만, 당장의 목적은 같았어요. 그 마법의 종이를, 스스로 생산해내는 거죠."

반면 레이나에게는 연회장에서 보았던 남자의 신상을 조사하라는 임무가 주어졌다. 하지만 별 소득이 없었으며, 애초에 그녀는 별로 그럴 생각도 없었다.

"그러다가 언니의 광적인 집념이 빛을 보고야 말았죠."

오랜 시간이 걸렸지만, 마침내 언니는 그 마법의 종이와 똑같은 종이를 만드는 데 성공한다. 마법이 더 이상 마법이 아니게 된 것이다.

"마법이란 이 종이에 그릴 수 있는 현상들 중 우리가 이해할 수 있는 부분을 뺀 나머지이다, 로버트 몰리슨이 저에게 입버릇처럼 했던 말이었죠."

레이나는 그 종이의 원리에 대해서 별로 들은 것이 없다. 언니가 여전히 그 종이의 존재를 비롯해서 종이에 관련된 것은 모두 비밀에 부치는 입장을 고수했기 때문이다. 지금까지 그 두 사람이 비밀 연구를 해왔으니, 앞으로의 연구도 그 두 사람만의 몫이라는 것이었다.

그들은 종이들을 대량으로, 그렇지만 비밀스럽게 생산해내기 시작했다. 로버트 몰리슨의 말에 의하면 언니가 단시간에 어마어마한 양의 종이들을 뽑아내는 기계를 만들었다는데, 레이나는 그 기계가 어디에 감추어져 있는지 도저히 알 수 없었고 당연히 그 기계를 본 적도 없었다.

　로버트 몰리슨은 그 종이들을 가지고 예술 작품들을 만들기 시작했다. 머릿속에 스치는 순간의 이미지를 왜곡 없이 그대로 머리 밖으로 옮기는, 기존에는 불가능했던 기법이 생겨난 것이다. 언니의 경우에는, 도대체 그 종이들을 가지고 어디서 무얼 하는지 레이나뿐만 아니라 그조차도 알 수 없을 정도였다. 종이 개발의 큰 공로자임에도 그가 언니와 얘기를 나눌 기회는 극히 제한되어 있었으며, 어쩌다 기회를 잡아도 별 얘기는 듣지 못하였다. 이 때문에 언니에 대해 많은 이야기를 해주진 못했지만, 그는 가끔씩 자신이 종이들을 사용하는 모습을 레이나에게 보여주곤 했다. 물론 그에 대한 침묵을 약속받은 후에 말이다.

　"그 사람은 그 종이에 완전히 빠져들었어요. 더 다양한 이미지를 인화해내기 위해 그는 하루 종일 자신의 시신경을 '훈련'시켰죠. 그 훈련이란 이런 식이에요. 빛을 뿜어내는 LED판이 천장과 벽, 심지어 바닥에까지도 온통 부착되어 있는 방에 들어가, 일정시간 동안 한 색깔의 빛만 쬐고 있는 거죠. 그러다가 어느 순간 다른 색으로 넘어가… 또 다른 색으로 넘어가… 이 과정을 최대한 오랫동안 지속시켜, 최대한 많은 빛깔을 쬐는 것이 훈련의 요지예요."

　그는 그 종이에 빠져든 것만큼이나 그 훈련에 빠져들었다. 어떤 날에는 식사를 하거나 수면을 취할 때를 제외하고는 온종일 방에 틀어박혀 훈련과 인화 작업만을 반복하곤 했다. 그리고 그런 날은 갈수록 더욱 많아졌다.

"하지만… 어쩌면 너무 깊이 빠진 것일 수도 있겠네요."

그가 매일 훈련이랍시고 쬐는 강렬한 빛들, 그리고 그가 종이에 이미지를 인화할 때마다 눈의 초점을 종이에 맞추던 것의 과도한 반복이 그의 눈에 무리가 가게 했다. 하지만 그는 그것을 인지하지 못한 채로 계속 자신의 눈을 혹사시켰고, 그의 눈은 한시도 떠나지 않고 계속 그의 주위를 광적으로 맴돌고 있는 온갖 빛의 잔상에 점점 파묻히다 못해, 나중에는 오직 그 잔상들만이 그의 눈에 아른거릴 수 있었다.

시력을 잃은 것이었다.

그는 더 이상 종이에 담긴 자신의 인화된 이미지를 볼 수 없게 되었다. 그가 만들어낸 예술 작품들도 감상할 수 없게 되었다.

"하지만, 그래도 그는 멈추지 않았죠. 눈은 멀었지만 머릿속에서 빛이 사라진 건 아니었으며, 종이는 여전히 머릿속의 빛들을 밖으로 인화해냈어요. 그는 저의 도움을, 가끔은 언니의 도움을 받아 계속 그림을 인화해내기 시작했고, 그의 작품을 감상하고 그에게 평을 남기는 것은 저의 몫이었지요."

그가 장님이 되고나자, 종이에 그려지는 이미지는 점점 현실과는 동떨어지게 되었다. 오히려 완전한 상상의 세계가 온갖 형태로서 펼쳐지기 시작했다. 눈이 보내오는 강제적인 정보가 차단되자, 그의 시각적 상상은 더더욱 그 범위를 넓혀간 것이다.

"그는 자신의 상상으로 떠올릴 수 없는 이미지는 더 이상 없다고 저에게 말했죠. 실제로 종이에는 전보다 훨씬 다양한 이미지들이 담기기 시작했어요. 시간이 갈수록 더욱 다양해졌죠. 나중에는 제가 이해할 수 있는 이미지는 하나도 남지 않았어요. 정말 그의 말대로 그는 이론적으로 떠올리는 것이 가능한 모든 이미지들을 종이들에 인화하려는 것 같았죠."

그는 자신이 정말로 모든 것을 상상해 내고, 종이에 인화해낼 수 있다고 굳게 믿었다. 그러던 어느 날, 끝없이 퍼져나가던 그의 상상은 우연히 이러한 발상에 도달하게 된다.

하얀색보다 하얀 색깔을 떠올리는 것이 가능할까?

한 가지의 새로운 발상은 같은 원리를 공유한 다른 새로운 발상들을 자연스럽게 연상시켰다.

검은색보다 더 검은 색깔은?

파란색보다 더 파란 색깔은?

빨간색보다 더 빨간 색깔은?

자신의 상상 속에선 모든 이미지가 가능하다고 믿었던 그는, 그 새로운 발상이 던져준 과제에 곧바로 도전하였다.

"그는 저에게 순수한 백색의 빛을 아주 강렬한 정도로 비춰달라고 부탁했어요. 그의 눈에 정통으로 말이에요. 그의 시신경이 완전히 죽은 것은 아니었기에, 강렬한 빛을 쫴어 그 빛의 이미지가 눈을 타고 그의 뇌리에 각인되게끔 한 것이죠."

그 후로 몇 개월 동안이나, 그의 손이 닿은 종이는 오직 순수한 백색만을 보였다. 덕분에 레이나 역시 흰 빛깔의 잔상이 항상 시야에 떠돌아다닐 정도로 하얀색에 노출되었다.

"R 수치 255, G 수치 255, B 수치 255, 그 빛… 그였다면 255라는 숫자보다는 100퍼센트라는 표현을 선호했겠지요. 그 새하얗기 새하얀 빛. 정말 질리도록 익숙해졌어요. 뭐, 결국 그 빛에 익숙해진 덕분에, 그가 마침내 거사를 이루었을 때 단번에 알아차릴 수 있었지만요."

그가 마침내 해냈다.

아주 희미하긴 하지만, 불가능의 영역을 가로막고 있던 벽에 작은 구멍을 뚫은 것이었다.

하얀 바탕의 가운데에, 눈치 채기가 거의 불가능할 정도로 명도가 약간 더 높은 부분이 있었다.

아주 미묘한 차이였지만, 순수한 백색에 질릴 정도로 익숙해져 있는 레이나는 단번에 그 차이를 느낄 수 있었다. 어쨌든 그것은 기존에는 불가능한 이미지였다.

그것은 하이퍼W였다.

"흰색은 모든 색이죠. 모든 색의 빛이 합쳐져 나타나는 색이에요. 그러면서도, 아무런 색도 아니에요. 어떤 색으로든 물들 수 있기 때문이죠. 고로 그가 창조해낸 흰색의 초월색은 즉, 모든 것보다 더 많은 것이며, 아무 것도 없는 것보다 더 없는 무언가가 되는 것이죠. 이와 견줄만한 위치에 있는 색은, 바로 정반대의 색깔인 검은색… 그래서 그 두 색깔의 초월색이 가장 먼저 나온 거예요."

레이나만큼이나 로버트 몰리슨도 순수한 백색에 익숙해져 있었기에, 그 역시 최초의 초월색이 인화되는 바로 그 순간 직감적으로 그 사실을 알아차렸다. 둘은 누가 먼저랄 것도 없이 언니에게 이 사실을 전했고, 언니는 불가능한 일을 최초로 해낸 그 종이를 가져가더니 며칠 후에 종이에 담긴 초월색의 빛을 내뿜는 라이트를 만들어 가지고 왔다.

"흰색보다 아주 미세하게 하얀빛이었을 뿐이지만, 그것으로도 충분했죠. 순수한 백색에서 그보다 약간 하얀 초월색을 이끌어내는 것이 가능하다면, 그 초월색에 익숙해진 그의 두뇌가 그보다 약간 더 하얀 초월색을 떠올려내는 것도 가능하지 않겠어요? 그래서 이젠 언니가 만든 라이트의 강렬한 불빛에 그를 쬐인 거죠. 그가 익숙한 빛의 명도가 약간 올라간 거예요."

한 번 벽이 깨지고 나니, 또 한 번 깨지는 것은 어렵지 않았다. 그는 더 명도가 높은 색을 만들어냈고, 거기에 익숙해진 후, 또 더 명도가 높은 색을 만들어냈다.

또한 선례가 뒷받침해주는 자신감에 힘입어, 그는 또 다른 벽을 정복하였다. 명도의 영역을 개척하는 것이 가능함을 직접 보인 그는, 곧 검은색의 초월색에도 도전하였으며 얼마 지나지 않아 그 결실을 보게 된 것이다.

"그는 이번엔 완전한 암흑에서 생활하였어요. 그가 훈련을 위해 만든 방은 외부에서 빛 한 줄기 들어오지 않기에 LED판의 불빛을 끄면 빛이 하나도 남지 않죠. 그는 그곳에서 식사부터 수면까지 모든 생활을 영위하였어요. 이미 장님이었기에 암흑이라고 해서 크게 다른 건 없었지만, 하나의 방에서 오랫동안 지내는 것은 그 자체로 괴로움이었지요. 그 괴로움 속에서, 검은색에 지나치게 익숙해질 동안 그는 상상을 인화하는 그 종이를 눈앞에 두고 매일 검은색의 이미지만 떠올렸어요. 너무도 익숙해진 나머지 그는 더 이상 자신이 검은색을 인지하는 게 아니라, 그저 무(無)라는 것이 있을 뿐이라고, 이 세상에 색은 애초에 존재하지 않았다고 느꼈다고 후에 말하더군요. 하지만 그러던 어느 날, 무색의 세계에 떠다니던 그가 마침내 무언가 검은 색을 떠올리게 되었고, 그는 그 초월색을 들고 밖으로 나와 그의 암흑기 생활을 끝내버렸죠. 그 뒤로는 초-암흑기 생활이 시작되었고요."

바로 그즈음에 언니가 그 제안을 한 것이었다.

상상을 인화하는 종이에 대한 연구나, 초월색의 영역을 개척하는

것은 자신만이 해야 하며 자신만이 할 수 있다는 생각을 갖게 되어
버린 그를 언니가 설득하기란 누워서 떡 먹기였다. 그들의 발명을 세
상에 공표하면, 그들이 주목을 받기는 할 테지만 허색 연구의 선두
자리는 다른 이들에게 빼앗길 것이라고 말하기만 하면 되었다.

"예의 그 '상상인화의 종이'의 기원이 우발적인 범죄행위라는 것도
설득에 한몫했을 수도 있겠네요." 레이나는 유리벽 너머의 언니를
바라본다. 언니의 표정이 일그러진다.

그렇게 그들은 그들만을 위한, 비공식적인 비밀 연구소를 만들었
다. 그러나 연구원들은 자신들이 연구하는 대상에 대한 완전한 침
묵을 맹세해야 했기에, 연구소는 곧 수호대의 성격을 띠게 되었다.
그리고 망토가 수호대원에게 주어지기 시작했다.

"어쩌면 처음부터 언니는 연구소가 아닌 수호대를 원했을 지도 모
르는 일이죠."

로버트 몰리슨은 멈추지 않았다. 그는 이어서 하늘색과 빨간색의
초월색을 만들어내는 데 성공하였다. 그에 따라, 수호대원들도 연구
할 재료가 많아졌다. 그들은 여러 가지 색들을 섞는 실험들을 했고,
그 실험들은 각각 하나의 Trial이라고 명명되어 번호가 매겨졌다.

"그 첫 번째 실험, 그러니까 Trial-00001을, 우리는 흰색의 초월색
이 창조되었던 바로 그 순간으로 잡았죠. 사실상 그 일이 있었기에
수호대가 존재할 수 있었던 거니까 꽤 적절한 기준점이었어요."

그 뒤로 무수히 많은 실험들이 이어졌다. 수호대원들은 초월색들
을 기존의 색깔들과 섞기도 하였고, 초월색들끼리 섞기도 하였다.
그 과정에서 새로운 초월색이 만들어졌고, 그렇게 만들어진 초월색
들을 이용해 그들은 또 다른 초월색들을 만들어냈다.

"나중에는 웬만한 색의 초월색들은 다 있을 정도가 되었죠. 아예

새로운 컬러 차트가 만들어질 정도였으니까요. 말하자면, 초월색의 컬러 차트인 셈이죠."

상황이 그쯤 되니, 로버트 몰리슨은 더 이상 초월색의 연구에서 독보적 선두를 점한 것이 아니게 되었고, 그렇게 그는 초월색에 흥미를 잃었다. 그는 이젠 식상해진 초월색 말고 뭔가 다른 것을 욕망했다.

뭔가 다른 것, 그것이 그에겐 필요했다. 뭔가 다른 것….

그때 언니가 바로 그것을 제안한 것이었다.

아무도 인지하지 않았던, 새로운 지평선.

정말 새로운 차원.

"그 결과는… 음, 정말 믿기 힘들었어요. 새로운 원색의 탄생이었죠. 그때 보여준 비디오 기억나요? 그 비디오의 한 구석에 Trial-13283이라고 적혀있었죠. 그 비디오는 수호대원들을 속이기 위해 만들어진 가짜였지만, Trial-13283에서 제 4원색이 처음으로 나타났다는 사실만은 진짜였어요. Trial-00001 이후로 13282번째 실험이었죠. 첫 허색이 나온 뒤로 첫 허색 원색이 나오기까지 얼마나 많은 시간이 지났는지 아시겠죠?"

그 뒤로는 수호대의 양상이 달라졌다.

모든 관심이 제 4원색에 집중되었고, 이에 따라 수호대는 전보다 훨씬 큰 비밀을 관리해야 했다. 더 큰 조직성이 수호대에게 필요해진 시점이었다.

"그리고 그때부터, 언니의 본색이 드러난 거죠."

수호대에 비밀 군대가 들어왔다. 그러더니 곧 그녀의 언니는 예의 그 상상인화의 종이를 직접적으로 다룰 핵심 연구원들만 제외하고는 모든 연구원을 비밀리에 제거하였다. 그리고 그 자리를 메꿀 새 연구원들을 전보다 큰 규모로 들였다. 기존의 연구원이 사라진 게 그들이 제거되었기 때문임을 알아챈 레이나가 큰 소리로 따져들었지만 그녀의 반응은 무덤덤했다. 그저 그 종이에 관한 비밀은 많은 이가 알고 있을수록 위험하다는 말만 할 뿐이었다.

"경찰에 알리려고 했지만 이미 언니가 손을 써 놓았어요. 제 딸의 사진을 보여주더라고요. 자신의 뒤에 있던, 총을 든 수호대원들을 가리키면서요. 저보고 수호대에 들어오라고 했죠. 알고 보니, 언니는 그 종이를 이용해서 그동안 모두의 생각을 읽고 있었어요. 연구원들의 생각도, 로버트 몰리슨의 생각도, 또 저의 생각도. 제 모든 행동을 다 예측하고 있었죠. 행동뿐만 아니라 저에 관한 것이라면 모두요. 제 딸에게는 수호대에 관해 이야기한 적이 없어 다행히 언니가 제 딸은 건드리지 않았지만, 결국 저와 제 남편은 어찌해 볼 방도도 없이 '언니의' 수호대에 갇히게 되었어요."

수호대원들에 대한 검열이 시작된 것은 그때부터였다.

그녀는 그 종이의 존재를 아는 극소수의 연구원들을 다른 연구원들과의 접촉으로부터 완전히 고립시켰으며, 24시간 내내 그들의 머릿속을 감시했다. 조금이라도 수호대에 반감을 갖거나 종이의 비밀을 누설하려는 의도를 띤 연구원은 곧바로 사살하였다. 그 외의 나머지 수호대원에게는 모두 종이의 존재를 일체 감추었으며, 그들 역시 〈근무인증 카메라〉라는, 태초에 그녀가 '우연히 얻은' 가방 안의 기계와 유사한 원리로 작동하는 카메라에 의해 머릿속을 감시당했다.

"제가 이전에 이 조직이 당신의 상상을 뛰어넘다 못해 상상을 더 이상 못하게 만들 정도로 무시무시하다고 당신에게 얘기했죠, 데이빗? 말 그대로였어요. 상상까지 투시당하는 언니의 손아귀 속에선 생각마저도 마음대로 할 수 없었죠. 완전한 검열이었어요. 대부분의 수호대원들은 자신들이 검열당하고 있었다는 사실조차 몰랐죠. 그걸 아는 순간, 제거당하니까요."

로버트 몰리슨만은 후한 대우를 받고 있었지만, 호화스런 성 안에 갇힌 황태자 격이었다. 그 또한 다른 수호대원들에게서 완전히 고립되어 있었다.

그는 완전히 의욕을 잃었다.

제 4원색이 등장한 뒤로 그는 항상 머릿속의 고통에 휘둘리며 하루하루를 살아갔다. 그 고통과, 조직의 강압적인 분위기 속에서, 그의 순수했던 개척욕은 사라졌다. 자신 때문에 수많은 사람들이 희생되었다고 생각하니 더 이상 나아갈 의지가 생기지 않았다. 무언가가 그를 계속 붙잡고 있는 것 같았다. 그를 붙잡고는 나락으로 떨어뜨리고 있었다. 그것은 죄책감이었을 수도, 검은 망토의 존재였을 수도 있고 그 자신의 머릿속 고통이었을 수도 있다. 나중에 그가 검은 망토의 계속되는 강요에 못 이겨 마지못해 제 5원색까지도 완성하긴 했지만, 그는 결국 허색을 창조하는 일에서 관심을 완전히 거두고, 그가 지금까지 만들어낸 엄청난 작품들을 감상하는 일에 관심을 두게 되었다.

"아마 그래서였겠죠. 그가 언니에게 한 가지 부탁을 했거든요."

인공 안구였다. 실제로 볼 수 있는 인공 안구.

최첨단 기술과 엄청난 자본을 가진 검은 망토라면 불가능한 일도 아니었다. 물론 그는 들어가는 모든 비용은 자신이 내겠다고 했다. 그저 조직의 인력과 기술력을 잠시 빌려달라는 것이었다. 로버트에 관한 모든 일을 수호대 안에서 이루어지도록 하고 싶었던 그녀는 승낙할 수밖에 없었고, 그에게 새로운 눈을 선물하는 작업은 곧바로 착수되었으며, 예상했던 것보다도 빨리 그녀는 초월색과 허색 원색을 포함한 그때까지의 모든 허색을 감지할 수 있는 작은 선물 한 쌍을 그에게 선물할 수 있었다.

그리고 그녀는 그 일을 후회했다.

"그 인간은 오히려 영감마저 잃어버린 거야. 새로운 허색을 만드는 일에 다시 착수하고 싶게끔 하려고 기껏 호의를 베풀었건만!" 검은 망토가 이를 바득 갈며 말한다. "기껏 눈을 뜨게 해줬더니만 하라는 일은 다 거절하고, 더 이상 머릿속에선 아무 쓸 만한 것도 나오지 않았다고. 완전히 애물단지가 된 거지."

"그래서, 그는 지금 어디 있어? 이 새 본거지의 어디에 갇혀 있는 걸까나?" 레이나가 말한다.

"…………"

"그리고, 내가 떠난 뒤, 내 남편에겐 무슨 짓을 했지?"

"…………레이나…."

"대답해 줄래? 제발?"

"…아무래도 내 기대는 헛된 것인 것 같네."

"뭐?"

"사실, 네가 떠난 뒤, 난 어쩌면 네가 돌아올 수도 있을 거라는 실낱같은 희망을 안고 살았어. 네 서방님? 내가 죽였을 거라고 생각하지? 아니야. 그 사람은 병으로 죽었어. 그 사람이 죽기 직전까지 난 손끝 하나 대지 않았다고. 정말이야. 아무에게도 해선 안 되는 그 얘기들… 그 얘기들을 지금 네 입으로 하게 놔두는 것도 그 희망에서고. 그 얘기를 네가 하게 함으로써, 어쩌면… 만약 네가 나와의 일에 대한 좋은 기억들이 조금이라도 있다면, 네 마음이 조금이라도 움직일 수 있지 않을까, 이러면서 말이야. 하지만… 역시 말도 안 되는 일이었던 것 같네, 그렇지?"

"아니야. 그 얘기들을 하게 해준 건 고맙게 생각해."

레이나의 얼굴에 분노에 찬 미소가 타오른다.

"덕분에 기억을 되짚으면서 언니를 증오해야 하는 이유가 생생히 떠오르게 되었지 뭐야."

"…………"

모두가 조용해진다.

"아직 얘기는 안 끝났는데, 끝내도 되려나? 언니가 한 짓은 거기서 끝이 아니잖아, 그치? 그가 시력을 되찾은 후에, 언니 말대로 그가 '애물단지'가 되어 버린 후에, 언니는 뭘 만들어냈지? 언니 스스로 제 6원색을 만들어냈잖아. 그러고 나서 그 세 개의 원색들을 가지고 곧…"

날카로운 고성.

"호호호호호호호!!"

정신 나간 웃음소리가 또 한 번 주변 공간을 채운다. 모두의 표정이 아까보다 더 심각해진다.

"너 진짜로 내가 제 6원색을 만들어 냈다고 생각하는구나."

검은 망토는 이제 레이나의 마음을 돌리는 것은 진짜로 포기한 듯 말한다. 레이나가 어렸을 때부터 두려움에 보아왔던 그녀 본래의 사악한 미소가 나타난다.

"레이나, 너는 초월색에 대해서는 많이 알고 있지만, 허색 원색에 대해서는 별로 아는 바가 없지. 그건 왜 그럴 것 같아? 궁금했던 적 없어? 왜 그 사람이 너에게 허색 원색에 대해서는 거의 이야기하지 않았는지?"

"뭐?"

"그 사람, 처음엔 새로운 색상을 발견했다는 흥분감에 그 엄청난 발견을 나한테 알렸겠지. 새로운 지평선이라는 개념을 제안한 사람이 나니까 말이야. 하지만 고통이 뒤따라왔어. 제 4원색이 등장한 이후로 그가 계속 지니고 있던 만성적인 고통, 그게 나 때문에 생긴 거라고 생각해?

과연 그 고통은 무엇이었을까?

그건, Trial-17727이었어.

그러니까, 그 인간은 사실, 제 4원색을 얻어낸 순간에 이미 제 5원색과 제 6원색도 얻어냈던 거야! 사실상 Trial-17727을 얻은 거지!"

검은 망토의 얼굴이 음흉해진다.

"무, 무슨 얘기야?"

"물론 완벽한 비율로 섞인 게 아니었기에 죽지는 않았어. 또한 그때는 17727번째 실험도 아니었으니까 이름 같은 건 생기기 전이었지. 그건 그 인간에게는 그저, 고통을 주는 색이었을 거야. 그리고 그 고통은 그의 옆에 있던 딱 세 장의 종이에 인화된 이미지와 밀접한 관련이 있을 터였어. 그러니까, 아마도 그 인간은 이렇게 생각했겠지. 허색 원색들의 세계는, 3원색의 울타리 안에서 사는 존재가 받아들이기엔 너무 고통스럽다. 그리고 새로운 색상의 발견을 나에게 알린 후에야 깨달았을 거야. 지금 모든 걸 알리면, 검은 망토는 그 고통스러운 세계를 어떻게든 자신의 무기로 만들려 할 것이라고 말이야!

하, 정말 나에 대해 너무 잘 안단 말이야.

그래서, 뭘 했겠어? 나중에 알게 된 사실이지만 그 인간은 내가 그의 새로운 작품을 받으러 오기 전에 이미 수십 개의 새로운 색을 만들어 냈더라고. 종이에 인쇄된 세 가지 허색 원색과, 그것들 사이에 가능한 혼합들 및 기존의 색과의 혼합들이었지. 하필 그때 내가 수호대 본거지를 멀리 떠나 있어 돌아오기까지 시간이 오래 걸려서 그런 건지 그 인간은 이미 허색 원색들에 대해 거의 모든 걸 알아낸 상태였어. 그런데 나머지는 모두 없애버리고, 새로운 작품을 받으러 온 내게 고작 한 가지 색만 건네준 거야! 그리고는 다른 색에 대해서는 모든 걸 감추었지. 정신력이 엄청나더군. 내가 그 후로 종이를 이용해 여러 번 그 인간을 떠보았지만 설마 새로운 허색 원색이 그 머릿속에 감춰져 있을 거라곤 상상조차 하지 못했어. 자신의 내면마저 감시당한다는 걸 알고 있으니 아예 머릿속에서 먼저 기억들을 검열한 거지. 거의 완전히 잊은 채로 살아왔을 거야. 하지만 가끔씩 그때의 그 기억들이 조금씩 잠재의식에서 튀어나오는 것을 막지는 못했지. 그때마다 그 기억들을 누르며, 그저 내가 그걸 보지 않았기를 바랄 뿐이었어.

그렇지만 결국 어떻게 되었겠어? 마침내 억눌렸던 이미지가 내 앞에서 튀어나오는 날이 오고야 말았지. 뭔가 새로운 허색 원색이 없을까, 제 5원색이라 이름 붙일 만한 것이 말이야, 이렇게 말하니까 바로 그의 머리에서 튀어나오더라고! 종이에 제 5원색이 인화되자 나는 소스라치게 놀랐지. 그 인간도 소스라치게 놀라며, 방금 나의 말에 영감을 받아 순간적으로 그게 머릿속을 스쳤다고 말하더라고! 하하하, 정말 웃겨 배꼽이 빠지겠네. 영감을 받아 순간적으로? 허색 원색이 그렇게 만만한 것이었나? 당연히 나는 뭔가 이상하다는 걸 느꼈지. 하지만 그때 당시에는 방금 탄생한 것처럼 보였던 새 원색에만 정신이 팔려 그런 건 신경 쓸 거리조차 되지 않았어.

그렇게 나는 제 5원색을 얻었어. 하지만 역시 그 인간을 추궁해야 했지. 지금 와서 생각해보니 연기를 진짜 잘하더라고. 뭔가 꺼림칙한 게 남긴 했지만 그때는 그 인간이 무슨 꿍꿍이를 품고 있는지 전혀 감이 오지 않았으니 더 추궁할 게 없었지. 결국 멀리서 계속 그 머릿속을 지켜보는 수밖에 없었어.

그러더니 그 인간의 행동은 갈수록 수상해지더라고. 이젠 아예 대놓고 허색 관련 일에서 손을 떼려고 하고, 더 나아가서는 인공 안구 얘기까지 나왔지. 그래서 기껏 눈을 달아줬더니만 여전히 나에게 협조하려 하지 않았고 말이야. 일이 이 정도까지 오게 된 데에는 뭔가 이유가 있다고 깨달았지. 그때, 제 5원색이 갑자기 나타났을 때 그 인간이 보였던 이상한 태도… 만약 뭔가 숨기는 거라면 그 답을 찾을 열쇠는 허색 원색에 있을 거라는 느낌이 왔어.

그래서 말이야, 이번엔 제대로 떠보았지. 그의 인공 안구가 기존의 3원색뿐만 아니라 그때까지 발견된 두 가지 허색 원색들도 인지한다는 얘기는 아까 네가 했지? 바로 그거야. 상상인화의 종이를 수십 장 준비하고는 그 인간의 앞에 그 두 가지 원색을 강렬하게 비췄어. 머리에서 지우려고 발버둥 쳤던 그 빛을 대놓고 비추었지. 그러니까 곧바로 더 이상 감출 수 없을 정도로 많은 것들이 종이에 담기지 뭐야!

제 6원색, 내가 만들었다고 했지?

내가 만든 게 아냐. 그 인간의 머리에서 훔쳐낸 거지! 거기에다가 드디어 무기로 쓸 만한 것도 발견했고 말이야! 사실, 거기에는 정말 많은 것이 감춰져 있었어. 한 번 튀어나오기 시작하니 계속 나오더군. 허색 원색으로 이루어진 새로운 색 공간을 완성하는데 필요한 맞춰지지 않은 퍼즐 조각들이 다 있었지! 물론 그런 것들은 내 부하들이 연구할 몫이었고, 내가 관심 있었던 건 딱 하나였어. 고통의 빛… 그 빛이 그 인간의 머리에서 튀어나올 때 그 인간은 머리를 움켜잡고 그 자리에 주저앉더군. 나도 거의 그럴 뻔했어. 왜 나한테 그 빛의 존재를 숨길 생각이 들었는지 이해가 가더라고.

뭐, 어쨌든 중요한 건 내가 그걸 살상무기로 만드는 데 성공했다는 사실이니까. 덕분에 Trial-17727이라는 이름도 생겼고 말이야."

레이나의 이가 금이 가듯 드러난다.

"뭐, 그런 이유로, 너도 알다시피 딱히 그를 없애진 않았어. 그 인간이 없었다면 그런 무기도 없었겠지. 하지만 그렇다고 색의 영역을 개척하는 일을 계속 시킬 순 없었어. 그래서 그냥, 다른 수호대원들에게서 고립시켜 살게 했지. 최소한의 접촉만 허용해서 말이야. 그리고 그 인간이 맡던 일을 해줄 다른 누군가를 찾기 시작했어.

어디서 찾아야 했을까?

일단 절대다수의 수호대원들은 상상인화의 종이의 존재에 대해서 몰라. 그들 중 새로운 색을 만들어낼 소질이 있는 자가 있는지 한 명 한 명 시험을 하다간 비밀이 언제 어떻게 새어나갈지 알 수가 없지. 완전히 고립된 곳에서 지내는 사람이 필요해. 물론 그 종이의 존재를 아는 극소수의 연구원들은 철저히 고립되어 있긴 하지만 다 시험해봤는데 소질이 전혀 보이질 않더라고. 그렇다고 내가 할 수도 없었고. 난 내 살상무기에 전념해야 하니까 말이야. 결국 내가 필요했던 것은 수호대원으로부터 고립되어 있으면서, 수호대의 사정에 대해 거의 모르고, 또한 나의 정체 역시 모르면서 나를 두려워하고 나의 명령을 따를 사람들의 부류에서 소질이 있는 자를 색출해 내는 거였지. 대부분의 수호대원들은 관심조차 없으며, 설령 있다 해도 제한된 정보만이 알려져 있어 어느 날 갑자기 쥐도 새도 모르게 사라져도 아무도 그 사실을 알 수 없는 사람들 중에서 말이야…"

"잠깐만…" 레이나는 시선이 검은 망토를 향한 채로 얼어붙었다.

"그 사람들이란 게… 설마!"

"맞아, 내가 사람들을 납치해 실험을 한 것은 그런 이유도 있지. Trial-17727의 실험 대상으로 쓰면서도 또 어쩌면 Trial-17727을 뛰어 넘는 뭔가를 나에게 가져다줄 수 있는 차세대 탐험가를 그 안에서 찾는 거야."

"완전히 무기에 미친 여자로군! 힘에 미친 거야!" 형사가 소리친다.

"도대체 왜 그런 짓을 하는 거예요?" 데이빗은 그녀에게 따지고 든다. "그럴 돈이 있었으면, 이 정도의 건물을 지을 돈이 있었다면… 차라리 크루즈 같은 거라도 사 그 위에서 평생을 행복하게 살 수도 있었을 텐데…."

"크루즈가 인생에 의미를 부여하진 않아!"

"이 기지는 부여하고?" 레이나가 끼어든다.

"이 기지, 이 수호대… 이런 게 없다면 누가 내 밑에서 나를 복종하겠어? 이런 게 없었다면 나는 어떤 무기로 사람들을 벌벌 떨게 할 수 있었겠어? 여기선 내가 절대자야! 내가 절대자인 조직, 내가 위대한 조직이 크면 클수록 내 위대함도 큰 것 아니겠어?"

"완전히 미쳤군…."

"우린 이제 Trial-17727까지 있어. 네가 수호대를 나간 뒤로 성능을 훨씬 개선시킨 버전이지. 물론 이 이상 새로운 색상을 찾아내는 일은 아직까지도 빛을 못 발하고 있지만, 지금 이걸로도 충분해. 이런 무기라면, 수호대의 규모는 미친 듯이 커질 거야. 그럼 더 많은 사람들이 나를 복종하겠지."

"정말 이해가 안 가요." 데이빗이 레이나 옆에서 묻는다. "정말 이런 일이 가능한 건가요? 단순히 미친 사람 한 명 때문에 이 모든 것들이 만들어지고 그렇게 많은 사람들이 희생당했다는 게?"

"물론, 이 모든 것은 그 상상인화의 종이가 나타나지 않았다면 불가능했을 거야. 대체 누구인지는 몰라도, 그 종이를 만든 사람에게 감사해야 하겠는걸." 대답은 검은 망토가 대신한다. "오, 그리고 말이야. 나 혼자 수호대를 만든 게 아니야. 거기 있는 레이나도, 로버트 몰리슨도 기여를 했다고. 수호대를 설립하는데 쓰인 자본은 내 지갑에서만 나온 게 아니란 말씀이지."

"우린 언니가 그 돈을 사람 죽이는 데 쓸 줄은 몰랐으니까! 우린 그저 언니의 병적인 고집에 끌려간 것밖엔 없어. 모두가 우리가 발견한 상상인화의 종이와 허색을 세상에 알리자는 입장이었어. 언니만 빼고 말이야. 그런데 언니가 그 고집 때문에, 그놈의 고집 때문에 그 사람을 꼬드기고 나를 강제로 끌어들인 거잖아! 애초에 언니가, 내 말을 듣고 허색을 세상에 알렸다면, 그 종이의 존재를 알렸다면, 그랬다면 평생 동안 따라다닐 명성도 얻었을 거고, 무엇보다 사람들이 희생당할 일도 없었을 것 아냐!"

레이나는 냉정을 잃고 소리치기 시작한다. 그러자 검은 망토의 표정은 그 어느 때보다도 음흉해진다.

"내 말이 그 말이야. 고작 그런 명성 따위에 갇혀서 살겠지. 그 물건들에서 엄청난 무기를 만들어낼 수 있었는데도, 그 기회를 제 발로 걷어찬 셈이 되겠지. 너와 내가 그 가방을 열어보았을 때, 난 사실 그 안에 뭔가 엄청난 게 있길 바라고 있었어. 그래서 안에 있던 물건을 확인하였을 때 실망했지. 하지만 보상심리 때문이었는지, 후에 그 종이도 무기로 쓸 만한 게 되겠구나 하는 생각을 했지. 상대의 생각을 읽어내는 것은 확실히 무기로 작용할 만하니까 말이야. 그래서 알리지 않은 거야. 그 종이의 존재를, 세상에 말이지. 바로 그 가능성을 봐서. 그래, 그리고 그 가능성은, 로버트 몰리슨 그 작자가 존재하지 않았던 색을 만들어 냈을 때에야 비로소 나의 확신이 되었지. 그때의 충격, 그 자체로도 엄청나긴 했지만 분명 그걸로 끝나지 않을 거였어. 하나의 장벽이 깨지면 그 뒤로도 장벽이 계속 깨질 수 있다는 얘기니까. 분명 더한 것이 나올 터였어. 그리고 나왔지. 내가 제대로 보고 그 인간에게 투자를 한 거야! 결국 내 선택이 옳았다고! Trial-17727이 내 손에 있잖아!"

큰 소리에 방안이 울린다. 다시 나오는 그녀의 정신 나간 웃음소리에는 이제 음흉함까지 더해진다.

검은 망토는 한창 웃어대더니 허리를 굽힌다. 그녀가 눌렀던 버튼이 있는 기계에 그녀의 몸이 가려진다.

"그러니까 선택을 잘해야 한단 말이야, 레이나. 너도 나처럼 좋은 선택을 했어야지."

그녀의 몸이 다시 펴지고, 그녀가 손에 들고 있는 것이 밝혀진다.

두 개의 입을 지닌, 돌연변이 조개….

"기억나? 우리 이거 탁자위에 모셔놓고 하루 종일 바라보기도 했잖아, 안 그래?"

"언니가 강요한 거였잖아!"

레이나는 뒤로 한 발짝 물러서며 소리친다.

"네가 수호대를 떠나지 않았다면 이 조개는 여전히 우리 둘의 것이었을 텐데. 네가 떠남으로써 완전한 나의 것이 되었어. 수호대의 모든 대원들, 모든 권력과 함께 말이지. 하, 이제 이 수호대는 완전히 나의 것이야!"

"다 언니 거였잖아! 처음부터, 모든 게 다! 이 수호대에 내 것이었던 것은 하나도 없어! 여긴 시작부터 모두가 검은 망토만을 위해 일해 왔던 조직이라고! 모든 게 검은 망토의 것이야!"

레이나는 발악한다.

"물론 그렇지. 하지만, 네가 사라짐으로써 완전한 나의 것이 되었어. 이 조개도, 이 수호대도. 이젠 내가 진정한 지배자야. 레이나, 너는 나로부터 도망쳤고, 이젠 모든 게 순전히 나만의 지배하야. 모든 게 다 나만의 것이라고!"

검은 망토는 실실거린다. 다시 그 웃음을 터뜨리기 직전이다. 그때, 누군가가 끼어든다.

"결국 그런 거였군요…. 힘을 향한 당신의 광기… 당신의 동생이 뒤에 자리 잡고 있는 거였어요…."

앵무새 여자다.

"당신이 진짜로 눌러버리려고 했던 것, 진짜로 지배하고 싶었던 것은 레이나 님이었어요. 레이나 님의 지울 수 없는 존재, 그 존재를 참을 수 없는 것이었죠? 항상 곁에 서서 모두를 통솔하곤 했지만, 항상 뭔가 찜찜한 것이 당신의 마음에 남아 당신을 괴롭히고 있었죠. 당신은 당신이 모두를 지배하고 있다는 걸 떠올리며 쾌감을 느끼지만, 레이나 님을 떠올릴 때만은 그러지 못했어요, 그렇죠?"

"무… 무슨 소리냐! 감히 이 검은 망토님께-"

"당신에게는 친동생을 아끼는 마음 또한 있었기에 레이나 님을 죽일 수는 없었어요. 하지만 그렇다고 당신에게 머리를 조아리지 않는 사람이 있어서는 안 되었죠. 모두가 당신을 따르고, 모두가 당신을 두려워했어야만 되었던 거예요. 갖은 강요와 협박을 통해 레이나 님도 어떻게든 당신을 따르도록 만들었지만, 그건 당신에겐 완전한 지배가 아니었죠. 당신 생각에는, 레이나 님이 당신의 완전한 지배하에 들어올 수 없는 근본적인 이유가 있었던 거예요. 어렸을 때부터 당신은 CIPA를 지니고 살아가는 레이나 님을 보며 그 병에 대한 경외심이 생겼겠죠. 고통을 느끼지 못하는 병… 그것은 당신에게 놀라움이자 두려움이었어요. 그리고 후에 당신이 수호대를 만들어 당신의 지배욕을 채우고 있을 때, 그 두려움은 당신의 넘을 수 없는 벽이 되어 돌아왔죠. CIPA를 지닌 레이나 님이 존재하는 이상, 당신은 절대 완전히 만족할 수 없었던 거예요."

"아주 우스운 소리군. 어찌 이렇게 무례할까. 이 검은 망토님에 대해 얼마나 알고 그런 소릴 하는 건지…" 태연하게 말을 하는 검은 망토의 입술은 파르르 떨리고 있다.

"레이나 님이 고통을 느끼지 못한다는 사실… 당신은 어떻게든 그 참을 수 없는 사실을 지워내려고 했어요. 친동생에 대한 애정 따위 무시한 채 레이나 님을 죽이고 그냥 잊어버릴까도 생각을 많이 해보았겠지만, 그렇게 간단치 않았죠? 친동생을 통제할 깜냥이 못 되니까 결국 동생을 죽인다? 이 얼마나 당신의 고귀한 자긍심을 욕보이는 비겁한 행동이겠습니까? 그래서 당신은 차마 그럴 수는 없었고, 결국 레이나 님에게 더 많은 두려움을 가하는 행동으로써 그 참을 수 없는 사실이 잊히길 바랐죠. 그래서 더 난폭하고 정신 나간 지배자가 된 거예요. 언제든지, 잊혀야 할 그 사실이 떠오를 때마다, 복종자들이 당신을 더 두려워하게 만들어야 했죠. 그 사실이 당신을 괴롭힐 때마다, 모두가 더더욱 두려워하도록, 레이나 님조차 더욱 두려워하도록… 그게 당신이 그 감질 나는 괴로움을 다루는 법이었죠. 하지만 그렇게 해도, 결국 완전히 지울 순 없었죠? 당신이 아무리 정신 나가게 굴어도 완전한 만족은 절대 없었어요…. 그렇죠? 절대로요…."

"이제 그만하지…."

"겁을 주어도 또 주어도, 항상 모욕감만이 돌아왔죠. 그 모욕감에 받혀 더욱 겁을 주어도 당신은 항상 동생이 고통을 느끼지 못한다는 사실에서 자유로워지지 못했어요. 그건 당신의 완벽한 지배자로서의 모습의 유일한 걸림돌인 일말의 흠이었으니까요."

앵무새 여자는 이제 대놓고 유리벽 앞까지 걸어 나와 설명에 몰입한다. 그녀의 말은 갈수록 빨라진다.

"그러던 중 레이나 님이 조직에서 도망쳐 나온 거예요. 분명 당신은 뭔가 바뀌었겠죠. 흠이 사라졌다는 기쁨도 잠시였을 거예요. 곧 그 흠은 현실적인 두려움으로 변해버렸으니까요, 그렇죠? 당신이 완전하게 지배하지 못한 유일한 걸림돌이 바깥에 떠돌아다니게 된다면, 그렇기에 당신이 감시할 수 없게 된다면, 레이나 님은 수호대, 즉 당신을 무너뜨릴 열쇠를 쥔 유일한 사람이 된다고 생각했던 거죠! 하나의 흠이 자라나 금이 되고 더 자라나 결국 전체를 무너뜨리게 되는 거예요!"

"시끄러워!!"

검은 망토의 소리침에 그녀의 말은 더 빨라진다.

"당신은 필사적으로 찾았죠. 동생이라고 더 이상 봐줄 수 없었어요. 반드시 찾아서 제거해야만 했죠. 하지만 아무리 찾아도 발견되지 않았고요. 그래서 당신은 초조해졌겠죠. 위장기지를 이곳으로 옮긴 것도 그 때문이죠? 그냥 이곳에 새 기지를 만들고 중요한 부서와 대원들만 데려와도 되었을 것을 당신은 제 1위장기지 건물을 통째로 비워가면서까지 기지를 옮기려고 했어요. 그래요, 두려움 때문에 옮긴 거였어요. 당신은 두려웠던 거예요. 기지 건물의 위치를 아는 레이나 님이 언젠가 복수를 위해 그 건물을 찾아올 것이 확실했으니까! 그리고 그 때는 그녀가 어떤 수단을 써서라도 당신의 행방을 찾아 진격해 와 당신을 무너뜨릴 것만 같았으니까!"

"그만!!"

유리벽이 강하게 내리쳐진다. 짐승의 절규와 같은 소리가 울려 퍼진다.

"제발 그만해! 너 누구야! 뭐 하는 녀석인데 나에 대해 그렇게 확신조로 얘기할 수 있는 거지? 대체 뭐야 너!"

검은 망토는 헉헉거리고, 앵무새 여자는 그런 그녀를 정면으로 바라보며 날카로운 미소를 짓는다.

"당신이 소위 말하는, '반동분자'죠. 오랫동안 당신의 감시망을 피해 이 조직을 무너뜨릴 방법을 찾고 있었어요. 몰래 정보도 많이 수집했죠. 당신에 대한 정보까지도. 당신은 당신이 모두를 감시하고 있었다고 생각하겠지만, 실제로는 제가 당신을 감시하고 있었죠. 당신의 끝없는 광기… 정말 오랫동안 지켜보았어요. 하지만 이제나 되어서야 그 원인을 알 것 같군요."

"…………." 잠깐의 괴로운 적막.

그 뒤를 따르는 절규. "아니야!!"

그러나, 그건 검은 망토의 것이 아니었다. 모두가 놀란다.

그건 레이나의 것이었다.

"그… 그게 사실이라면 너무 슬프잖아, 안 그래?" 그녀는 고통을 참기 위한 미소를 지으려 입 근육을 억지로 들어 올린다.

"안 그래도 이 병 때문에 언제 죽을지 몰라 두려웠는데… 안 그래도 언니 때문에 죽은 듯이 살아왔는데… 수호대의 이름으로 저질러지는 짓들에 구역질이 나고 그놈의 Trial-17727 때문에… 언제라도 끌려가서 실험 대상이 될까봐 미칠 것 같았는데! 이 모든 게… 이 모든 게 어쩌면…"

레이나는 힘이 완전히 빠졌는지 기절하듯 바닥에 털썩 주저앉는다.

기이다란 한숨이 바닥을 향해 뿜어져 나온다.

"하, 인생이란 게 그런가 봐요." 그녀는 그저 천천히 고개를 젓는다. "이유 없이 고통 받고… 의미 없이 고통 받는 거."

아무도 무언가를 하려 하지 않는다. 모두가 별 초점 없는 시선으로 레이나를 바라볼 뿐이다. 오직 데이빗만이 무어라 중얼거리고 있다.

"이런 일이 진짜로 일어날 수가 있는 거라니… 그냥 한 개인일 뿐인데도, 절대적 통제력이 주어지면 이런 일까지도 일어날 수 있다니…"

"하지만 그런 정신 나간 독재는 금방 무너지기 마련이지."

새로운 목소리이다! 유리벽 너머에서 들렸다!

"뭐, 뭐야?!"

고개를 돌리던 검은 망토가 머리에 정통으로 일격을 맞는다.

"아주 처참하게 말이야."

모두가 그녀의 머리를 권총으로 내려친 주인공을 알아보고는 놀란다. 조수경관은 그녀의 머리를 붙잡고 유리벽 쪽으로 강하게 민다.

쿵 소리와 함께 머리가 강하게 부딪힌다. 조수경관은 머리를 다시 잡아당기고, 곧이어 쿵 소리는 몇 번 반복된다.

쿵, 쿵, 쿵, 쿵, 쿵….

얼마 후에야 마침내 유리벽에 달라붙은 그녀의 얼굴이 중력에 의해 서서히 미끄러져 내려가는 순간이 온다. 그녀는 바닥에 쓰러지고, 조수경관은 머리를 놓아준 손을 여전히 공중에 들고 있다.

그러더니 재빨리 그녀에게로 고개를 숙여 상태를 확인한다. 의식이 오락가락하는 상태이다. 그는 그런 그녀의 귀에 입을 가져다가 속삭인다. 유리벽 너머의 그 누구도 듣지 못할 속삭임이다.

"우리가 보내준 돈은 잘 받았어? 널 잡아서 정말 다행이야. 직접 돈을 투자했는데도 추적에 실패해서, 그 돈이 그대로 날아가는 줄 알았다고."

천천히 고개를 그녀에게서 뗀다.

"제때 와주셨네요! 늦으셨다면 죽을 수도 있는 상황이었어요. 다행이에요!" 레이첼이 환호한다. "그런데, 그 사람은 어떻게 하신 거예요? 그러니까 그… 찰리… 네, 찰리 씨요."

"찰리 핸스턴이라고, 이름을 알려주시더군요. 안전한 장소에 계십니다. 걱정하지 마십시오. 이제 다 끝났습니다. 제가 사람을 불렀습니다. 곧 이 건물에 도착할 겁니다."

그는 검은 망토를 일으킨다. 기계에 달린 컴퓨터를 가리키며 무어라 얘기를 하더니, 곧이어 컴퓨터를 조작해 유리벽을 연다.

유리벽이 옆으로 밀려 틈 속으로 사라짐에 따라 조수경관은 수호대의 지배자를 부축하여 걸어 나온다. 그가 모두에게 말한다.

"부상자는 부축하시고, 어서 이곳에서 나갑시다. 이 여자의 조직은 이제 끝나는 거죠."

레이첼의 부축으로 레이나는 천천히 일어난다. 그녀는 레이나의 식어버린 강철 장갑을 양손으로 붙잡고 잡아당겨보지만 빠지지 않는다. 그저 씁쓸한 미소를 띠며, 그렇게까지 애쓸 필요 없다는 의미인지 레이나는 그녀를 향해 고개를 좌우로 젓는다. 그리고는 고개를 돌려 전혀 다른 눈빛으로 자신의 언니를 쏘아본다.

"그래서, 어디 있어, 그 사람? 허색 원색을 발견하고도 감추었으니 그 벌로 어디 깊숙한 곳에 가두었을 것 같기는 한데, 말해 봐, 어느 독방에서 지내는 거지?"

섬뜩한 미소.

"그래도 수호대에 가장 큰 공헌을 한 사람이니 방 안에서 제대로 살 수 있게는 해주는 거지? 어디 있어? 얘기해. 안 그러면 이 넓은 곳에서 찾을 수가 없잖아."

미소는 위아래로 찢어지고, 참을 수 없는 웃음이 터져 나온다.

검은 망토의 마지막 미친 웃음이다. 그와 대비되는 싸늘한 정적이 모두를 감싼다. 모두의, 특히 레이나의 표정이 굳어버린다.

웃음은 곧 기침으로 변하더니 곧이어 실소로 이어진다.

"아, 그 인간 말이야?"

계속 바닥을 보고는 있지만 실소가 터져 나오는 것은 참을 수가 없다.

"그래, 독방에 가뒀지…. 독방에 가뒀어. 아주 좁아. 아주 좁지. 움직이지 못할 정도로. 딱 그 인간 몸 크기만 한 방이니까."

"…뭐?"

발작적으로 올라오던 실소는 다시 정신 나간 웃음소리로 이어진다. 웃음을 주체하지 못하고 있는 채로, 그녀는 조수경관의 부축에 의해 발걸음이 옮겨진다. 죽기 전 꼭 해야 하는 마지막 말이라도 되는 듯 한마디 내뱉고는 멀어져간다.

"규칙을 어긴 자는… 비밀을 누설한 자는… 영원히 가뒀지…."

곧 그들의 시야에서 사라진다.

레이나는 고개를 완전히 숙이고 있다.

"괜찮아요?" 레이첼이 그녀를 감싸 안으며 그녀의 얼굴을 살피려 한다.

고개를 숙이고 있어 머리카락에 가려진 그녀의 눈은 보이지 않는다. 표정을 제대로 전해주는 것은 입가와 그 주위뿐이다. 그곳은 무표정이었다가 곧 표정이 바뀐다. 우는 것 같기도 하고 웃는 것 같기도 한 표정이다.

"바보 같아…"

입이 잠깐 중얼거린다. 순간적으로 표정이 한층 격렬해졌다 다시 원래대로 돌아온다. 그러더니 갑자기 다시 걷잡을 수 없이 격렬해진다! 웃음소리인지 울음소리인지 모를 격렬함이다!

탕!

꽤 먼 거리에서 총소리가 난다. 레이나와 형사를 제외한 모두의 시선이 소리가 난 쪽을 향한다. 방이 굽어져있어 입구 부분은 보이지 않지만, 그들이 그쪽으로 갈 필요도 없이 곧이어 조수경관이 그쪽에서 나타난다. 묻은 지 얼마 안 되는 빨간 핏자국들이 옷에 튀어있고, 한 손에 권총을 들고 그들을 향해 저벅저벅 걸어오는 채이다.

그들의 뒤에서 총이 장전되는 소리가 난다.

뒤를 돌아보니, 형사가 그들에게 총을 겨누고 있다.

한순간 얼어붙은 정적만이 흐른다.

"이 순간이 오지 않았으면 하고 바랐지만… 결국 와야 할 것은 와야 하니까 말입니다."

형사는 비장한 얼굴을 하고 있다.

"뭐… 뭡니까 이게?" 데이빗은 갑작스런 상황 변화에 의해 완전히 혼란에 빠져 소리친다. "뭐하는 짓입니까?"

"빠져나갈 생각은 하지 마십시오." 조수경관도 총을 겨누며 말한다. "분명 다치실 겁니다. 또한, 여러분들이 저희 둘에게서 무사히 빠져나갔다 하더라도, 그럴 경우 이제 곧 도착하는 저희 사람들이 여러분들을 찾아낼 겁니다."

"저는 당신을 보호하려는 겁니다, 시스티나 씨. 정말입니다. 믿어주십시오." 형사가 자신을 노려보고 있는 데이빗에게 낮은 목소리로 말한다.

레이첼은 당황해 어쩔 줄 몰라 하며 레이나를 쳐다본다.

"이거 뭐가 어떻게 돌아가는 거예요? 왜 조직의 보스를 잡았는데 저 사람들이 우리한테 이러는 거죠?"

레이나는 숙이고 있던 고개를 든다. 완전히 무기력한 얼굴로, 이제는 그냥 실없는 웃음을 지어 보이며 천천히 말을 잇는다.

"악은 또 다른 악에게 무너지는 법이죠."

두 교사의 얼굴은 그저 혼란스러움의 연속일 뿐이다.

"당신들 도대체 왜 이러는 거야!" 데이빗은 뒤로 한 반짝 물러나 경계하는 자세를 취하면서 소리친다.

"진정하십시오. 다 설명 드리겠습니다." 형사가 말한다.

"총을 겨누고 있으면서 진정하라고? 당신 도대체 정체가 뭐야?"

"시간이 많지 않습니다. 얘기는 짧게 끝내고 어서 움직여야 합니다. 일단 진정하십시오."

잠시 동안의 침묵이 흐르고, 형사는 곧 총을 내린다. 하지만 조수 경관의 총을 든 손은 여전하다.

"저는 사실 형사가 아닙니다. 그 직업은 위장용일 뿐이었습니다. 이곳을 찾아내기 위해 형사로 위장하고 있었던 것입니다."

"이곳을 찾아내? 대체 무엇 때문에?"

"설마, 허색을 무기로 쓰려고…?" 레이첼은 식겁한다.

"문제는 허색이 아닙니다."

그는 잠시 조수경관의 눈치를 보더니 말을 잇는다.

"그 종이입니다. 여기 조직원들이 상상인화의 종이라 부르는 그 종이… 그 종이의 존재를 아무도 모르게 세상에서 지워버리고 이 조직을 없애기 위해 온 겁니다."

"그도 그럴 것이…"

조수경관이 입을 뗀다. 모두가 그의 쪽을 바라본다. 얼굴에 스치는 한 차례 헛웃음.

"그 종이는 저 친구가 개발에 참여했고, 저 친구의 부주의로 유출된 발명품이니까요."

"······!!"

다시 모두의 시선이 형사를 향한다. 그 누가 말을 꺼내기도 전에 형사가 먼저 입을 연다.

"그렇습니다. 제가 그 종이의 탄생에 기여를 하였습니다. 물론 핵심적인 기술은 제가 개발한 것이 아닙니다. 저보다 높은 직위의 사람들이 개발하였고, 저는 그저 말단 개발자에 불과하였습니다."

무언가 말하려는 데이빗을 손바닥을 내밀며 저지한다.

"제가 속해있는 곳에 대해 많은 걸 알려드릴 수는 없습니다. 그저 하나의 초국가적 비밀기관이란 것만 알아두십시오. 이 수호대보다도 훨씬 전에 생겨나, 그 존재가 오랫동안 비밀로 유지되어왔습니다. 보안상의 이유로 더는 말씀을 못 드립니다. 하지만, 제가 그곳에서 진행되고 있던 프로젝트 중 일부에 참여한 경력이 있는 특수 요원이라는 점은 알려드려야 할 것 같습니다. 그 프로젝트들 중 하나가 바로 그 종이의 개발이었습니다. 타인의 생각을 읽어내어, 잠재적 테러리스트나 다른 위험한 일을 저지를 가능성이 있는 사람들을 미리 식별해 내려는 목적으로 만들어졌습니다. 이 종이의 운송과 거래는 철저한 비밀로 남겨져야 했고, 그러기 위해서 실력이 좋은 특수 요원들 중에서도 종이의 비밀을 원래부터 알고 있어 다른 사람에게 함부로 누설할 가능성이 가장 낮은 요원, 즉 종이의 개발에 참여하였던 제가 선택되었던 것입니다."

"그런데 저 친구가 실수를 했죠. 요원답지 못하게 거래 장소까지

다 와서 저 여자의 언니에게 가방을 도둑맞았으니까요."

조수경관이 레이나를 턱으로 가리키며 말한다.

"덕분에 우리는 비상사태에 돌입했고, 저 친구를 포함한 수많은 요원들이 한시라도 빨리 종이의 행방을 찾으려고 발버둥을 쳤습니다. 종이의 존재가 세상에 알려지면 큰 난리가 남과 동시에, 비밀로 유지되고 있는 우리의 존재도 위험해지니까요. 하지만 놀랍게도 종이는 세상에 알려지지 않았습니다. 어찌 된 일인지 아무도 몰랐죠. 하지만 그 덕분에 저 친구에겐 실수를 만회할 기회가 주어졌습니다. 새로운 임무가 내려졌죠."

"종이의 행방을 찾아 종이를 다시 가지고 와라, 그 존재를 알고 있는 자는 한 명도 남기지 말고."

"그래서, 저 친구는 형사로 위장하여 잠입근무를 하였던 것입니다. 요원 한 명 잠입시키는 정도는 우리에게 간단한 일이었으니까 문제는 없었습니다. 하지만 수많은 자료를 가지고도, 수많은 지원을 받으면서도 종이의 행방을 찾을 실마리가 나오지 않아 잠입기간은 기한 없이 길어져만 가고 수사는 점점 오리무중으로 빠지고 있던 참이었죠. 그러던 중에 저 친구가 발견한 겁니다. 어느 한 화랑에서, 그림 하나가 바로 자신이 개발한 종이에 그려져 있던 것을. 아니, '인화'되어 있던 것을. 온갖 일들을 겪으며 이곳저곳을 들르고 마침내는 이 기지에 이르게 되는 숨겨진 줄을 그가 붙잡은 첫 번이었습니다."

"그럼, 당신은 누구죠?" 레이첼이 조수경관에게 묻는다.

"저를 감시하기 위해 파견된 상부 요원입니다." 형사가 대신 대답한다. "저도 처음에는 몰랐습니다. 저의 캐비닛을 누군가 열어본 흔적을 발견하기 전까지는 말입니다. 그 길로 추궁하였더니 상부의 허락을 받고 저에게 사실을 말한 겁니다. 아마도 그때의 제 실수 때문에 조직에서는 제가 못 미더웠던 모양입니다."

"캐비닛 안의 내용물은 저 친구가 로버트 몰리슨의 집에서 가져온 것들이었습니다. 이 수호대에 관한 온갖 문서들과, 제 4원색의 빛깔을 띤 극소량의 액체가 들어있는 와인 병들, 심지어는 로버트 몰리슨의 일기도 있었죠. 모두 저 친구가 제 정체를 몰라 저에게 보여주지 않으려 했던 것들이었고, 그래서 어쩔 수 없이 몰래 봐야 했어요. 덕분에 수호대의 거의 모든 걸 알게 되었습니다. 수호대를 배반하고 도망쳐 나온 레이나라는 여자가 있다는 것도 알게 되었고, 그 여자가 예전에 살았던 집까지도 알아냈죠. 그 여자에게 우리의 정체를 밝히고 협조를 요구하려 했는데, 하나의 방어 전략이었는지 당신들 두 사람까지도 자신의 집에 불렀던 겁니다. 덕분에 저 친구가 조금 골치가 아팠을 겁니다. 결국 당신들을 떼어놓고 저 친구와 저 여자 둘만 남게 하도록 제가 나섰죠."

"그럼, 그때 당신이 갑자기 등장한 이유가…" 레이첼이 꽤나 놀란 표정으로 중얼거린다.

"예, 그렇습니다. 우린 저 여자의 도움 없이는 이곳을 찾을 수가 없었습니다. 물론 이런 수호대가 존재한다는 것은 다년간의 수사로 알고는 있었죠. 후원금까지 보내어 추적을 시도했지만, 수호대의 위치를 특정 하는 것에는 실패하였습니다. 결국 위치를 추적하고 수호대를 무너뜨리기 위해서는 그녀가 있어야만 했던 것입니다."

레이첼은 레이나를 바라본다. 그녀는 다시 고개를 숙이고 있다.

"저희에게 협조해주는 대가로 한 가지 조건을 요구하더군요." 이번엔 형사가 말한다. "그건 바로 여러분들을 죽이지 말라는 것이었습니다. 제가 부여받은 임무대로라면, 여기 계신 여러분들 모두는 이미 종이의 존재를 알고 있거나, 이제 종이의 존재를 알게 되었으니 제거당해야만 합니다."

형사는 천천히 총을 총집에 집어넣는다. 그리고는 그들에게 다가선다.

"하지만 저 역시 아무도 해치고 싶지 않습니다. 여러분들 모두에게 도망갈 기회를 드리겠습니다. 물론 조건이 따라붙습니다. 여러분들은 이 나라를 떠나, 저희의 정보원의 손길이 거의 미치지 않는 조용한 곳에서 사서야 합니다. 종이의 존재에 관한 이야기를 퍼트려서도 안 됩니다. 만약 그러신다면 저희 요원들에 의해 추적당하실 것입니다. 그 조건을 받아들이신다면, 지금 저를 따라오십시오. 제가 몇몇 요원들을 설득시켜 여러분들을 도울 수 있게 준비시켜 놓았습니다. 이미 여기에 도착해 있습니다. 상부에는 여러분들이 죽었고, 그 시체는 소실된 것으로 보이게끔 상황을 조작하여 보고를 할 것입니다. 저기 계시는 상부 요원님도 원래는 저에게 반대하던 것을 제가 겨우 설득한 것입니다. 여기 남아 상황을 조작하는데 도움을 주실 겁니다. 하지만 제가 설득할 여지조차 없었던 대다수의 요원들도 얼마 지나지 않아 이곳에 도착할 것입니다. 그러니 빨리-"

형사는 벌써 출구 쪽으로 걸어가며 그들을 이끌고 있다.

"다친 사람은 부축하고 빨리 움직이셔야 합니다."

문 쪽으로 가니 수 명의 사람들이 문을 들락날락하고 있다. 몇 명의 사람들은 무언가를 옮기고 있고 다른 몇 명은 잠든 장님을 데리고 그들을 기다리고 있다.

레이나는 부축을 받아 이동한다. 레이첼은 그녀의 옆을 지키며 다시 한 번 그녀의 장갑을 손에서 빼려 하지만, 여전히 빠지지 않는다. 걱정하지 말라며 레이나가 말한다.

"이 조직은 인공 안구도 만들어냈어요. 당연히 인공 팔도 있죠. 이제 와서 돌이켜보면 장갑을 불에 달군 건 약간 멍청한 짓인 것 같기도 하지만, 상관없죠. 설마 제 팔을 이런 상태로 놔둘 생각은 아닐 테고, 이 정도는 도와주실 수 있으니까요, 안 그래요, 형사님?"

그녀가 형사를 바라보자 형사는 말없이 고개만 잠깐 끄덕거린다.

"그건 그거고." 그녀는 고개를 다시 레이첼 쪽으로 돌리고는 대화가 다른 사람에게 안 들리게끔 목소리를 낮춘다. 레이첼은 그녀에게 귀를 가까이 댄다. "아마도 이제 우리가 꽤나 오랜 기간 동안 같이 지내게 될 것 같아요, 레이첼. 그러니까 전 당신에게 솔직해져야겠죠? 이번엔 진짜예요. 정말로 솔직하게 고백할게요.

전 처음에 허색의 존재를 아는 당신들을 없애버리려고 했어요.

그런 사람들이 있으면, 조직에게도 저에게도 좋을 게 없거든요. 처음에 당신들을 조직의 본거지에 보낸 것도 당신들을 이용하고 나서 죽이려는 생각에서였죠. 데이빗에게 준 헤드밴드… 그건 제가 본거지에 들어가는 위험을 무릅쓰지 않고도 내부를 조사하기 위함이기도 했지만, 사실 그 헤드밴드는 강력한 액체폭탄이었어요. 당신들이 잡히면 저에 대한 정보를 누설하기 전에 폭탄을 터트려 당신들을 모두 제거하려는 목적으로 데이빗에게 준 것이었어요. 그렇게 해서 조직에 대한 정보도 탐색하면서 저에게 잠재적인 위협을 주는 자들도 없애고… 그게 계획이었어요. 그런데…."

"그런데요? 그럼 왜…."

"당신 때문에 신경 쓰이는 것이 있었어요, 레이첼. 그래서 그때 당신만은 본거지 밖에서 기다리라고 했던 거예요. 그 신경 쓰이는 것 때문에 당신을 없앨 수가 없었어요. 결국, 제 말을 듣지 않고 당신이 안으로 같이 들어가 버려서 저는 세 사람 모두를 구해야만 했죠. 그 외에도 여러 번 당신들을 죽이려고 생각했어요. 당신들을 최대한 멀리하려 했죠. 하지만 레이첼 당신만은… 멀리 할 수가 없더군요."

"왜, 왜죠? 그 이유가-"

레이나는 방탄조끼 안쪽에서 무언가를 꺼내 그녀의 눈앞에 그것을 보인다. 그녀가 잘 알고 있는 얼굴이 있는 사진 한 장이다.

"당신이 제 옛날 집에 찾아온 이후에, 당신을 잠깐 동안 감시했죠. 그때 당신과 같이 있는 게 보였어요. 이 사진 속의 소녀랑 정말 쏙 빼닮은 아이가."

"…………."

"둘이서 당신이 일하는 학교 안으로 걸어가고 있었죠. 분명, 분명 당신은… 그 아이와 아는 사이일 거예요, 그렇죠? 그러니 같이 걸어 다녔겠죠…."

레이나는 잠깐 고개를 떨구더니 곧 다시 일어나 레이첼의 팔을 붙잡는다. 숨소리가 흐느끼는 것처럼 들린다.

"그 아이에 대해서… 뭐 좀 물어볼게요. 그 아이… 혹시 자신의 부모에 대해 얘기하지 않던가요? 그 아이… 혹시 당신이, 당신이 그 아이를 맡고 있나요? 그 아이가 이 사진 속의 아이가 맞냐고 묻는 거예요!"

갈라지는 목소리로 소리를 지른 그녀는 곧바로 레이첼의 품에 안겨 진짜로 흐느끼기 시작한다. 레이첼은 다른 사람들에게 먼저 가 있으라고 신호를 보낸다.

두 사람은 그 자리에 서서 한참동안 움직이지 않는다.

레이첼은 그녀에게 웃어 보이며 조용한 목소리로 속삭이듯 얘기한다.

"중간에 이름을 바꾼 게 아니라면, 사진 속 아이의 이름은 수지예요."

"이름을 바꿨다면 저는 바꾼 이름을 몰라보고 당신을 죽였을지도 몰라요."

품속에서 말하는 레이나의 목소리에 레이첼은 약간 놀라며 짧게 웃음이 터진다. 그러나 곧 다시 차분하고도 따뜻하게 말을 이어나간다.

"정말 명랑한 아이예요. 부모님을 못 본지가 오래되었지만 밝게 살아가고 있죠. 하지만 유감스럽게도, 전 그 아이의 보호자는 아니에요. 다만, 그렇게 오해를 받을 정도로 제자와의 관계가 돈독했다니 기쁘군요."

레이첼은 또 한 번 웃어 보이고, 레이나는 여전히 품속에서 울먹이고 있다.

"죄송해요. 그런 질문을 하다니. 제가 그만… 횡설수설했네요."

"괜찮아요. 이해해요. 우리가 이제 가게 될 곳이 어디든 간에 그 아이를 같이 데려가서 살 수는 없겠지만, 이것만은 약속드릴게요. 언젠간 그 아이의 가장 행복한 모습을 볼 수 있을 거예요. 운이 좋으면 생각보다 이를 수도 있어요. 언젠간 꼭, 보게 될 테니 기대해서도 좋을 것 같네요."

레이나는 품에서 고개를 떼고 레이첼을 바라본다. 레이첼 또한 미소로써 그녀를 바라보고는, 곧이어 그들의 앞에 놓인 길을 힐끗 쳐다보며 그녀에게 제안한다.

"자, 이제 가는 게 어때요? 전 아직도 그 형사가 무서워요. 앞으로 무슨 일이 일어날지도 몰라서 불안하고요. 절 지켜주셔야 할 사람이 저에게 안기고 있으면 되겠어요?"

레이나는 웃어야 할지 울어야 할지 모르고 있다.

"절 원망하지 않으세요? 저 때문에 이렇게 되었는데."

레이첼은 웃으며 장난스럽게 말한다.

"당연히 원망하죠. 이 빚은 앞으로 찬찬히 다 갚게 할 거예요. 일단 제 보디가드가 되는 걸로부터 시작해요. 저한테 부축이나 받고 있는 보디가드죠. 자, 어서 제 앞길을 수호하세요."

그녀는 레이나를 부축하며 앞으로 나아간다. 그제야 레이나의 얼굴에도 웃음기가 돈다.

"빨리 안 가면 데이빗이 한 소리 할 거예요."

"그 전에 형사한테 한 소리 듣겠죠 뭐."

끊어질만하면 다시 이어지는 웃음소리 섞인 대화. 그 대화의 밝은 음성을 뒤로 남기며, 두 여인은 서서히 통로의 저편으로 멀어져 간다.

47
에필로그

"병이 그렇게나 많을 줄 누가 알았겠어요? 지금 이 자리에 살아있다는 사실에도 감사해야 할 일이에요."

수백 미터는 뻗어있는 꽃의 세상, 그 한가운데에 커다란 풍차 모양의 집이 한 채 있다. 꽃향기가 밴 그 집의 테라스, 그곳에서 의자에 앉아 한없이 꽃밭을 구경하고 있는 레이나가 있다. 그런 그녀에게, 테라스 입구에 기대어 선 레이첼이 말을 건다.

"뭐, 사실 전 더 많을 줄 알았어요." 차를 한 모금 들이키고는 레이나가 말한다. 찻잔을 든 그녀의 팔은 근육과 핏줄 대신 전동기와 전기 회로로 이루어져 있다. 팔이 잘 작동하는지 살피기 위해 그녀는 계속 손목 관절을 움직여본다.

"마침내 병원에서 나오니 좋아요. 매일매일 병실에만 갇혀 천장의 형광등만 보고 있다가, 퇴원하여 이런 아름다운 집을 보게 되니 말이에요. 그동안엔 제 상상으로만 닿을 수 있었던 새로운 세상을 이제는 실제로 맛보고 있는 느낌이에요. 지금 당장 새로운 세상이 제 피부에 닿아 있는 거죠. 이런 세상도 진짜 있구나, 자꾸 이렇게 느껴요."

"좋은 집이죠. 크기도 하고요. 전 항상 이런 집에 한 번 살아보고 싫었어요. 그 꿈이 이런 식으로 이루어지다니… 좌우간 그 형사의 조직이란 곳이 자본력은 엄청난가 보네요.”

“오랜만에 듣네요. 형사 얘기.” 레이나는 실 웃음을 터트린다.

“아, 맞다. 마침 그 얘기가 나와서 말인데, 제가 얘기 안 해드렸죠? 형사가 일하는 곳에 침투하기 위해 그분은 아예 여기 살지 않아요. 그… 앵무새 여자요. 자신의 위장이 들통 날 경우 우리와의 연관성을 없애기 위해 한참 멀리 떨어진 곳에 살죠. 가장 근래에 만났을 때 얘기한 것으로 미루어 보았을 때, 이미 신분을 위장하고 그곳에 들어가는 데 성공한 것 같아요. 아직 핵심부에는 접근하지 못하고 겉돌기만 하고 있는 단계이지만요. 핵심부에 접근할 수 있게 되기까지 몇 년이 걸릴지는 모르지만, 그녀라면 그녀의 방식대로 천천히 한 발짝씩 가까이 다가서겠죠.”

“뭐, 어쨌든 새로운 희망은 보이네요. 그 친구가, 우리가 은근히 고대할 만한 일을 조금씩 해나가고 있다는 거니까요. 이런 평화로운 곳에서, 원 없이 평화롭고 편안하게 지내면서도 몹시 기다릴 만한 무언가가 있다면 꽤 괜찮은 일이죠.”

“낭만주의자 다 되셨네요.”

“저로 하여금 그런 사람이 못 되게 하던 것들이 다 없어졌으니까요. 그 친구는 젊고 강해요. 그런 위험한 일도 잘 해낼 수 있겠죠. 저는… 이제는 좀 쉬고 싶네요. 당신이 말한 대로, 낭만주의자의 삶을 좀 즐기고 싶어요, 이제는.”

레이첼도 웃으면서 찻잔을 들고 테라스로 나와, 입구 바로 앞에 놓여 있던 흔들의자를 레이나 옆에 갖다놓고는 앉는다.

“아, 참. 데이빗하고 찰리는 어디 있죠? 제가 집에 왔을 때부터 통 보이질 않네요.” 레이나가 묻는다.

"당신이 바라던 일을 하고 있죠. 악의적인 의도가 담겨있지 않은 연구. 우리가 수호대에서 챙긴 몇 가지 물건들로 허색을 연구하고 있어요. 거기다 좋은 소식이 있어요. 앵무새 여자 분이랑 만났을 때에 상상인화의 종이를 건네받았거든요. 몰래 가져온 거겠죠. 앞으로도 주기적으로 만날 때마다 종이를 공급하겠대요. 덕분에 찰리는 지금 종이에 허색을 그려내는 일을 하고 있고, 연구에 큰 도움이 되고 있죠."

"그렇군요. 데이빗은요?"

"여전히 허색 연구에 몰두하고는 있는데… 최근 들어서는 정확히 무얼 하는지는 모르겠더라고요. 당신이 오면 해줄 얘기가 있대요. 아, 저기-"

"레이나, 오랜만이에요."

레이나는 뒤를 돌아본다. 데이빗은 입구에 기대어 서 있다.

"오랜만이에요!" 그녀는 자리에서 일어나 데이빗을 반긴다. "저한 테 할 얘기가 있다면서요?"

"그럼요. 일단 안으로 들어와요."

데이빗은 자신감 넘치는 동작으로 두 사람에게 다가온다. 흔들의 자에 여유롭게 앉아서 차를 홀짝이는 레이첼에게 들어와서 이야기 를 같이 듣지 않겠냐고 제안했지만 레이첼은 웃으며 거절한다.

"지금은 열정보다는 되찾은 새로운 일상을 즐기고 싶어요. 그래도 괜찮죠?"

"물론이죠. 이렇게까지 평화로운 적이 없었으니까요. 이해해요."

"게다가 전… 아직은 이 '공간'에 남아있고 싶고요."

데이빗은 친절한 미소로 화답한다. 무언가 말하려고 그가 입을 뗀 순간, 이미 그가 할 말을 읽어낸 레이첼도 동시에 입을 뗀다. 그걸 본 데이빗은 웃으며 그녀에게 말할 기회를 넘긴다.

"이 찻잔이 비게 되면 들어가도록 할게요. 그때까진 이 고요한 아름다움에 푹 잠겨 있을 수 있게 해주세요."

그는 물론이라는 의미로 고개를 끄덕이고는 레이나에게로 돌아선다. "그럼, 들어가시죠."

친히 그녀를 안으로 이끈다.

"다과도 많이 준비되어 있습니다, 여왕님."

레이나는 웃음이 터진다.

"오버하지 마요."

안으로 들어온 레이나는 근처의 소파에 앉는다. 데이빗이 묻는다.

"팔은 좀 어때요?"

"그럭저럭… 쓸 만하네요."

"다른 데는 괜찮나요? 뭐 이상이 있다거나…."

레이나는 머쓱하게 웃는다.

"뭐, 저야 알 길이 없죠."

"그렇군요." 데이빗은 납득하는 표정으로 고개를 끄덕인다.

"아마 앞으로도 전 수시로 병원을 들락날락해야 할 거예요."

"빠른 쾌유를 빕니다. 어서 몸이 회복되어야 저희와 함께 허색 연구를 하죠. 당신이 원하던 순수한 연구에 드디어 중요한 일원으로서 참여할 수 있는 거예요. 연구를 하고 있는 저희 입장에서는, 어찌 되었든 이 분야의 전문기관 출신인 인재를 영입하는 거니까 누이 좋고 매부 좋은 거고요."

레이나는 어색한 웃음을 터트린다.

"딱히 기다릴 필요 없어요. 저는 지금이라도 시작할 준비가 되어 있습니다. 근데, 그런 얘기라면 그냥 제가 입원해 있었을 때 했어도 되지 않았나요?"

"오, 제가 하려던 얘기는 이게 아니에요. 제가 한동안 들이파던 연구가 있었는데, 바로 어제 그 답을 찾은 것 같아서 이렇게 할 얘기가 있다고 부른 겁니다."

데이빗은 바퀴 달린 칠판을 그녀의 앞에 갖다놓는다.

칠판의 왼편에는 작은 역 원뿔이 하나 그려져 있다.

"오랫동안 생각해보았죠."

그는 분필을 집고 칠판에 무언가를 적기 시작한다. 그는 적으면서, 그가 적고 있는 문장을 소리 내어 읽는다.

허색은 대체 무슨 존재인가?

문장을 끝마치고 물음표에 점까지 찍은 그는 분필을 내려놓고 역 원뿔을 가리킨다.

"여기 있는 이건 HSV 색 공간 모형입니다. 익히 들어보셨으리라 봅니다. 역 원뿔 하나에 우리가 알고 있는 모든 색을 집어넣었죠. 최상단에 있는 원이, 아래로 내려갈수록 크기가 줄어들다가 결국 한 점이 되는 형태입니다. 그 최하단의 점은 검은색, 그리고 최상단 원의 중심점은 흰색을 나타내죠. 이건 원뿔의 꼭지와 꼭대기를 잇는 세로축이 명도를 나타내기 때문입니다. 따라서 가장 아래에 있는 점은 자연스레 가장 낮은 명도의 색, 즉 명도 0의 검은색이 되는 것이죠. 기존의 색 공간에서, 명도가 0인 색은 검은색이 유일합니다. 따라서 명도 0의 위치에는 점 하나밖에 존재하지 않습니다. 반면, 가장 높은 명도, 즉 명도 100의 위치에 존재하는 것은 한 개의 점이 아닌 원이죠. 명도가 100인 색은 하나가 아니기 때문입니다. 그 문제의 원은, 중심은 완전한 흰색이다가 중심에서 멀어질수록 다양한 색깔들이 다채롭게 펼쳐집니다. 원의 중심과 가장자리를 가르는 차이는 채도입니다. 중심에서는 채도가 0이며, 중심에서부터 떨어진 가로축 상의 거리가 늘어날수록 채도 역시 늘어나, 가장자리에서 최대치에 이르게 됩니다. 그렇기 때문에, 꼭대기에 있는 원의 둘레에는 채도도 가장 높으며 명도도 가장 높은 색들이 진열되게 되는 것이죠. 일정한 순서에 따라서요. 색상이라는 일정한 순서에 따라서 말입니다(엄밀히 말하면 색상을 기준으로 만들어낸 순서라고 해야겠네요.). 처음과 끝을 빨간색으로 놓고, 시작부터 끝까지의 삼분의 일 위치에 또 다른 원색인 초록색을, 삼분의 이 위치에 파란색을 놓고 그 원색들의 혼합으로 만들어지는 색상들을 나머지 공간에 빈틈없이 채운 다음, 그렇게 해서 나온 색상 선을 원에 둘레로서 두른 것이죠. 그 색상 선('색상환'이라고 하죠.)이 둥그런 모양이기 때문에 색상은 각도로 표시합니다. 0도와 360도를 빨강으로 두고 120도에 초록색, 240도에 파란색을 놓습니다. 노란색은 60도에 놓이겠죠. 빨간색과 초록색의 1:1 혼합이니까요. 두 원색의 1:1 혼합색은 두 원색의 색상 각도의 딱 중간에 놓인다는 것입니다.

이 방식으로 명도, 채도, 색상, 이렇게 세 가지 좌표만을 써서 모든 색의 위치를 정할 수 있습니다. 반대로 어떤 색이든 간에 위의 세 가지 좌표만 주어진다면 그 색이 무슨 색인지 알 수 있죠. 그런데, 여기서 문제는, 그렇다면 허색은 도대체 어디에 들어가야 하냐는 겁니다. 기껏 모든 색을 표시해 놓았는데, 새로운 색이 나타났으니, 그 새로운 색들의 위치는 어디가 되어야 할까요?"

"음…" 레이나는 턱을 괸다. "그런 식으로 생각해본 적이 없네요. 지금까지 허색을 그저 기존의 상식을 깨는 존재로만 생각해 와서 말이죠. 음… 어디여야 할까요?"

"얘기는 잘 되어가고 있나요?" 레이첼이 어느새 들어와 테라스 입구 옆에 기대어 서 있다.

"아, 레이첼. 마침 잘 왔어요. 여기 앉아서 들으세요. 딱 중요한 순간이에요."

데이빗이 소파를 향해 손을 내보이며 그녀에게 권한다. 레이첼은 웃으며 고개를 가로젓는다.

"지금은 새로운 음료를 마실까 해서 잠시 들어온 거예요."

"아, 그럼 그거 해주세요!" 레이나가 반색하며 말한다. "저번에 병문안 왔을 때 만들어주셨던 타이식 아이스티요. 그거 엄청 맛있던데."

"아, 그거 괜찮겠네요. 그럴까요?"

레이나가 아이처럼 행복한 표정으로 고개를 끄덕이자 레이첼은 흔쾌히 승낙하며 주방으로 들어선다. 레이나와 데이빗이 있는 거실에서 바로 이어져 있어 서로의 목소리를 듣는 데에 전혀 문제가 없는 주방이다.

"시간 좀 걸릴 거예요."

"얼마든지 기다릴 수 있어요. 맛있게만 해주세요."

거실에 있는 두 사람의 눈길은 다시 칠판으로 옮겨간다.

"일단…" 레이나가 곰곰이 생각하더니 말한다. "초월색과 허색 원색은 나누어서 생각해야 할 것 같아요. 그 둘은 전혀 다른 성격의 발상으로부터 나온 것이죠. 고로 다른 성격의 허색이라고 할 수 있고요. 그렇죠?"

"맞아요."

"일단 초월색의 경우에는… 흰색의 초월색은 흰색보다도 명도가 높은 색이니까, 꼭대기의 원 정 가운데서 시작해 올라가야 되나요? 검은색의 초월색은 검은색보다 명도가 낮으니 제일 아래에 있는 꼭지에서 시작해 내려가야 되고요. 그러면 원뿔 모양을 해치기는 하겠군요."

"더 큰 원뿔을 만들면 됩니다."

"네?"

"흰색이나 검은색뿐만 아니라, 수많은 색상의 유채색들 또한 초월색이 존재하지 않습니까? 그것들도 우리는 색 공간에 넣어야 합니다. 그럴 경우, 원뿔 모양은 깨지지 않습니다. 다만 커질 뿐이죠."

데이빗은 칠판으로 돌아서서 뭔가를 적기 시작한다.

"흰색과 검은색의 경우에는 간단했습니다. 명도를 한계보다 더 올리거나 내림으로써 정말 간단히 초월색을 얻어낼 수 있었죠. 그러나 명도를 올리거나 내리는 것만이 초월색에 이르는 유일한 길일까요?"

그가 분필을 내려놓고 옆으로 비켜서자 칠판에 네모난 막대 네 개가 보인다. 세 개가 옹기종기 모여 있으며, 오른편의 하나만이 나머지 것들에서 조금 떨어져 있다. 모여 있는 막대들의 바닥에는 각각 '빨강' '초록' '파랑'이라고 적혀 있고, 구석에 있는 나머지 하나에는 '명도'라고 적혀있다. 그 명도 막대를 그는 가리킨다.

"만약… 이 사각형의 길을 오르내리는 것만이 초월색에 닿을 수 있는 유일한 방법이라면, 색 공간의 원뿔 모양은 확실히 깨질 겁니다. 그러나 애초에 그런 색 공간이라면 표현할 수 있는 초월색의 가짓수도 그리 많지 않을 것입니다. 흰색이나 검은색은 되었죠. 빨간색이나 파란색도 명도만 올리면 될 겁니다. 하지만 그러면 갈색은 어떻게 합니까? 청록색은요? 그런 색들은 명도가 100도 아니고 0도 아닙니다. 갈색의 명도를 올려봤자 주황색이나 빨간색이 나올 것이고 청록색의 명도를 올려도 옥색밖에 나오지 않습니다.

명도를 어떻게 해도 갈색과 청록색의 초월색을 만들 수는 없습니다.

그러나 이걸 쓰면 가능합니다. 여길 한번 봐주시죠."

그는 명도 막대 옆에 막대를 하나 더 그리고는, 그 아래에 '채도'라고 적는다.

"색상, 채도, 명도… 이 세 가지 중 명도로는 충분치 않다면, 이젠 채도를 통해 초월색을 만들자는 것입니다. 그러면 어떻게 만들어야 할까요? 어떻게 하면 채도의 기존 한계를 뛰어넘어 초월색의 영역에 다다를 수 있을까요? 채도의 한계를 뛰어 넘는다는 것이 무엇일까요? 제가 왼편에 가산혼합 삼원색의 막대를 그려놓은 것은 바로 그 것 때문입니다."

그는 뭉쳐 있는 막대들을 가리킨다.

"잘 아시다시피, 여기 있는 소위 빛의 삼원색을 가지고도 기존의 모든 색을 만들어낼 수 있습니다. 각 색상의 수치, 즉 삼원색 각각이 어느 정도 들어가느냐를 잘 조절하기만 하면 표현할 수 없는 색은 없고, 그때의 수치들은 가산혼합 색 공간에서의 좌표가 되어, HSV 색 공간에서의 좌표를 해당 색 공간에서의 좌표로 환산하는 것도 가능해지죠. 그렇다면 HSV 색 공간에서 채도였던 좌표가, 가산혼합 색 공간에서는 무엇이 되는 것일까요? 어떤 의미를 가지는 것일까요?"

"일단 기본부터 짚고 갈게요. 이젠 뭔가 알 것 같거든요." 레이나가 입을 연다. "먼저 가산혼합 색 공간에서 각 원색 값의 수치를 표기할 때의 단위부터 정해야겠죠. 0과 100을 한계점으로 정하도록 해요. 퍼센트를 쓰는 거예요. 0이면 해당 원색은 존재하지 않는 것이고 100이면 완전한 원색으로서 존재하는 것이죠."

데이빗은 삼원색 막대들의 바닥과 꼭대기에 각각 0과 100을 써넣는다. 레이나는 설명을 이어간다.

"HSV 색 공간에서의 명도는, 가산혼합 색 공간좌표 중 가장 큰 값을 지닌 좌표를 따라가죠. 빨간색이라면 빨강 값만 100이고 초록 값과 파랑 값은 0일 것이니, 명도는 100이죠. 주황색의 경우는 빨강 값 100에 초록 값 50, 파랑 값 0이 되지만 가장 큰 값은 달라진 게 없으니 여전히 명도는 100이에요. 빨강 값 100에 초록 값 100인 노란색도, 삼원색의 값이 전부 100인 흰색도 마찬가지 원리로 같은 명도를 지니게 되죠. 빨강 값 0에 초록, 파랑 값이 50인 청록색은 반면 그 원리로 명도가 50이 되는 거고요.

반면 채도는, 가장 작은 좌표 값을 따라가죠. 다만 이번엔 가장 작은 값의 수치를 그대로 따라가는 게 아니고, 가장 큰 값과의 상대적 비율을 봐야 해요. 가장 큰 좌표 값을 100으로 볼 때(그 값의 실제 수치와는 상관없어요.), 가장 작은 값이 0이라면 채도는 100이 되는 것이고, 가장 작은 값도 100이라면 무채색이 되는 거죠. 주황색의 채도는 100이에요. 파랑 값이 0이기 때문이죠. 그러나 채도를 떨어뜨릴 경우, 처음부터 100이었던 빨강 값은 고정된 채로 원래 50이었던 초록 값과 0이었던 파랑 값이 올라가게 되고, 결국 채도가 0에 이르러서는 흰색이 되죠. 우리가 이미 한계를 뛰어넘는 명도 수치를 색 공간에 대입함으로써 각 원색들도 한계를 뛰어넘는 수치의 값을 갖는 게 가능해졌어요. 하이퍼W를 만듦으로써 각 원색들은 100이라는 한계를 넘었고, 하이퍼B를 만듦으로써 0을 뛰어넘어 음의 영역에 도달했죠. 이를 적용하면 또 다른 초월색을 만들 수 있겠네요. 빨간색의 초월색을 만드는 것은, 초록 값과 파랑 값은 그대로 놔두고 빨강 값을 한계 너머로 올리는 방법으로 할 수 있죠. 하지만, 빨강 값을 그대로 놔둔 상태에서도, 초록 값과 파랑 값을 음수로 떨어뜨리는 방법으로도 할 수 있죠? 명도를 올려서 초월색을 만들 수도 있지만, 채도를 올려서 초월색을 만들 수도 있다는 거예요. 게다가 그럴 경우, 명도는 하나도 건드릴 필요가 없죠. 따라서 갈색이나 청록색의 경우, 명도는 그대로 놔둔 채 채도만 한계 너머로 높임으로써 초월색을 만드는 제2의 길이 존재하는 거예요!"

"바로 그겁니다. 명도를 못 바꾼다면 채도를 바꾸면 되죠. 채도를 못 바꾼다면 명도를 바꾸면 되고요. 그리고 또… 채도와 명도를 둘 다 바꿀 수 있는 색들이 있습니다. 예를 들면… 색상환에 있는 색은 다 해당되겠네요. 빨강이나 초록, 파랑과 같은 삼원색뿐만 아니라 노란색, 주황색, 옥색도 다 해당되죠. 그런 색의 경우에는, 갈색이나 청록색과는 달리 초월색의 영역이 색 공간에서 1차원인 선으로 표현되지 않습니다. 갈색의 초월색은 갈색의 위치에서부터 바깥쪽으로, 즉 옆으로만 뻗어나갈 수 있죠. 그러나 빨간색의 초월색은 빨간색의 위치에서부터 두 방향으로 뻗어나가는 게 가능합니다. 명도로써 위로 올라가고, 채도로써 옆으로 움직이는 게 둘 다 가능하며, 고로 초월색의 영역은 2차원인 면으로 표현되는 것이죠. 즉, 빨간색의 초월색은 갈색의 초월색보다 실제로 더 풍부합니다. 단순히 수호대가 갈색의 초월색을 상대적으로 덜 개발해서 그런 게 아니라는 거예요."

레이나는 고개를 끄덕인다. 데이빗은 다시 분필을 집고 칠판 정중앙에 아까보다 훨씬 커다란 역 원뿔을 그려 넣는다.

"그러니 이제는 방금 얘기한 것들을 '더 커진 색 공간'의 모형에 맞춰서 구현해내기만 하면 됩니다. 기존의 기준을 새로이 잡아야겠죠. 지금까지 수호대가 도달한 초월색의 최고 명도, 최고 채도 수치를 100으로, 최저 명도, 최저 채도 수치를 0으로 잡는 겁니다. 즉,

이전에는 100이 넘거나, 아니면 음의 수치였던 값들을 전부 100과 0 사이에 집어넣는 것이죠. 흰색이나 빨간색의 명도는 더 이상 100이 아니며, 검은색의 명도는 0이 아닙니다. 삼원색의 채도도 100이 아니고, 무채색은 더 이상 무채색이 아니게 되겠죠. 한번 빨간색의 명도, 채도가 70, 검은색의 명도, 채도가 30이 되게끔 기준을 잡아보죠. 그 상태에서 기존의 색 공간의 위치를 새로운 색 공간 내부에 표시해보겠습니다."

데이빗은 커다란 원뿔 내부에 작은 원뿔을 그리기 시작한다.

"70, 30이라는 건 어디까지나 설명을 위해 인위적으로 잡은 예시적 기준에 불과합니다. 실제 수치가 어떻게 되어야 하는지는 전직 수호대원에게 자문을 받은 후에 정해야 한다고 생각했습니다. 분명 이에 필요한 정보가 많으실 거라고 생각합니다. 도움을 기대하겠습니다."

레이나는 멋쩍은 웃음을 짓는다.

"글쎄요, 수호대를 나온 지가 너무 오래돼서 말이죠. 하지만 어차피 최대 명도나 그런 건, 초월색이 계속 나오면서 변하기 마련이죠? 원리를 설명하는 데에는 오히려 그런 임의적인 수치가 더 나을 거예요. 굉장히… 오묘한 모형이네요."

심지에 커다란 구멍이 뚫린 역 원뿔이 완성되어간다. 구멍이 뚫리면서 원뿔 형태에서 다소 멀어진 모습이다. 데이빗은, 초월색의 커다란 원뿔 속에 파묻혀 있는 기존의 색 공간을 부각하기 위해, 이전에는 완전한 원뿔의 형태로 그려지곤 했던 그 구멍 난 도형에 분필로 색을 살려 넣는다.

"오…"

레이나는 눈과 입이 동그래진다.

"이렇게 되는 거군요…."

데이빗은 손가락으로 원뿔 주위를 한 바퀴 돌고는 선언하듯 말한다.

"색칠된 부분이 기존의 색, 그 외의 부분은 전부 허색입니다."

그의 손가락이 색칠된 도형의 꼭대기에 머문다. 가운데가 도넛처럼 동그랗게 뻥 뚫린 원반 모양의 꼭대기는 아래로 내려가면서 크기가 점점 줄어들고, 색칠된 부분의 폭 또한 점점 가늘어져 나중에는 그저 하나의 동그란 윤곽선만 남아버린다. 원반 모양의 도형이 끝에 가서는 그저 동그라미가 되는 점에 대해 데이빗이 설명을 덧붙인다.

"전체 원뿔 속에 기존 색깔들의 도형이 있고, 또 그 안에는 구멍이 있는 형태예요. 여기서 그 구멍은 채도가 0에서 30까지인 영역을 포괄하죠. 전체 원뿔이 위에서 아래로 갈수록 단면의 지름이 줄어들다가 나중에는 0이 되는 형태이기 때문에, 채도가 0에서 30인 영역 또한 전체 원뿔이 좁아지는 것과 같은 비율로 좁아지게 돼요. 문제는 우리의 이 구멍 난 도형은 그 비율을 따를 수가 없다는 거죠. 명도 70에서는 이 도형이 채도 30에서 70까지의 모든 색들을 포괄했는데, 명도 30에서는 채도가 30인 부분만 포괄하게 돼요. 검은색 말입니다. 그렇기 때문에 이 도형은 전체 원뿔보다도 더 빨리 줄어들어야 해요. 주황색의 채도는 70이지만 갈색의 채도는 70이 못 되는 거죠. 반면에 이 도형의 심지를 꿰뚫고 있는 구멍은 전체 원뿔과 같은 속도로 줄고 있기 때문에, 즉, 이 도형만큼 빨리 줄지 않기 때문에 도형의 형태는 이렇게 나올 수밖에 없는 것입니다."

"음…."

레이나는 턱을 괸 채 원뿔을 심오한 표정으로 바라본다. 데이빗은 칠판을 지워가며 다음 이야기로 넘어가기 위한 여분의 공간을 만든다.

"지금까지 초월색의 색 공간이었습니다. 명도와 채도의 확장을 통해 새로운 색에 도달한 도형이죠. 이런 방식으로 하면 지금까지 수호대가 만들어냈던 초월색들을 전부 표현할 수 있습니다. 자, 이제 초월색 얘기는 이쯤 해두고, 우리는 다음 대단원으로 넘어가야겠죠? 아직 우리가 색 공간에 담지 못한 중요한 허색이 남았으니까요."

"허색 원색 말이군요."

데이빗은 고개를 끄덕인다. 레이나는 어떤 생각이 떠오른 듯 괴었던 턱을 들어 올리며 뭔가 말하려고 한다.

"…처음엔 명도를 확장시켰잖아요. 그 다음엔 채도였고요. 그렇게 초월색이란 허색을 얻어냈죠. 이번엔 허색 원색을 얻어야 하는 건데, 원색은 결국 색상이죠. 그렇다면 이제는 색상을 확장시켜야 할 차례이지 않겠어요?"

"어떻게 말입니까?"

"기존 색 공간에서는 색상을 표현하기 위해 0부터 360의 각도 사이에 모든 색상을 차례로 배열했잖아요. 거기에 허색 원색들도 끼워 넣어 색상 배열을 다시 하면 되지 않을까요?"

"기존의 색상환은 세 개의 원색을 기준점으로 해서 배열된 색상환이니, 허색 원색을 집어넣어 기준점을 늘리고 색상을 재배열하자는 것이군요. 한번 그 방법으로 해봅시다. 일단 기존 모형에 제 4원색을 집어넣고 색 공간을 다시 만들어보죠. 어차피 제 4원색을 집어넣을 수 있다면 다른 허색 원색들도 당연히 넣을 수 있을뿐더러, 처음부터 제 6원색까지 다 집어넣으면 너무 복잡해지니까요. 어떻게 넣으시겠어요?"

"그냥… 원래는 360도를 삼등분해서 0도에 빨간색, 120도에 초록색, 240도에 파란색이 있었으니 이제는 사등분해서 0도에 빨간색, 90도에 초록색, 180도에 파란색, 그리고 270도에 제 4원색을 넣으면 되지 않을까요?"

데이빗은 알만하다는 표정을 짓는다.

"그렇죠. 저도 처음엔 그렇게 생각했습니다. 제아무리 허색 원색이 전에 없던 새로운 차원의 색상이라 해도 어차피 그저 하나의 원색일 터, 세 개의 원색이 순환하던 색상환을 네 개 원색이 순환하도록 만드는 것은 일도 아니라고 생각했죠."

그는 다시 조그만 역 원뿔을 그린 후, 꼭대기 원에 십자 모양으로 선을 가로질러 넣어, 네 개로 나뉜 선들의 각 끄트머리에 레이나가 말한 순서로 색의 이름을 적어 넣는다. 그리고는 말한다.

"그런데 이렇게 하면 하나 문제가 생깁니다."

그는 각 원색들 사이의 중간지점에도 짧은 선분을 빗장처럼 끼워 넣어 위치를 표시한다. 자신이 표시한 네 개의 중간지점을 가리키며 그가 설명을 이어간다.

"두 개의 원색 사이엔 두 원색의 혼합색이 위치하죠. 빨간색에서 초록색으로 이동하는 경우 색깔은 처음엔 빨간색에 초록색이 점점 더 많이 섞이는 방향으로 변할 겁니다. 빨간색과 초록색 사이 공간의 정중앙에 왔을 때에야 두 원색이 정확히 1:1로 섞인 색깔이 나오죠. 그 뒤로는 초록색에 빨간색이 점점 더 조금 섞이는 방향으로 변하다가 마침내 완전한 초록색에 도달할 것입니다. 여기 이 원뿔에서는 0도와 90도 사이의 공간이 그러합니다. 90도와 180도 사이에는 초록색과 파란색의 혼합색이 있겠죠. 180도와 270도 사이에는 파란색과 제 4원색의 혼합색이, 270도와 360도 사이에는 제 4원색과 빨간색의 혼합색이 있을 것입니다. 그렇다면 이제 문제가 무엇인지 아시겠지요?

초록색과 제 4원색의 혼합색이 나타나지 않을뿐더러, 기존의 색 공간에는 있었던, 파란색과 빨간색의 혼합색이 여기서는 빠져 있다는 것입니다.

현재의 색 공간에서는, 바로 옆에 있는 원색과의 혼합색만 그릴 수 있습니다. 한 다리건너 있는 원색과의 혼합색은 그려 넣을 공간이 생기지 않습니다. 기존에는 그게 문제가 되지 않았죠. 원색이 3개였으니까요. 삼각형에 비유하면 될 것 같네요. 삼각형의 각 꼭짓점은 나머지 두 개의 꼭짓점과 선분으로 연결되어 있습니다. 그러나 사각형은 어떨까요? 사각형은 각 꼭짓점이 나머지 세 개의 꼭짓점 중 두 개에만 연결되어 있고, 한 개에는 연결되어 있지 않습니다. 그 한 개의 꼭짓점과 연결하기 위해 긋는 선이 바로 대각선인데, 색 공간에서는 대각선을 그을 수가 없죠. 대각선은 도형의 겉 표면이 아닌 속살을 지나는 선인데, 색 공간에서 속살은 채도가 100보다 낮은 색들로 이미 꽉 채워져 있기 때문입니다. 대각선을 그으려면 도형의 한가운데도 지나야 하는데 한가운데에는 흰색이 있지 않습니까? 대각선이 필요하다는 것 자체가 색 공간이 원색들의 혼합색을 표현해내는 데 있어서 문제가 있다는 의미입니다. 오각형, 육각형도 마찬가지입니다. 모두 대각선의 존재를 필요로 합니다. 오직 삼각형, 오직 3원색만이 특별한 게 있다면 그건 바로 대각선이 없다는 점입니다."

말이 끝나기가 무섭게 선 세 개가 칠판에 생겨나 도형을 이룬다. 각 점이 다른 점들과 동등한 위치에 있으면서 동등하게 교류하는 완벽한 균형. 한 선분의 시작이 다른 선분의 끝임과 동시에 끝은 그 다른 선분의 시작이 되어준 또 다른 선분의 시작인 아주 밀접한 반복성. 데이빗이 분필로 그린 정삼각형을 보며 레이나는 그러한 느낌을 받는다. 뭔가 기존의 3원색은 서로에게 너무나 밀접한 존재라서 새로운 원색이 그 틈을 비집고 들어가는 것은 불가능할 것만 같다.

결국 레이나에게 이런 의문을 일으킨다.

"그럼 어떻게 원색을 추가하죠?"

데이빗은 잠시 머뭇거린다. 그의 머릿속에 있는 것을 설명할 적절한 말을 찾고 있는 듯하다.

"그… 예전에 말이에요, 새로운 원색의 탄생을 이야기하며 허색 원색을 새로운 차원에 은유한 적이 있었죠?"

레이나는 그가 무슨 말을 하려는 건지 감을 잡지 못한다.

"이건, 그러니까… 음… 사실 그 말 그대로예요. 한번 이렇게 생각해보죠."

그는 칠판에 세로선 하나를 그린다.

"만약에, 원색이 하나밖에 없다면 어떨까요? 이 세상에서, 우리 눈이 감지할 수 있는 원색이 딱 하나뿐이라면?

모든 것이 흑백처럼 보이겠죠. 흑백의 세상… 사물들의 색깔이 딱 한 가지 기준으로만 구별되는 세상이에요. 바로 명도의 차이죠. 유일원색의 수치가 얼마냐에 따라, 검은색은 0, 완전한 원색은 100, 그렇게 명도가 결정되고 또 그렇게 정해진 명도가 색의 전부인 세상… 색 공간을 그리면 이렇게 나오죠."

그는 세로선을 가리킨다.

"1차원 색 공간이에요. 채도, 색상은 없고 명도의 높낮이로만 모든 색을 표현할 수 있으니 1차원 선 모양이 되는 거죠. 그렇다면 2차원은 어떨까요? 어떤 경우에 색 공간이 2차원으로 표현되죠?"

그는 세로선의 오른편에다가 분필을 두 번 두드린다. 점이 가로로 두 개 찍힌다. 동등한 높이에서 서로를 마주보는 두 개의 점.

"바로 원색이 두 개일 경우죠."

그는 두 점을 잇는 가로선을 그은 후, 가로선의 정 가운데에 또 다른 점을 찍고는 거기에서부터 수직선을 내려 긋는다. 어느 정도 내려간 후 멈춰서 점을 찍고는 그곳에 '검은색'이라고 표시를 한다. 그러고는 처음에 찍었던 두 개의 점과 연결해 선분을 두 개 그어, 기다랗고 뾰족한 역삼각형을 하나 만들어낸다.

"어때요? 무슨 그림인지 아시겠어요?"

"음…."

"좀 더 명확하게 표시해드리죠. 이러면 확실히 알 거예요."

그는 처음에 찍었던 두 점 중 한 점은 '제 1원색', 나머지 한 점은 '제 2원색'이라 표기하고는, 역삼각형의 높이를 '명도', 삼각형 내부에 그가 그려놓은 수직선을 '무채색의 영역'이라 이름 붙인다.

"이것이 2차원 색 공간이에요. 우리가 알던 기존의 색 공간과도 꽤나 비슷하죠? 수직선을 축으로 이 도형을 빙그르르 돌리기만 하면 기존의 색 공간과 완전히 똑같아지니까요. 즉, 맨 밑에 검은색이 있는 것은 어느 색 공간에서나 똑같은데, 색 공간 꼭대기의 모양이 기존의 평면에서 지금의 직선으로 바뀌면서 전체 도형이 3차원에서 2차원으로 바뀐 거예요. 원색 수에 따른 것이죠. 원색이 세 개였을 때는 꼭대기가 2차원 도형이었고 거기에 저 밑바닥에 있는 검은색 점이 연결되면서 3차원이 되었던 거였어요. 1원색이었을 때는 꼭대기가 0차원인 점이었고 바닥도 똑같이 점이었기에 둘이 연결되어 1차원 선이 된 거죠. 지금은 2원색이고, 따라서 꼭대기는 선이에요. 제일 왼쪽에 제 1원색이 있고, 오른쪽으로 갈수록 제 1원색에 제 2원색이 점점 더 많이 섞이는 방향으로 색깔이 변하다가 가운데 지점에 이르러서 두 원색이 1:1 비율로 섞인 색깔이 나오고, 그 뒤로는 제 2원색에 제 1원색이 점점 더 조금 섞이는 방향으로 변하다가 끝내 완전한 제 2원색에 도달하게 되는 가로선이죠. 그 선은 아래로 내려갈수록 점점 좌우 길이가 짧아지다가 나중엔 시커먼 한 점이 되어 버려요. 명도가 존재한다는 의미죠. 가로선의 가운데 지점은 무채색인 반면 양끝으로 갈수록 순수한 원색에 가까워져요. 채도가 존재한다는 의미죠. 하지만 색상은 존재하지 않아요. 오로지 명도와 채도, 이렇게 두 가지 좌표로 모든 색을 표현할 수 있는 것이 2차원 색 공간이죠."

레이나는 약간 어리둥절해하다가, 오랜만에 입을 연다.

"정말로 색상이 필요 없는 건가요? 그래도 엄연히 다른 색상을 가지고 있는 원색이 둘인데, 명도 100, 채도 100, 이런 식으로는 두 원색 중 어느 원색을 표현하는 건지 모르잖아요."

"색상이 둘뿐이라면 플러스와 마이너스 부호를 이용해 표기할 수 있을 겁니다. 예를 들자면 제 1원색의 채도는 +100, 제 2원색의 채도는 -100, 이런 식으로 표기할 수 있다는 것이죠. 아니면 아예 채도 대신 제 1원색부터 제 2원색까지, 즉, 왼쪽 끝부터 오른쪽 끝까지의 공간을 0부터 100으로 놓는 수치를 설정하여 쓰는 방법도 있습니다. 중요한 것은 두 개의 좌표만 써서 모든 색깔을 표현하는 것이 가능하다는 겁니다. 그렇기 때문에 2차원 색 공간인 것이죠."

그는 명도와 채도만이 표현된 색 공간을 한동안 바라보다가 시선을 오른편으로 돌린다. 오른편에는 그가 아까 그렸던 정삼각형이 있다. 그는 선분을 덧붙여 정삼각형을 역 삼각뿔로 만든다. 기존 역 원뿔 색 공간의 '삼각화'된 버전이다.

"그렇다면 3차원 색 공간은 왜 3차원이겠습니까? 명도, 채도만 가지고는 부족하기 때문입니다. 명도는 어차피 다른 좌표에 의해 결정된 색이 어느 정도로 밝은지 결정하는 것 이외에는 하는 게 없으니 배제해놓고 생각할 수도 있겠습니다. 그렇다 치더라도 채도는 원색이 여러 개인 것에서 생기는 조합들을 표현해낼 수 있어야 하는데, 3원색일 경우 채도 하나만 가지고는 역부족이라는 것이죠. 색 공간의 꼭대기에 원색이 두 개 달려 있었을 때에는 꼭대기가 선으로 표현되었습니다. 그때는 채도만 가지고도 되었죠. 그러나 이젠 원색이 세 개 달렸으니 꼭대기가 평면으로 표현되어야 하는 겁니다. 그래야만 세 가지 원색들 간의 조합으로 나온 색들을 전부 꼭대기에 그려낼 수 있으니까요. 그래서 꼭대기를 표현하는데 채도에다가 색상까지 더한 두 개의 좌표를 사용하는 것이죠. 그렇다면, 원색이 네 개일 때는 어떻게 해야 하겠습니까?"

그가 잠시 레이나의 대답을 기다리면서 순간의 적막이 흐른다. 레이나는 답이 무엇인지 짐작은 하고 있지만 차마 그 답을 받아들이진 못하고 있다. 뭔가 말하려다 말기를 반복하는 그녀의 얼굴에서 혼란스러움이 엿보인다.

"한 차원… 위로?"

레이나는 반신반의하며 꺼내든 대답이었지만, 데이빗은 흔쾌히 고개를 끄덕이며 맞이한다.

그는 정삼각형에서 약간 올라간 지점에 점을 하나 찍는다. 그리고 삼각형의 세 꼭짓점과 선분을 연결한다.

이로써 삼각형은 하나의 입체 도형이 된다.

정사면체.

꼭대기가 정사면체가 되었다.

3차원… 3차원이 된 것이다. 삼각형에 점을 하나 추가하자, 선분이 한 개 늘어 사각형이 된 것이 아니라… 선분이 세 개가 추가되어 3

차원 도형이 나온 것이다.

늘어난 선분과 공간으로 4원색 간의 조합을 모두 표현하는 것이 가능해졌다. 새로운 원색과 기존의 원색들 사이의 모든 중간색들, 세 개의 원색들 간의 혼합, 그리고 네 가지 원색 모두의 혼합까지….

레이나는 아직도 혼란에 빠져있다.

"하지만 이렇게 되면… 꼭대기가 입체가 되면 색 공간은… 이게 어떻게 되는 거죠?"

"2원색 색 공간은 꼭대기인 선이 명도 축을 따라 이동하면서 점점 크기가 줄다가 나중에는 점이 되는 형상의 도형이지 않습니까? 3원색 색 공간은 꼭대기인 평면이 크기가 줄다가 점이 되는 형태이고요. 그렇다면 4원색 색 공간도 그와 같이, 꼭대기인 입체 도형이 명도 축을 따라 이동하면서 점점 크기가 줄다가 끝에는 점이 되는 형상이 되겠네요."

"그렇지만 어떤 방향으로 이동한단 말이에요? 명도 축의 방향이란 게 어떤 방향이 되는 거죠? 이미 꼭대기를 표현하는데 존재하는 세 개의 방향 축을 다 써버렸잖아요!"

"그렇겠네요. 우리가 사는 공간에는 세 개의 방향 축밖에 없는데 그건 벌써 꼭대기에 다 써버렸고… 명도 축은 나머지 세 개의 존재하는 방향 축과는 다른 축이어야 하는데 남아있는 방향 축이 없다니… 그럼 뭐, 존재하지 않는 방향 축을 써야겠죠."

"네?"

"우리가 사는 3차원 공간에서는 존재할 수 없는, '새로운' 방향을 상상해보자는 것입니다. 우리가 알고 있는 그 어떤 방향과도 일치하지 않는 새로운 방향이요. 마치 허색을 상상해낼 때와 같죠. 그런데 우리는 이미 허색을 일상처럼 접하고 있지 않습니까? 그러니 이것도 불가능한 일이 아닙니다."

"………."

"2차원 공간도 1차원 선이 보기에는 존재하지 않는 방향으로 뻗어 있는 세계입니다. 3차원 공간도 2차원의 존재가 보기에는 존재하지 않는 방향으로 뻗어있죠. 그렇다면 3차원의 존재인 우리가 보기에, 꼭대기에 원색이 네 개나 달려있어 방향 좌표를 네 개나 써야하는 색 공간이라면, 즉, 4차원으로 표현되어야 하는 색 공간이라면, 그 공간은 우리가 사는 3차원의 세계에는 존재하지 않는 방향으로 뻗어있을 거라고 보아야 함이 합당하겠죠? 한 차원 위로 올라간다는 것은 그런 의미입니다. 4원색 색 공간은 3차원에는 없는 방향을 사용해서 표현해야만 해요. 그렇기 때문에 4차원 색 공간인 겁니다."

"정말로 그렇게 해야 한단 말이에요?"

"이렇게 할 수밖에 없습니다. 지금까지 보셨겠지만 1차원 색 공간에서부터 원색 하나 추가할 때마다 한 차원씩 올라가지 않았습니까? 사실, 이것은 필연적인 겁니다. 어떤 색 공간에 있어서, 색 공간에 포함되지 않은 임의의 색상이 하나 나타나면, 색 공간이 한 차원 늘어나는 것이 필연적으로 일어날 수밖에 없습니다. 새로이 나타난 색은 공간상에서는 한 점에 불과할 뿐이지만, 그렇다고 해서 새로운 색을 추가한 게 단순히 기존의 색 공간에 새로운 점 하나 추가한 것에서 끝나는 게 아니에요. 새로운 색과 기존의 색의 혼합이란 게 있지 않습니까? 새로운 색과 기존의 색의 혼합으로 나온 색들이, 새로운 점과 기존의 점들 사이의 공간에 생겨난단 말이죠.

이렇게 새로 생겨난 혼합 색들이 기존의 색들보다 훨씬 많습니다.

얼마나 많으냐면 말이죠, 무한 배 많습니다. 물론 현실적으로는 기존 색 공간과 새로운 색 사이의 공간을 0부터 100까지의 정수로 놓는다느니, 이런 식으로 색의 위치를 양자화(量子化)하기에 색의 수가 실제 숫자로 딱 떨어지겠지만 그것은 표현상의 문제일 뿐이지 실제 색의 수는 무한개입니다.

어쨌든, 중요한 건 색 공간이 한 차원 위로 올라갈 정도로 혼합 색들이 많이 생긴다는 것입니다. 왜 그런지는 혼합 비율을 조금씩 바꿔가며 색을 섞어보면 쉽게 알 수 있습니다. 기존 색 공간에 있는 색들 하나하나에 새로운 색을 조금씩 혼합한 또 다른 색 공간이 있다 해보죠. 예를 들자면 100:1의 비율로 섞었다고 할 수 있겠죠. 그러면 그 혼합 색 공간은 기존 색 공간 조금 옆에 위치하게 될 겁니다. 물론 그 옆에도 색 공간은 계속 이어지죠. 조금만 더 옆으로 가다보면… 뭐, 99:1의 비율로 섞어서 나온 색 공간도 나올 수 있겠고요. 더 가다보면 98:1의 비율로 섞어서 나온 색 공간도 있을 겁니다. 새로운 색의 비율이 점점 올라가는 것이죠. 기존 색 공간에서 새로운 색을 향해 갈수록 새로운 색이 점점 더 많이 섞이는 방향으로 가고… 익숙하죠, 이 얘기? 중간 지점에선 1:1 비율로 섞이고, 그 뒤로 기존의 색은 점점 탈색되다가 끝에 가서는 새로운 색 그 자체에 도달한다, 이 이야기예요. 그런데 이번에는, 색 공간 전체가 이동해간다는 것이죠! 단순히 하나의 색에 다른 색을 섞는 거라면 선분 하나만 만들어지고 끝나겠지만, 지금 이거는 색 공간에 있는 모든 색에 또 다른 색을 섞는 거거든요. 색 공간이 수없이 많이 만들어져요. 기존 색 공간 바로 옆에 그거랑 거의 똑같은 색 공간이 생기고, 그 바로 옆에 또 거의 똑같은 색 공간, 그 옆에 또 거의 똑같은 색 공간, 그 옆에 또… 색 공간이 무슨 책 페이지처럼 촤라락 펼쳐지는 거죠. 그 많은 색 공간들을 어떻게 다 그려내요? 차원을 안 바꾸고 그릴 수 있을까요? 공간이 안 나옵니다. 상위 차원의 도움을 받지 않고서는 그 많은 색 공간들을 제한된 공간 안에 표현할 방법이 없어요. 그래서 한 차원 올라가야 하는 겁니다. 새로운 색이라는 게 꼭 원색일 필요도 없어요. 색 공간도 아무렇게나 색 덩어리를 만들어서 해도 됩니다. 그저 임의의 색 공간을 지정하고, 그 색 공간에 포함되어 있지 않은 임의의 색상을 정하면 돼요. 그렇게 하면 그냥 한 차원 위의 색 공간이 만들어지게 되어 있습니다. 어느 색이든, 어느 색 공간이든, 상관없어요! 새로운 색상이 추가되면 색 공간이 한 차원 올라가는 것은 필연적인 겁니다!"

데이빗은 너무 몰입한 나머지 황홀함에 젖어, 4차원 색 공간을 툭툭 두드린다.

"이… 이것이 바로 그 필연적인 결과의 산물입니다. 이런 식으로, 우리는 전에 없던 색이 몇 개가 나와도 그것들을 온전히 표현할 색 공간을 만들 수 있습니다. 새로이 등장한 색에 원색이라는 라벨을 붙이고 색 공간에 넣어, 늘어난 원색의 수만큼 색 공간의 차원을 올리면 되는 겁니다. 우리는 이미 4원색의 색 공간까지는 왔습니다. 우리가 표현할 허색 원색은 이제 2개 남았습니다. 앞으로 어떻게 할지는 이미 답이 나온 상태입니다. 자, 제 5원색을 추가해보죠. 허색 원색이 하나 더 추가되어 5원색 색 공간을 만들어내야 한다면, 우리는 존재하지 않는 방향을 또 한 번 상상해내야 해요. 5차원 도형을 상상하는 겁니다. 뿔 모양의 5차원 도형이죠. 즉, 꼭대기는 4차원 도형이고 그 도형이 명도 축을 따라 이동하면서 점점 줄어들다가 끝에서 한 점이 되는 형상의 도형입니다.

대망의 6원색 색 공간은요?

이번에는 5차원의 꼭대기가 명도 축을 따라 이동하면서 점점 줄어들다가 끝에서 한 점이 되는 형상의 도형이 되는 겁니다.

그러니까, 6차원 뿔이죠!

최종적인 색 공간은 결국 이렇게 6차원 도형으로 매듭지어지는 것입니다. 기존의 3차원 공간 좌표 더하기 상상의 공간 좌표 세 개… 기존의 3원색 더하기 새로운 원색 세 개….

우리가 알던 3차원 공간이, 새로이 추가된 존재하지도 않던 방향으로 뻗어나가고, 거기서 또 새로운 방향이 추가되어 뻗어나가고, 또 거기에서 다시 새로운 방향이 추가되어 도합 세 차원을 올라가 마침내 다다른 초차원의 도형….

우리가 이 도형을 완전히 이해하는 것은 어렵겠지만, 적어도 우리는 이렇게 6원색 색 공간의 희미한 윤곽 정도는 들여다볼 수 있는 겁니다. 6원색 색 공간은 6차원의 뿔입니다. 그것만큼은 우리가 확실히 알 수 있습니다. 그리고 또 뭘 알 수 있냐면… 그, 뭐냐…."

"꼭대기의 모양이요." 소리 나는 쪽으로 두 사람의 고개가 돌아간다.

레이첼이 아이스티와 여러 가지 과자들이 놓여있는 쟁반을 들고 서 있다.

"꼭대기의 모양 얘기를 마무리 하지 않았네요."

그녀가 생글생글 웃으며 걸어오자 아까부터 자신의 음료를 기다리던 레이나는 반색하며 앉은 채로 몸을 움직여 자신의 옆에 앉을 공간을 만든다.

"드디어 다 되었군요!" 그녀는 레이첼에게 어서 앉으라는 손짓을 한다. 레이첼은 소파 앞에 있는 조그만 탁자에 쟁반을 올려놓고는 그녀가 마련한 자리에 앉으며 말한다. "최대한 정성들여 만든 거예요."

소파에 앉은 두 사람은 다시 데이빗에게 시선을 고정한다. 데이빗은 레이첼이 지적한 것이 무슨 내용인지를 레이나에게 해설한다.

"지금 여기 칠판에는 4원색 색 공간의 꼭대기 모양이 정사면체로 되어 있죠. 3원색 색 공간의 꼭대기는 정삼각형으로 그렸고요. 원색의 개수에 초점을 맞추고 그림을 그리면 이런 모양이 되는 것이 맞지만, 실제 3원색 색 공간의 꼭대기는 삼각형이 아닌 원으로 표현되죠? 그와 같이, 4원색 색 공간의 경우에도 꼭대기를 원형화(圓形化)하여 삼각뿔이 아닌 구 모양으로 표현하는 것이 옳을 것 같습니다. 구는 3차원 원이니까요."

"그 구를 표현하는데 세 개의 좌표가 필요한 거예요." 레이첼이 설명을 이어나간다. "구의 중심에는 네 가지 원색을 동등한 비율로 섞은 색이 있죠. 3원색으로 치면 흰색의 위치에 있는 색 말이에요. 즉, 무채색이 있는 거예요. 거기서부터 멀어질수록 채도가 높아지는 거죠. 말하자면 채도는 구의 중심으로부터의 거리로 표현되는 것이고요, 또한 이전에는 색상이라는 하나의 좌표만으로 표현되던 테두리에게는 이제 두 개의 좌표가 필요해졌어요. 3원색이었을 때는 꼭대기가 원이어서 테두리가 1차원 선이었지만, 이젠 꼭대기가 구이기 때문에 테두리는 표면이 되고 2차원이기 때문에 두 개의 좌표를 써야 해요. 두 개의 좌표로 둥그런 곡면 위에서의 위치가 정해지고, 그곳에서부터 중심까지의 거리는 채도가 얼마냐에 따라 당겨지거나 늘어나거나 해서 결정되는 거죠. 그렇게 구체에서의 위치가 정해지고, 거기에 마지막으로 명도까지 추가하면 그게 바로 4원색 색 공간 좌표 체계가 되는 거고요."

"색 공간의 꼭대기가 3원색에서는 원이었고 4원색에서는 구였다면 5원색이나 6원색일 때는 어떻게 되겠습니까? 각각 4차원 구, 5차원 구가 되는 겁니다. 어느 색 공간에서건 채도는 중심으로부터의 거리이고, 다만 구의 외곽 부분을 표현하는데 필요한 좌표만 두 개에서 세 개, 네 개, 이런 식으로 늘어난 것이죠. 그렇게 늘어난 좌표들로 외곽 부분상의 위치를 지정하고, 채도로 말미암아 중심까지의 거리를 정하고, 명도로 말미암아 그 구가 어느 높이에 있는 구인지를 결정한다는 방식은 4원색, 5원색, 6원색 색 공간이 똑같습니다. 근본이 되는 원리는 다 같은 겁니다."

"따라서 우리는 최종적으로 색의 3요소를 색의 6요소로 바꿔야 하는 거죠. 허색 원색이 세 개가 더해져서 기존의 3요소인 명도, 채도, 색상만으로는 모든 색을 식별할 수 없으니까요. 또한, 감산혼합 (減算混合)에 대해 얘기를 안 할 수가 없겠는데요. 아시다시피 우리가 지금껏 얘기한 3원색은 가산혼합(加算混合)의 3원색, 즉, 흔히 얘기하는 빛의 3원색이에요. 빛의 3원색 말고도 감산혼합(減算混合)의 3원색이라는, 색의 3원색이 있는데요. 쉽게 말하자면, 물감을 섞을 때는 빛을 섞을 때랑 혼합색이 다르게 나와요. 같은 조합으로 색을 섞어도 혼합의 결과가 다르기 때문에 거기서의 원색은 빛의 원색과는 달라야 하죠. 따라서 또 다른 3원색이 존재하는 것이고 그 3원색이 물감, 즉 색료를 섞을 때의 3원색이다 해서 색의 3원색이라고 부르는 거예요. 각각 노란색, 옥색, 자홍색이죠.

그렇다면 빛의 3원색에 허색 원색이 추가된 지금, 색의 3원색에는 어떤 변화가 있어야 하는지 생각하지 않을 수 없겠죠. 결론부터 말하자면, 빛의 원색의 개수가 늘어나는 만큼 색의 원색도 늘어나요. 빛의 원색이 4원색이 된다면, 색의 원색도 4원색인 거죠. 왜 그러냐면… 감산혼합(減算混合)의 특성상 색의 원색은, 빛의 원색들 중 딱 하나의 색상만을 제외하고 나머지를 가산혼합(加算混合)하면 나오는 색상이 되거든요. 예를 들어, 색의 3원색인 노란색과 옥색, 자홍색의 경우, 노란색은 빨간색과 초록색의 혼합, 옥색은 파란색과 초록색의 혼합, 자홍색은 빨간색과 파란색의 혼합이에요. 모두 빛의 3원색 중 특정한 하나의 원색만 제외하고 혼합을 하여 만들어지는 색상들이죠. 파랑을 빼고 혼합하면 노란색이 나오고, 빨강을 빼고 혼합하면 옥색이 나오고, 초록을 빼고 혼합하면 자홍색이 나오고…. 파랑, 빨강, 초록, 이 세 가지 말고는 더 이상 빼고 혼합할 빛의 원색이 없으니까 색의 원색도 그대로 세 개가 되는 것이죠.

허색 원색이 추가되어도 이 원리는 그대로 적용돼요. 그래서 4원색 색 공간에서는 빛의 원색을 세 개 혼합한 색상들이 색의 원색이 되는 거죠. 빨강을 뺀 나머지 세 개거나, 파랑을 뺀 나머지 세 개거나, 초록을 뺀 나머지 세 개거나… 제 4원색을 뺀 나머지 세 개거나.

하얀색이네요, 그렇죠? 4원색 색 공간의 감산혼합 4원색 중에는 하얀색도 있는 거예요. 3원색에서는 모든 빛들의 합이었던 하얀색이 4원색에서는 색의 원색 중 하나로 존재하는 것이죠. 마찬가지로, 4원색에서 모든 빛들의 합이 되는 색, 즉, 가산혼합 4원색인 빨강, 파랑, 초록, 제 4원색이 합쳐진 색은 5원색 색 공간의 감산혼합 5원색 중 하나의 원색이 돼요. 5원색도 마찬가지고요. 6원색 색 공간에 감산혼합 원색을 하나 수출하는 것이죠. 결국 어떻게 되겠어요? 최종적으로 기존 원색 세 개에 허색 원색 세 개가 더해진 가산혼합 원색 여섯 개와 그 여섯 개의 원색 중 다섯 개의 조합들로 이루어져 나오는, 5원색에서의 흰색 또한 하나의 원색으로 포함하고 있는 감산혼합 원색 여섯 개를 보유한, 5차원 구 기반의 뿔 모양 6차원 도형이 탄생하는 거예요. 저기 칠판에 그려져 있네요."

레이첼은 칠판을 가리킨다. 어느새 데이빗이 1원색에서부터 6원색까지의 색 공간을 각각 정리해서 칠판에 그려 놓았다. 수직선과 삼각형, 그리고 뿔의 형태를 띤 공간들이 진열되어 있으며, 3원색 색 공간부터는 꼭대기 부분의 원형화(圓形化) 이전 모습을 형상화한 도형도 옆에 조그맣게 그려져 있다. 데이빗이 4차원 구, 5차원 구를 그림으로 표현하는데 애를 먹다가 결국, 그가 얼추 그려본 구 그림으로는 색 공간을 제대로 구분 짓지 못하겠던지 부연설명 차 집어넣은 것들이다. 레이나는 각각의 도형들을 찬찬히 살피며 점이 한 개 추가될 때마다 색 공간이 어떻게 변화해 가는지 그 과정을 처음부터 끝까지 감상한다. 선분, 이등변삼각형, 정삼각뿔, 정사면뿔, 정오입체뿔, 정육초입체뿔….

아무 말 없이 칠판을 응시하며 그녀는 허색이 가져온 무궁무진한 진화 가능성을 본다. 시스템 외부의 색으로 말미암아 이렇게까지 변할 수도 있다는 것… 그 새로운 방향, 새로운 지평선, 허색 하나하나가 무한대로 열어주는 새로운 영역… 그것은 허색이 그들에게 던져준 숙제이기도 하다.

한참 눈을 못 떼던 레이나는 어느 순간 자신을 빤히 바라보고 있는 두 사람의 시선을 느꼈는지 정신을 차리고는 헛기침을 한다.

"음….." 목소리를 가다듬고는 그녀가 말한다. "수호대가 사라져도 허색 연구는 계속되어야 한다고 줄곧 주장해온 사람이 저인데, 그래야만 하는 정당성이 멀리 갈 것도 없이 바로 여기에 있네요."

그녀가 고개를 들어 확고한 눈빛으로 데이빗을 바라본다.

"저도 연구에 참여하겠어요. 당장 오늘이라도요. 만약 언젠가, 허색의 존재가 세상에 알려져도 괜찮은 날이 오면, 제가 연구 내용을 정리해서 사람들에게 공개하고 싶어요. 이 새로운 세계는 사람들에게 알려져야 돼요. 사람들도 우리처럼 시각의 새로운 영역을 탐험할 수 있어야 해요. 그렇게 되게 하기 위해서 저는, 그리고 저를 비롯한 우리 모두는 최선을 다할 거예요. 저는 그렇게 믿어요."

데이빗은 그 말에 흡족한 듯 고개를 끄덕인다. 모든 것이 갖추어진 느낌이다.

수호대의 조직원이었던 그녀는 여러모로 큰 도움이 될 것임에 틀림없다. 특히, 수호대가 남긴 병폐인 Trial-17727을 무력화하는 방법을 찾기 위해서 그녀는 사력을 다할 것이다. 어떤 것을 무기화한다는 것의 추잡한 욕망을 맛본 그녀야말로 허색을 악용하려는 자들의 무기에 대한 백신이 필요함을 누구보다 간절히 느끼고 있을 것이기 때문이다. 남은 건 앵무새 여자가 활약을 해주어, 형사의 조직이 무너지길 소망하면서 모두 자신의 위치에서 할 수 있는 일을 하는 것밖에 없다. 아직은 소박한 정도지만, 모두의 염원을 혼자 짊어지며 적진에서 최선을 다하고 있는 그녀가 언젠가 길고 길었던 그녀의 임무를 성공시키는 날이 온다면, 그들은 더 이상 숨지 않아도 되며, 상상을 뛰어넘는 비밀을 지하실에 숨기지 않아도 될 것이다. 가슴 깊은 곳에서 올라오는 기분 좋은 열기에 데이빗이 무어라 말을 하려고 입을 여는데, 갑자기 어디선가 전자음으로 된 벨이 울린다.

"오."

벨소리에 의해 주의가 환기된 레이첼이 자리에서 일어난다.

"지하실 호출이네요?"

그녀는 데이빗을 쳐다보고, 데이빗은 머리를 긁적이며 말한다.

"생각해보니… 지하실에서 나올 때 연구 도구함에 종이를 안 채워놓고 나왔던 것 같네요."

레이첼은 옅은 웃음을 터트린다.

"허색 색 공간 그리기에 너무 열중한 나머지 정작 허색 그 자체를 그리는 일은 잊고 계셨네요." 그녀가 장난스레 말한다. "어서 내려가

봐요. 지금 이 순간 가장 열심인 사람이 일을 하겠다는데 우리 때문에 못 해서는 안 되잖아요?"

그녀는 데이빗의 등을 떠밀고, 데이빗은 떠밀려가면서도 자꾸 뒤를 돌아본다.

"일단 가보긴 할게요. 종이 채워놓고는 바로 올 거니까 딴 데 가지 마요!"

돌아보며 그 말을 남기고 그는 지하실로 사라진다.

둘만 남은 거실. 아이스티에 넣은 얼음이 더 녹기 전에 레이첼은 얼른 소파로 돌아와 앉는다. 레이나가 묻는다.

"찰리 얘기였어요?"

"아…" 그제야 그녀를 의식한 레이첼이 말을 잇는다. "네. 찰리가 작업하는 도중에 지하실에서 나오기는 어려우니까 필요한 게 있을 때마다 벨을 눌러서 도움을 받게 하고 있어요. 그 편이 작업에 집중하는데도 더 좋으니까요."

"그렇군요…"

말끝을 흐리는 레이나의 시선은 천천히 움직여 다시 칠판에 고정된다. 그녀가 말을 이어가지 않자 어색한 분위기가 생기려는 기미를 감지한 레이첼은 이번엔 자기 쪽에서 질문을 한다.

"어때요, 6차원 색 공간 모형이니 하는 거?"

칠판에 그려진 도형들을 뚫어져라 쳐다보는 그녀에게 묻는다.

"많이 혼란스럽죠? 이게 다 무슨 얘기인가 싶고…"

그러나 레이나는 되레 고개를 가로저으며 차분한 목소리로 천천히 읊조린다. "엄청난 모형이에요."

칠판에서 시선조차 떼지 않은 채로 계속 말을 이어간다.

"정말 새로운 형태의 인식 확장이에요. 허색 원색을 직접 눈으로 보면서 이미 색상에 대한 인식이 확장되었었지만 그 상태에서 봐도 새삼스러워요. 이런 식으로 풀어낼 거라곤 상상도 못했죠. 제가 수호대에 있었을 때 조금만 더 연구를 했다면 이런 색 공간을 고안해 낼 수 있지 않았을까, 하는 생각도 들고요. 기존에 없었던 새로운 색상, 이게 단순히 새로운 색깔 하나 추가되는 데에서 그치는 게 아니고, 기존 색 관념을 상상도 할 수 없는 방향으로 확장시켜버리는 존재라는 걸, 허색 원색의 새로움은 제가 처음에 생각했던 것보다도 훨씬 새롭다는 걸, 새로움을 뛰어넘는 새로움이란 걸 안 게 제일 크죠."

"아…." 이번엔 레이첼이 말을 흐린다.

어색한 정적이 감돈다. 레이첼은 바닥을 내려다보며 입을 비죽 내밀고 있다.

"솔직히 전 잘 모르겠기도 해요."

한참만에야 그녀는 정적을 끊고 말을 잇는다. 레이나가 눈을 동그랗게 뜨며 그녀를 쳐다본다.

"결국 다 표현상의 문제잖아요? 색 공간이란 것도 모든 색을 한 번에 표현하기 위해서 사람들이 만들어 낸 인위적인 개념이고요. 4차원 색 공간, 5차원 색 공간, 이처럼 허색 원색이 추가될 때마다 색 공간의 차원이 올라가는 것은 사실이지만, 색 자체에 차원이 있는 것도 아니고, 그저 색을 진열하는 방식에 있어서 그걸 3차원 공간에 진열할 것이냐, 아니면 다른 차원의 공간에 진열할 것이냐 하는 문제인데 색 공간의 진화란 게 그렇게 큰 의미가 있는 걸까요?"

"음… 확실히 그렇게 생각할 수도 있겠네요." 레이나는 고개를 끄덕이며 말을 이어간다. "하지만 그 문제는 오히려, 저한테 아까 말해주셨던 부분에서 답을 찾을 수 있을 것 같아요. 색의 3요소가 6요소로 바뀌어야 한다고 아까 그러셨죠?"

"아…."

"단순히 표현이 바뀐 것이라기엔, 이와 같은 실제적인 변화가 분명 존재하죠. 왜 이런 변화가 생기느냐, 인간이 색이라는 집합체에 대해서 새로운 기준과 가치를 부여했기 때문이라고 봐요. 또 다른 예로 색의 원색 또한 3개에서 6개로 늘어났어요. 게다가 이번엔, 새로운 원색이 더해진 것일 뿐인 빛의 원색과는 달리 기존에 있던 3원색까지 싹 다 바뀌어 완전히 새로운 색상들로 원색이 구성되었죠. 물감을 섞는 데에 있어 원색이 되는 색이 무엇인지에 대한 기준이 바뀐 거예요.

결국 표현이 바뀐 것은 겉에서 본 변화일 뿐이고, 그런 변화를 가능하게 한 근본적인 변화는 우리 자신에게 있는 것 같아요. 우리 자신의 관점이 변한 것이죠. 관점이 변함으로써 기준이 변하고, 새로운 기준에 맞춰 새로운 표현이 나왔던 거예요."

언제부터 그래왔는지 모를 레이첼의 빤히 바라보는 시선을 의식하며 레이나는 그녀 질문에 대한 답을 내놓는다.

"공간에 대한 우리의 관점이 변했다는 것. 제가 보기엔 그 사실이 새로운 색 공간의 가장 큰 의미인 것 같아요. 이제 우리는 우리가 평생을 살아왔던 입체 공간 너머에서 생각을 하는 것이니까요. 입체 공간 너머에서, 또한 3원색 너머에서 생각을 하는 것이죠."

말이 끝난다. 여전히 레이첼은 그녀를 빤히 바라보고 있다. 이윽고 감탄 섞인 웃음이 터지고, 그와 함께 튀어나온다.

"대단하네요."

목소리 하나 바뀌지 않고 여전히 놀라워하는 톤으로 말한다.

"얼마 안 되는 시간에 그 정도까지 깨닫다니."

레이첼의 감탄에 그녀는 머쓱히 웃는다.

"깨달았다기보다… 그냥 제 생각을 말한 거였어요."

이처럼 레이첼 앞에서는 별 것 아니라는 듯 겸양으로 웃어넘긴 그녀지만, 얼마 후 레이첼이 부족해진 다과를 채우기 위해 다시 주방으로 향했을 때, 혼자 있게 되자마자 진지한 표정으로 굳어져 골몰히 자신의 '생각'에 잠겨드는 그녀는 멀리서 보는 레이첼의 주방에까지 옅은 미소를 풍기게 한다.

레이첼은 주방 상판에 네모난 선물을 올려놓는다. 두께가 얇고 정사각형 모양인 물건이 포장지에 둘러싸여있다. 레이나의 퇴원 기념으로 그녀가 준비해두었던 선물이다.

테라스에서 시간을 보내다 선물 주는 것을 잊어버린 그녀는 이후로 계속 선물 줄 타이밍을 노려왔지만, 이젠 칠판에 그림까지 그려가면서 새로운 생각에 몰입하는 레이나의 모습에 그저 눈에 띄는 곳에 놓아두는 것으로 만족한다.

선물이란 건 언제 주어도 눈물 날 정도로 황홀한 것이지만, 이 순간 그녀 머릿속에 펼쳐지는 저 분수 같은 황홀함은, 바로 이때가 아니면 저렇게 찬란할 수 없어, 레이첼의 생각이다. 주방에서 머물던 그녀의 시선은 그윽한 미소와 함께 다시 레이나에게로 넘어간다.

레이나는 칠판에 허색과 관련해 자신이 알고 있는 모든 것을 정리한다. 상상인화의 종이, 초월색의 탄생, 세 장의 종이와 세 개의 허색 원색, Trial-17727 등을 거쳐 마지막엔 1원색에서 6원색까지의 색 공간을 그려놓는 것으로 마무리하였다. 칠판의 구석에까지 공을 들여 자세한 내용을 하나하나 적고는, 한 걸음 뒤로 물러나 이 모든 걸 다시 한 번 처음부터 끝까지 돌아본다. 머릿속의 상(像)을 인화하는 마법 같은 종이에서 시작해 초차원의 색 공간으로 마무리되는 이 일련의 과정들에서 그녀는 한 가지 질문을 얻는다.

왜 하필 3원색이었을까?

레이나는 소파에 앉아 심각한 얼굴로 생각을 계속한다.

왜 인간에게는 딱 세 개의 색유리 창문만 주어졌을까? 왜 세 개의 창문으로만 세상을 보게 만들어졌을까?

오직 인간만이 공간에 대한 개념을 구체화하고 수치화할 수 있는 동물로 알려져 있다. 그녀가 아는 한, 자신이 살고 있는 공간을 3차원 공간이라고 정의내릴 수 있는 지성을 갖춘 존재는 인간밖에 없는 것이다. 그런 인간이, 딱 3원색의 원뿔세포만 갖고 있는 것은 단순한 우연일까?

만약 처음부터 세상에 제 4원색도 존재하였다면, 인간이 네 종류의 원뿔세포를 지니고 있었다면, 인간의 색상관은 지금과는 차원이 다를 것이다. 드물게 진짜로 네 개의 원뿔세포를 지니고 태어나는 극소수의 사람들이 있긴 하나, 통용되는 색 공간을 만들 색상관의 합의에 이르기에는 그 수가 너무도 적다. 모든 사람들이 4원색, 아니 더 나아가 6원색 시신경을 처음부터 타고났다면, 인류의 세계관은 어떻게 되었을까?

모든 사람들이 6차원 색 공간을 볼 수 있었다면? 3차원 세계에 사는 존재에 불과한 인류가 색을 혼합하는 데에는 6차원의 논리를 사용할 수 있었다면?

인간은 상상으로 자신의 한계를 극복할 수 있는 존재이다. 3차원 공간, 3원색 시세포에 속박되어 있으면서도 지금껏 순전히 상상력만으로 그 너머에 도달하였다.

결국 우리는 상상의 힘을 빌렸기에 6원색까지 도달한 것이다.

그렇지만, 그냥 처음부터 6원색이 존재했다면?

상상으로 도달할 것도 없이, 그냥 6원색이 현실이었다면? 그랬다면 인간의 정신 속 인식 세계는, 지금 우리가 존재하는 현실을 아득히 넘어 초차원의 영역에서 놀고 있지 않을까? 현재 인류는 상상조차 할 수 없는 것들을 보면서, 오히려 3차원 공간인 물리적 세계는 비좁고 갑갑하다고 느낄 수도 있지 않을까?

하다못해 4원색까지만 존재하였어도 인류의 정신세계는 다른 차원에서 놀고 있을 것이다.

그러나 현실은, 딱 3차원 공간에 3원색이 존재한다.

우연일까?

하필 3원색이 되었던 것일까?

왜 하필 3차원 속에 사는 지성체인 우리에게 3원색이 부여되었을까?

이유는 없는 것일까?

시간이 지나지만 그녀 머릿속엔 '왜?'라는 생각이 떠나지 않는다.

왜 하필 3원색이었을까?

왜 하필이면?

도대체 왜?

왜?

……왜?